꿈길따라 뉴욕까지

야곱의 사다리를 따라 오른
미국 이민자의 꿈

꿈길따라 뉴욕까지
야곱의 사다리를 따라 오른 미국 이민자의 꿈

초판 1쇄 2021년 11월 11일

지은이 장창기
발행인 김재홍
마케팅 이연실

발행처 도서출판지식공감
등록번호 제2019-000164호
주소 서울특별시 영등포구 경인로82길 3-4 센터플러스 1117호(문래동1가)
전화 02-3141-2700
팩스 02-322-3089
홈페이지 www.bookdaum.com
이메일 bookon@daum.net

가격 15,000원
ISBN 979-11-5622-614-7 03810

꿈길따라 뉴욕까지

장창기 회고록

지식공감

프롤로그

전례 없이 온 세계를 강타한 대유행병 '코비드-19'가 일 년이 넘도록 기승을 부리고 있다. 외출하기도 사람을 만나기도 두려운 세상이 되어 집에만 머물게 되니 마음으로만 계획해왔던 삶의 기록을 정리해 보기에 최적의 시간이 되었다. 아무런 외부의 유혹도 없이 오로지 쓰는 일에만 집중하니 잠시 전업 작가의 세계를 맛보는 소중한 경험이 되었다.

나는 장문의 글을 써 본 적이 없다. 그래서 이를 어떻게 쓰나 두려움이 태산 같았으나, 막상 펜을 들고 보니 무척 재미가 있었다. 그리고 그 에너지에 힘입어 몇 개월을 작업한 결과, 결실을 보게 되었다. 하지만 전문가가 쓴 글이 아니라 서툴고 엉성한 데가 있을 줄 믿는다. 그렇지만 그게 나의 모습이고 한편, 있는 그대로를 기록하는 것이 회고록이라고 생각하니 마음이 조금 편안하다.

크게 내놓을 만한 업적이 있는 인생을 살아 온 것도 아닌데 이를 기록으로 남기려니 다소의 쑥스러움이 앞선다. 그러나 수백 년 대를 이어 살아 온 가문의 삶의 터전을 미국으로 옮긴 장본인으로서, 후대에 몇 가지 중요한 기초적인 사실들을 전해야 할 책무는 있다고 느껴 이 글을 쓰게 되었다. 나의 사랑하는 자녀와 손자, 그리고 앞으로 다가올 후대는 반드시 한번 읽어 주기를 바란다.

어머니의 나라를 떠나 언어와 문화가 다른 미국에 이민을 오게 된 배경에는 당대의 원대한 꿈과 비전이 있었고, 이를 실현하기 위한 고독한 결단과 피나는 노력이 밑거름이었다. '우리는 무엇을 기대하고 희망하며' 이 땅에 이주해 왔고, '무엇을 후손들에게 물려주려고 하는지?', 이 책을 통하여 일부나마 설명하려고 노력했다.

나의 세대는 한국과 미국을 오가며 살았기에 양국의 문화와 전통을 어느 정도 이해한다. 그러나 이 땅에서 태어날 미래 세대는 '자신이 어디에서 어떻게 이곳에 왔는지?', '한국의 가족사는 어떻게 연결되는지?' 등 과거의 일을 점차 잊어버릴 게 자명하다. 더욱이 앞으로 시간이 흐를수록, 그리고 증가하는 타 인종과의 결혼을 통한 인종 혼합으로 한국인의 고유한 정체성을 잃어버리게 될 공산이 크다. 이 책은 비록 한 이민자의 삶을 기술하고 있지만, 그 가운데는 한국의 문화유산, 이민의 역사, 그리고 한국에서의 가족사 등이 담겼다. 따라서 우리 이민 후손들에게는 한국인의 정체성을 심어주는 좋은 교육 자료가 될 것이다.

자신의 근본을 모르는 인간은 비유하자면 뿌리없는 나무와 같다. 다양한 인종과 언어가 뒤섞인 다민족 국가인 미국에 살며, 기본적으로 이 나라의 숭고한 가치와 문화를 높이 존중하고 수용함은 당연하다. 여기에 더하여

우리의 뿌리인 한국을 잊지 않고, 한국적인 그리고 동양적인 아름다운 역사와 문화까지 계승할 수만 있다면, 이 지구촌 어디를 가더라도 세계인과 어울려 화목하게 살아가는 데 큰 자산이 될 것이다.

오는 후대의 선택은 모두 그들의 몫이지만, 한국인의 피를 이어받은 후손들은 '한민족의 우수성'을 드러내며 세계 곳곳에서 멋지고도 행복한 삶을 펼쳐나가기를 기대해 본다.

나의 인생 기록이 거창하거나 위대하지는 않을지라도, 시골 소년이 세계 금융의 중심을 경험하기까지 다양한 에피소드가 담겨있으니, 한 편의 '옛날이야기' 같이 아무런 부담 없이 편안하게 읽으면 좋겠다. 모든 인생길이 다 비슷하지만, 나의 한평생을 살아오며, 울고 웃던 순간들과 인생의 굽이마다 어떤 구체적인 목표와 생각으로 헤쳐나왔는지 비교적 자세히 기록하였다. 그 안에는 나의 삶을 통해 습득한 나름의 경험적 지혜가 녹아있으니, 독자들의 삶을 도울 수 있는 귀한 자료로 활용되기를 기대해 본다.

이 책을 손에 들고 읽을 자녀들과 손자들, 그리고 후대의 모습을 상상하면 벌써 가슴이 벅차오른다. 모쪼록 이민 1세로, 태평양을 건너 이주해 온 이 할아버지의 깊은 뜻과 후손들을 향한 뜨거운 사랑도 한 번쯤 기억해 준다면

더는 바랄 것이 없겠다.

이 책은 주로 나의 후손을 염두하고 썼지만, 비슷한 처지에 있는 한국인 이민 2~3세, 혹은 그 후대도 알아두면 좋을 내용이다. 오랜 세월 미국이나 다른 나라에 나가 살아가는 우리 한국인 후손들이 그들의 정체성을 확립하고 계승하는 데 조금이나마 도움이 되기를 바란다.

마지막으로 이 회고록은 나의 삶의 신앙적 간증이기도 하다. 나의 일생을 통하여 우리 가정에 부어주신 하나님의 무한한 축복과 은혜를 예수를 믿는 모든 형제들과 함께 나누고 싶다. 설사 신자가 아니거나 믿음이 없는 분이 읽더라도 이 책을 읽는 가운데 예수를 믿는 '신앙의 씨앗'을 싹틔우는 놀라운 계기가 되었으면 한다. 나와 우리 가정에 살아서 역사하신 하나님의 사랑이 예수를 진실로 믿고 따르는 독자와 그 가정에도 동일하게 역사하는 은혜가 있기를 간절히 기도한다.

귀중한 시간을 투자하여 이 책을 읽는 여러분에게 진심으로 감사드리며, 잠시나마 내가 걸어온 '인생의 꿈길'을 함께 걸어보는 유익한 시간이 되기를 바란다.

2021년 10월 30일
캘리포니아주 San Gabriel에서
장 창 기

Contents

제2장 성장에 영향을 준 4대 요소

제3장 도시로 나가다

제1장

사랑의 둥지

태어나서 취학 전까지

3살 때 첫 사진

출생

6 · 25전쟁이 발발해 온 나라가 혼란스럽고 남과 북이 한참 치열하게 전쟁 중이던 1950년대 초반, 나는 충청북도 괴산에서 태어났다. 아버지는 장환보(張煥保, 46세) 옹(翁), 어머니는 박황임(朴黃任, 42세) 여사이시며, 나는 6남매 중 막내아들이다. 우리 형제는 4녀 2남으로, 나보다 21살 위인 맏딸로부터 내리 세 자녀가 딸이고 그다음이 아들, 다섯째가 다시 딸, 그리고 마지막으로 나다. 딸 부자인 어머니는 나를 낳자마자 아들임을 확인하고 먼저 딸이 아님에 안도하셨다고 한다. 그리고 출생 시간을 알고 싶어서 둑 너머 사는 박경래 선생 댁에 누군가를 보냈다고 한다. 그때 우리 동네에 시계가 있는 집은 오로지 그 집뿐이었다고 한다. 어머니는 내가

태어난 시간이 정확히 오전 7시 15분경이라고 일러 주셨다.

내가 세상에 나왔을 때 나의 할아버지는 이미 오래전 고인이 되셨고, 그때 아버님의 나이가 10살 정도였다고 한다. 할머니께서는 내가 3살 때 돌아가셨는데, 그때 연세가 76세이셨다고 한다. 할머니는 부모님께서 모시며 평생 가족과 함께 사셨다.

본래 아버지 형제는 3남매로 형님과 여동생이 한 분씩 계셨다고 한다. 하지만 큰아버님은 결혼을 하셨으나 30살도 되기 전 젊은 나이에 자식도 보지 못한 채 갑자기 세상을 뜨셨고, 고모님도 결혼하고 얼마 되지 않아 바로 돌아가셨다. 그래서 아버님은 불행하게도 유일한 자식으로 남게 되었고, 우리 장씨 집안에 4대째 독자가 되셨다. 그런 연유로 연로하신 할머니는 하루빨리 손자 보기를 소원하셨다고 한다.

그러나 기대와 달리 어머니께서 연달아 딸 셋을 낳게 되는 바람에 할머니, 어머니를 포함해 온 가족이 모두 시름에 빠졌다고 한다. 그때는 아들 선호사상이 온 세상에 만연하여 모든 가정이 하나같이 아들을 원하는 시대였다. 할머니는 대가 끊어질까 봐 태산 같은 걱정을 하시다가 요즘으로는 생각 못할 극단의 조치까지 준비하셨다고 한다. 그건 집안에 다른 여자, 소위 씨받이를 들여 아들을 얻는 시도였다. 어머니는 집안 어른의 말씀을 거역할 수 없었고, 또 아들을 못 낳은 죄가 있어서 모든 것을 포기한 채 그저 하늘만 바라봤다고 한다. 하지만 아버지께서는 어머니를 아끼고 사랑하는 마음과 의지를 꺾지 않으시고 할머니의 강요를 요리조리 피하며 시간을 끌었다고 한다. 그러던 중 어머니가 학수고대하던 아들을 낳으므로 온 집안에 경사가 났고, 할머니의 계획도 단숨에 물거품이 되었다. 나의 형님을 출산하신 것이다.

이런 사정을 잘 알고 있는 온 동네 이웃들도 마치 자기 일처럼 기뻐하며 어머니를 축하하였다고 한다. 그리고 나서 8년 후에 내가 두 번째 아들로 태어났다. 할머니는 날아갈 듯 덩실덩실 춤을 추시며 그 기쁨을 주체하지 못하셨다고 한다.

초가삼간

내가 태어난 집은 전형적인 한국 농촌의 초가삼간이다. 그러니까 방 2개, 안방과 윗방 그리고 부엌, 이게 전부다. 우리 집은 대사리라고 하는 마을 안에 '안말'이라고 불리는 곳에 있었는데, 동네 깊숙이 동산 밑에 자리를 잡고 있었고, 앞뒤 좌우 사방으로 다른 집들로 둘러싸였었다. 집터는 비교적 널찍하여 앞마당에서 타작도 하고 고추도 말리는 등 농사일을 하기에 부족함이 없었다. 마당 안쪽으로는 예쁜 화단이 있었는데, 각종 화초가 자라고 그 중간에 커다란 수국이 있어서 소담한 하얀 꽃이 필 때면 특별히 아름다웠다.

사립문을 밀고 들어서면 오른쪽에 변소, 그다음에는 돼지우리가 있고, 왼편으로는 담 옆에 커다란 오동나무가 한 그루 서 있었다. 그 앞으로는 아궁이에서 나오는 재 등 각종 농사용 거름을 모아두는 거름통이 있었다. 그 뒤로 집 왼쪽을 따라 돌면 장독대, 우물, 그리고 뒷집으로 건너가는 두 집만의 작은 통로가 있었다.

뒤뜰에는 작은 밭도 있었다. 그 둘레로 담 밑을 따라 앵두나무, 복숭아나무, 포도나무가 있었음을 아직도 기억한다. 그리고 우리 집 뒤쪽

처마 밑에는 예전에 사용하던 실을 타던 물레가 먼지를 뒤집어쓰고 귀신같이 놓여 있어서 신기한 눈으로 바라본 적이 있다.

우리 집 앞은 내 친구 상욱이네 집인데, 담 너머엔 커다란 대추나무 두 그루가 자랐다. 매년 가을이 되면 빨간 대추가 주렁주렁 열리고, 담 너머 휘어진 가지에서 다 익은 대추가 우리 마당과 돼지우리 지붕 위에 떨어진다. 그러면 이를 맛있게 주워 먹곤 하였다. 바로 뒷집은 정근이 누님(어머니: 신현순 권사님)댁이다. 그 집은 큼직한 목조 대문이 근사하게 만들어져 있어서 그 어릴 적에도 우리 집보다 더 잘사는 집이구나 하는 느낌이 있었다. 앞뒷집과는 사이가 좋아 특별한 음식을 하게 되면 서로 나누어 먹고 이웃 간에 아주 가깝게 지냈다.

나에게는 지금도 잊을 수 없는 이 집에 대한 에피소드가 있다. 내가 4~5살쯤 되었을 때 잠자리에서 그만 실수로 요 위에 한 자락 지도를 그린 적이 있었다. 나는 어머니에게 야단을 실컷 맞고 무안해서 어쩔 줄 모르고 있었다. 그런데 누이들이 키를 가져와 내 머리에 뒤집어씌우고 접시를 손에 들려주며 뒷집에 가서 소금을 꾸어 오란다. 난 아무것도 모른 채 누이들이 시키는 대로 뒷집으로 걸어가니 마침 신 권사님이 부엌에서 불을 지피고 계시는 모습이 눈에 들어왔다. 권사님이 나를 쳐다보시기에 나는 우리 어머니가 소금을 꾸어 오란다고 말씀을 드렸다. 그러자 신 권사님이 "너 왔구나!" 하시면서 일어나 부엌 밖으로 나오시는데 재미있다는 듯 알 수 없는 웃음을 소리 내어 웃으신다. 나는 이게 '무슨 웃음이지?'하고 의아하게 생각을 하고 있었다. 그러자 소금을 들고 가까이 오셔서 접시에 담아 주시는 줄 알았는데 그게 아니라 갑자기 소금을 내 머리 위로 마구 뿌리신다. 그리고 들고 있던 불쏘시개로 내 머리 위에 있는 키를 몇 차례 두드리시며 뭐라고 하시는 게 아닌가? 나는 도통 이해가 되지 않는 권사님의 말과 행동에 깜짝 놀라기도 하고, 한편 키에 붙은 미세 먼지들이 안개처럼 뿌옇게 휘날려 내 시야를 가리므로 그만 겁에 질려 울음을 터트리고 말았다. 그러자 나 몰래 뒤따라와서 지켜보던 누이들이 재미있다고 박장대소하는 소리가 뒤에서 들려왔다. 그때까지도 나는 무슨 일이 벌어졌는지 전혀 알 길이 없었다. 누이들이 재미로 나를 속이고 놀린 것이었다.

우리 집 왼쪽에는 황백이네 집이다. 황백은 나보다 네댓 살 어린 것으로 기억한다. 그의 어머니는 우리 어머니보다는 훨씬 젊어서 마치 새댁같이 보였다. 황백이네 집 앞뜰에는 소를 키우는 외양간이 있고, 그 옆으로 아주 큰 살구나무가 자라고 있었다. 봄이 오면 분홍색 살구꽃이 화사하게 피어 멀리 동네 어귀에서부터 봄기운이 느껴졌다.

우리 집 오른쪽 뒤편에는 동네에 있는 중학교에 선생님으로 전근 오신 분이 살고 계셨다. 그 선생님의 아들이 하나 있었는데 이름이 이계민이었다. 외지에서 이사 온 친구로 나와 매일 흙바닥에 앉아 소꿉놀이도 하고 재미있게 지냈는데, 어느 날 그의 아버지가 다른 곳으로 전근 가셔서 헤어지게 됐다. 그 후에는 소식이 끊어져 지금껏 한 번도 볼 기회가 없었다. 그러나 함께 놀던 그때의 추억과 친구의 이름은 여전히 내 기억에 생생하다.

유아시절

내가 태어났을 때 우리 6남매와 아버지, 어머니, 그리고 할머니, 그렇게 9명이 방 2개에서 함께 생활했다고 한다. 전형적인 초가삼간의 살림이었다. 잘 때는 이불과 요를 2~3명이 나누어 덮고 잤다. 그 시절에는 모두가 그런 식으로 어렵게 살았기에 전혀 이상하지 않았다. 안방에는 아궁이에 언제나 불을 때서 밥을 지으니 방바닥이 달궈져 따듯했다. 아랫목부터 연로하신 할머니, 갓난아이인 나와 어린 형제 한둘과 부모님이 나란히 누워 잔 것 같고, 윗방은 불김이 충분히 미치지 못해 바닥이 쉽게 차가워져 몇 살 더 먹은 여자 형제들이 두툼한 이불을 덮고 기거했던 것 같다.

난 태어나면서부터 누구보다도 많은 사랑을 받고 자랐다. 어머니 말고도 위로 누이 여러 명이 한집에 사니 돌아가며 쉴 새 없이 나를 돌보아 주었다. 누이들 말을 빌리면 내가 땅에 발을 디딜 사이 없이 서로 교대로 업어주며 놀아주고 이런저런 것들을 가르쳤다고 한다. 할머니께서는 늘 엄한 감독이 되셔서 혹시라도 내가 잘못되지 않도록 매의 눈으로 누이들을 지켜보시며 주의시키셨다 한다.

누이들은 모두 하나같이 성격이 온화하고 다정다감하셔서 나를 너무 예뻐해 주셨고, 자신들은 잘 못먹어도 나에게는 언제나 좋은 것으로 먹이고 입히도록 노력했다. 또 다양한 놀이와 노래 등을 수시로 가르쳐서 늘 함께 노래하며 시끌벅적하였고, 웃음소리가 떠날 새가 없었다고 한다. 심지어 누이들은 할머니에게 계집애들이 조심하지 않는다고 야단을 맞기까지도 했다고 한다.

내가 3살 되었을 때, 우리 할머니는 세상을 떠나셨다고 한다. 나는 아쉽게도 나를 극진히 사랑해주신 할머니 얼굴도 기억하지 못하고, 할머니에 대하여 아는 게 전혀 없다. 다만 빛바랜 사진 속에서 앉아계신 할머니 얼굴을 뵈었을 뿐이다. 어렴풋이 남아있는 유일한 기억이라곤 우리 집 마당에 이웃 아주머니들이 오셔서 여기저기 솥을 걸어놓고 음식을 준비하며, 많은 사람들이 들락날락하던 단편뿐이다. 정확한 건 아니지만 유추하기에 할머니 장례식 때 문상객이 드나들고 집안에서 음식을 대접하던 모습이 아닌가 생각한다. 왜냐면, 그때쯤 집안에 큰 행사는 그게 유일했기 때문이다. 여기까지가 할머니에 대해서 부모님과 누이들로부터 전해 들은 얘기의 전부다.

구락부(club)

유아시절 – 교회 야외 예배에서

유아기를 지나면서 교회의 어린이 프로그램에 참석하기 시작했다. 이를 구락부라고 불렀는데 한마디로 유치원이 없는 지역에 교회에서 자비로 운영하는 비인가 유치원이다. 그 당시에는 군청 소재지에 공영 유치원이 하나 정도밖에 없던 어려운 시절이다. 그나마 내가 우리 동네교회에서 운영하는 작은 구락부(유사 유치원)를 다닐 수 있었던 것은 큰 행운이었다.

나의 둘째 누이가 그 당시 18~9세 정도 된 것 같은데, 교회에서 봉사도 많이 하며 구락부 교사로 일하고 있었다. 나의 누이 또래 동네 누이들도 같이 교사로 봉사를 했다. 나는 어리고 철이 들지 않은 데다가 모두 잘 알고 지내는 누이의 동료들이 교사로 일하다 보니 그들을 어려워할 줄 몰랐다. 그래서 마구 까불고 수업 시간에도 제대로 공부를 하지 않고, 장난치며, 선생님의 말씀에 제대로 순종하지 못했다. 그런데도 야단은커녕 우리 누이와 다른 선생님들로부터 많은 사랑과 귀여움을 독차지하며 구락부를 다녔다.

이때부터 나는 다른 또래들보다 노래를 좀 더 잘했던 것 같다. 그리고 나 자신도 노래하는 것이 무척 즐거워 무시로 노래를 부르며 다니곤 했다. 교회의 성탄절 축하 행사 때면 언제든지 뽑혀서 전 교인 앞에서 독창을 했고, 다들 내게 노래를 잘한다고 칭찬을 아끼지 않았다.

한편 집에 있을 때는 우리 집 화단 안에 있는 불도화 나무에 올라가 앉아 노래를 즐겨 부르곤 하였는데, 그럴 때면 담 너머 황백이 어머니가 들으시고는 잘한다고 소리를 치시곤 하셨다. 그때 교회에서 가르쳐 준 노래 이외에 대중가요도 부르던 기억이 있다. 누이들의 얘기를 빌면, 어느 날 어머니와 서울 친척 집에 방문차 다녀올 기회가 있었는데, 거기에서 2개의 유행가를 배워 왔단다. 하나는 "한양 천리…" 하면서 시작을 하고, 또 하나는 "무지개 타고 가는 하늘의 황금마차…" 하고 시작한다. 그때 내가 제법 들을만하게 노래를 불렀는지 지금도 누이들이 그때를 떠올리며 "그때 네가 노래를 아주 잘 불렀어."라고 치켜세우곤 한다.

국민학교 시절

한복에 쪽 찐 머리, 나의 어머니

나는 7살이 되어 괴산 읍내에 있는 명덕국민학교에 들어가게 되었다. 학교는 집에서 제법 떨어져 있었다. 나는 왼쪽 가슴에 하얀 손수건을 곱게 접어 핀으로 고정한 후, 어머니 손을 잡고 학교로 입학식에 참석하러 갔다. 처음으로 가보는 학교라 무척 상기되었다. 학교 정문 계단을 올라가 대운동장을 가로질러, 맞은편에 있는 강당으로 걸어가고 있었다.

눈에 보이는 모든 것이 신기해서 조금 긴장도 되어 주변을 두리번거리며 살피는데, 여기저기 다른 신입생들도 자기 어머니 손을 잡고 강당으로 향하고 있었다. 그런데 내 눈에 좀 이상한 게 감지되었다. 다른 아이들 어머니의 복장과 헤어스타일이 우리 어머니와 아주 많이 달랐다. 우리 어머니는 한복에 머리를 곱게 빗어넘겨 쪽을 찌고 계셨는데, 다른 어머니들은 나이도 훨씬 젊어 보이는 데다가 퍼머머리에 양장을 하고 계신 것이다. 그래서 나는 속으로 무심코 생각했다, 저 엄마들은 친엄마가 아니고 새엄마인가 보라고….

나는 세상의 모든 어머니가 쪽을 찌고 다녀야 한다고 착각을 하고 있었다. 우리 어머니는 늦은 나이에 나를 낳으셨기에, 그때 이미 49세가 되셔서, 다른 어머니들보다 연세가 훨씬 높았다. 그러나 어린 내 마음에는 나의 어머니가 전형적인 어머니상으로 각인되어 있어서 세상의 모든 어머니가 나의 어머니 같을 거라고 오해하고 있었다.

입학 후 우리는 교실이 부족한 탓에 넓은 강당 한구석에서 교육을 받기도 했다. 나는 선생님이 어떻게 해서 잘 보셨는지 노래와 유희 시간에는 언제나 반 친구들 앞에 나가 그들을 이끌도록 하셨다. 어린 마음에도 기분이 무척 좋아서 으쓱했다.

그즈음 강원도에 시집가서 사는 둘째 누나 내외가 친정에 다니러 왔다. 그러면서 막냇동생인 나의 입학을 축하하며 입학 선물로 등에 메는 멋진 가죽 가방을 사 오셨다. 그 당시에는 형편이 어려워 등에 가방을 메고 다니는 아이들이 보기 드물었고, 대부분이 널찍한 보자기에 책을 둘둘 말아 어깨에 둘러메고 다녔다. 새 가방은 겉에 거북선이 돌출되어있는 짙은 주황색 가죽 가방인데, 학용품까지 가득 넣어오셔서 얼마나 기뻤던지 지금도 그 가방이 잊히지 않는다.

그즈음에 둘째 누이가 첫 아이를 출산했다. 그리고 친정에서 산후조리를 위해 한동안 머물게 되었다. 난 갓난아이 조카가 한없이 예뻐서 주변을 맴돌기도 하고, 내 등에 포대기를 둘러 업어주려고 시도해보는 등 놀아주기에 흠뻑 빠져 있었다. 그 아이는 안준철이고 우리 집안에 첫 번째 남자 조카였다.

상엿집, 호랑이굴을 지나는 공포의 등굣길

집에서 학교까지는 1.5~2㎞ 정도 떨어져 있었다. 7살인 1학년 학생이 혼자 다니기에는 좀 먼 거리였다. 그래서 아침이면 4학년이었던 누나와 함께 늘 학교에 갔다. 등굣길은 어린아이가 혼자 다니기에는 꽤나 공포스러웠다. 그래서 늘 집을 나서면 긴장하게 되고 마음의 준비를 단단히 한 후 출발하였다.

먼저 집을 나서서 동네를 벗어나면 둑방 길로 들어서게 되는데, 바로 오른편에 상엿집이 나온다. 지금은 사라져 찾아볼 수 없지만, 그 당시 상엿집은 언제나 공포의 대상이었다. 그 옆을 지나갈 때면 금방이라도 귀신이 나올 것 같아 눈이 둥그레지고 잔뜩 겁을 먹게 되었다. 때문에 되도록 두세 명이 모여 함께 조심조심 지나가곤 했다.

거길 지나면 좌로는 산밑으로 밭들이, 우측으로는 논들이 시원하게 펼쳐지는 아주 평화로운 농촌의 모습이다. 그리고 멀리 이 길과 산이 만나는 곳 왼편에 외딴 초가집이 하나 있다. 거기에는 '부뜰'이라고 나보다 두어 살 어린아이네 집인데 난쟁이인 어머니, 정상인인 아버지와 살고 있었다. 태어나 처음 보는 난쟁이인지라 나는 이를 어떻게 받아들여야 하는지 마음의 준비가 되어있지 않았다. 그 앞을 지나가기가 불안하기 짝이 없어서 거길 지날 때는 난쟁이 어머니가 문을 열고 나오지 않기를 바라는 마음이 간절했다. 눈이 마주치는 것 자체가 공포였기 때문이었다.

여길 지나 조금만 더 가면 길옆 오른쪽에 키가 크고 거무튀튀한 서낭당 나무가 나온다. 그 나무에는 매일 밤 굿을 한 건지 언제나 금줄 같은 새끼줄에 흰색과 빨간색 등 울긋불긋한 천 조각을 일정한 간격으로 끼어놓은 것 두어 개가 나무를 휘감고 늘어져 있었다. 그리고 바닥에는 먹다 버린 음식 찌꺼기 같은 것이 버려져 있었다. 우린 이를 보면 뒷골이 쭈뼛해지고 기분이 썩 좋지 않아 일부러 고개를 돌려 시선을 피하고 지나가게 되었다. 그러면 또 '휴~우'하며 부담되는 한고비를 넘긴 것이다.

그렇게 둑방 길이 끝나면 신작로로 연결되어 넓은 길로 나오게 된다. 신작로는 사람들의 왕래가 빈번하기에 마음이 좀 편안해진다. 하지만 아직도 마음을 놓을 수는 없다. 왜냐면 신작로 왼편 산자락 끝에 검은색 바위들이 삐죽삐죽 나와 있고, 그 바위 한가운데 깊숙한 곳에 컴컴한 굴이 있기 때문이다. 이유는 알 수 없으나 그 굴은 '떼찌거리'라고 불렀고, 동네 사람들 말로는 호랑이가 살던 굴이라고 했다. 어른들은 언제 호랑이가 나와서 잡아갈지 모르니 조심하라고 일러주시곤 했다. 그러니 여길 지나갈 때면 너무 무섭고 두려운 생각에 언제나 마음을 졸이곤 했다. 아마도 옛날에는 진짜로 호랑이가 출몰했던 시절이 있었던 것 같다. 그러나 내가 어릴 적에는 실질적으로 호랑이가 나타난 적은 없었다.

한편 신작로를 따라 일이백 미터를 내려가면 왼쪽 산밑에 외딴집이 있다. 아침저녁으로 굴뚝에 연기가 오르는 것으로 보아 사람이 사는 모양이라 여기를 지날 땐 아주 마음이 편했다. 혹시 귀신이나 호랑이가 나타나든지 하는 위험한 상황이 온다면 도움을 요청할 수 있을 테니 말이다. 이 외딴집을 지나면 왼쪽으로 신작로를 따라 농수로가 있고, 그 수로를 따라 늘 물이 흐르던 기억이 난다. 농수로 너머가 바로 산인데 그 밑에 봉분이 나지막한 무덤이 두 개인가 세 개인가가 있었다. 무덤 앞으로 오래되고 빛바랜 비석이 세 개인가 길을 향하여 서 있었다. 어릴 적 무덤과 관련된 귀신 얘기를 많이 들은 터라 무덤과 비석을 바라보는 시선이 편치 않았다. 혹시 거기에서 무언가 무서운 게 나오는 게 아닌가 하여 신경을 쓰지 않을 수 없었다.

그리고 나면 마음을 놓게 되고 산모퉁이를 돌아가면 '사창말(금산리)'이란 마을이 나온다. 이 마을 중간쯤에는 옛날 서당이 있고, 그 안에 크고 작은 소수의 아이들이 훈장님 앞에서 글공부하는 모습을 볼 때도 있었다. 어린 생각에도 '옛날 모습 그대로인 것 같다.'라는 상상을 하기도 했다. 난 서당을 다니지 않고 학교에 다니는 게 얼마나 다행인가 하는 생각도 들었다. 여기를 지나서 얼마 가지 않으면 학교가 나온다.

하굣길도 이 지역을 지나는 것이 무섭기는 마찬가지였다. 따라서 어두워지는 저녁 시간은 되도록 피하고 환한 대낮에만 다니도록 노력하였다. 어쩌다 어둠이 내린 후 집에 돌아갈 때는 이를 잘 알고 걱정하시는 어른들이 미리 나와서 우리를 기다려주곤 하였다. 잔뜩 겁을 먹고 돌아오다가 멀리서 기다려주는 어른들이 눈에 들어오면 얼마나 반갑고 안도하게 되는지…, 그때의 기억이 새롭다.

때로는 친구들과 산을 넘고 넘어 집에 온 적도 있다. 산길은 거칠고 울퉁불퉁하며 오르락내리락하지만, 신작로로 가는 것보다는 지름길이었다. 산을 넘다 보면 밭길로도 가고, 나무 사이도 지나며, 또 낙엽에 미끄러져 신발이 벗겨지고 넘어질 때도 있지만, 그 어린 시절에는 그것도 하나의 재미였다.

삼거리 상점 우리집

국민학교 입학 후 몇 개월 뒤, 우리 가족은 살던 안말의 초가삼간을 떠나 주막거리(신작로가 세 갈래로 나뉘는 Y자형 길이 있는 곳)로 이사를 했다. 부모님께서 주막거리 한가운데에 있는 동네 선술집을 사들여 상점으로 개조를 하신 것이다. 덕분에 더는 공포스러운 둑방 길 따라 학교에 가지 않아도 되었고, 넓은 신작로를 따라 학교에 다녔다. 새집은 상점과 살림집이 함께 붙어있었는데, 집의 규모도 훨씬 크고 갈라진 길을 따라 'ㄱ'자로 되어있어서 삼거리 어느 방향에서도 잘 보이는 코너에 있었다. 방도 3개에 널찍한 광도 있고 대청마루도 있어서 갑자기 부자가 된 느낌이었다. 이때부터 부모님은 본격적으로 상업 활동을 시작하셨다.

셋째 누나는 호랑이 선생님!

내가 2학년이었을 무렵, 셋째 누이가 청주사범학교를 졸업하고 국민학교 선생님이 되었다. 그 당시 청주사범은 충북의 우수한 인재들만 들어갈 수 있는 일류 고등학교였다. 누이의 첫 발령지는 우리 집에서 10여 킬로미터 이상 떨어진 '신기국민학교'였다. 나는 내 누이가 많은 학생들이 존경하는 선생님이 되었다고 하니 이를 어떻게 받아들여야 할지 기분이 아주 묘했다. 어쨌든지 나는 누이로 인해 내 신분이 한 단계 상승한 느낌이었고 마음도 든든했다. 그래서 친구들에게 자랑하고 다닌 것 같고 친구들도 나를 부러워했다. 그러나 나에게는 한가지 고민이 생겼다. 내가 지금까지 반말로 누이에게 말을 했는데 앞으로는 선생님인 누이를 어떻게 대해야 할지 혼자서 고민도 하게 되었다.

그해 여름방학이 되었다. 어머니는 멀리 신기리 산골에서 자취하며 교사생활을 하는 누이가 잘 지내는지 궁금해 방문하신다며 나를 데리고 가셨다. 그 당시는 그곳까지 가는 대중교통편이 전혀 없던 때라 오로지 두 발로 걸어서 가야만 했다. 집을 나서서 괴산 읍내를 지나 '행교마을(수진리)' 뒷산을 넘은 후 구불구불한 산길을 따라 고개를 몇 개 넘어갔다. 한여름 땡볕

더위가 보통 더운 게 아니었다. 가다가 그늘이 있으면 좀 쉬어서 물도 마시고 땀을 식힌 후 가곤 하였다. 다리도 아파졌다. 그래도 누이를 만난다는 희망으로 꾹 참고 가니 드디어 신기리가 나왔다. 산골짜기에 여기저기 초가집들이 굴뚝 연기에 그을린 듯 초췌한 모습이 눈에 선뜻 들어왔다.

누이는 철제라는 내 또래 아이의 집에 방을 한 칸 얻어 지내고 있었다. 외부 사람들의 방문이 잦은 곳이 아니어서인지 철제네도, 그리고 이웃들도 어머니와 나의 방문을 반갑게 반겨줬다. 전형적인 시골의 푸근한 인심이었다. 자그마한 학교 건물도, 운동장도, 그리고 누이가 담임으로 있는 교실도 돌아보고, 그 동네 학생들도 만나보았다. 학생들이 입은 옷은 좀 남루해 보였지만 마음만은 더 깨끗하고 순수해 보였다. 그러나 내 눈에는 그 순수함이 오히려 더 촌스럽게 느껴졌다. 그 당시에는 옷차림이랄 것도 없던 시절이었지만, 내 용모가 조금은 달라 보여서 그랬는지 지나갈 때마다 시선을 많이 받는 느낌이었다. 이건 내가 집을 떠나 처음으로 경험해 본 산골의 모습이었다.

누이는 신기국민학교에서 2년여간 근무를 마치고 문광국교를 거쳐 내가 다니던 명덕국교로 전근을 왔다. 그런데 얼마 지나지 않아 갑자기 학생들 사이에 이상한 소문이 돌기 시작했다. 그 내용인즉, 새로 젊은 여자 선생님이 전근을 왔는데 굉장히 무섭다는 것이었다. 그 선생이 많은 학생들 앞에서 고학년 남학생에게 아주 힘든 기합을 주었다고 했다. 나도 무서운 생각이 들어 누구인지 조심해야겠다는 생각이 들었다. 그런데 친구들이 하는 얘기를 가만히 들어보니 나의 누이를 두고 하는 말이었다. 난 깜짝 놀라기도 하고 무척 당황스러웠다. 나는 이럴 때 친구들한테 어떤 입장을 취해야 하는지 잘 몰라 난처해서 이를 듣고서도 모르는 척하고 지나갔다.

그렇게 우리 누이 선생님은 오자마자 호랑이 선생님으로 학생들 사이에 각인이 되었고, 남자 학생들이 두려워하는 대상이 되었다.

누이는 내가 공부하는 것도 신경을 많이 써주었다. 집에서 수시로 내 공부를 챙기고 미리 준비도 시켜줬다. 내가 생각하기에 동생이 너무 공부를 못하면 동료 교직원들에게 체면도 서지 않고, 또 우리 가정 식구를 낮추어 보고 무시할까 우려를 한 듯싶다.

공부뿐만 아니고 매년 열리는 전교 학예회에 나가 노래를 부를 때도 미리 집에서 열심히 연습을 시키고 혹시 잘 못하면 눈물이 찔끔 나도록 야단을 쳐서 때로는 어머니가 말리신 적도 있다. 나는 그런 것이 싫었지만, 그래도 막냇동생에 대한 누이의 사랑을 느낄 수 있어 늘 든든하고 고마운 마음을 금치 못했다. 내가 전교생이 모인 대강당에서 독창을 연주할 때면 단 아래서 동료 선생님들과 함께 지켜보며 누이는 '내 동생이다.' 하는 자부심도 컸던 것 같고, 한편 '말끔하게 잘해야 할 텐데….' 하고 나만큼이나 초조하게 가슴을 졸였던 것 같다.

누이가 선생님이 되어 집으로 돌아온 후부터 집안 살림이 좀 더 여유로워졌다. 상점을 운영하여 수익이 있는데, 더해서 매월 안정적인 누이의 선생 봉급이 더해지니 전보다 경제적으로 윤택해진 것 같았다. 때때로 누이는 나와 동생들을 데리고 이삼십 분 거리에 있는 괴산 읍내 중국음식점에 가서 외식하기도 했다. 이게 내가 가져본 첫 외식인 것 같다. 지금은 상호도 잊어버린 허름한 중국음식점인데 화교가 운영하고 있었다. 옆방에서 떠드는 소리가 다 들리는 칸막이 방에 형제들과 둘러앉아 먹었던 새콤달콤한 탕수육, 그리고 짜장면. 아~, 그 맛은 지금 생각해봐도 어디에도 비길 수 없는 꿀맛이었다.

농촌의 사계절

내가 국민학교에 다니던 시절은 한국전쟁이 끝난 지 겨우 몇 해 후라 아직도 전쟁의 상처가 곳곳에 남아있었다. 그 당시 한국의 생활상은 재래식 전통 농업 중심이었고 개발되지 않은 원시에 가까웠던 생활 모습이었다. 오늘날의 우리가 누리는 문화생활과는 매우 거리가 멀었다. 그러나 그 당시 어린이였던 나는 너무 어려서 어른들의 시대적 어려움과 고민을 전혀 느끼지 못하고 그저 천진난만하게 먹고 자고 놀며 사계절을 지냈던 것 같다.

하지만 오늘날에는 한국이 경제적으로 발전에 발전을 거듭해 어디를 가더라도 그 옛 모습을 찾아보기가 힘들다. 벌써 역사 속에 파묻혀 사라진 것이다. 그래서 내 머릿속에 남아있는 그 옛날의 모습들을 적어보는 것도 나름의 기록적 가치가 있을 것 같다.

• 냉이 내음 물씬 나던 봄

우리 마을 앞에는 넓은 들이 있고, 맞은 편으로 남산이 우뚝 솟아있는데, 그 밑으로는 작은 개천이 흘렀다. 이른 봄에는 겨우내 꽁꽁 얼었던 얼음이 녹으며 물소리를 내기 시작하고, 천변에는 버들강아지가 수줍은 듯 피어오른다. 우리는 천변에 나가 버들강아지를 꺾어서 가지고 와 화병에 꽂기도 하고, 줄기를 잘라 그 끝을 이빨로 다듬어 자그마한 피리를 만들어 장난감 삼아 '삐삐'거리며 불고 다니기도 했다.

눈 녹은 들과 밭에는 '나생이(냉이)'를 비롯한 봄나물이 올라오기 시작한다. 그러면 동네 아주머니들이 여기저기 나물을 캐는 모습이 보인다. 우리 어머니도, 누이들도 그중에 한 분이었다. 때로 나는 어머니를 따라가 옆에서 나물을 캐기도 했다. 호미로 하나씩 캔다. 그러나 얼었던 땅이 녹으며 흙이 끈적끈적해지고 신발에 짝 달라붙으면 다리가 무거워지는 데다가 이동하기가 불편하고 신발이 벗겨지기도 한다. 그 시절에 먹었던 나생이 국, 특별히 국 속에 우러난 상큼한 흙내음이 지금도 봄 향기 같다.

4월이 되면 진달래꽃이 온 산을 붉게 물들인다. 그러면 친구들과 앞산으로 진달래꽃을 꺾으러 가곤 했다. 갓 피어난 진달래꽃은 너무도 예쁘다. 같이 갔던 친구들은 이 꽃잎을 뜯어 간식같이 먹기도 했다. 먹을 것이 부족한 시절이라 먹을 수 있는 건 다 식량이 되었던 것 같다. 특별히 봄이 오면 가을철에 수확하여 저장했던 곡식이 다 떨어지는 '보릿고개'가 되니 먹을 식량이 부족하여 어려움을 겪는 세대가 많았다.

단오절이 되면 뒷동산에 있는 큰 나무에 그네를 길게 매달아 젊은 남녀들이 돌아가며 타고 놀았다. 많은 사람들이 한복을 입고 나왔다. 제일 멋있는 장면은 여자들이 치마저고리를 입고 그네를 탈 때 치마가 바람결에 휘날리는 모습이었다. 나도 형들과 누나들 사이에 끼어 그네에 서서 힘껏 굴러봤지만, 형들처럼 멀리 나갈 수가 없었다. 그날은 누가 누가 잘 타나 그네 시합이 열리기도 하고 모두 즐겁게 놀던 기억이 난다. 그러나 그 후 해가 갈수록 산업화로 인한 바쁜 생활 가운데 단오절을 즐기는 풍속은 조용히 사라져 버려서 더는 구경할 수가 없게 되었다.

날씨가 따듯해지고 풀이 자라면 풀숲에 숨어있는 개구리를 잡으러 가기도 했다. 긴 막대를 꺾어 들고 풀숲을 툭툭 치면 개구리가 놀라 튀어 오른다. 그러면 막대기로 개구리를 때려잡는 것이다. 단번에 개구리를 명중시키기가 쉽지 않다. 몇 번이고 개구리를 따라가며 막대기를 휘둘러야만 잡을 수 있다. 그렇게 잡은 개구리는 가져와 뒷다리를 분리해 불에 구워 먹는다.

개구리 다리는 토실토실해서 구워놓으면 먹을만해 보였다. 친구들은 맛있게 물고 뜯어 먹었다. 그렇지만 나는 얼룩덜룩한 개구리 등이 징그럽기도 하고 막상 맛을 보니 입맛이 썩 당기질 않아 그 후로는 절대 입에 대지 않았다.

• 개천에서 멱 감고 삼계탕으로 이겨내던 여름

우린 방과 후 종종 앞 개천에 나아가 물놀이를 즐기곤 했다. 그때는 제대로 수영을 배운 친구들이 하나도 없어서 그저 물장구치고 아무렇게나 헤엄을 치고 노는 거였다. 곳곳에 수심이 깊은 곳도 있어서 그곳에 빠지지 않으려고 아주 조심해서 헤엄을 치고 놀았다. 그래도 여름철이면 익사 사고가 생겨 죽는 아이들이 하나둘 꼭 있었다. 그 당시는 오늘날 같은 수영복이 존재하는지조차 모를 때다. 어린이들이 물놀이 갈 때는 옷을 홀딱 벗고 물속으로 뛰어들었다. 그때는 사람들의 왕래가 거의 없다시피 뜸했기에 너나 할 것 없이 자연스럽게 용기를 냈다. 그러다 어떤 날 여자아이들이 우리가 있는 물가로 접근해올 때도 있었다. 우리는 물속에서 잔뜩 긴장하여 등을 돌리고 그들이 지나갈 때까지 물속에서 기다려야만 했다.

가끔은 흐르는 물속에 어항을 묻어 고기도 잡곤 했다. 잡히는 고기는 주로 피라미와 모래무지 같은 거였다. 어항은 유리로 만들어져 아주 조심스럽게 다루어야만 했다. 어항을 물속에 묻어놓고 물가에 나와 기다리는 시간은 땡볕에 덥기도 하고 지루하기도 해서 아주 재미가 있는 것은 아니었다. 그러나 시간이 얼마만큼 지난 후 어항을 회수하러 갈 때는 고기가 많이 잡히기를 기대하는 마음이 가득 부풀어 있었다. 잡은 고기는 그 자리에서 배를 따고 비늘을 벗겨 손질해서 집으로 가져오면 어머니가 고추장을 넣고

간을 맞춰 맛있게 요리를 하여 집안 식구와 맛있게 먹곤 하였다.

때로는 친구들과 논두렁 사이로 흐르는 보를 막고 물을 퍼낸 후 미꾸라지를 잡기도 했다. 미끌미끌한 미꾸라지를 잡으려면 잠시 쉴 틈도 없이 진흙을 파내야 해서 어항으로 고기를 잡는 것보다 훨씬 다이내믹하고 재미가 있었다. 그러나 진흙이 튀기는 가운데 작업을 해야 하니 얼굴과 몸이 온통 진흙투성이가 되고 땀으로 범벅이 되어 그 모습이 지금 생각해봐도 참 가관이었다. 잡은 미꾸리는 비린내가 나지 않도록 잘 처리하여 추어탕을 만들어 온 식구가 몸보신하기도 했다.

몇 차례는 나이가 든 형들을 따라 밤에 횃불을 밝히고 고기를 잡은 적이 있다. 한 사람은 횃불을 들고 또 한 사람은 물속에 들어가 어망을 대고 수초를 발로 훑으며 고기를 잡는 것이다. 그리고 두세 사람은 물 밖에서 잡은 고기를 받아 담기도 하고 임무를 교대하기도 했다. 야간에 고기를 잡는 이유는 고기가 불빛을 보면 도망을 못 치기에 고기 잡기가 더 쉬워서였다. 그러나 횃불 등 장비를 준비해야 하고 사람도 여러 명이 필요하므로 미리 잘 준비하여야만 나갈 수 있었다. 게다가 막상 나가보면 횃불이 있어도 불빛이 어른거려 물속이 잘 보이지도 않고, 어떨 때는 물뱀이 불을 보고 우리 쪽으로 달려와 기겁을 하고 도망가기도 했다. 야간 고기잡이가 그렇게 만만하고 쉬운 일만은 아니었다.

여름철 저녁은 한낮에 뜨거워진 지표면의 열기와 열대야 현상으로 무척 덮고 잠을 청하기 어렵다. 해가 서산으로 내려가고 어두움이 깔리기 시작하면 우리 동네 모든 여성들은 젊으나 늙으나 목욕 준비를 하고 개천에 나가 목욕을 했다. 나의 어머니와 누이들도 마찬가지였다. 여인들이 일 년 중 유일하게 풍성한 물속에서 목욕을 할 수 있는 때이다. 간혹 남자들도 밤

목욕을 가지만 대부분 해가 넘어가기 전에 마치고 돌아온다. 그 당시에는 부부가 함께 목욕가는 것을 보기가 힘들었다. 여자들 손에는 어두운 길을 밝힐 손전등을 켜고 피차의 안전을 위하여 보통 몇 명씩 그룹을 이루고 갔다. 캄캄한 초저녁에 개천을 따라 이어진 둑방 길을 걸으면 아무것도 보이지 않는 데서 여기저기 목욕을 즐기는 여인네들의 웃음소리와 수다 소리가 물소리보다 더 크게 들려왔다.

여름철 복날이 되면 우리 어머니는 잊지 않고 삼계탕을 끓여주셨다. 가족의 건강을 위해 단백질을 보충시키기 위해서다. 더운 날씨에 뜨거운 삼계탕을 먹으면 온몸이 땀범벅이 되었다. 그러고 나면 어머니는 정성껏 인삼을 달인 물을 한 잔씩 마시게 하시면서 한두 시간 동안은 절대 찬물을 마시지 말라고 당부하셨다. 우리는 왜 찬물을 마시지 말아야 하는지 그 이유를 알 수 없었지만, 어머니 말씀을 그대로 순종했다. 아마도 기름진 삼계탕을 먹을 후 찬물을 마시면 소화에 지장을 줄 수 있기 때문이 아니었나 추측된다. 어쨌든 그게 지금도 습관으로 남아서 삼계탕을 먹은 후에는 찬물을 삼가려고 한다.

여름철 과일은 그때도 참외와 수박이 최고였다. 참외나 수박밭에는 원두막을 지어 도둑이 들지 않도록 하였다. 원두막은 답답하고 후덥지근한 집안을 벗어나 마치 별장처럼 선선한 바람이 사방에서 불어와 한낮엔 햇볕도 피하고 저녁에는 잠도 자기도 했다. 우리 집은 원두막이 없었지만, 친구네 원두막에 놀러 가 참외와 수박을 얻어먹기도 하고 거기에 누워서 잠을 청해 보기도 했다. 볼을 스치는 바람이 너무 시원하고 좋아서 여름철에는 원두막을 운영하는 친구네가 부럽게 느껴지기도 했다.

한여름에는 '백중절'이라는 잔치 같은 풍속이 있었는데 괴산 읍내에서 열리곤 했다. 마치 확대판 장날처럼 이동 장사꾼들이 몰려와 가판대를 열고 평소에 못 보던 물건도 팔고, 이런저런 게임도 있고, 가벼운 도박 같은 놀이도 하곤 해서 나의 관심을 끈 적이 있다. 사람들이 많이 몰려 벅적대고, 골목골목 처음 보는 신기한 것들이 많아서 그 속을 구석구석 다니며 재미있게 돌아본 기억이 난다. 그리고 무슨 게임인가를 해서 돈을 한두 푼 잃어 속상했던 기억도 난다. 이 풍속도 그 옛날에는 큰 명절 중 하나였는데, 나라가 급속도로 산업사회로 전환되며 자연스럽게 소멸해 그 자취를 감추어 버렸다.

• 벼 이삭이 누런빛으로 익어가던 가을

학교 가는 신작로길 좌우의 넓은 들은 곡식이 익어 황금빛으로 변해간다. 그러면 메뚜기가 벼 이삭을 타고 온 들판에서 춤을 추기 시작한다. 학교를 다녀온 후에는 종종 빈 병을 들고 메뚜기 잡으러 들판으로 나간다. 논둑 사이를 다니다가 튀어 오르는 메뚜기가 벼 이삭에 앉게 되면 재빠르게 손으로 낚아채어 잡는다. 그렇게 한 병 가득 잡은 메뚜기를 프라이팬에 올려놓고 볶으면 그 맛이 고소하고 영양가도 높다고 한다. 그 당시 메뚜기튀김은 농촌에 사는 많은 사람들이 먹던 보편적인 간식으로 누구나 좋아했다.

가을이 오면 제일 큰 명절은 역시 추석이었다. 이런 명절이 오면 어린이들에게 제일 반가운 것은 평소에 먹을 수 없는 음식을 실컷 먹는다는 것이다. 그 옛날은 그만큼 먹을거리가 부족하였고 너 나 할 것 없이 가난하던 시절이었기 때문이다. 거기에 더하여 즐거웠던 것은 이때가 오면 부모님이 장에 나가 새 옷을 사주시곤 한다는 점이었다. 그래서 늘 명절이 빨리 오기를 기다리곤 하였다.

추석날 이른 아침이 되면 대부분 집들은 제사상을 차리고 제사를 지냈다. 그렇지만 우리 집은 크리스천 가정이므로 함께 모여 예배를 드렸다. 어머니가 사회를 보시고 성경 구절은 온 식구가 돌아가면서 한 구절씩 읽었다. 한목소리로 찬송도 하고 마지막으로는 주기도문을 암송한 후 예배를 마친다. 아침 식사가 끝나면 아버지를 따라 뒷산 너머에 있는 할머니 산소에 성묘했다. 산을 오르다 보면 울긋불긋 가을 단풍 사이로 입을 딱 벌리고 있는 밤송이들이 가을의 풍요함을 느끼게 해주었다.

한편 여자들은 송편을 빚어 솔잎 위에 올려놓고 찐다. 솔잎을 꺾어오는 일은 남자들의 몫이었다. 나는 산에 올라가 솔잎을 따오기도 하고 어머니 곁에서 누이들과 함께 송편을 빚기도 했다. 예나 지금이나 송편은 추석에 가장 널리 먹는 음식이다. 어디서 유래한 풍습인지는 나도 잘 모르겠다. 어쨌든 추석 하면 제일 먼저 머릿속에 떠오르는 것은 송편이고 추석 때 송편을 못 먹고 지나간 적은 한 번도 없는 것 같다.

• 성탄절, 동지를 거쳐 겨울을 녹이는 대보름 쥐불놀이

11월이 되면 곡식을 거두어들인 들판이 휑하니 쓸쓸하고 날씨가 제법 차가워지기 시작한다. 이때부터 아이들은 겨울에 놀 것을 준비하며 썰매를 만들기 시작한다. 재료를 파는 데가 있는 것도 아니고 모든 것을 스스로 구하고 만들어야 한다. 나는 우리 집 상점에서 나오는 나무 궤짝에서 나무판을 구하고 송곳으로 쓸 나무는 뒷산에 올라가 적절한 굵기의 소나무 가지에서 잘라 왔다. 그리고 망치와 펜치를 들고 손을 찌어가며 썰매를 만들었다. 맨 처음에는 두 발 썰매를 만들었고, 좀 더 커서는 외발 썰매를

만들었다. 그리고는 날씨가 추워져 얼음이 얼기만을 기다렸다.

썰매는 개천이나 물 댄 논에서 주로 탔다. 얼음의 상태도 그다지 좋지 않고 빙판도 크지 않아 보잘것없었다. 그러나 썰매 타는 것이 너무 재미있어서 넘어지기도 하고, 추위에 콧물을 줄줄 흘리면서도 시간 가는 줄 모르는 채 썰매를 지쳤다. 썰매 타기는 제일 인기가 있었던 어린이들의 겨울 스포츠가 아니었나 싶다.

12월이 되어 겨울방학을 맞이하면 우리를 기다리는 큰 행사가 하나 있다. 교회에서 열리는 성탄절 축하 예배 및 공연이다. 12월에 들어서면 기획이 되고 준비에 접어들어 찬양, 성극, 성경 구절 암송 등을 함께 모여서 연습한다. 난 주로 독창을 많이 했고 연극에도 여러 번 출연하였다. 막이 열리고 프로그램이 하나씩 진행되면 모두가 숨을 죽이고 쳐다본다. 특별히 부모님들은 자기 자식이 나와 얼마나 잘하는지 초미의 관심을 가지고 지켜본다. 전 교인들이 참석한 가운데 열리는 행사라 긴장하다 보니 중간에 틀리기도 하고, 실수하는 아이들도 종종 있었다. 그럴 때마다 관중석에 앉아있는 부모님들은 오히려 더 박수를 보내며 응원하고 애교로 받아주셨다.

나는 유치부부터 국민학교 졸업 때까지 매년 빠짐없이 축하 공연에 참석하였다. 이런 활동 속에서 크리스마스를 이해하는 데 많은 도움을 받았고, 친구들과 협동심도 많이 향상된 것 같으며, 특히 대중 앞에 서는 것에 대한 자신감도 붙었다. 당시 사용하던 교회의 작은 풍금이 지금도 눈에 선하다.

동지는 음력으로 11월을 말한다. 그러나 당시에 난 너무 어려서 언제가 동지인지 잘 몰랐다. 왜냐면 양력으로만 날짜를 세고 살았기 때문이다. 어느 날 어머니가 갑자기 팥죽을 저녁으로 내어놓으시면 비로소 '오늘이 바로 동짓날, 그러니까 11월 22일이구나' 하며 알게 되는 것이다. 어머니는 매년 이날이 오면 빠짐없이 팥죽을 쑤어 주셨다. 그 팥죽은 아주 달콤했고, 속에 들어있는 새알심을 꺼내 먹는 맛은 더 재미있었다.

동지가 지나면 동장군의 기세가 한껏 매서워진다. 그리고 얼마 지나면 구정이 온다. 음력으로 설이며, 연중 가장 큰 명절이다. 이때 생각나는 건 떡국, 설빔, 제사, 세배, 윷놀이 등이다. 설날 아침, 온 가족이 떡국을 먹고 새 옷을 차려입은 후 부모님에게 세배한다. 그러면 부모님은 용돈을 미리 준비하셨다가 세뱃돈으로 주신다. 일 년에 유일하게 한 번 받아보는 용돈이다.

다음으로 이웃집을 돌아다니며 동네 어른들에게 세배했다. 새해 인사를 하러 가는 거지만 우리 어린이들은 인사보다는 세뱃돈에 더 관심이 많았던 듯싶다. 세배하러 가면 이웃의 어른들은 착하다고 머리를 쓰다듬으며 칭찬을 아끼지 않으셨고, 먹을 것이며 세뱃돈을 주셨다. 세뱃돈을 많이 주시는 어른들의 집은 친구들 사이에 금방 입소문이 돌아서 어린아이들의 세배 발길이 끊이질 않았다.

오후가 되면 동네 어른들이 좌판을 깔고 윷놀이를 하시며 왁자지껄 웃고 떠드는 모습을 여기저기 볼 수 있었다. 어린이들은 뒷동산에 올라가 하늘에 연을 날리기도 하고 누가 더 높이, 그리고 멀리 날리나 시합을 하기도 했다.

설날이 지나고 15일이 돌아오면 정월 대보름이다. 이때면 논과 밭에 여기저기 쥐불을 놓아 태우는 모습을 볼 수 있고, 그 연기로 매캐한 냄새가 진동한다. 왜 불을 놓는 건지 그때는 전혀 이해하지 못했다. 나중에 알고 보니 논밭에 있는 병충해를 제거하기 위한 선조들의 지혜라고 한다. 어둠이 깔리면 우리 어린이들은 준비한 빈 깡통을 들고 텅 빈 논과 밭으로 나간다. 빈 깡통은 하루 이틀 전 미리 구하여 바람구멍을 숭숭 내고 적당한 길이의 철사를 깡통 목 부위 좌우에 연결하여 깡통에 불씨와 나무 조각을 넣을 수 있도록 만든다. 그리고는 동네 친구들과 함께 화재가 발생하지 않을 안전한 장소를 먼저 찾는다. 그다음 서로 적당한 거리를 유지한 채 철사를 잡고 깡통을 위아래로 둥글게 원이 되도록 돌리기 시작한다. 그러면 깡통 속에 나무들이 바람결에 활활 타오르고, 불꽃을 피우며 캄캄한 밤에 환한 원을 그리게 되는 것이다.

여기저기 불꽃들이 둥글게 둥글게 돌아가며 어두운 밤을 아름답게 수놓는다. 큰 원도 있고 작은 원도 있어서 어른이 돌리는지 아이들이 돌리는지 금방 알아볼 수 있다. '휘휙' 바람 소리를 내며 돌아가는 깡통의 불길이 열기를 뿜어내어 얼굴이 따듯하게 느껴진다. 하지만 실수해서 화상을 입지 않도록 무척 조심하며 깡통을 돌려야 했다.

이렇듯 논과 밭은 자라나는 어린이들의 넓고도 다양한 놀이터가 되었고 산과 개천은 자연 그대로 또 다른 공원이 되었다. 오늘날과 같은 인공적인 어린이 놀이터나 공원은 본 적도 없었고, 그런 것이 있는지조차도 몰랐다. 그래도 나는 나보다 더 깊은 산골에서 자란 아이들보다는 좀 더 나은 환경에서 자란 것 같다. 괴산중고등학교가 바로 나의 집 뒤에 있었기 때문이다. 그 덕분에 학교 운동장에 나가 공도 차고, 농구도 하며, 배구도 해볼 수 있었고, 철봉과 평행봉에 매달려 체조도 해보는 등 학교가 주는 문화의 혜택을 직간접적으로 누릴 수 있었다.

음악에 빠져든 국민학교 시절

국민학교에 다니는 6년 동안 나는 공부를 열심히 할 수 있었던 환경도 아니었고, 내가 그렇게 열을 내고 공부하지도 않은 것 같다. 그러나 학교 성적은 그다지 나쁘지 않아 언제나 상위권에 있었다. 몇 차례 우등상도 받았다. 열심히 노력하지 않은 데 비해서 상당히 좋은 결과였다. 조금만 노력하면 더 잘할 수 있다는 자신감이 늘 내 마음에 자리 잡고 있었다. 그러다 보니 그게 오히려 더 공부를 소홀히 하게 되는 요인이었던 것 같다.

내가 제일 잘하고 인정받은 부문은 역시 음악이었다. 특히 독창을 잘했던 것 같다. 매년 학예회를 하게 되면 내가 독창으로 출연하는 것은 기정사실이었고, 나도 그때가 무척 기다려지곤 했다. 4학년을 넘어서는 교내 학생들과 선생님들 사이에 내가 노래를 잘하는 아이로 이미 얼굴이 알려져서 선후배들이 쉽게 알아볼 정도였다. 발표회 준비를 위한 연습 때에는 많은 여학생들이 내가 노래하는 모습을 지켜보기 위해 모여들기도 해서 부끄럽기도 했지만, 우쭐한 기분도 들었다. 학교에는 입식 피아노가 한 대 있었는데, 아마도 괴산 읍내에 있었던 유일한 피아노였었던 것 같다.

그때 매일 오후 6시가 되면 KBS라디오에서 흘러나오는 어린이 음악 프로그램 '누가 누가 잘하나'가 있었다. 노래를 잘하는 국민학교 학생들의 노래 경연대회였다. 매일 이 프로그램에 나오는 어린이들의 노래를 들으며 나도 한번 나가보고 싶은 강한 소망이 있었다. 하지만 출연하는 어린이들은 모두 서울에 있는 학생들뿐이었다. 당시 시골 형편에 서울까지 가서 이 프로그램에 출연한다는 것은 시간과 비용을 생각할 때 도저히 상상하기도 힘들었고, 시골에는 그만한 능력과 열의를 가진 부모도 없었다. 서울은 너무나 먼 곳에 있었고, 내 주변에도 내 꿈을 이루도록 도와줄 만한 어른이 한 분도 계시지 않았다. 꿈은 그저 꿈으로 만족해야 했다. 지금도 그때를 생각하면 아직도 마음 가운데 한번 나가봤더라면 하는 아쉬움이 진하게 남아있다.

그 시대를 잠시 소개하면, 트랜지스터 라디오가 개발되기 전이어서 내 주변에는 라디오가 있는 집이 하나도 없었다. 우리 동네는 동네 공회당에 대형 라디오를 설치하고, 각 가정에는 작고 둥근 스피커를 매달아 이를 케이블로 연결하여, 마을 공지 사항도 전달하고 저녁 시간에는 KBS 중앙방송을 몇 시간 동안 송출하였다. 이게 우리가 들을 수 있는 유일한 라디오 방송이었다. 그나마 방송은 오로지 KBS에 고정되어 있어서 다른 방송을 들을 선택의 여지가 없었다.

졸지에 동인국민학교 제1회 졸업생

명덕학교 5학년 즈음, 학생 수와 비교해 학교 교실이 턱없이 부족하여 금산리에 짓고 있던 교실 16칸짜리 분교가 완공되어 가고 있었다. 워낙 많은 학급수가 분교로 이전하게 되니 군 교육청에서는 뒤늦게 계획을 바꿔 이를 분교가 아닌 새로운 독립학교로 만들기로 하였다. 새 학교 이름은 동인국민학교로 명명하였다.

새 학년이 시작되며 우리가 6학년으로 올라갈 때 우리 동네 대사리 학생들은 모두 새 학교로 가도록 구역 조정이 되었다. 새 학교가 더 가까운 거리에 위치하기 때문이다. 따라서 5년을 다닌 명덕학교를 떠나게 되었고, 갑자기 신설된 동인국민학교 학생이 되었다. 6학년인 우리는 고작 1년을 다니고 동인국민학교 제1회 졸업생이 되게 되었다. 역사가 깊은 명덕학교에 있었으면 52회 졸업생이 되었을 텐데, 졸지에 이름도 낯선 신설 동인국민학교 이름으로 졸업하게 된 것이었다.

낯설고 신기한 서울 수학여행기

6학년 수학여행에서(앞줄 오른쪽에서 세번째가 저자)

6학년이 되어 서울로 단체 수학여행을 가게 되었다. 마침 서울에서는 산업박람회라는 것이 나라가 생긴 후 처음으로 열리고 있었다. 처음으로 가는 수학여행이라 마음이 들떠 있었다. 박람회라는 말도 처음으로 듣게 되어 무슨 뜻인지 잘 몰라 무척 생소했다.

여행 준비를 하며 누이들은 새 옷과 신발을 사다 주시고, 특별히 서울에 가니 시골 학생같이 촌스럽게 보이지 말라고 평소에 신어본 적이 없는 검은 타이츠(tights)를 사 오셨다. 타이츠를 신어보니 무릎까지 올라오는데, 새롭고 좋아 보였다. 나는 맘속으로 서울 남학생들은 모두 타이츠를 신고 다니기에 사주는 거로 생각했다.

여행을 떠나는 날 나는 반바지에 타이츠를 무릎까지 올려 신고 집결 장소로 갔다. 아무래도 평소에 신어보지 않은 타이츠를 신고 친구들 앞에 나타나는 것이어서 어떻게 보일지 궁금했다. 돌아보니 나처럼 타이츠를 신고 온 남자 친구는 하나도 없었다. 친구들도 내 모습이 이상한지 자꾸 흠칫흠칫 내 다리를 쳐다보는 것 같았다. 여학생들도 몇 명 타이츠를 신은 것 같은데, 역시 나를 자꾸 쳐다보는 것 같았다. 내가 이상하게 보이는 것은 아닌지 아주 불안했다. 그래서 서울 가는 버스 안에서, 그리고 고궁을 돌아보며 사진을 찍을 때 등 수시로 타이츠를 발목 아래로 말아 내리기도 했다. 여행하는 내내 이 타이츠가 나를 괴롭혔던 기억이 난다.

그러나 여행은 재미있었고 신기한 것을 많이 보게 되어 시간 가는 줄 몰랐다. 여행 중 창경원에 갔을 때로 기억되는데, 매점에서 붉은색 깡통에 든 음료수를 처음으로 사서 먹게 되었다. 그 속에 든 물 색깔이 고동색이 나며 우리가 평소에 먹던 투명한 사이다와는 아주 다르고 비교할 수 없을 만큼 맛이 있었다. 이름도 모르는 이 음료수를 마시며 너무 신기하고 처음 보는 것이라 갑자기 집에 계신 어머니와 형제들이 생각났다. 어머니에게도 이 새로운 맛을 보이고 싶은 것이었다. 그래서 떠날 때 주신 용돈으로 이 붉은색 깡통 음료수를 선물로 가지고 와 가족들과 나누어 먹었다. 모두들 무슨 음료수인지 알지는 못했지만 맛있게 드셔서 기분이 좋았다. 그 후 세월이 한참 지나고 보니 그게 바로 그 유명한 '코카콜라'였던 것이다.

졸업식 답사의 영광

동인국민학교를 1회로 졸업하며 남녀 70여 명이 함께 졸업장을 받았다. 얼떨결에 1회 졸업생이 되었지만, 그래도 제1회라는 것이 주는 무거운 사명감과 책임감이 가슴에 느껴지는 것 같았다. 선배로서 뒤따라오는 후배들에게 모범을 보여야 한다는 생각도 하게 되고, 그래서 앞으로 더 열심히 해야겠다는 다짐도 하게 되었다.

6학년 담임이었던 정휘열 선생님께서는 우리를 보내며 이런 말씀을 해주셨다. "하얀 눈밭에 첫걸음을 디디는 발자국은 그 자국이 선명히 남아 뒤따르는 사람들의 표본이 되니 1회 졸업생으로 학교를 떠나며 매사에 열심히 공부하고 노력하여 앞으로 후배들에게 좋은 모범이 돼라."라는 취지의 말씀이었다. 너무 명언의 말씀이어서 가슴에 와닿았다. 지금까지 살아오며 때때로 그 말씀을 되새기곤 하였다. 과연 나는 그렇게 살고 있나 자신을 돌아보며 부끄러운 과거의 일들을 반성하는 계기도 되고 올바르게 살려고 노력했다.

나는 국민학교를 졸업하며 제1회 졸업생 전체를 대표하여 답사를 하는 영광을 가지게 되었다. 나보다 성적이 좋은 친구들도 있었는데 어떻게 나를 선정해서 답사를 시켰는지 알 길이 없지만, 가슴 벅찬 자부심을 지니게 되었다. 그때 낭독한 답사의 내용은 다 잊어버려 기억에 없지만,

졸업식에 참석한 내외 귀빈들과 학부모, 선생님들, 그리고 전교생이 모인 단상에 올라가 떨리는 가슴으로 답사를 천천히 또박또박 읽은 기억은 아직도 생생하다. 다년간 독창 연주로 무대에 서본 경험을 살려서 청취자를 충분히 인식하며 엄숙한 분위기를 연출하려고 노력도 한 것 같다. 그때 나를 인정해주시고 전체 졸업생을 대표하여 답사자로 세워주신 선생님들을 생각하면 그저 감사하고 고마운 마음뿐이다.

철없던 중학교 시절

중학교 2학년 때

너무 어려서 포기한 청주 유학

국민학교 6학년이 되며 본격적으로 중학교 진학을 고민하기 시작하였다. 나는 내심 충북에서는 제일가는 청주중학교에 진학하고 싶었다. 외갓집을 다니며 보아온 청주이기에 홀로 나가 공부를 잘할 수 있겠다는 자신감도 있었다. 그래서 부모님에게 내 희망을 말씀드리고 허락해주시기를 간구하였다. 그러나 부모님은 구체적인 답변을 유보하시며 아직 객지에 홀로 유학을 내보내기는 너무 어리다는 표정이셨다. 늘 한방을 쓰며 지켜보시던 부모님이 막내인 나를 홀로 떠나보내기가 불안하신 것 같았다. 한편으로는 유학 경비도 경제적으로 부담이었다. 결국에는 나중에 더 커서 나가라고 위로하시며 허락지 않으셨다. 난 실망스러웠지만 어쩔 수 없이 부모님 말씀을 순종하고 집 바로 뒤에 있는 괴산중학교에 진학하게 되었다.

교복은 오래전 형이 입던 것을 물려받았다. 약간 큰 듯했고 색깔이 좀 바래 산뜻한 기분이 들지 않았지만, 별 불만 없이 입고 다녔다. 그때는 어려운 가정 형편으로 그렇게 옷을 물려받아 입는 일이 다반사였다.

나는 엎어지면 코가 닿을 거리에 학교가 있다 보니 집에서 교실까지 가는 시간이 불과 5분도 걸리지 않아서 좋았고, 잠도 아침 늦게까지 잘 수 있었다. 그러나 친구들 중 일부는 아주 멀리 10㎞ 밖에 집이 있어서 아침저녁으로 한 시간 반은 걸어야 학교에 올 수 있었다. 멀리 사는 친구들 중에 가정이 비교적 유복한 아이들은 우리 동네에서 하숙하기도 하였다. 하숙비는 현금으로 지급하지 않고 쌀을 가져다주는 게 관행이었는데, 한 달에 두세 말 정도를 주인집에 준 것 같다.

난 입학 후에도 청주로 가지 못한 것이 영 서운하여 미련을 버리지 못했다. 그 당시 청주중학교에 입학하기는 쉽지 않았다. 공부를 잘하는 최상위 그룹의 아이들이나 들어갈 수 있었다. 공부도 열심히 하지 않은 내 실력으로 청주중에 합격할 수 있었을까 하는 의구심도 들었다. 그때에 충북도에서는 연합고사를 실시해서 각 학생의 성적을 매기고, 그 성적으로 원하는 학교에 지원하면 성적순으로 합격 여부를 결정하였다. 따라서 자기 성적과 해당 학교 입학 커트라인만 알면 합격할 수 있는지를 금방 알 수 있었다. 나는 궁금증이 발동하여 학교 교직원을 통하여 청주중의 커트라인을 알아보게 되었다. 놀랍고 기쁘게도 내 성적은 청주중의 커트라인을 상회하고 있었다. 지원만 했으면 합격하는 건데 싶은 아쉬움이 컸다. 부모님에 대하여도 '보내주시지 않고….' 하는 원망도 했지만 다 소용이 없었다.

내가 겪어본 농삿일

중학생이 되며 신체적으로나 정신적으로 국민학교 때보다 더욱 성장하게 되니 부모님께서는 내가 이런저런 가사를 전보다 더 많이 도와주기를 기대하셨다. 나도 비록 경험도 없고 미숙하지만, 아들 된 도리로 당연히 내가 할 수 있는 한 부모님을 열심히 도우려고 마음먹었다. 하지만 때로는 친구들과 노는 데 빠져 가사를 돕지 못할 때도 여러 번 있어서 부모님께 야단을 맞기도 했다. 그 당시 내가 도운 가사의 내용은 주로 농사로, 종류도 다양했다. 오늘날 도시에서 자라는 아이들은 물론 농촌에서 자라는 청소년들도 경험해 볼 수 없는 그런 일이 대부분이었던 같다. 그때 내가 잠시 경험했던 일들을 기억나는 대로 적어본다. 아마도 지금 들어보면 머나먼 옛날얘기 같고, 한층 더 재미있을 것 같다는 생각이 든다.

나는 가게 보는 일을 가장 많이 도왔다. 부모님은 상점을 운영하시며 얼마 안 되는 논과 밭에 작물도 경작하고 계셔서 일손이 부족할 때가 많았다. 우리 형제들은 학교가 끝나면 바로 일찍 집에 와서 상점을 지켜야 했다. 그래야만 부모님이 농작물을 관리하는 일을 하실 수 있었다. 아니면 반대로 부모님들이 상점을 지키시고 우리가 밭에 나가 그날 먹을 채소나 반찬거리를 뜯어오는 심부름을 해야 했다. 도시에서는 시장에 나서 식품들을 구매하여 오지만, 그 당시 농촌에는 그런 시장이 존재하지 않았다. 쌀, 보리 등 주식과 콩, 채소 등 부식 일체를 모두 자기 땅에서 길러 자급자족하였다. 다만 논밭에서 생산되지 않는 공산품은 장날이 오면 장에 나가 샀다.

나는 밭에 나가서 오이, 호박, 마늘, 고추, 깻잎, 파 등을 따오는 심부름을 하곤 하였다. 연중 집안 농사 중 가장 많이 인력이 필요한 큰 행사는 봄철

보리 수확과 논에 모심기할 때, 그리고 가을 들어 벼를 추수하여 타작하는 날이다. 나도 보리 추수 시 지게에 보릿단을 메어 집으로 운송한 적이 있다. 지게를 메는 일은 어깨도 아프고 쉬운 일이 아니었다. 보릿단을 지게에 메고 이동 시 까칠까칠한 보리 이삭이 한두 가닥 떨어져 목과 등으로 들어가면 견딜 수 없이 따갑고 괴로웠다.

보리타작은 절구통을 옆으로 뉘어놓고 보릿단을 줄에 묶어 어깨 위로 올렸다가 힘차게 절구통에 내려치면 보리 이삭이 떨어져 나가도록 하는 것이다. 끝날 때까지 모두 손과 몸으로만 하는 힘든 육체 작업이었다. 뿌연 먼지 속에서 땀을 흘리며 일하는 일꾼들의 모습을 쳐다보며 '나도 다 자라서 이런 일을 해야 하는지?' 스스로 자문하며 나의 미래의 모습을 잠시 상상해 보았다.

한두 번은 모내기에도 동참하여 일꾼들과 함께 일을 해본 적이 있다. 모내기는 물 댄 논에 한 줄로 길게 늘어놓은 못줄을 따라 여러 명이 일렬횡대로 서서 허리를 굽혀 모를 심는 작업이다. 허리를 반복적으로 굽혔다 폈다 하며 모를 심어가는데, 시간이 점점 지나가니 허리가 끊어질 듯 아파진다. 그리고 모를 두세 뿌리씩 계속해서 진흙 속에 박아넣다 보니 손톱 사이로 모래와 진흙이 들어가 찢어지는 등 고통이 말이 아니었다. 진흙 속에서 있는 다리에 검은 거머리가 몇 마리나 붙어서 피를 빨아먹는 때도 있어서 깜짝 놀라 떼어 내기도 하였다. '노동이 이렇게 힘들구나.' 하는 것을 절실히 느끼게 되었다. '이렇게 힘들게 일해야 벼를 잘 키울 수 있고, 비로소 우리가 먹는 맛있는 쌀을 얻을 수 있구나.' 하는 산 경험을 하게 된 것이다.

벼 타작은 보리타작에 비해 먼지도 덜 나고 수월해 보였다. 탈곡기를 빌려와 이를 돌리며 볏단의 이삭을 분리했다. 기계가 돌아가는 소리가 경쾌하고 작업의 능률을 담보하는 것 같았다. 나머지 작업은 보리타작과 마찬가지로 모두 수작업에 의존해야만 하는 힘든 일이었다.

늦가을이 오면 여름내 자란 김장용 배추밭에 나가 배추를 일일이 동여매는 작업을 해야 한다. 그래야만 배춧속이 튼실하게 들어서고 김장용 상품으로도 가치가 있다. 이런 일들은 과격한 노동이 아니어서 여자들이 주로 담당했다. 길게 늘어선 배추밭 고랑을 따라 나란히 앉아서 배추를 하나씩 양팔을 벌려 가슴으로 감싸 안아 지푸라기를 둘러 동여맨다. 보기에는 쉬워 보이지만 막상 해보니 이 또한 쉬운 일은 아니었다. 양팔을 벌려 배추를 감싸 안으니 배춧잎 뒷면에 작은 가시들이 있어서 이것들이 팔을 찌르고 쓰라리게 한다. 얼마간 하고 보니 양팔의 안쪽 피부가 벌겋게 다 일어나서 나는 더는 할 수가 없었다. 그러나 다른 여자 어른들은 오랫동안 이런 일에 단련되어 피부가 두꺼워진 것인지 아무런 불평 없이 계속하셨다. 나는 양팔이 아프기도 했지만, 커서 결코 농사일하고 싶은 생각이 들지 않았다. 그러면서 공부를 열심히 해 반드시 도시로 진출해야겠다는 다짐을 했다.

집안에 큰 농사 일거리가 있는 날은 온 가족이 여느 때보다 일찍 일어나야 했다. 새벽 6시면 일꾼들이 우리 집으로 와 아침 식사를 하기 때문이다. 나는 부모님의 심부름으로 새벽 5시면 일꾼들이 사는 집을 일일이 돌며 그들을 집으로 불러 모았다. 일꾼들은 아침부터 먹는 양이 대단히 많았다. 큰 밥사발에 산처럼 쌓인 고봉밥을 순식간에 해치우는 모습을 보며 나는 놀라지 않을 수 없었다. 일하는 날은 온종일 먹는 날이다. 그렇게 먹어야만 힘이 생겨 일을 잘할 수 있다고 하는데, 난 그게 이해가 되지 않았다. 오전 10시경이 되면 새참이 준비되어 들로 나가고, 12시가 넘으면 점심이 준비되어 들로 나간다. 그리고 오후가 되면 다시 새참이 나갔던 것 같다. 어머니가 점심을 준비하여 머리에 잔뜩 이고 들에 나가실 때 나는 어머니를 도와 막걸리 주전자와 바가지 묶음, 과일 같은 것을 들고 같이 나갔다. 그때 바가지는 음식을 담아 먹는 밥그릇으로 아주 유용하게 사용되었다. 밭 한쪽에 서 있는 시원한 나무 그늘 밑에 앉아 일꾼들과 함께 바가지에 담아 먹는 음식은 기가 막히게 맛이 있었다.

닭잡기

우리 집 뜰에는 언제나 몇 마리의 닭이 뛰어놀았다. 이 닭들은 우리 식구의 건강을 위한 단백질 섭취를 하기 위하여 기르던 것이다. 가끔 한두 마리를 잡아서 온 식구가 백숙도 해 먹고 닭볶음탕도 해 먹었다. 그러다가 중학생이 되자 닭 잡는 일은 내 담당이 되었다. 전에는 형이 했는데, 형이 서울로 대학에 가고 없으니 이 일은 내 몫이었다. 나는 뜰에서 놀고 있는 닭을 한 마리 생포하는 일부터 시작해 도살해서 털을 뽑고 배를 갈라 요리를 할 수 있도록 완벽하게 준비했다. 어릴 적부터 집안에서 눈으로 봐온 과정이라 그리 어렵지는 않았다.

닭잡기 중 가장 어려운 건 죽이기 위해 닭 모가지를 비틀고 발로 밟는 일이다. 살려고 온갖 발버둥 치는 닭의 목을 잡고 씨름을 할 때는 한참 동안 전쟁을 치러야 했다. 닭도 생명이라고 생각하니 불쌍하고, 내가 너무 잔인한 게 아닌가 하는 생각도 들었다. 배를 갈라 피 묻은 내장을 끄집어낼 때는 따듯한 온기가 내 손에 전해지기도 했다. 혼자서 무난히 그런 과정을 거쳐 요리할 준비가 다 된 닭을 어머니에게 드리니 어머니 얼굴이 이제는 제법이구나 하는 흐뭇한 표정이시다. 태어난 후 사내로서 처음으로 인정을 받는 기분이었다.

그때 우리 집에서 토끼를 기르기도 했다. 토끼 또한 식용으로 많이 잡아먹었다. 나는 토끼도 가죽을 벗겨내고 요리 재료로 준비한 적이 몇 번 있었다. 토끼 가죽을 벗길 때 가죽이 찢어지지 않도록 매우 조심해야 했다. 그래야만 벗겨낸 토끼 가죽을 말려 방한 귀마개 등 겨울용품으로 사용할 수 있었다.

장작패기

우리 집에 불을 때는 아궁이는 3개가 있었다. 이 아궁이에 매일 불을 때야 밥도 짓도 따듯한 방에서 잠을 잘 수 있었다. 주로 사용하는 땔감은 장작이나 잔가지들이다. 우리 집은 이런 땔감용 나무들을 구매하여 집 앞 공터에 수북이 쌓아놓았다. 그리고 수시로 아궁이에 잘 들어갈 수 있도록 장작을 패 놓거나 기다란 잔가지를 짧게 잘라 준비를 해놔야 했다.

나는 학교에서 돌아와 도끼를 들고 땔감을 준비하는 일을 많이 도왔다. 그런가 하면 아궁이에 불을 때는 일도 했다. 때로는 방앗간에서 나온 왕겨를 땔감으로 사용해서 방을 덥히기도 했다. 그러려면 바람이 나오는 풍구를 사용해야 한다. 풍구를 사용하는 것은 약간의 요령이 필요했다. 먼저 볏짚을 뭉쳐 아궁이에 넣고, 그 밑으로 풍구의 바람구멍을 찔러 넣은 뒤 짚에 불을 붙인다. 그리고 한 손으로 풍구를 돌려 바람을 내고 다른 손으로는 왕겨를 집어 아궁이 속 불타는 짚 위에 한 주먹씩 계속 뿌리면 왕겨가 쌓이며 타게 되는 것이다. 왕겨를 땔 때는 끝까지 풍구질을 해야 하기에 시간이 오래 걸렸다. 아마도 지금은 어디 가도 이런 풍경을 찾아보기 힘든 옛 모습이 된 것 같다.

그 후 1960년도 중반이 되며 경제가 발전되고, 아궁이도 나무를 때던 시대에서 연탄을 사용하는 시대로 바뀌게 되었다. 연탄은 온종일 연소하기에 편리하고 일손을 많이 덜어 줬다. 하지만 일산화탄소 가스누출로 생명을 잃을 위험이 있기에 방문을 자주 열어 환기하는 등 각별한 주의를 기울여야만 했다.

학교에서는...

다른 친구들이 볼 때 나의 학업 환경은 제법 좋아 보였을지 모르겠다. 그러나 사실은 그렇지 못했다. 따로 공부방이 있었던 것도 아니고, 방과 후에는 상점을 지켜야 하는 등 가사를 도와야 했다. 또 사이를 비집고 학교 운동장에 나가 친구들과 어울려 놀기도 해야 했기 때문이다.

난 학교에서 음악 선생님의 눈에 들어 특별한 사랑을 받았다. 선생님은 새로운 노래를 가르칠 때마다 나를 앞으로 불러내 내가 한 소절을 선창하면 이어서 반 친구들이 따라 부르게 하곤 했다. 그리고 밴드부에도 불려가 클라리넷을 불기도 했다. 한 번은 3학년 때인가 교내 음악 콩쿠르가 열렸다. 나는 독창으로 참가를 했는데, 대부분의 친구들은 내가 우승할 것을 예상하고 있었다. 그러나 학생 심사위원들이 심사한 결과는 예상과 달리 다른 친구가 우승자로 발표되었고, 나는 2등에 머물렀다. 이변이 일어난 것이다. 나도 예상치 못한 결과에 깜짝 놀랐지만, 다른 친구들도 모두 의아해했다. 그 결과 비록 실망은 되었지만, 이를 계기로 자신의 성악 실력을 냉정하게 돌아보는 계기가 되었다.

콩쿠르에 도전하다

그런데도 음악 선생님은 나를 콕 집어 충북도에서 주최하는 독창경연대회에 나가도록 하셨다. 그리고 선곡과 연습도 시켜주셨다. 경연은 청주에 있는 청주여자고등학교 대강당에서 열렸다. 나는 경연 장소에 악보만 들고 홀로 찾아갔다. 부모님도, 음악 선생님도 시간을 낼 수 없었고, 피아노 반주를 해줄 사람이 없었기 때문이다.

경연장에는 다른 참가자들이 선생님과 함께 연습도 하고 긴장을 풀고 있었다. 그러나 나는 혼자서 악보만 들여다보며 리허설을 하였다. 내 차례가 되었을 때, 나는 다른 참가자의 선생님에게 반주를 부탁한 후 겨우 무대에 올라갈 수 있었다. 그때 나는 '그 집 앞(현제명 작곡)'과 '자장가(모차르트 작곡)'를 불렀다. 긴장은 했지만 그렇게 떨리지는 않았다. 하지만 목도 한번 못 풀고 올라간 터라 목소리가 제대로 나올 리 만무했다. 반주와의 즉석 호흡도 매끄럽지 못했다. 결과는 뻔했다. 그저 참가하는 데 만족해야 했다. 선생님을 모시고 참가한 친구들이 무척 부러웠다. 그러나 이 경연을 통하여 나의 성악 수준을 비교 평가하는 소중한 시간이 되었고, 이는 후일에 나의 진로를 결정하는 데 도움이 되었다.

태권도, 탁구, 축구… 신나게 놀던 중등 시절

중학교 입학한 후 나는 좀 더 강인해지고 싶은 마음에 태권도를 시작했다. 그때 국민학교 때부터 친하게 지내던 친구 권용철은 이미 승단하여 검은 띠를 두르고 있었다. 태권도는 남자라면 한 번은 해봐야 할 운동인 것 같았다. 용철이는 어렸지만 승단자였기에 사범을 도와 앞에 나가 구령을 부르고 수련생들을 가르쳤다. 1년이 넘도록 도장에 나가 땀 흘리며 열심히 훈련하였고, 기술도 많이 향상되었다. 그러나 운동으로 공부할 시간이 부족하게 되고, 성적이 떨어져 걱정되었다.

그러던 어느 날, 태권도보다 공부가 더 중요하다는 생각이 들어서 이를 과감히 중단하였다. 한두 달이면 승단 심사를 거쳐 검은 띠를 딸 수 있었지만 접고 말았다.

3학년 때였던 것 같다. 축구부에서 학교 대표선수 선발이 있었다. 축구를 좋아하던 나는 여기에 지원하게 되었고, 심사 끝에 20여 명 선수 중 하나로 선발되었다. 그런데 막상 뽑히고 보니 아주 힘든 체력훈련을 매일같이 하게 되었다. 훈련 중 가장 힘든 것은 앞에 있는 남산(330m) 꼭대기까지 뛰어갔다 오는 것이었다. 무척 힘이 들었고, 체력이 고갈되어 쓰러질 것 같아도 이를 통해 체력이 증진된다는 믿음으로 참고 견디었다. 그러나 끝나고 집에 돌아오면 문제가 생겼다. 너무 지친 나머지 파김치가 되어 숙제도 못 한 채 쓰러져 자야만 했다. 그러다 보니 성적은 뚝뚝 떨어지는데, 축구팀에서 나올 수도 없고…, 근심만 쌓여갔다.

그러던 어느 날, 이 축구팀이 알 수 없는 학교 사정으로 돌연 해체되게 되었다. 고민을 하던 중 반가운 소식이었지만, 이미 학업에는 상당히 부정적인 영향을 미치고 있었다.

한 번은 교내 탁구 시합이 열렸다. 교내에서 탁구 좀 친다고 하는 친구들이 다 참가하였다. 나는 정식으로 탁구를 배운 적은 없었지만, 시간만 되면 학교 탁구대에 나와 연습을 한 덕에 그런대로 실력이 괜찮았다. 더욱이 나이가 많은 고등학생 형들과 연습을 많이 해서 게임에는 아주 강했다. 대회가 열리고 시합이 진행되었다. 한 게임을 이기고 나면 더 실력 좋은 상대가 나타나 불꽃 같은 경쟁을 하게 되었다. 그러다 어느새 나는 준결승전을 이기고 결승전까지 올라가게 되었다. 이제 모든 관중이 결승전 테이블을 몇 겹으로 둘러싸고 게임을 지켜보게 되었다. 한 점 한 점 점수를 주고받으며 시합이 진행될 때마다 함성이 터지고, 양 선수를 응원하는 목소리가 크게 들려왔다. 그 순간 내 머릿속에는 티끌만 한 잡념도 없었다. 오로지 긴장의 끈을 놓지 않고 아주 침착하게, 그리고 차분하게 경기를 운영하도록 애썼다. 그 결과 내가 간발의 차로 결승전을 이기고 우승을 거머쥐게 되었다. 학교 챔피언이 된 것이다. 무척 기뻤다. 그동안 열심히 땀 흘리고 연습을 한 대가라 보람이 있었다. 그러나 한편 결승에서 진 친구가 얼마나 실망스러워할까 생각하니 미안한 마음도 들었다.

월남전 정글화

그 당시에 학생들 사이에 검정색 군용 부츠(군화)를 신고 다니는 것이 유행이었다. 월남전에 참여했던 군인들이 귀국하며 가져와서 가족들에게 선물한 것이 자녀들 몫이 된 것 같다. 따라서 군화는 시장에서도 팔지 않고 구하기가 쉽지 않았다. 친구들이 신고 다니는 이 군화가 멋져 보였고 나도 이 군화를 신고 싶었다. 그러나 돈도 없고 주변에선 구할 방법이 없는데 머릿속에 한 가지 아이디어가 번뜩 떠올랐다. 부산에 살고 계시는 맏누이에게 부탁하면 막냇동생인 나에게 선물로 하나 사주시지 않겠나 하는 생각이었다. 그래서 부탁을 드렸다. 그랬더니 역시 기대한 대로 정글화를 하나 소포로 보내왔다. 나는 뛸 듯이 기뻤다. 정글화는 미국에서 만들어 일반 검정색 군화와 달리 목 윗부분이 강한 특수 천으로 짜여 있어서 착용감이 좋고 색깔도 국방색이었기에 독특하고 멋있어 보였다. 이 군화를 아껴가며 매일같이 신고 학교에 다녔다. 이걸 신으면 풀숲이든지 산이든지 아무 데나 탱크처럼 누비고 다닐 수 있을 것 같았다. 그러나 얼마 지나지 않아서 누군가가 이 군화가 탐이 났던지 슬쩍 훔쳐 가 버렸다. 찾을 방법도 없고 속이 무척 상했다. 그렇다고 다시 사달라고 부탁하기에는 염치가 없어서 말도 못 꺼내고 홀로 아쉬움을 달래야만 했다.

두루마리 화장지

2학년 여름방학 때인 것 같다. 서울에 사는 친척 형이 괴산에 다니러 왔다. 그 형은 용산고에 다니고 있었는데 깨끗한 교복이 반짝반짝 빛나고, 잘 먹고 자라서인지 얼굴색도 희끗희끗한 게 서울의 도시 냄새가 물씬 풍겼다. 말씨도 전형적인 서울 표준말에 예절도 바르고 매사에 자신감이 넘쳐났으며, 햇볕에 그을려 빈티 나는 시골 학생과는 전혀 다른 모습이었다. 나는 모든 게 신기해서 형을 졸졸 따라다니며 형의 일거수일투족을 가까이서 지켜보게 되었다. 들고 온 가방도 시골에서는 볼 수 없는 신식 가방이라 눈길이 갔다. 게다가 얼굴에 땀을 닦을 때마다 뒷주머니에서 잘 접힌 하얀 손수건을 꺼내 사용하는데 귀티가 줄줄 흘렀다. 한마디로 신기하고 놀라웠다. 마치 다른 세상에서 온 사람 같았다. 그런데 형이 가방을 열고 무엇을 찾는 듯하더니 그 속에서 하얀 종이 두루마리 뭉치를 꺼냈다. 나는 처음으로 보는 종이 뭉치였다. 종이가 무척 보들보들해 보였다. 그리고는 그 종이를 이용해 코도 풀고 입도 닦는다. '아니, 저 종이는 뭐지?' 하며 나는 궁금해하지 않을 수 없었다. 형이 서울로 돌아간 뒤에도 그 종이를 잊을 수가 없었고 궁금증은 풀리지 않았다. 그러고 난 뒤 수년이 지난 후 나는 그게 바로 서양 사람들이 사용하는 양변기용 화장지라는 걸 깨닫게 되었다. 내가 그걸 처음으로 본 것이다. 아마도 형은 서울에 있는 미군 부대에서 흘러나온 화장지를 구입하여 사용했던 것 같다.

때늦은 후회

중학교를 졸업할 날이 반년도 남지 않았다. 얼마 남지 않은 고교진학을 생각해보니, 그동안 가사를 돕는다고, 운동한다고, 친구들과 논다고, 공부방이 없어서 등등 여러 이유로 공부를 열심히 하지 않은 것을 새삼 깨닫게 되었다. 그저 시험이나 적당히 치고 넘어가며 그렇게 지금까지 지내왔다. 당연히 학교 성적도 입학 때보다 한참이나 아래로 처져 있었다. 이 상태로는 좋은 학교에 진학할 수 있는 전망이 보이지 않았다. 그래서 뒤늦게나마 발 벗고 입시 준비를 해야겠다고 서둘렀다.

그러나 단시간에 혼자서 뒤처진 공부를 따라잡는 건 도저히 불가능했다. 그때 대학입시 반에서 공부하고 있는 고등학생 형이 나의 사정을 듣고 개인 지도를 자청하고 나섰다. 너무 반갑고 고마웠다. 요구하는 사례도 적당하고 그다지 부담스러워 보이지 않았다. 그러나 우리 부모님은 듣는 둥 마는 둥 하며 그냥 이를 지나치시고 나의 고교진학에 대하여 별 관심을 보이지 않으셨다. 그리고는 경제적 이유를 들어 허락하지 않으셨다. 몸이 달고 답답했지만, 별수가 없었다. 나 홀로 걱정만 쌓여갔다. 중학교 때에 청주로 나가지 못해 아쉬웠는데, 이제는 제대로 공부를 안 해 주저앉게 된다고 생각하니 한심하기 짝이 없었다. 앞날이 캄캄해 보이기만 했다. 그래도 우리 부모님은 아주 담담하시고 아무런 고민이 없는 분 같았다. 그런 부모님의 모습에 더 화가 치밀었다. 그러나 연세도 많으시고 생전 학교 교육이라고는 한 번도 받아본 적이 없는 분들이라고 생각하니 조금은 부모님을 이해할 것도 같았다.

결국은 그렇게 나는 괴산을 떠나지 못하고 또다시 바로 집 뒤에 있는 고등학교에 진학하게 되었다. 뒤늦게 후회해도 소용이 없었다. 괴산고등학교에 들어가는 건 너무도 쉬웠다. 그렇지만 내가 모든 것을 단념하고 포기한 것은 아녔다. 어떻게 하든지 나중에 어떤 돌파구를 마련해 보기로 단단히 마음을 먹게 되었다.

희망의 빛을 보다

우울한 마음으로 고교 첫해를 시작했다. 중학교 3년을 너무 놀아댄

것도 후회되고, 집에서 공부할 수 있는 여건이 안 된 것도 원망스러웠다. 마음이 무거웠다. 한편 새로 시작한 학급 분위기는 긴장감이 없었고 학생들 사이에서도 뭔가 목표를 가지고 해보겠다는 의욕을 찾아보기 힘들었다. 선생님들도 하나라도 더 가르치고자 하는 열의가 보이지 않았다. 이런 면학 분위기를 극복하고 대학진학을 하는 것은 도저히 가능성이 없어 보였다. 더욱 나를 답답하게 만든 것은 그 누구도 내 형편과 사정을 이해해주는 사람이 주변에 없다는 것이었다. 참으로 절망스러웠다.

1학년 겨울방학이 왔다. 그러나 나는 아직도 나 자신을 포기하지 않고 있었다. 난 뭔가 변화를 주고 학업도 보충할 겸 청주에 나가 학원에 다니기로 하였다. 부모님도 예상 밖으로 선뜻 허락해주셨다. 청주에는 넷째 누이가 대학에 다니고 있어서 누이와 같이 거주했다. 처음으로 받아보는 학원 수업이라 긴장도 되고 며칠간은 낯설었다. 학원에서는 제일 부족하다고 생각하는 수학을 공부하고 영어는 수강료가 없어서 참고서를 이용해 혼자 공부하였다. 모처럼 어떤 방해를 받지 않고 공부에 전념하니 어려운 수학 문제도 쉽게 이해되고 그동안 꽉 막혔던 가슴이 후련해지는 느낌이었다.

그러던 어느 날 우연히 괴산중학교에서 청주고로 전근을 오신 송재복 선생님을 집 근처에서 만나게 되었다. 송 선생님은 괴산에 계실 때 우리 동네에 사셔서 가족들까지 잘 알고 있는 처지였다. 선생님은 우리가 사는 곳에서 한 골목 뒤에 살고 계셨다. 나는 선생님 댁을 방문하여 나의 고민을 털어놓고 진지하게 진로 문제를 상의드렸다. 선생님은 괴산에서는 대학진학이 거의 불가능하다고 말씀하시면서 곧 청주고 편입시험이 있으니 한번 도전해 보라고 권유를 하셨다. 그 말을 듣는 순간 나는 암흑 속에서 희망의 불빛을 보는 것 같았고, 내 눈은 불이 나는 것처럼 화끈거렸다. 선생님 말씀대로 편입시험을 통해 청주고로 전학갈 수 있다면 그 길이 대학에 진학하는 최상의 방법으로 보였다.

그때부터 나는 단단히 결심을 하고 시험준비에 전념하였다. 청주고는 청주중과 마찬가지로 충북에서는 제일 우수한 학교였고, 모두들 선호하는 명문 학교였다. 일단 목표가 생기고 이게 유일한 돌파구라고 생각하니 혼신의 힘을 다해 공부해도 피곤치 않았다.

드디어 청주로

편입 시험일이 되어 청주고로 찾아갔다. 수험생이 100여 명 이상 온 것 같았다. 그런데 몇 명을 뽑는지도 알 길이 없었다. 떨리는 마음으로 편입 고사를 치렀다. 문제가 보통 어려운 게 아녔다. 대부분이 생전 처음 보는 문제들이라 답을 달기는 달았어도 정답인지 자신할 수가 없었다. 나는 나름대로 최선을 다하고 시험 결과가 나오기를 초조하게 기다렸다. 그리고 사나흘이 지나 송재복 선생님으로부터 연락이 왔다. 합격 되었다고….

난 너무도 기뻤다. 시험을 잘 본 것 같지 않은데, 이건 하나님이 나를 불쌍히 보시고 합격시키신 것만 같았다. 소식을 들은 부모님과 형제들도 모두 기뻐하시고 축하해주셨다. 드디어 고민하던 문제가 해결되니 날아갈 것만 같았다. 그러나 한편 새로운 학교 환경에 적응하고 편입 후 뒤떨어진 학업을 따라갈 생각을 하니 다시 마음이 천근만근 무겁게 느껴졌다.

지금도 생각해본다. 송재복 선생님을 그 절묘한 타이밍에 거기에서 만나다니. 그때 선생님을 못 만났더라면 '나는 지금 어디에서 무엇을 하고 있을까?'하고 상상해 본다. 이 만남은 결과적으로 내 인생에 중대한 전환점이 되었고, 송 선생님은 분명히 하나님께서 나에게 보내준 사자인 것 같았다.

제2장

성장에 영향을 준 4대 요소

나는 태어나서 고향을 떠나 청주로 나가기까지 15년간 부모님과 함께 생활하며 지냈다. 이 시기는 유아기에서 소년기로 한 인간이 태어나 성장하며 인격을 형성하는 데 있어서 가장 중요한 기간이라고 본다. 이때는 보고 들으며 깨닫고 배우는 모든 것들을 스펀지처럼 그대로 흡수하는 성장기이다. 이때 만들어진 인격과 인성은 세월이 지나 나이가 들어도 변하지 않고 평생을 간다고 한다. 따라서 나라는 사람을 내면 깊숙이 이해하려면 이 시기에 어떤 가정환경에서 자랐나를 살펴봐야 하고, 나의 주변 환경은 어땠는지 돌아볼 필요가 있다고 본다. 이 장에서는 어린 시절 나에게 가장 큰 영향을 미쳤다고 생각되는 4가지 주변 요소를 기록하고자 한다.

꿈을 심어준 아버지

아버지 환갑 기념 가족사진(1966년)

무학에 한이 맺히다

어려서 나는 우리 아버지를 "아부지"하고 불렀다. 요즈음은 대부분이 "아빠"라고 부르지만, 이는 내가 20대가 넘어서야 새롭게 태어난 호칭이고 그때는 모두 "아부지"하고 불렀던 것 같다.

우리 아버지는 외양으로 그다지 키가 크지 않으셔서 170센티도 안 되셨지만, 노동으로 단련된 체격만은 건강하고 단단해 보이셨다. 그리고 머리는 언제나 짧게 스포츠머리를 즐기셨다. 어려서는 머리를 길게 따고 다니셨다고 하는데, 장가를 가며 상투를 올렸다고 하신다. 그러다 일제강점기 때 상투를 자르고, 그때부터 머리를 짧게 깎으셨단다.

복장은 언제나 한복을 입고 다니셨다. 양복이나 다른 종류의 복장을 하신 모습은 단 한 번도 본 적이 없는 것 같다. 그리고 외출하실 때는 꼭 두루마기에 중절모자를 머리에 쓰고 반듯한 모습으로 나가셨다. 아버지의 성격은 온화하시고 평소에 별말씀이 없이 비교적 조용한 편이시며, 늘 이런저런 사색을 많이 하신 분으로 생각된다. 그리고 틈만 나면 신문 등 무엇이든지 읽으시며 배우려 노력하시고, 그 내용을 우리 자녀들에게 하나라도 더 알려주려고 애쓰셨던 것 같다.

우리 아버지는 학교 문턱에도 가본 적이 없는, 소위 공식적인 학업 기록이 전혀 없는 무학자이시다. 아버지가 태어나신 1906년 그 무렵에는 조선 왕조가 끝나고 일제강점기로 전환되는 역사의 분기점이었다. 그 시절에는 학교 자체가 드물었고 제대로 교육을 받을 사회적 환경이 미흡해서 소위 오늘날과 같은 현대식 교육을 받은 분이 아주 드문 시기였다. 서민들의 자녀가 학교에 간다는 것은 상상도 할 수 없었고, 그나마 조금 여유가 있는 집 자제들이나 서당에 나아가 훈장님 앞에서 천자문을 놓고 글공부하는 정도였던 것 같다.

아버지의 말씀을 들어보면 우리 할아버지께서는 장남인 큰아버지만 가까운 서당엘 보내시고, 작은 아들인 아버지에게는 전혀 교육의 기회를 주지 않으셨다고 한다. 그 시절에는 장남을 우대하고 우선시하는 유교적 사회 풍조가 만연해 있었고, 누구도 이를 거역할 수 없었던 때였다.

아버지는 공부하고 싶은 간절한 마음에 형님이 서당에서 돌아와 글을 읽을 때는, 그 뒷전에 앉아 어깨너머로 흘깃흘깃 천자문을 넘어다보며 글공부를 하셨다고 한다. 그렇게 동냥하듯이 배우고 노력하신 덕분에 아버지는 혼자서 천자문과 명심보감도 읽으실 줄 알고, 더 나아가 한글도 깨우치셨으며 간단한 수리까지 터득하셨다고 한다. 그 때문인지는 몰라도, 어린 우리 자녀들의 눈에는 우리 아버지께서 공부를 제대로 한 사람처럼 보였다.

아버지의 인사나 언행을 지켜보면 언제나 놀랍도록 점잖고 품위가 넘쳐나고 예절이 바르셔서, 제대로 글공부하신 양반집 선비같이 보이셨다. 그 덕분에 주변 분들로부터 많은 존경을 받으셨다. 그러나 늘 공부를 못 한 것이 평생 한이 된다고 고백하시며, 너희는 절대 그런 일이 없기를 바란다는 당부의 말씀을 여러 번에 걸쳐서 하셨다.

어려서 나는 중학교를 졸업할 때까지 늘 부모님과 같은 방에서 자고 생활을 하였다. 그러다 보니 아버지와 같이 보내는 시간이 많았다. 아버지께서는 나에게 공부를 열심히 하라는 말씀을 수없이 많이 하셨다. 그러나 학교 교육을 직접 받아본 적이 없으신 아버지는 '어떻게' 공부해야 한다는 자세한 방법은 한마디도 못 하신 것 같다. 그저 그게 전부였다. 다만 그 당시 미국에서 공부하고 돌아와 한국의 초대 대통령으로 나라를 통치하시던 이승만 박사를 거론하시며 공부를 열심히 하면 이런 좋은 결과가 온다는 말씀을 자주 들려주셨다.

그 당시 우리 방 한쪽 벽에는 한 장에 일 년 12달이 모두 들어있는 달력이 벽에 붙어있었다. 그 달력 중간에 대통령인 이승만 박사와 이기붕 부통령의 사진이 나란히 자리 잡고 있었다. 나는 매일같이 달력 속에 있는 이 대통령의 얼굴을 볼 때마다 자신도 모르게 '공부를 열심히 해서 성공한 훌륭한 사람'이라고 생각하게 되었다. 우리 아버지는 때때로 나를 당신의 무릎 사이에 앉히고 내 귀에 속삭이듯 말씀하셨다. "우리 창기는 열심히 공부해서 대학에도 가고 미국까지 가서 박사가 되어야지."라고…. 난 어린 나이에 도대체 박사가 뭔지, 미국이 어디에 있는지 잘 몰랐다. 하지만 내 마음속에 막연하게 이게 내가 가야 할 지향점이란 생각이 깊게 자리를 잡게 되었다. 그리고 다 커서도 이 꿈과 목표를 놓고 계속 씨름하며 살았던 것 같다.

아버지의 고향

국민학교 4학년 겨울방학이 왔다. 하루는 아버지께서 아버지의 고향을 방문해 그곳에 남아있는 친척도 만나보고, 선조들의 묘소를 찾아보자고 하시며 나와 형을 데리고 청주 쪽을 향해 출발하였다. 무척 추운 날로 기억되는데, 우리는 이를 무릅쓰고 집을 나섰다. 아버지께서는 홀로 마음의 과제로 가지고 있던 두 아들에 대한 뿌리 교육을 실천하시기로 하신 것이었다.

우리 셋이 제일 먼저 도착한 곳은 "청원군 남일면 지북리"라는 곳이었다. 여기는 부모님이 괴산으로 이사 오시기 전에 사시던 곳이다. 가보니 나지막한 동산 아래 몇 채의 집들이 자리를 잡은 평온한 마을이다. 아버지는 옆 마을 효촌리에서 자라시고, 장가가셔서 살림을 나신 동네는 지북리인데, 그곳에서 어머니가 첫 아이(첫째 누이)를 출산하셨다고 한다. 여기가 아버지가 자라난 젊은 시절의 고향인 것이다.

동네 길을 따라 이곳저곳을 돌아보았다. 아직도 옛 지인들이 살고 계셔서 아버지는 반갑게 인사를 나누셨다. 부모님은 첫째 누이가 6살이 되던 해에 괴산으로 이사를 하게 되어 이곳을 떠나셨다고 한다. 그때 괴산에는 아버지의 외삼촌이 살고 계셨다고 한다. 그런 연고로 내가 30살 정도 될 때까지는 우리 가족의 본적이 '충북 청원군 남일면 지북리'로 되어있었다. 그러나 지금 이 일대의 땅은 오래전 '공군사관학교' 교정으로 탈바꿈되어 옛 모습은 사라지고 하나도 찾아볼 수 없게 되었다.

우리는 다시 버스를 타고 가덕면 면사무소가 있는 마을에서 내렸다. 아버지는 길 건너 하얀 눈이 덮인 산으로 우리를 인도하여 선조들의 묘소를 참배하도록 하셨다. 그러시며 "내가 죽은 후에도 너희들이 무덤의 위치는 물론 산소관리를 잘해야 한다. 그것은 후손의 마땅한 도리로서, 그걸 잘하지 못하면 쌍놈이라고 손가락질을 받게 된다. 그러니 그런 일이 없도록 하라."라고 당부하셨다. 그리고는 면사무소 뒤편에 있는 작은 산으로 이동하여 큰아버지의 무덤으로 우리를 데리고 가셨다. 그런데 아버지께서 여러 개 무덤 사이에서 큰아버지 무덤을 바로 찾지 못하시고 헤매다가 한참 만에 찾게 되는 일이 있었다. 한동안 그곳엘 방문하지 못하는 사이에 누군가가 큰아버지 묘 옆에 새로운 묘를 써놓은 바람에 쉽게 찾을 수 없었던 것이다. 이를 본 아버지께서 무척 실망하시고 송구스러워하시던 기억이 난다. 그러시면서 말씀하시기를 묘소를 자주와 돌보지 않으면 이 지경이 된단다. 그러니 바쁘더라도 자주 찾아와봐야 한다는 것이다. 그동안 아버지께서는 주기적으로 방문하여 벌초도 하고 묘지를 관리하셨는데도 이런 불상사가 발생했다.

뿌리를 찾아서

그 후 우리가 방문한 곳은 '인동장씨(仁同張氏)' 집성촌이 있는 '청원군 문의면 도원리(마장이 부락)'이었다. 할아버지와 그리고 그 윗대 선조들이 대대로 살아온 마을이다. 우리는 버스에서 내려 작은 논길을 따라가다 산모퉁이를 몇 개 돌아 아주 깊은 산골 속으로 들어갔다. 이런 곳엔 과연 어떤 사람이 사는 동네가 나올까 상당히 궁금했다. 그러자 야트막한 산 사이에 놓여있는 작은 마을이 눈에 들어왔다. 마을에 들어선 초가 위에는 작년 가을에 새로 얹은 지붕들이 노랗고 산뜻하게 보였다. 깔끔하게 단장된 모습이 먹고 사는 데는 별로 지장 없이 잘 사는 마을 같았다. 그러자 아버지께서 우리에게 설명하셨다. 이 동네는 모두 '인동장씨'만 살고 있다고. 그 말씀에 나는 가까운 친척이 없는 우리 가족이 늘 외로웠는데, 앞으로는 여기에 있는 친척들과 가깝게 교류하며 지내면 좋겠다는 생각이 들었다.

우리는 동네 입구에 있는 공동우물을 지나 어떤 집 앞에 가서 섰다. 그리고 아버지는 큰소리로 집안을 향하여 "아무개"하고 두어 번 외치셨다. 그러자 안에서 한복을 입은 남자가 얼른 짚신을 신고 뜨락을 내려와 우리 일행을 맞이하며 허리 굽혀 인사한다. 내 시선은 나도 모르게 자동으로 그 친척이 신은 짚신에 꽂혀있었다. 우리 동네에서는 평소에 짚신을 신은 분을 잘 볼 수가 없기에 이게 무척 신기했다. 인사를 마치고 우리는 집 안으로 들어갔다. 그러자 얼마 되지 않아 십여 명의 남자 친척들이 노소를 불문하고 몰려오기 시작했다. 모두 이웃에 사는 일가친척들인데, 아버지가 오셨다고 인사를 하러 온 것이다.

아버지가 방 아랫목 중앙에 자리를 잡고 앉으셨다. 그러자 모두들 하나씩 큰절로 인사를 올린다. 절하는 모습이 전형적인 유교식, 그러니까 제사 지낼 때 하는 그대로다. 아버지는 선대로부터 몇 차례 작은 집으로 내려왔기에 항렬이 아주 높으셨고, 그 당시 우리 집안에 아버지보다 항렬이 더 높은 어른은 한 분도 안 계셨다. 아버지는 나와 형을 소개하셨다. 그런데 항렬을 따져보니 그 방에 있는 모든 종씨들이 조카뻘이나 손자뻘이 되었다. 그러다 보니 나이가 5~60대 되는 분들도 10대에 불과한 어린 나와 형에게 큰절로 인사를 올렸다. 그리고 우리에게 공손하게 존대를 하였다. 난 어려서 항렬이 뭔지, 그게 얼마나 중요한지 잘 몰랐지만, 이런 인사와 대접을 받는 게 처음이라 매우 어색하고 쑥스러웠다. 나는 처음으로 만난 친척들과 말도 하고 친해지고 싶은데, 다들 나를 아저씨나 할아버지로 부르니 내 마음이 불편했다. 더욱이 나는 그들을 부를 호칭이 마땅치 않았다. 그래서 나이 든 친척들을 "조카님"하고 불렀는데, 그것도 너무 어색해서 되도록 그들 가까이 가지 않으려고 노력했다.

날이 어두워지기 시작하니 여기저기 등잔불이 켜진다. 그때까지도 전깃불이 들어가지 않는 두메산골이었다. 걸어 다니기가 답답하고 갑갑했다. 그래도 전깃불이 들어오는 괴산 우리 동네가 월등하게 나아 보였고 문화적으로 앞선 것 같았다.

이 방문이 처음이자 마지막이었다. 그 이후에는 학업 등 사회생활에 쫓기다 보니 다시 방문할 기회가 없었다. 만약 그때 아버지가 우리를 데리고 가지 않았더라면 나는 영원히 선대들의 고향에 대하여 모르고 지냈을 것이다. 더욱 값지게 여기는 것은 옛날 그 모습 그대로 남아있던 선조들의 고향을 보게 된 거다. 지금은 경제개발과 함께 길도 뚫리고 주택도 개량되어 옛 모습을 하나도 찾아볼 수 없을 것이다. 비록 한 번의 짧은 방문이었지만 아버지의 뿌리 찾기 교육은 그 자체로 귀중한 가르침이 되었다.

그때 아버지가 해주신 말씀을 대충 정리해 본다.

우리는 '인동장씨(仁同張氏)' 가문으로, 그 시조가 고려 시대에 '삼중대광(三重大匡) 신호위(神虎衛) 상장군(上將軍)' 벼슬을 지내신 '장금용(張金用)' 어른이라고 한다. 그 이후 중시조인 '장백(張伯)' 어른으로 내려오고, 그다음으로는 장백 어른의 '세 아들 형제'로 갈라져 내려오는데, 우리 집안은 셋째 아들의 가계에 속한다고 한다. 이 지파는 장백 씨의 벼슬 이름을 따 '태상경파(太常卿派)'라고 부르고, 혹은 그 옛날에 서울에 많이 살았다고 해서 일명 '서울 경파(京派)'라고 불린다고 한다.

이 장씨 집성촌은 오랜 세월에 걸쳐 형성되었다고 한다. 조선 시대에 들어와 중종 때쯤 되는 것 같다. 나의 직계 선조 중 한 분이 과거에 급제하여 임지로 충청도 '문의(文義)' 지역에 현령으로 부임하게 되었단다. 그 이후 그 땅에 뿌리를 내리고 번성하여 집성촌을 이루어 오늘까지 내려왔다고 한다. 자세한 역사는 더 탐구해야겠지만, 한 가지 확실한 것은 우리 '인동장씨(仁同張氏)' 가문의 족보상 나의 대는 태상경(太常卿) 중시조 할아버지를 기점으로 '22대손'이 된다는 사실이다.

아버지는 생전에 뿌리와 족보에 관심이 많으셔서 '인동장씨 종친회 충북 지부장'으로 활동하셨다. 종친회에서 주관하는 장씨 인맥 찾기와 족보 제작에 적극적으로 참여하셔서 우리에게 최신 족보를 남겨주시기도 하셨다.

그때 구 중앙청 앞 한국일보 본사 건물에 종친회가 있었다. 아버지는 종친회에서 주관하는 시제에도 참석하시며, 한번은 나도 꼭 참석하시길 원하셔서, 30대 초반 젊은 나이에 아버지를 모시고 경기도 파주에 있는 중시조 묘를 방문한 적이 있다.

방앗간 최우수 종업원

우리 동네 주막거리에는 방앗간이 길을 사이에 두고 2개가 있다. 도람말에 넓은 집에 사시는 머리가 하얀 하 영감님이 주인이시다. 아버지께서는 괴산으로 이사를 오신 후에 농사일을 주로 하셨지만, 많은 식구 탓에 식량이 부족하여 이 방앗간에서 종업원으로 일하셨다고 한다. 주로 하시던 일은 고객이 벼 도정을 원하면 말 달구지를 몰고 고객의 창고에 가서 수십 단 벼 가마를 가져와 도정하고, 다시 도정된 쌀을 고객의 창고까지 가져다주는 힘든 일이었다. 벼 가마를 손으로 들어 옮기는 일은 체력소모가 많고, 기계가 돌아가는 곳에서 도정을 해야 하니 늘 위험에 노출되어 있었다. 그리고 기계가 돌아갈 때는 먼지도 많이 발생해서 호흡기에 상당한 장애를 일으킬 수도 있었다.

품삯을 얼마나 받고 일하셨는지는 모르나 아버지에게 일을 맡기면 처음부터 끝까지 책임감 있게 하셔서, 고객들은 아버지에게 모든 일을 믿고 맡기셨다고 한다. 그러면서 고객들 사이에 높은 신용을 얻고, 주인에게도 신뢰를 얻었다고 한다. 일이 힘들어 중간에 그만두려고 몇 번 시도했으나 주인인 하 영감님의 간곡한 만류를 뿌리치지 못하시어, 무려 16년간이나 이곳에서 노동으로 직장생활을 하셨다. 아버지는 우리에게 양손을 벌려 보여주시며, 16년간 맨손으로 가마니를 다루다 보니 손금이 다 닳아 없어졌다고 하셨다. 그러면서 겨울철에는 갈라진 손이 따가워 글리세린을 꺼내 바르시곤 했다. 아버지는 가게를 열고 상업을 시작하시며 방앗간 일을 그만두시게 되었다.

그러나 이 방앗간에서 장기간 일한 기간이 헛된 세월만은 아니었다. 국가적으로 식량이 부족해 굶고 사는 이웃이 넘쳐나던 시기에, 우리 가족은 아버지가 일하여 벌어오는 식량으로 때를 굶는 일은 없었다고 한다. 그리고 새롭게 오픈한 상점이 바로 방앗간 길 건너에 있기도 했지만, 방앗간에서 쌓은 친분과 신용으로 수많은 고객이 저절로 상점의 단골이 되었다고 한다.

금연과 금주

우리 상점이 있는 주막거리 한복판에는 술을 만드는 양조장도 있고, 막걸리를 파는 주점이 있어 많은 사람이 술을 사가거나 마시는 모습을 본다. 그리고 장날이 되면 술에 취해 비틀거리는 사람, 쌈박질하는 사람, 길바닥에 쓰러져 그대로 잠을 자는 사람을 쉽게 볼 수 있다.

그러나 우리 형제들은 어려서부터 아버지의 술 마시는 모습을 전혀 볼 수 없었다. 집안에서도, 그리고 밖에서도 누군가 술을 권하면 정중히 사양하신다. 그래서 우리는 아버지가 체질적으로 술을 마시지 못하시는 분으로 알고 있었다. 어머니도 아버지가 왜 술을 마시지 않는지 얘기를 해주지 않으셨다.

세월이 한참 지나 우리가 사회인이 된 후에야 아버지는 왜 금주, 금연을 하셨는지 말씀해주셨다. 오직 한가지, 자녀들에게 모범을 보이기 위하여 그러셨다는 것이다. 그러자 어머니도 한마디 거드시며, 아버지가 젊어서 얼마나 술을 즐기고 친구들과 놀기를 좋아하셨는지 젊은 시절의 에피소드를 들려주셨다. 대단한 술고래이셨다고 한다. 일반적으로 금연과 금주를 한다는 것이 보통 어려운 일이 아닌데, 아버지는 그렇게 자녀교육을 위해 결단을 보여준 것이다.

그리고 우리는 아버지가 도박이나 사행성 노름을 하시는 모습도 한 번도 본 적이 없다. 자녀교육을 위하여 스스로 절제하고 모범을 보이신 아버지를 생각해보면, 저절로 감사와 존경의 마음을 지니게 된다.

믿음의 어머니

기도의 어머니

이건 자랑거리도 아니고 부끄러운 얘기지만, 난 어머니 젖을 5~6살까지 먹고 자랐다. 그리고 태어나서 중학교를 졸업할 때까지 내내 내 잠자리는 늘 어머니 바로 옆이었다. 그래서 난 어머니의 따뜻한 숨소리를 느끼고 들어야만 편안하게 잠잘 수 있었던 듯하다. 난 다른 형제들에 비해 어머니의 특별한 사랑을 받고 자란 것이 틀림없다. 그렇지만 결코 오늘날 개념의 소위 '마마보이'는 아니었다.

난 어머니가 날마다 몇 시에 취침과 기상을 하시는지 잘 안다. 어머니는 새벽 4시 30분이면 교회의 새벽종 소리를 듣고 잠에서 깨신다. 한 번도 예외가 없었던 것 같다. 그리고 바로 일어나 옷을 입고 2~3분 거리에 있는 교회로 새벽기도회에 나가신다. 어머니는 정확하게 6시 10분경이 되면 기도회를 마치고 돌아오신다. 방에 들어오시면 요 밑으로 두 손을 깊숙이 밀어 넣어 차가워진 손도 녹이시고, 방바닥이 얼마나 식었는지도 확인하신다. 그리고는 찬송가를 펴서 한 곡을 끝까지 부르시고, 성경을 찾아 중얼중얼 읽으시며 조용한 소리로 기도를 시작하신다. 그 기도 가운데는 어머니의 이 세상 소망이 모두 담겨있다. 나는 잠결에서도 하루도 빠지지 않고 어머니의 예배드리는 모습을 느낄 수 있다. 그래서 나는 나와 가족을 향한 어머니의 사랑과 비전과 소망이 어디에 있는지 너무 잘 안다. 그러나 때로는 어머니의 소망이 너무 크고 비현실적인 것 같이 느껴져 저게 가능한지 의문을 가지기도 했다. 그럴 때는 일부러 무시하고 외면하기도 했지만, 대체적으로는 늘 어머니와 한마음으로 기도했다. 그리고 그 기도에 걸맞은 인물이 되어야겠다는 다짐을 하고, 생활 속에서도 노력했다.

기도를 마치시면 어머니는 다시 자리에 누워 잠시 눈을 붙이신다. 그리고는 다시 일어나 아침밥을 지으러 부엌으로 향하며 긴 하루의 일을 시작하신다. 나는 어머니가 치마를 둘러 입으시며 내는 바람이 얼굴을 스칠 때, 어머니의 시계처럼 정확한 출입 시간을 느낄 수 있었다. 난 어머니가 늘 곁에 계시기에 아주 편안한 마음으로 잠을 잘 수 있었다.

믿음의 실천과 헌신

어머니의 신앙은 한마디로 대단히 모범적이셨다. 어머니의 일과는 어머니의 기도내용과 그다지 다르지 않았다. 나와 우리 형제들은 모태신앙이었다. 주일날 예배를 드리러 가지 않는 것은 상상할 수 없었고, 수요일 저녁에 열리는 수요예배에도 꼭 참석해야만 했다. 가정에서도 어머니는 예배 생활을 하도록 교육하셨다. 식사 때 기도는 말할 것도 없고, 잠자리에 들기 전, 그리고 아침에 일어나며 기도하도록 가르치셨고, 손수 모범을 보이셨다. 또 온 가족이 모였을 때는 가정 예배로 함께 성경을 읽기도 하고, 돌아가며 하나씩 기도를 시키셨다.

아버지는 어머니만큼 열심히 교회 봉사를 하고 신앙생활을 하신 편은 아니다. 그러나 어머니의 주도에 아무 말 없이 적극 협조를 아끼지 않으셨다. 이것이 어릴 적 부모님 밑에서 자랄 때 우리 가정의 전형적인 분위기라고 해도 과언이 아니다. 찬송 소리가 집안에 울려 퍼졌고, 기도 소리가 들려왔으며 하나님 말씀대로 살려는 의지가 넘쳐났던 우리 집이었다.

어머니는 동네교회를 출석하시며 재정을 담당하는 집사로, 나중에는 권사로서 일하셨는데, 아마도 최장수 재직을 기록한 게 아닌가 생각된다. 어머니는 혼자서 남모르게 모아왔던 비자금을 털어 교회를 증축하거나 새 건물로 이전할 때 필요한 물품들을 헌납하셔서, 우리 자식들을 놀라게 한 적이 한두 번이 아니다. 그 옛날에 피아노도 기증하시고 교회에 철 대문도 세우셨으며, 그 외에도 우리 형제들이 모르는 많은 기여를 하셨던 것 같다.

그 당시 농촌교회는 재정이 약하기 그지없었지만, 어려운 가운데 교인들끼리 서로 협력하며 간신히 교회를 유지하였다. 목회자 사례비도 현금으로 다 드릴 수가 없어서 일부는 곡물로 드리기도 하였다. 그 당시 목회자들의 생활을 회상해 보면 형편없이 쪼들리고 어려웠던 것만 기억에 남아있다. 어머니는 교회에 큰 행사, 이를테면, 여름성경학교, 부흥회, 크리스마스 축하 예배 등이 있을 때마다 교회학교 선생님들, 부흥회 강사 등 교회를 위해 수고하시는 분들을 초청하여 푸짐한 음식을 대접하곤 하셨다. 지금도 손님 접대를 위해 김치도 담가 준비하시며 동분서주하시던 어머니 모습이 떠오른다. 그런가 하면 부흥회가 있을 때는 멀리서 저녁 집회에 참석한 분들에게 숙식을 제공하기도 하였다. 어머니의 교회를 향한 헌신은 어디가 끝인지 알 수가 없을 정도였다. 어머니는 이를 모두 기쁜 마음으로 감당하셨고, 아버지도 어머니께서 하시는 일에 적극이셨다. 이런 접대는 집에 있는 어린 자녀들이 다양한 인물들을 만나 대화와 교제하고 그들과 더 가까워지는 계기를 만들어 주었다. 그리고 그건 우리의 성격 형성에도 지대한 영향을 미쳤다.

세월이 지나 어머니는 연로하셔서 권사직을 은퇴하시며, 재정 담당도 그만두시게 되었다. 그런데 공교롭게도 고향 교회를 지키는 형수가 어머니의 대를 이어 재정 담당 권사로 선임되었다. 형수는 어머니의 손때 묻은 그 직을 이어받아 10여 년 이상 장기간 성실하게 교회를 위해 봉사하셨다.

'바랑골' 가는 길

어머니는 '반남박씨(潘南朴氏)'로 3남 2녀의 가정에 4번째 자녀이며, 장녀로 태어나셨다. 고향은 오늘날 행정구역인 '청주시 모충동'에 있는 한 마을인데, 그 옛날에 불리던 이름이 '바랑골'이고, 앞산을 넘어가면 '새터'라는 작은 동네가 있었다. 거기에는 세 분의 외삼촌이 살고 계셨는데, 장남인 큰외삼촌은 바랑골에, 셋째 외삼촌은 새터에 살고 계셨다. 그리고 둘째 외삼촌은 바랑골에서 새터로 가는 행길 중간쯤에 사셨다.

국민학교 시절 여름방학이 되면 어머니는 나를 데리고 친정에 방문하시고는 하였다. 괴산에서 아침 일찍 버스를 타고 갔다. 청주까지는 불과 40킬로밖에 안 되는 거리이지만, 그 당시에는 비포장도로에 도로 폭도 좁고, 버스도 성능이 오늘날 같지 않아서, 무려 2시간 30분 정도 걸렸던 것 같다.

나는 평소에 탈 수 없는 버스를 타고 여행을 간다는 즐거움과 외갓집을 방문한다는 사실에 매번 흥분을 금치 못하였다. 중간 지점인 증평을 거쳐 청주 시내로 버스가 진입하면 괴산에서는 볼 수 없는 많은 현대식 건물과 상점들이 눈에 들어오기 시작한다. 그러면 나는 이런 도시 풍경들을 보는 것이 아주 흥미로워서 열심히 창밖을 내다봤다.

버스가 서문동에 있는 청주 버스 주차장에 도착하면 여러 대의 버스가 출발을 기다리고 있었다. 나는 이런 대형 주차장의 모습도, 여러 대의 버스를 한자리에서 보는 것도 처음이기에 아주 재미있었다. 버스가 뿜어대는 휘발유 냄새가 코끝을 스치는데, 이것도 마치 도시 냄새 같아 그다지 싫지 않았다. 오히려 '도시에 왔구나.' 하는 느낌을 받았다.

주차장을 나와 10여 분 정도 도심의 큰길을 따라 걸어가면 그곳에는 외갓집에서 운영하는 철공소가 있었다. 어머니가 제일 먼저 들르는 곳이다. 우리가 들어가자 기계 돌아가는 시끄러운 소리에 파묻혀 일하시던 외사촌 형님이 금방 알아보곤 어머니를 반갑게 맞이한다. 여기서 바랑골 외갓집까지는 30여 분 이상 걸어야 갈 수 있다.

외갓집을 가려면 중간에 청주 시내 외곽을 흐르는 '무심천'을 건너야 했다. 비가 많이 오지 않는 계절에는 물이 많지 않아 나무로 만든 임시다리로 건너가면 된다. 그러나 여름철 장마가 오면 이 어설픈 다리가 장맛비에 떠내려가 버려, 두 발로 물을 건너가야만 했다. 어머니와 나는 무심천에 도착하여 수심이 얕은 곳을 살피며 건널 준비를 한다. 나는 입고 있는 옷이 전부인지라, 아랫도리는 다 벗어 신발과 함께 한 손으로 머리 위에 올리고, 다른 손은 어머니 손을 꼭 잡고 흐르는 물살을 헤치며 천을 건너갔다. 종아리 사이로 흐르는 무심천의 물이 시원하게 느껴졌다.

무심천을 건너 조금만 더 가면 외갓집이 있는 바랑골이 눈에 들어온다. 논길 사이로 난 길을 따라 동네로 들어가면, 왼쪽에는 공동우물이 있고,

거기서 오른쪽 골목을 따라 조금만 들어가면 바로 커다란 대문이 나온다. 그 안이 나의 외갓집이다. 대문을 들어서면 아주 넓은 마당이 눈에 시원하게 들어오고, 그 마당 끝으로 잘 지어진 사랑채가, 그리고 사랑채 오른편에 소 외양간이 보인다. 몇 발짝 더 들어가 왼편으로 고개를 돌리면 본채가 나오는데, 본채는 높은 뜰 위에 자리를 잡고 있어서 고개를 높이 들어야 지붕까지 다 볼 수 있었다. 본채는 널찍한 대청마루가 안방과 사랑방 사이를 관통하고 있어서 확 트인 맛이 있고, 사랑방 앞에는 대청마루보다 한 걸음 더 높게 마루를 놓고, 그 끝을 나지막하게 난간을 둘러놓아, 품위가 돋보이는 기품이 있는 집이었다. 우리 집보다 월등히 좋은 집이라 나도 모르게 위축이 되기도 하였다.

어머니는 들어가시며 "애들아~"하고 방 쪽을 향해 외치신다. 그러자 외사촌 형님의 부인이 금방 알아듣고는 "아이고, 고모님 오셨어요" 하며 뛰어나와 환한 미소로 반긴다. 나를 향하여는 "도련님, 오시느라 고생하셨어요" 하고 존댓말로 공손히 맞이하신다. 난 나이가 많으신 형수의 이런 대접이 마음으로 부담스러웠지만, 한편으로는 괜히 기분이 좋았다.

외가댁에 도착한 시간이 오후 늦은 시간이다. 괴산에서 출발하여 40여㎞ 거리를 5시간 이상이나 걸려 도착했다.

세 분의 외삼촌

외삼촌 세 분은 모두 연로하셨고 수염을 길게 늘어뜨리고 다니는 할아버지들이셨다. 어머니와도 나이 차이가 많이 났다. 그래서 외삼촌의 자식들의 나이도 어머니와 별반 차이가 없었다. 그러다 보니 외사촌 형님의 자녀들도 모두 나보다 한참 연상이지만 나에게 조카뻘이 되고, 그들의 자녀들은 손자뻘이 되었다. 외사촌 형님은 슬하에 6남 3녀를 두고 계셨다. 그들은 나를 '아저씨' 혹은 '할아버지'라고 불렀는데, 때로는 장난기 넘치게 어린 나를 놀리기도 하였다. 그러나 엄하신 외사촌 형님 내외는 나에게 함부로 하지 못하도록 단단히 단속하시고, 내가 불편하지 않도록 여러모로 배려하셨다.

때가 되어 밥 먹을 시간이 되면, 워낙 많은 식구가 한집에 살다 보니, 둥근 밥상을 3개 이상은 펴야 다 앉아서 식사할 수 있었다. 안방에 하나 윗방에 하나 그리고 대청마루에 하나. 나는 언제나 어머니와 함께 안방으로 인도되어, 집안의 제일 어른이신 외사촌 형님과 겸상을 하여 밥을 먹었다. 비록 국민학생에 불과한 어린아이였지만 소위 나의 항렬에 걸맞은 극진한 대우를 받은 것이다.

청주를 오가며 어머니는 오래전 얘기를 들려주셨다. 지금은 이렇게 버스를 타고 다니는 좋은 세상이 되었지만, 일제강점기에는 이 길을 오로지 걸어서 친정엘 가셨다고 한다. 아침 일찍 괴산을 출발하면 온종일 걸어서 해가 지고 땅거미가 내릴 때쯤에야 청주 외갓집에 도착하셨다고 한다. 그때를 상상해 보니 얼마나 고생하셨을까 하는 안쓰러운 생각이 들었다.

외삼촌들은 모두 넉넉하게 농지와 임야를 소유하고 계셨다고 한다. 대대로 내려온 선산도 가까운 곳에 있고, 그 동네에서는 비교적 여유 있는 생활을 하신 것 같다. 우리 외삼촌들은 다른 노인들처럼 권위주의적이지 않으셨다. 아주 인자하시고 너그럽고 원만한 분들이셔서 나나 우리 형제들이 외가를 방문하면 머리를 쓰다듬어 주시거나 등을 두드려주시며 칭찬을 많이 하셨다. 우리가 무슨 말을 하든지 미소를 지으며 잘 받아주셔서 그 따듯한 정이 아직도 느껴진다. 그러나 아쉬운 것은 외할아버지와 외할머니를 한 번도 뵐 수 없었다는 것이다. 두 분은 어머니가 어렸을 때 모두 고령으로 세상을 뜨셨다고 한다.

세 분의 외삼촌은 자녀를 많이 두신 덕에 그 자손들이 번성해서 지금쯤은 아마도 그 후손이 수십 가구는 되지 않을까 추산된다. 난 멀리 살아서 오랫동안 만나 본 적은 없지만, 그들의 대부분이 아직도 계속하여 청주 지역에 살고 있다는 소식을 고향의 형님을 통하여 들은 적이 있다.

이모님에 대한 추억도 잊을 수 없다. 어머니의 유일한 여동생이신데, 어머니가 끔찍하게 아끼고 사랑을 하셨다. 한때 이모는 결혼생활이 원만하지 못하여 보따리를 싸 들고 우리 집으로 오셔서 몇 달을 지내다 가신 적이 있다. 언니가 계신 우리 집이 무척 편하셨던 것 같다. 이모는 어린 조카들을 많이 돌봐주시고 친구처럼 잘 놀아주셨다. 이모는 담배를 즐기시고, 술도 좀 마실 줄 아시며, 어머니와 달리 유흥을 즐기시고 좋아하시는 분 같았다. 그때 이모는 우리에게 '나이롱 뽕'이란 화투놀이를 가르쳐주셨는데, 얼마나 재미있었던지 매일 늦은 밤까지 이모님과 놀던 기억이 난다. 이모는 아들만 셋을 두셨고 주로 강원도 원주지역에서 사셨는데, 오래전 누이들과 함께 방문하여 인사를 드리기도 하였다.

장씨네 가게

대사리 삼거리

내가 태어난 대사리(大寺里)를 예전에는 '냉경주'라고 불렀다. 대사리는 괴산 읍내에서 약 1.5㎞ 서쪽에 있는 동네다. 대사리에서는 길이 두 갈래로 갈려 서쪽과 남쪽으로 길이 이어진다. 서쪽 길은 증평과 청주로 가는 길이고, 남쪽 길을 따라 1㎞로 정도 가면 다시 두 갈래로 나뉘어 좌측 길은 경상도 상주로 향하고 우측 길은 괴산군 청천면과 청원군 미원면으로 연결된다.

우리 집은 대사리 두 갈래 길의 갈라진 사이에 위치한다. 이 자리는 동네 주막거리 한복판이어서 우리 부모님이 구입하기 이전에는 평소에 막걸리를 팔고, 장날이 되면 오고 가는 장꾼들에게 국밥을 파는 집이었다고 한다. 우리 부모님은 이 집을 구입하기 두세 해 전부터 주막거리 한구석에 작은 구멍가게를 열어 운영하시다가 이 집을 구입하여 본격적으로 상업에 뛰어드신 것이다. 원래 아버지가 방앗간에서 일하실 때 어머니는 부업으로 물건을 팔러 다니는 행상을 하셨는데, 이때 사업에 대한 아이디어를 찾으신 것 같다.

상점의 위치는 참 이상적이었다. 그 당시에는 점포들이 밀집해있는 괴산 읍내를 떠나 서쪽으로 오면 우리 집이 유일한 상점이었다. 그 당시는 대중교통인 버스가 드물게 다니기도 했지만, 궁핍한 농촌 사람들은 몇 푼 안 되는 버스비도 없어서 대부분이 도보로 이동하던 시절이었다. 그래서 우리 동네 주민들을 포함하여 상점에서 서쪽과 남쪽으로 대략 이삼십 리(약 10킬로) 안에 사는 주민들은 우리 상점을 이용하였다. 그러다 보니 평소에 장사가 잘됐다. 그리고 5일마다 돌아오는 장날이 오면 장사는 더 잘됐다. 주민들은 괴산 읍내 장터에 나가 농산물을 내다 팔고 돌아갈 때는 우리 상점에서 필요한 것들을 구입하였다.

우리 상점 앞은 괴산읍에서 출발하여 증평과 청주 방면으로 가는 여객버스가 서는 정류장이다. 하루에도 몇 차례씩 버스가 양방향에서 와서 승객을 내려주고 간다. 그리고 '괴산군 청천면'에서 출발해서 괴산 읍내를 거쳐 서울로 가는 버스도 매일 양방향에서 와 이곳에서 승객을 내려주고 간다. 그러면 이 버스에서 내린 승객들은 모두 우리 상점의 고객이 되었다. 이 지역에 있는 유일한 상업지역이기 때문이다. 특별히 구정이나 추석 같은 대명절이 다가오면 제사용품을 구입하려는 주민들이 구름같이 몰려와 며칠씩 특수를 누리고는 하였다.

이뿐만 아니라 우리 상점 바로 뒤편에는 괴산중학교와 고등학교가 있어서 천 명이 넘는 학생들이 매일 우리 상점을 지나 등교하였고, 학교에서 일하는 교직원 수도 무시할 수 없이 많았다. 이들은 모두 우리 상점의 귀중한 고객이었다. 새 학기가 되어 학교에 교장 선생님이나 교직원들이 새로 부임해 오고 갈 때는 그분들이 거의 한 분도 빠짐없이 우리 상점을 찾아 아버지께 인사를 드리러 왔다. 그 동네에서 그만큼 중요한 위치를 점하고 있었다는 방증이었다. 그럴 때마다 우리는 아버지가 존경받는 지역 유지라도 되신 것 같아 기분이 무척 좋았다.

이렇듯 이 지역에 유일한 구매 장소이기에 다양한 상품을 취급하였다. 소위 없는 것이 없는 만물상회였다. 그러나 점포 이름도 없는 무간판 점포였다. 고객들은 그냥 "장씨네 가게"라고 불렀다. 그래도 전혀 문제가 없었다. 지역주민들에게 이미 널리 알려져 있기 때문이다. 그 당시 취급했던 상품들은 그 종류가 하도 많아 다 말할 수가 없다. 오늘날로 보면 소형 슈퍼마켓 정도는 되지 않았을까 생각해본다. 그러나 소주 등 주류는 절대로 취급하지 않았다. 그 이유는 우리 집안이 기독교 가정이기 때문이었다.

물건의 공급은 주로 청주에 있는 도매상으로부터 들여왔다. 아버지는 주기적으로 여러 도매상을 도시며 물건을 구매하시는 한편 영업이 될 만한 신상품을 찾는 노력을 하셨다. 간혹 중간에 물건이 떨어지게 되면 가까운 괴산 읍내에 가서 구매해 오곤 하였다. 영업적인 측면도 있었지만, 골고루 구색을 갖추고 재고를 유지하여 지역주민들의 생활 편의를 최대한 도모하려는 아버지의 배려 때문이었다. 나는 아버지를 따라 청주에 도매상을 가보기도 하고 괴산 읍내에서 물건을 사 오는 심부름을 하러 다녀오기도 했다. 가는 곳마다 아버지의 신용에 대하여 문제 삼거나 의문을 제기하는 곳은 한 곳도 없었다.

영업시간과 일과

아버지는 아침 일찍 일어나시는 분이다. 새벽 5시면 일어나셔서 새벽공기를 마시며 들로 나가 논이나 밭의 농작물을 한 바퀴 돌아보신다. 그 당시는 건강을 위한 별다른 운동이 없었고 이렇게 하는 것이 건강을 유지하는 방법이 되었던 것 같다. 들에서 집에 돌아오시면 오자마자 가게의 문을 열고, 안에 있는 물건들을 밖으로 꺼내 진열하시는 일을 하신다.

그리고는 상점 주변을 깨끗이 정리하신다. 겨울에는 쌓인 눈을 치우기도 하고, 여름철에는 비포장 신작로에 날리는 흙먼지를 방지하기 위하여 물을 떠다 뿌리는 일을 하셨다. 나도 중학생이 되어서는 아침에 일어나 눈도 치우고 물을 길어다 뿌리는 등 부모님을 열심히 도왔다. 몸도 약하신 어머니가 힘든 일을 하시는 것을 가만히 보고만 있을 수가 없었다.

그러고 나면 등교하는 학생들의 행렬이 길을 메우며 우리 가게는 바빠진다. 그리고 오후가 되어 하교 시간이면 다시 학생들로 붐볐다. 가게는 거의 매일 자정이 돼야 문을 닫았다. 그러나 때로는 문을 닫은 후에도 누군가가 가게 문을 두드리면 부모님은 자다가도 벌떡 일어나 물건을 팔고 다시 잠자리에 드셨다. 아주 귀찮은 일이지만 이렇게까지 서비스한 것은, 돈을 벌기보다는, 지역주민에게 봉사하고자 하는 부모님의 배려 때문이었다.

장날이 되면 상점이 두세 배 바쁘게 돌아갔다. 이날은 우리 자녀들도 학교에서 일찍 돌아와 부모님을 도와야 했다. 구정이나 추석 같은 대목이 오면 이때는 집안에 비상이 걸린다. 대목이 지나가는 며칠간은 온 식구가 모두 나와 온종일 물건을 팔아도 손이 모자라 식사도 제대로 못 할 때가 많았다. 저녁이 되어 다리도 아프고 피곤하지만, 우리 식구들은 넘치는 매출에 피곤한 줄도 몰랐다. 이때만큼은 부모님 얼굴에도 여유가 넘쳐남을 볼 수 있었다.

가겟방은 다용도방

이 방은 가게에 붙어있는 방이다. 가게로 향하는 쪽으로 미닫이문이 있고 그 중간쯤에 유리를 붙여 놓았다. 유리를 통하여 방안에 앉아서도 오는 손님을 금방 알아보고 손님을 맞이할 수 있도록 만들어 놓은 것이다. 가게가 열려있는 한 누군가 한 사람이 가게를 지키고 영업을 해야 했다.

그런가 하면 이 방은 부모님과 나의 침실이 되었다. 그러다 보니 나의 취침 시간도 자연히 늦어질 수밖에 없었다. 이 방에는 작은 앉은뱅이책상이 있고, 그 주변에 상점 관리에 필요한 모든 자료와 서류들이 놓여있었다. 중요 서류 중에는 들여온 물건의 원가를 기록해놓은 장부와 외상 매출을 기록하는 장부가 있었다. 외상 장부는 지역별 인명별로 구분했는데, 이 지역에 사는 모든 주민의 이름이 기록되어 있어서 누가 어느 동네에 사는지 금방 알 수 있었다. 주민들은 현금이 떨어지면 외상으로 물건을 가져갔지만, 대부분 외상값을 잘 갚았다. 그러나 현금이 없을 때는 곡물이나 특수 작물을 가지고 와 외상값을 대신 갚는 경우도 왕왕 있었다.

이 방은 우리 식구가 하루 세끼 밥을 먹는 식당으로도 이용되었다. 열려있는 가게를 지키며 밥을 먹어야 하는 형편이니 자연스럽게 이 방에 상을 펴고 식사를 하게 되었다. 가끔은 우리가 식사할 때 멀리 사는 지역주민이 지나가다 우리 가겟방 옆에 붙어있는 쪽마루에 앉아서 쉬어가는 때가 종종 있었다. 그분들의 얼굴을 보면 장거리 도보에 지쳐 피곤하기도 하고 먹지를 못해 배고픈 모습이 척 보면 눈에 들어온다. 그 당시는 때가 되어도 밥을 사 먹을 식당도 없고, 천생 자기네 집이나 돌아가야 배를 채울 수 있는 그런 시절이었다. 어머니는 그런 분을 보면 방안으로 불러들여 따듯한 밥 한 그릇을 대접하곤 하셨다. 송구한 마음으로 식사를 마친 그분들은 금방 얼굴에 화색이 돌고 기운을 차리는 모습이 어린 나의 눈에도 쉽게 들어왔다. 어렵게 살며 궁핍한 생활을 겪어보신 부모님이라 그런 분들의 처지를 잘 이해하고 계신 것 같았다. 그리고 그때는 오가는 길손을 무상으로 대접하는 것이 일반적인 시골 인심이었던 것 같다.

겨울이 오고 날씨가 추워지면 이 가겟방은 오고 가는 노인들이 몸을 녹이고 가는 쉼터가 되곤 하였다. 학교에 갔다가 집에 돌아오면 이런 노인들이 하나 가득 발 디딜 틈이 없이 앉아 긴 곰방대로 연실 빨아대는 담배 연기에 숨이 막힐 지경이었다. 거의 모두가 바지저고리에 두루마기를 입으셨으며, 어떤 분은 상투를 틀고 계시기도 하고, 일부는 갓을 쓰고 버선을 신으셨다.

특별히 장날에는 이런 노인들로 이 방이 잠시도 비어있을 시간이 없었다. 방 한가운데는 어머니가 담아 놓은 화로의 불이 언제나 따끈하게 방을 덥히고 있었고, 방 한구석 큼지막한 재떨이에는 담뱃재가 수북이 쌓여있곤 했다. 아버지는 이따금 이분들에게 막걸리를 대접하시기도 하시고 여름에는 시원한 사이다를 제공하기도 하셨다. 그 당시는 장거리 도보로 이동하며 중간에 따듯하게 마땅히 쉬어갈 곳이 하나도 없었고, 이렇게 지인이 있는 곳에 들러 신세를 지고 가는 것이 다반사였다.

나에게 이 방은 공부방이기도 했다. 학교를 다녀오면 숙제도 해야 하고 예습도 해야 하는데, 책을 들여다보려고 하면 가게에 손님이 와서 물건을 팔러 나가야 하고, 어느 때는 밥상이 들어오니 책을 접어야 하기도 했으며, 때로는 지나가는 손님이 들어오면 대청마루나 다른 방으로 쫓겨 나가야만 했다. 그래서 낮에는 공부하기가 어려웠고 주로 저녁 시간을 이용하여 공부하였다. 책상이 없으니 주로 방바닥에 배를 쭉 깔고 엎드려서 공부했다. 그러다 보면 얼마 뒤 목도 쉽게 피곤해지고 따듯한 방바닥 기운에 몸이 나른해져 금방 곯아떨어지기 일쑤였다. 그래서 중학생이 되면서 나의 소원은 내 전용 공부방과 책상을 가지는 것이었다. 그러나 우리 가정 형편상 그런 소원은 이루어질 리 만무했다.

나무꾼의 새벽 숨소리

지금도 잊히지 않는 가겟방에 얽힌 추억이 하나 있다. 매일 새벽 날이 밝아오기 전, 땔감용 나무를 팔러 가는 나무꾼 행렬이 끊임없이 우리 집 앞을 지나간다. 그러면 무거운 나무 짐을 짊어지고 가는 나무꾼들의 투박한 발걸음 소리와 거친 숨소리가 새벽의 고요함을 깨고 유난히 크게 귓전에 들려온다. 달구지에 나무를 싣고 가는 소리도 들린다. 큼지막한 달구지를 끌고 가는 소의 숨소리는 더 크기 때문에 안 보고도 쉽게 알 수 있다. 매일 새벽, 이 소리가 들려오면 나는 이른 새벽부터 힘든 노동으로 가족을 부양하고자 하는 나무꾼들의 힘든 노고가 가상해 보여 잠을 깨기 일쑤였다.

시간이 지나 해가 뜨면 그들은 나무를 판 돈 몇 푼을 쥐고 자기 집으로 향한다. 빈 지게를 지고 돌아가는 그들의 발걸음이 한층 가벼워 보이고 얼굴에 희색이 도는 것을 볼 수 있다. 일자리가 많지 않았던 그 당시 농촌에서는 이처럼 땔감 나무를 해다 파는 나무꾼이 파다하였다. 아주 힘든 노동 중에 하나다. 그러나 벌이는 그다지 썩 좋은 편은 아니었던 것 같다. 난 이들이 뿜어내는 거친 숨소리를 들을 때마다 '공부를 열심히 해서 나중에 절대로 저런 일을 하는 일이 없도록 해야지.'라고 몇 번이고 마음속으로 다짐하곤 하였다. 어린 나의 눈에는 공부하는 것 외에는 이런 일을 벗어날

방도가 없는 것 같았다.

공중화장실

우리 집 앞은 버스를 타고 내리는 승객들, 지나다니는 행인들, 그리고 수많은 학교 학생들로 이 지역에서 제일 붐비는 거리이다. 특히 장날이 되면 오고 가는 주민들의 행렬이 줄을 이룬다. 그러나 이들의 편의를 돌볼 화장실은 눈을 씻고 찾아봐도 존재하지 않았다. 필요할 시 용변은 사람들의 눈을 피해 밭이든지 나무 뒤든지 아무 데나 마구 하였다. 한낮에는 그래도 좀 나은 편이다. 사람들이 다른 사람들의 시선을 피하여 주택가에서 좀 떨어진 곳에서 용변을 보았으나, 야간에는 막무가내였다. 주택가와 가까운 곳도 가리지 않고 대소변을 해서 이를 밟지 않으려면 아주 조심스럽게 다녀야만 했다.

이를 지켜보시던 아버지께서는 어느 날 우리 집 화장실 확장공사를 결정하시고, 커다란 시멘트 독을 새롭게 묻으셨다. 그리고 그 독 위에 집 안쪽에는 우리 집 전용변소를 만드시고 바깥길 쪽으로는 변소 2칸과 남성용 소변소를 설치하셨다. 그래서 삼거리를 오고 가는 모든 대중에게 오픈하여 누구나 마음껏 이용하도록 하셨다. 아무도 생각하지 못하는 발상을 우리 아버지께서 하신 것이다. 그렇게 하니 주변이 깨끗한 환경으로 바뀌게 되었다. 그 옛날 대중들의 편의와 환경 문제를 깊이 성찰하신 아버지의 지혜와 용기가 남달리 눈에 띄는 대목이다. 그 당시 어디에도 찾아볼 수 없었던 '사설 공중화장실'이었는데 관청도 못 하는 일을 아버지께서 순수한 뜻으로 하신 것이다. 매일같이 화장실을 청소하는 일도 아버지는 누구에게 미루지 않고 직접 담당하셔서 청결한 상태를 유지하도록 노력하셨다.

장흥상회

이 상점은 1974년경 도로 확장공사로 우리 집이 뜯겨나가며 현대식 콘크리트 슬래브로 신축하게 된다. 그리고 새 건물이 준공되고 얼마 되지 않아 아버지께서 드디어 가게 상호도 달게 되었다. 그 이름은 '장흥상회'였다. 제대로 된 상호를 가지게 된 것이 개점해서 무려 20여 년이 지난 후다. 그 후 가게는 아버지께서 연로하셔서 은퇴하시고 형수께서 이를 맡아 운영하셨다.

그러나 영업환경은 날이 갈수록 어려워져 갔다. 급속한 나라의 경제개발로 인하여 농민 소득이 향상되고, 사회 간접자본의 확충으로 도로가 확장되며 교통 편의가 점차 개선되었다. 도보로만 다니던 주민들이 이제는 버스 편을 더 많이 이용하게 되었다. 그들은 다양한 상점들이 모여 있는 괴산 읍내로 직행하여 장을 보러 다니게 된 것이다. 그 결과, 멀리 사는 고객들은 우리 상점을 이용하지 않게 되었고, 자연히 상점의 주요 고객은 동네 주민들과 학교의 학생들로 국한되게 되었다. 그래도 동네 주민들의 소득향상으로 씀씀이가 늘어나서 매출은 그런대로 유지되었다. 하지만 더는 예전의 영화를 기대하기가 어렵고 향후 발전 전망도 가늠하기 어려웠다.

그즈음 형수께서도 연세가 드시며 건강이 좋지 않으셨다. 그래서 결국 형님 내외는 몇십 년 동안 우리 가족을 먹여 살린 이 가게를 처분하기에 이르렀다. 그해가 1992년도이고 가게를 개점한 지 37년 되는 해였다. 궁핍하고 어려운 시절에 우리 부모님과 6남매의 젖줄이었고, 장구한 세월 동안 각종 애환이 얽힌 가게인데, 이를 정리한다는 소식을 접하며 감사하기도 했고 섭섭한 마음이 들었다. 상점에 얽힌 수많은 옛 추억들이 주마등처럼 머리를 스쳐 갔다.

영업 외 수익

이 상점으로 인하여 우리 가족이 입은 혜택은 눈에 보이는 영업 이익 외에 눈에 보이지 않는 것들도 상당히 컸다. 이것은 실로 우리 자녀들에게 값있는 경험이 되었고, 우리의 생각의 폭을 넓히고 앞날의 비전을 형성하는 데 상당히 이바지했다.

그 내용을 정리하여보면,

첫째, 매일 서울과 청주로 다니는 버스노선의 정류장이 있었으므로 오고 가는 승객들을 통하여 도시의 최신 정보가 제일 먼저 들어오는 통로가 되었다. 우리는 승객들의 입을 통하여 시대가 어떻게 변화하고 있는지 감지하게 되었다. 그 시대는 신문을 보는 가구도 거의 없다시피 했고, 시골에 사는 주민들은 나라에 무슨 일이 일어나는지 전혀 모르고 지나는 분들이 대부분이었다.

둘째, 청주에서 정규 화물 트럭으로 배달되는 각종 공산품을 통하여 도시 생활과 비슷한 수준의 문화 혜택을 누릴 수 있었다. 당시 영세한 농업에 종사했던 주민들의 삶은 문화 혜택과는 거리가 멀었고 원시에 가까웠다.

셋째, 우리 상점에는 다양한 상품들을 판매하므로 우리 식구가 먹고 쓰는 것에 관해서는 늘 풍족한 편이었다. 왜냐면 철이 지났거나, 상품으로 가치가 없는 물건들은 버리지 않고 모두 우리 집에서 소비하였기 때문이다. 난 어려서 못 먹어본 게 하나도 없을 정도였다. 특히 바다가 없는 충북도에서 우리 식구만큼 다양한 건어물과 해산물을 즐긴 사람도 없었을 것 같다.

넷째, 우리 집 바로 뒤에 학교가 있어서 새로운 교육 정보와 전망에 대하여 들을 기회가 많았다. 이는 우리 자녀들이 교육의 목표를 세우고 인생을 설계하는 데 일조했다고 본다. 덕택에 교육의 중요성을 깨닫고 어떻게 하든지 고등교육을 받으려고 무던히 노력했던 것 같다.

다섯째, 상점을 통하여 비즈니스 개념을 책이 아닌 몸으로 직접 체득할 수 있었다. 사업의 기본인 수익개념, 고객관리, 상품의 선택과 구매, 장부관리 등을 현장에서 자연스럽게 배울 수 있었다. 다양한 고객을 응대하며, 그들을 웃는 얼굴로 대하고 다정다감한 언어로 다가가는 것도, 대인관계를 원만하게 하는 데 큰 도움이 되었다.

그 이외에도 오랜 세월 동안 상점 경영을 통하여 나와 우리 형제들에게 직간접으로 영향을 미친 여러 가지 요소들이 있을 것으로 믿는다. 이제 '장흥상회'는 오래전 우리의 손을 떠나 영원히 역사 속에 묻혔지만, 어린 시절 나와 우리 형제들에게 끼친 교육적 영향은 그야말로 지대하다고 하겠다.

괴산 남교회

의무가 된 교회 출석

나는 모태신앙으로 교회를 다녔다. 구락부에서 시작해서 주일학교, 여름성경학교, 중등부 등 교회에서 하는 프로그램에는 하나도 빠짐없이 참석했다. 모든 형제들이 그렇게 하니까 나도 당연히 그렇게 해야만 하는 줄 알았다. 그게 어머니가 세워놓으신 우리 가정의 규율이었다. 우리 형제들은 어머니 말씀에 순종하여 열심히 교회를 출석했고, 한 번도 거역하는 모습을 본 적이 없다. 어떨 때 몸이 피곤하면 가고 싶지 않았지만, 아파서 몸져눕기 전에는 교회에 가도록 어머니께서 강요하셨다. 혹시 실수로 예배 시간에 늦거나 할 경우에도 어머니에게 야단을 맞았다. 교회에 가서 예배를 드리는 일은 선택이 아니고 일종의 의무였고, 나와 우리 형제들의 어린 시절 중요한 삶의 일부였다. 그러나 그때는 우리가 깊은 신앙심이 있었던 것은 아녔다. 어려서부터 그런 식으로 부모님으로부터 엄격한 신앙생활에 대한 교육을 받고 자랐다는 것이다.

교회에서 배우는 성경 말씀은 학교 교육과는 사뭇 달랐다. 그래서 때로는 혼돈이 오기도 했다. 성경은 '나'라는 존재와 '하나님'과의 관계를 제시하며 사랑과 구원으로 연결되는데, 처음에는 쉽게 이해가 되지 않아 고민에 빠질 때도 있었다. 혼자서 답을 찾기가 쉽지 않았다. 성경 말씀을 공부할 때마다 이해가 안 되면 자꾸 질문들이 하나씩 쌓여가고, 시간 날 때마다 이것들을 머릿속으로 연구하고 반복적으로 생각하게 되었다. 그런 과정에서 나는 영적으로나 지적으로나 조금씩 예수 그리스도를 알게 되었던 것 같다. 그리고 예수님의 사랑을 이해하게 되고, 성경 지식도 점차 성장하는 계기가 된 것 같다.

내가 어려서 제일 먼저 배운 건 찬송이다. 어머니께서 나를 안고 젖을 먹일 때부터 들려주신 첫 번째 찬송은 다음 노래가 아니었나 싶다.

> "예수 사랑하심은 거룩하심 말이세. 우리들은 약하나 예수 권세 많도다. 날 사랑하심, 날 사랑하심, 날 사랑하심, 성경에 써있네."

그리고 내 기억에 어머니가 가장 즐겨 부르던 찬송가는 다음 노래였다.

> "내 주를 가까이하려 함은 십자가 짐 같은 고생이나 내 일생 소원은 늘 찬송하면서 주께 더 나가기 원합니다."

그래서 그런지 70년이 지난 지금도 이 가사는 머리에 각인되어 있다. 이 찬송을 들으면 나도 모르게 마음이 평안해지고 어머니의 찬송하시는 음성이 귓전에 들려오는 듯 느껴진다.

주일학교를 다니며 제일 먼저 배우고 암기한 성경 구절은「요한복음」3장 16절이다.

> "하나님이 세상을 이처럼 사랑하사 독생자를 주셨으니 이는 그를 믿는 자마다 멸망하지 않고 영생을 얻게 하려 하심이라."

그리고 「시편」 23편도 가장 즐겨 듣고 암송하던 말씀 중 하나였다.

> "여호와는 나의 목자시니 내게 부족함이 없으리로다. 그가 나를 푸른 풀밭에 누이시며 쉴만한 물가로 인도하시는 도다. 내 영혼을 소생시키시고 자기 이름을 위하여 의의 길로 인도하시는 도다. 내가 사망의 음침한 골짜기를 다닐지라도 해를 두려워하지 않을 것은 주께서 나와 함께 하심이라 주의 지팡이가 나를 안위하시나이다."

이 성경 구절은 평생을 살아오며 언제나 들어도 마음에 감동이 넘치고 하나님이 주시는 특별한 평안을 누리게 해준다. 그분이 늘 내 곁에 계셔서 성령님을 통하여 말씀하시고 나의 길을 안전한 길로 인도하시는 것을 확실하게 느끼며 살게 해준다.

사랑의 구호물자

교회학교를 통하여 "하나님은 사랑이시다."라는 주제를 제일 많이 배운 것 같다. 그리고 이웃 사랑의 실천으로 전도와 구제를 많이 배웠다. 그런 가운데 그 사랑의 실천을 우리 눈으로 직접 확인할 수 있었던 일이 있었다. 그것은 내가 국민학교도 가기 전으로 기억되는데, 파란 눈의 미국 선교사들이 생필품과 옷가지를 잔뜩 가져와 선물로 나누어 준 적이 있었다. 그때가 6 · 25전쟁이 끝난 지 얼마 되지 않은 때여서 전쟁으로 가난에 찌든 주민들에게 미국에서 보내온 구호품이었다.

구호품의 종류는 다양했다. 각종 옷 종류와 털모자, 신발, 분유, 글리세린 등등 이루 다 말할 수 없을 정도였다. 우리 형제들도 모두 하나씩 구호품을 나누어 받고 기뻐했다. 나는 털모자를 받았다. 처음 보는 모자인데 머리에 써 보니 무척 따듯했다. 모두 사용하던 중고품이었지만, 상태도 좋고 품질도 우수해서 한 번 받으면 아끼며 오랫동안 사용하도록 노력하였다. 그 당시 한국에서는 그런 제품이 전혀 없었다. 귀한 사랑의 선물을 받게 되어 감사했다. 미국이란 나라는 잘 모르지만 아주 부자 나라이고, 천사의 나라같이 느껴졌다. 과연 그 나라는 어떻게 생겼는지 궁금하기도 했다. 그때 방문했던 선교사 중에는 연세대학교를 설립한 언더우드 형제 중 한 분도 계셨다고 한다.

바른 언어와 예절

우리 어머니는 우리 가정은 예수를 믿으므로 다른 사람보다 더 모범이 되어야 한다고 말씀하시며, 특별히 고운 언어와 바른 행동을 강조하셨다. 그래서 대화 중 나쁜 욕을 하는 것을 절대로 허용하지 않으셨다. 그러다 보니 나는 어려서 형제 중에 욕하는 사람을 한 명도 본 적이 없었다. 나는 학교 가기 전에는 욕이 뭔지도 잘 몰랐던 것 같다. 그리고 욕을 해본 적도 없었다. 지금 생각해보면, 이게 모두 어머니가 이루신 우리 집의 교육적이며, 신앙적인 분위기 덕분이라고 믿는다.

나는 국민학교에 들어간 후에야 친구들이 욕하는 모습을 보게 된 것 같다. 난 친구들이 욕을 하는 모습을 보며, 욕을 적당히 해야 친구들과도 가까워지고, 혹시 다른 친구와 싸움을 할 때는 내가 강하게 대응하는 걸로 잘못 알고 있었다. 그래서 국민학교 1학년 때쯤으로 기억되는데, 친구들이 잘 사용하는 몇 가지 욕을 혼자 열심히 소리 내어 연습해 본 적이 있다. 그러나 발음과 억양이 어색하고 도무지 자연스럽지 않았다. 그러던 어느 날 어머니한테 연습하는 순간을 포착당하며 호되게 야단을 맞게 되었고, 그 후로는 욕 배우기를 포기하였다.

우리 어머니는 주일날 교회 갈 때도 아무 옷이나 입고 가지 못하도록 하셨다. 세수도 하고, 손발도 씻고, 머리도 빗고, 정갈한 모습에 깨끗한 옷을 입고 가도록 주문을 하셨다. 어머니 자신도 주일날이 되면 교회에 가기 전, 정성껏 단정한 모습을 준비하신다. 나는 종종 어머니의 더러워진 하얀 고무신을 펌프가 있는 우물가에 가져가, 지푸라기 수세미에 빨랫비누를 묻혀 문질러, 뽀얗게 윤기가 나도록 닦아 드리곤 했다. 어머니가 머리를 곱게 빗어 쪽을 찌르시고, 화사하게 한복을 입으신 후 교회를 향해 출발하실 때는 어머니 얼굴에서 번쩍번쩍 광채가 뿜어져 나오는 것 같았다. 그때는 온 집안이 다 환해 보였다. 어머니가 지나가는 곳마다 어머니의 얼굴에 바른 크림 냄새와 깨끗한 옷의 향기가 향긋하게 주변으로 퍼져나갔다.

세례를 받다

고등학교 1학년 봄 어느 날, 교회 목회를 담당하시는 고모부가 부모님을 찾아오셨다. 그 이유는 내 세례 문제를 상의하려는 것이었다. 고모부께서는 이제 세례를 받을 나이가 되었으니 순종하는 마음으로 세례를 받으라고 권유를 하셨다. 나는 내 나이에 세례를 받는 것은 너무 빠른 것 같고, 아무리 생각해봐도 마음의 준비가 되지 않아 망설이며 주저하게 되었다. 어머니께서는 지금부터 열심히 기도하며 준비하고 이번에 꼭 세례를 받으라고 말씀을 하신다. 나는 다음에 받겠다고 이리저리 뒤꽁무니를 빼보기도 했지만, 끝내는 못하겠다고 거절할 수 있는 용기가 없어서 그냥 알겠노라고 답을 하였다. 그 순간부터 나는 세례를 받는다는 사실에 대하여 거룩한 부담을 안게 되었고, 그 기독교적인 의미를 이해하려고 노력하였다.

1966년 6월 12일, 일요일이었던 것 같다. 세례식 날이다. 그 지역을 담당하시는 청안에 있는 도안교회에서 시무하시는 백은기 목사님이 오셔서 세례식을 인도하셨다. 여러 명이 무릎을 꿇고 앉아서 자기 차례를 기다리고 있는데, 나는 자신에게 '과연 세례를 받을 마음의 준비가 되었는지?' 스스로 자문하게 되었다. 그때 나는 아무런 생각도 나지 않았고, 내 머릿속은 마치 텅 빈 백지장 같은 느낌이었다. 나는 걱정이 되었지만, 이제 돌아서서 나갈 수도 없어서 그대로 앉아있어야 했다. 그때 나는 이렇게 기도하였다. "주님, 나는 아직 이 세례의 의미를 잘 모릅니다. 그러나 이 세례를 받음으로써 진정한 크리스천이 되게 하여 주시고, 앞으로 살아가는 동안 주님 말씀에 순종하며, 복된 삶을 살게 하여 주시옵소서."

이윽고 내 차례가 되었다. 백 목사님은 물 적신 손을 내 머리에 얹으시고 "성부와 성자와 성령의 이름으로 너에게 세례를 주노라."라고 선포하시고 손을 떼셨다. 그 순간 차가운 물방울이 한 줄기가 뒤통수로 흘러내려 등줄기를 타고 시원하게 내려갔다. 눈을 뜨고 백 목사님을 바라보니 성자처럼 거룩한 모습의 목사님은 사람이 아니고 하나님이 보내신 천사인 것 같았다. 이로써 나는 평생 잊을 수 없는 깊은 인연을 백 목사님과 맺게 되었다. 세례식이 끝나자 고모부는 내게 다가오셔서 '그래 잘했다. 듬직하다.'라는 표정으로 나의 세례를 축하해주셨다.

주일학교 반사가 되다

세례를 받고 얼마 후, 주일학교 교장으로 계시는 이희일 집사님이 찾아오셨다. 이제 세례도 받았으니 주일학교에 나와 학생들을 지도해 달라는 것이었다. 시골의 교회이고 교인들이 대부분 농사일로 바쁘다 보니 주일학교 교사를 하실 분이 마땅치 않았다. 그런 가운데 이희일 집사님은 열정을 가지고 헌신적으로 주일학교를 인도하셨고, 그 덕분에 출석학생 수가 50~60명 이상 된 것 같다. 교회 어려운 사정을 들은 나는 능력은 부족하지만 할 수 있는 한 도와야겠다는 생각이 들었다. 그래서 결국은 이를 수락하게 되었다.

15살 나이에 국민학교 2, 3학년을 가르치는 일은 절대 만만치 않았다. 앞에 서서 찬송을 이끌기는 비교적 쉬웠지만, 설교가 끝나고 분반 공부로 들어가면 교재를 가지고 소그룹을 인도하는 것은 가르치는 언어가 부족하여 버벅대기 일쑤였다. 속으로 무척 부끄러웠고 자신이 없었다. 우리 반에는 작게는 5~6명 많을 때는 9~10명 정도는 있었다. 나는 학생들 앞에서 창피를 당하지 않으려고 미리 교재 공부도 준비하고, 가르치는 언어와 요령을 연구하게 되었다. 그렇게 하며 한 주일 두 주일 지나니 가르치는 요령이 조금 향상되는 것 같았다. 배우는 학생들도 호흡을 맞춰가며 잘 따라오는 것 같았다.

가르치는 것 외에도 신경을 써야 할 일이 더 있었다. 그건 고운 언어와 반듯한 행동이었다. 교사로서 모범적 모습을 보여줘야 했기에 교회 안팎에서 무슨 일을 하든지 학생들을 눈을 의식하지 않을 수 없었다. 교사로서 면모를 보이기 어쩔 수 없이 그렇게 노력했지만, 자신을 매사에 모범이란 단어에 붙들어 매는 것 같아 불편하게 느껴지기도 했다.

주일학교를 도우려고 시작한 교사의 일인데 지나고 생각해보니 내가 학생들에게 가르쳐 준 것보다 내가 배우는 게 훨씬 더 많은 것 같았다. 불과 열다섯 살 나이에 이런 선생의 경험을 하게 된 것은 너무도 값진 일이었다. 게다가 동생이 없이 자란 나는 나보다 어린아이들과 함께 노는 것이 불편한 적이 많았는데, 이런 기회를 통하여 그들과 소통하는 방법까지 체득하게 된 좋은 기회였던 것 같다.

교회 설립의 주인공들

우리가 다닌 교회의 이름은 괴산 남교회이다. 마을로 들어가는 골목 안 바로 오른편에 기다란 초가집이 있고 그 옆 공터에 종각이 있는데 거기가 바로 예배당이었다. 우리 집에서는 길 건너 불과 3~40m 정도 떨어져 있다. 목사님 사택은 교회 건물 안쪽 끝에 붙어있었다.

예배당을 들어가면 나무 마루가 깔려있고, 뒤편에는 신발장이 있었으며, 좌측에는 남자들이 우측에는 여자들이 따로 앉아서 예배를 드렸다. 가족들도 남자와 여자가 따로 떨어져 앉아야 했다. 그리고 마루 한쪽에는 방석들이 언제나 수북이 쌓여있었다. 이는 노약자나 어르신들이 사용하게 하려는 배려였다. 추운 겨울철에는 난방을 위해 중간에 난로를 놓아 나무를 땠다. 그래서 예배드리러 갈 때는 성경책 외에 장작개비를 한두 개씩 들고 갔다.

이 교회는 우리 가족과 깊은 인연이 있다. 이 교회를 설립하신 두 분이 바로 우리 고모부와 할머니이시기 때문이다. 1948년 이 교회를 처음 설립할 때 고모부 되시는 성낙연 집사는 사역자로, 우리 할머니 김홍식 집사는 교인의 대표가 되셔서 그 이름을 올리셨다고 한다. 그러니까 장모와 사위가 함께 교회를 세운 것이다. 교단은 대한예수교 장로회(통합측)였다. 벌써 72년 전의 일이다.

우리 할머니는 원래부터 기독교인은 아니셨다고 한다. 우리 어머니가 어릴 적 외할머니를 따라 교회에 다니며, 우리 가정에서는 제일 먼저 크리스천이 되었다고 한다. 그러나 어머니는 예수를 모르는 시댁으로 시집오게 되어 할머니를 따라 미신을 섬기는 일을 도와야 했다고 한다. 그 옛날에는 시집을 가면 무조건 시댁의 종교를 따라야 하는 시대였다. 그러던 어느 날 나의 고모가 예수를 믿게 되었고, 그 즉시 할머니를 전도하여 예수를 영접하게 하는 사건이 있었다고 한다. 그러자 할머니는 어머니도, 아버지도 자유롭게 교회에 나가게 하시는 등 온 가족이 적극적인 신앙생활을 하도록 허락하셨다고 한다. 그래서 미신을 버리고 온 가족이 믿음의 가족이 되었다. 그 후 할머니의 신앙이 성장해 사위와 함께 교회를 개척하는 귀중한 일까지 하게 되었다.

그 덕분에 우리 6남매는 모두 이 교회를 출석하며 자라나게 되었다. 우리 집에서는 제사가 사라진 지 오래되었다. 대신 명절 때나 기일에 추도 예배를 드린다. 나는 어려서나 지금까지 집안은 물론이고 집 밖에서도 제사를 지내는 것을 본 적이 한 번도 없는 것 같다.

내가 어릴 적 고모부는 장로가 되셔서 교회의 사역자로 시무를 하셨다. 고모부는 수년간 매 주일 설교를 하시고 새벽기도회와 수요예배를 홀로 인도하시었다. 아마도 그 당시 전문 사역자를 모실 수 있는 재정적 여건이 되지 않아 고모부가 사례도 없이 교회를 이끌어가고 목회를 하신 것 같다. 그 후 교회는 성장하여 교인 수도 늘고 재정도 강화되어 전문 사역자를 모시게 되고, 비록 연약하긴 하지만 재정자립도 이루게 된 것 같다.

한편 고모부는 나중에 신학교에 나가 체계적으로 신학 공부를 하시고 전문 사역자 자격을 획득하시었다. 그리고 자신이 설립한 이 교회를 떠나 청원군 북일면 비상리에 '비상리 교회'를 개척하시었다. 그 후 이 교회가 성장하며 자리가 잡히자 다시 그곳을 떠나 다른 곳에 교회를 하나 더 개척하시었다. 고모부는 그렇게 한평생 끊임없이 구원자 예수를 증거하며 믿음이 없는 자들에게 복음 전도의 사명을 감당하셨던 충성된 목회자이셨다.

고모부 내외의 사랑

내가 어릴 적 내 주변에서 제일 존경하는 인물을 꼽으라면 나는 주저하지 않고 우리 고모부를 지명하고 싶다. 내가 기억하는 고모부는 인자하시고, 얼굴에는 늘 옅은 미소가 떠나지 않으셨다. 말씀하실 때도 부드럽고 조용한 음성으로 다가오셔서, 보통 사람들과는 아주 대조적이셨다. 걸음걸이도 아주 얌전하고 겸손한 모습으로 걸으셔서, 금방 성직자라는 것을 알아볼 듯싶었다.

고모부 가족은 같은 동네에 사셔서 자주 뵐 수 있었다. 고모부는 배우신 분이라 우리 집을 대신하여 관청의 일 등 대소사를 많이 돌보아 주셨다. 고모도 우리 집에 자주 들르셔서 아버지를 "오라버니"라고 부르고, 어머니에게도 "형님, 형님" 하면서 따르고, 조카인 우리 형제들에게도 아주 살갑게 대해주셨다. 우리 형제들은 모두 고모부 내외를 존경하고 너무 좋아했다. 그래서 우리는 한 치의 의심도 없이 고모를 아버지 친동생으로 알고 지냈다.

내가 성인이 되어 30살쯤 되었을 때인 것 같다. 어느 날 어머니께서 고모부의 재혼 사실을 말씀해주셔서 그때서야 우리는 고모가 친고모가 아니고 새 고모라는 사실을 알게 되었다. 나의 친고모는 결혼 후 얼마 지나지 않았을 때 득병하여 일찍이 세상을 떠났다고 한다. 우리는 이를 듣는 순간 큰 충격이 아닐 수 없었다. 우리는 그동안 새 고모를 한 치의 의심 없이 친고모로 알고 지내왔기 때문이다. 잠시 나의 머릿속에 혼돈이 오기 시작했다. 왜냐하면, 그건 그동안 우리에게 베풀어 준 두 분의 구김살 없는 사랑 때문이었다. 그런데도 어떻게 나의 부모님과 우리에게 친고모 이상으로 잘 할 수 있었을까? 나의 머리로는 도저히 이해하기가 쉽지 않았다. 그 순간, 두 분의 사랑은 우리 가슴을 울리는 깊은 감동이 되었다. 그런 사실을 알게 된 후에 우리는 그분들을 더욱 존경하고 사랑하는 계기가 되었다. 나는 고향을 떠나 객지를 떠돌며 살 때도 이따금 고모부와 고모가 보고 싶기도 하고 그들의 따듯한 사랑을 그리워하여 눈물을 흘리기도 하였다.

제3장

도시로 나가다

본격적인 고교 생활

나를 일깨운 숫자

다시 학업에 대한 스토리로 돌아와 계속해서 고등학교 시절을 회상해 보고자 한다.

1967년 3월 초, 부지런히 새로운 교복과 모자와 각종 교과서를 준비하고 새 학교로 등교하였다. 청주고등학교는 규모가 큰 학교로 학생 수가 1,300여 명이 되다 보니 등굣길이 학생들로 붐볐다. 나는 대전에서 편입 온 김상필 군과 같이 2학년 2반에 배정이 되었다. 담임 교사인 이병학 선생님의 소개로 반 친구들에게 인사를 하고 자리에 앉았다. 주변에 앉은 친구들이 반갑게 환영해주어 조금은 긴장이 해소되었다. 반 친구들의 면면을 살펴보니 얼굴에 학구열이 넘치고 잠시라도 틈만 나면 공부하기에 바쁜 모습이었다. 선생님들도 열과 성의를 다해 가르치려는 모습이 넘쳐났다. 그런 분위기는 나에게 무언의 긴장감을 주었고 긍정적으로 자극하는 요소가 되었다.

나는 낙하산처럼 중간에 들어오다 보니 교과 과정이 다르기도 하고, 어떤 과목은 1학년 때 안 배운 것도 있어서 무척 당황스러웠다. 교과 진도를 따라가며 뒤처진 부분은 혼자서 보충해야 하는데, 이게 보통 어려운 게 아니었다. 적응하기 위해 정신없이 분주하게 움직인 지 3주 정도 지났을 즈음에 3월 월말고사 시험이 있다고 한다. 나는 걱정이 되었지만 아무런 준비도 할 수 없어 그대로 시험에 임할 수밖에 없었다. 그리고 며칠 후, 시험 결과가 개별통지 형태로 전달되었다. 나도 통지서를 받았다. 열어보기도 싫고, 보고 싶지도 않았지만, 그래도 궁금해서 옆의 친구들에게 보일까 봐 통지서를 살짝 열고 들여다봤다. 당연히 어떤 기대도 하지 않았지만, 보는 순간 나는 거의 실신할 것 같았다. 421명 중에 418등, 문자 그대로 꼴찌를 한 것이다. 편입이라는 특수 사정을 고려해도 지금까지 그런 성적을 받아본 적이 없는 터라 도저히 감당할 수가 없었다. 순간, 얼굴이 화끈거리고, 부끄럽기 짝이 없었으며, 앞으로 어떻게 해야 할지 갈 길이 막막하기만 하였다.

자신감을 회복하다

괴산출신 동기들과(뒷줄 오른쪽 두 번째가 저자)

청주고로 왔다고 좋아했고, 자부심도 느꼈는데, 이 성적표 하나로 모든 게 무너지고 자부심도 자신감도 순식간에 사라졌다. 비록 교복과 모자를 쓰고 다니지만 스스로 '청고인'이라고 인정할 수 없었고, 다른 사람들 앞에서는 것조차 싫었다. 그래서 등하굣길에는 되도록 사람들의 왕래가 적은 뒷길을 택하여 다녔고, 하교 후에는 웬만하면 교복도 입지 않고 다니려고 노력하였다.

그렇다고 나 자신을 포기한 것은 아녔다. 할 수 있는 한 열심히 집과 학교를 오가며 공부에 매진했다. 그때 나에게 희망을 준 것은 옆에 앉은 친구들이었다. 괴산에서는 지방 대학에 들어가는 것도 몹시 어렵게 생각했는데, 청주고에서는 모든 친구들이 지방 대학 가는 것을 마치 식은 죽 먹기같이 여기는 것이었다. 처음에는 굉장히 의아하게 들었지만, 시간이 지나며 보니 전체 학생들의 학력 수준이 그만큼 높고, 그 말이 허구가 아니라는 사실을 깨닫게 되었다. 이는 나도 노력하면 희망이 있다는 생각을 가지게 해주었다.

한 달이 지나고 시간이 가며 내 성적에 변화가 오기 시작했다. 한 달 만에 전체등수가 많이는 50등까지 오르기도 하고, 뒤처짐 없이 조금씩 상승했다. 그러나 워낙 부족한 기초를 따로 보충할 시간적 경제적 여유가 없어서 고민이 깊었다. 거기에 더하여 1학년 때 못 배운 독일어 같은 과목은 도저히 따로 공부할 수 없어서 아주 포기해야만 했다. 집안이 여유가 있는 친구들은 학원이나 과외 수업을 통하여 기초를 다지고 보충을 했지만, 나는 그럴 수 없어서 오로지 혼자서 공부해야만 했다. 그러다 보니 모르는 부분을 해결하지 못하고 넘어가게 되어 자연히 학교 성적을 올리는 데는 한계가 있을 수밖에 없었다. 하지만 낙제하거나 졸업하는 데는 문제가 있는 성적은 아니었다. 그래서 내 공부의 방향을 대학입시 위주로 전환하였다.

3학년이 되자 나는 3반에 배정되었다. 공부를 잘하는 학생들이 가는 우수반이 있는데, 이런 반은 감히 쳐다볼 수도 없어서 나와는 상관이 없는 얘기였다. 비록 우수반이 아니더라도 당면 목표는 우수한 대학에 들어가는 거니까, 남은 1년 동안 열심히 해보겠다고 굳은 다짐을 하였다. 3학년부터는 대학 입학시험을 대비하여 매월 모의고사를 치렀다. 나는 학교 성적도 중요하지만, 대학진학을 의식해 모의고사에 더 집중해 공부하였다.

모의고사 성적이 처음에는 중간 정도도 나오지 않았다. 그런데도 나는 일단 목표를 100등 안에 들어가는 거로 높게 세우고 세심한 주의를 기울였다. 매월 성적은 조금씩 향상이 되었지만, 그 목표는 너무 높아 보였고 거기에 도달하는 것은 절대 쉬운 일이 아니었다. 아무리 생각해도 목표를 너무 높게 잡은 것만 같았다. 그래서 결국은 학년을 마칠 때까지 그 목표에 도달하지 못했다. 내가 기록한 최고의 성적은 116등에 불과했다. 성적을 더 올리기에는 시간이 부족하였다. 그래도 실력이 향상된 걸 느낄 수 있었고, “나도 하면 된다.”라는 자신감과 희망을 품는 계기가 되었다. 불과 한 해 전 바닥권을 기록하고 전전긍긍했던 편입 초기에 비하면 대단한 발전이었다. 그 짧은 시간에 여러 가지 불리한 여건을 극복하고, 충북 도내에서는 최고의 인재들이 모여 있는 틈바구니에서, 그만큼 도약했다고 생각하니 ‘원래 내 모습’을 조금이나마 회복한 것 같았다.

청주살이 2년

청주로 와서 2년간을 보내며 바닥에 내팽개쳐진 자신을 수습하느라 학교와 집을 오간 것 외에는 별로 한 일이 없었다. 젊은이들이 자주 간다는 명암방죽도 한 번 가본 적이 없고 우암산과 산성도 그 근처에도 가보지 못했다. 그런 것을 생각할 여유가 전혀 없었다. 내가 가본 곳이라곤 중앙공원, 본정통에 있는 청원당 빵집, 극장 한두 군데, 그 외엔 없는 것 같다. 그래서 나는 청주에 대하여 자세히 아는 게 별로 없다.

돌이켜보면 그때는 한창 사춘기였는데 나의 처지가 하도 딱하다 보니 어떻게 사춘기가 지나갔는지도 몰랐던 듯하다. 여학생을 만나 데이트해 본 적도 없고, 연애편지도 한 통 못 써 보고, 빵집에도 가본 적이 없다. 겨우 친구와 영화관에 가서 영화를 한두 편 본 것이 전부인 것 같다.

청주로 가며 국민학교 동창인 강성규 군이 자주 만나 조언을 해주어 학업에 많은 도움이 되었다. 강성규는 자신이 가깝게 지내던 이평구(후일 IT업계 대표), 문승래(후일 대학교수), 이경식 군과 같이 어울리도록 기회도 마련해 주어서 그들과 함께 바둑을 두는 등 좋은 시간을 보냈다. 그러나 어디를 함께 놀러 가거나 한 적은 없었다. 단 한 번 졸업을 앞두고 크리스마스 때 함께 모여 송년회를 한 것이 전부다. 강성규를 비롯한 이 친구들은 성적이 상위그룹에 속한 모범생들로 학교에서도 인정받는 친구들이었다. 나는 만날 때마다 그 친구들이 부러웠고 공부를 잘하는 비법이 뭔지 유심히 관찰하기도 하였다. 아마도 이 친구들이 학교 밖에서 만난 유일한 친구들이었던 것 같다.

2학년 때는 반기승(후일 해운업계 사장), 지윤규(후일 이화여대 교수), 김광식(후일 치과의사), 사광기(후일 세계일보 사장) 군 같은 친구와 같은 반이었는데 학업성적이 바닥권인 나는 자신을 돌보기에 정신이 없어서 반 친구들과 교제 같은 것은 상상도 할 수 없었다. 내 눈에는 반 친구들 한 명 한 명이 다 나보다 위대해 보였고, 나 자신은 한없이 작게만 느껴졌다.

3학년이 되어서는 진천에서 온 조정현(후일 국교 교장) 군과 짝이 되어 앉았고, 내 바로 뒤에는 미원 출신 홍득표(후일 인하대 교수) 군이 앉았다. 홍득표는 눈이 크고 미끈하게 잘생겼으며, 다른 친구들에 비해 아주 활달하고 사교적이어서 한눈에 들어왔다. 늘 나에게 친근하게 다가와 말을 걸어와 가까운 친구가 되기를 원하는 것 같았다. 나도 그런 득표와 적극적으로 교류하고 친하게 지내고 싶은 마음이 간절했다. 그러나 갈 길이 바쁜 내 입장에 그럴만한 마음의 여유가 없어서 끝내는 마음의 문을 열지 못한 채 졸업하게 되었다. 그러다 보니 같은 반에서 단짝이라고 할 친구를 한 명도 만들지 못하였다.

교외 활동도 전무했다. 다만 주일날 예배드리러 교회에는 출석했다. 남주동에 있는 '서남교회' 고등부에 나가 예배만 드리고 별도의 친교 시간은 거의 참석하지 않았다. 그래서 교회에도 잘 아는 친구가 하나도 없다시피 하다. 같은 학년 전철웅 군이 회장을 맡고 있었는데, 전군은 공부를 많이 했는지 알이 두툼한 안경을 쓰고 있었고, 신앙심이 깊어서 기도도 잘했다. 나는 예배의 자리에 나가 내가 겪는 시련을 하나님께 호소하고 의지하며 자신을 온전히 맡기는 기도로 나 자신의 안위를 받으려고 노력했다.

감동의 생일 밥상

어느 날 집에 돌아오니 어머니가 찾아오셨다. 부모님을 떠난 지 몇 달 만에 다시 뵙게 되어 반가웠다. 어머니는 괴산에서 음식을 잔뜩 장만하여 오셨다. 어머니는 이 음식들을 큰 통에 담아 머리에 이고 버스터미널로부터 힘들게 걸어오셨다. 가슴이 찡했다. 바쁘게 지내다 보니 내 생일이 다가오는지도 모르고 지냈는데, 어머니는 객지에서 맞는 내 첫 생일을 잊지 않고 축하하러 오신 것이다. 식사 전 어머니는 누이와 나를 축복하시며 이곳에서 학업을 잘 마칠 수 있도록 간구하시고, 나를 이 세상에 보내주신 것에 대하여 감사하는 기도를 하셨다. 누이와 나는 그동안 자취 생활에 먹는 것도 변변치 않았는데, 그날만큼은 입맛 나는 음식을 포식할 수 있었다. 너무도 고맙고 감사했다. 가지고 오셨던 빈 그릇을 통에 담아 머리에 다시 이고 쓸쓸히 돌아서서 가시는 어머니의 뒷모습을 바라보며, 나는 다시 한번 어머니의 무한한 사랑을 느끼지 않을 수 없었다. 나는 이 사랑의 빚을 어떻게 보답해야 할지 생각하며 오늘의 공부에 충실하기로 마음먹었다.

진로가 결정되다

졸업이 가까이 왔다. 그러나 내가 원하는 대학을 가기에는 준비할 시간이 더 필요했다. 지난 2년간의 기간만으로는 확실히 부족해 보였다. 그렇다고 졸업을 미루고 학교를 한 해 더 다니는 것은 바람직해 보이지 않았다. 미흡하긴 하지만 그때까지 준비된 대로 그냥 대학입시에 도전해 보기로 했다. 내가 목표하는 대학에 들어가는 건 어려워 보였지만, 학기 말에 향상된 성적에 비추어 보면 성공 가능성도 어느 정도 있다고 판단했다.

1차로 대부분 수험생이 가기를 원하는 최상위권 대학에 원서를 내고 시험을 치렀다. 의외로 낯익은 시험문제가 많이 나와서 반가웠고, 합격 가능성에 대한 기대치가 상승했다. 하지만 뚜껑을 열어보니 내가 지원했던 학과의 경쟁률은 15:1로 전국 최고율을 기록했다. 게다가 합격선도 전년보다 월등히 올라가는 바람에 낙방의 고배를 마셨다. 큰 기대는 안 했지만, 그래도 상당히 실망이 되어 눈물이 나왔다.

이제는 재수할지 아니면 2차 대학에 응시할지 결정을 해야 할 시기가 왔다. 그러나 재수를 감당할 수 없는 집안의 재정 문제가 있고, 한편 부모님이 연로하시니, 하루라도 빨리 대학을 졸업하기를 원하는 가족들의 바람이 있어서, 2차 대학에 지원하는 쪽으로 마음이 기울었다. 아무리 궁리해도 재정 문제 때문에 재수를 해볼 방도가 없었다.

결국 2차 대학에 원서를 쓰기로 하고 가족들과 상의하여 경희대 사범대학 영어교육과에 지원하기로 하였다. 그 이유는 경희대는 캠퍼스가 아름답기도 했고, 졸업 후 취업이 보장되는 사범대학이었기 때문이었다. 그때에는 공립이든 사립이든 관계없이 사범대학을 졸업하면 정부에서 100% 중등교사로 채용하여 졸업과 동시에 발령을 내주어 취업 문제를 전혀 걱정할 필요가 없었다. 교육자로서 선생님이란 직업도 많은 이들의 존경을 받고 사회적 인식도 좋아 보였다. 그런 연유로 사범대학 입학경쟁률과 합격선은 자연히 더 올라갈 수밖에 없었다. 더욱이 영어나 수학과 같이 인기도 있고 선호도가 높은 학과는 입학하기가 한층 더 어려웠었다.

사실상 2차 대학이라고 해도 입학시험에 자신 있게 합격한다는 보장은 없었다. 하지만 나로서는 1차에 떨어진 마당에 2차마저 떨어진다면 어디에도 얼굴을 내밀 수가 없을 것 같아 나름대로 최선을 다하였다. 시험을 친 결과 다행히 합격하게 되어 입학의 자격을 얻었다. 비록 1차에서는 실패를 하였지만 그나마 이것으로 그동안 땀 흘리며 쌓아온 내 실력을 증명한 것 같아 기분이 좋았다. 가족과 주변에도 최소한의 체면을 유지하게 된 것 같아 다행이었다. 하지만 1차 실패의 아쉬움과 아픔은 내 마음에서 쉽게 가시지 않았다.

다이내믹한 대학 생활

서울에 취하다

그 당시 농촌에서 서울로 대학을 보낸다고 하는 것은 재정적으로 너무도 큰 부담이었다. 우리 집도 예외가 아니었다. 대학 입학금과 등록금을 마련하기 위해 우리 부모님은 집안에 남아있는 논 2마지기를 파셔야만 했다. 원래 가지고 계시던 5마지기 중 3마지기는 형이 대학 갈 때 파셨고, 이제 나머지도 파시게 된 것이다. 피땀 흘려 마련한 재산인데, 우리를 위하여 과감히 파신다고 하니, 송구스럽고 어떻게 하든 열심히 공부하여 꼭 성공으로 보답해야겠다는 마음의 다짐이 절로 생겨났다.

그렇게 마련한 돈으로 입학에 필요한 52,100원을 납입하고 대학에 입학하게 되었다. 입학식에는 가족을 대표하여 아버지가 나와 함께 참석하였다. 그때 아버지의 연세가 높아 65세 정도 되셨는데, 참석자 중 유일하게 두루마기와 중절모자를 쓰고 오셔서 멀리서도 쉽게 눈에 띄고 시골에서 오신 할아버지라는 것을 금방 알아볼 수 있었다.

아버지는 홍릉에 있는 하숙집까지 오셔서 내가 기거할 방도 일일이 돌아보시며 첫 달 하숙비로 5,500원을 지급하시고, 나에게는 첫 달 용돈으로 1,500원을 주셨다. 용돈을 받아드는 순간 이 돈이 부모님의 소중한 땅을 판 돈의 일부라고 생각하니 가슴이 두근거렸다. 이렇게 나는 태어나 처음으로 독립적인 생활을 시작하게 되었다. 나는 서울 생활이 처음이라 조심스러웠고, 혹시 용돈이 떨어질까 두려워, 미리 지출 계획을 세우고 금전출납부를 써가며 돈을 아껴 쓰도록 노력했다. 첫 달이 지나 지출내용을 확인해보니, 용돈으로 1,000원 정도를 쓰고 아직도 500원이 남아있었다. 나는 용돈 절약을 위하여 등교나 하굣길에 한 번 타는데 8원밖에 하지 않는 시내버스를 한 번도 타지 않고 걸어서 다녔다. 친구들과 어울릴 때도 다방에서 파는 커피 값이 비싸서 거의 가지 않았다.

서울로 와보니 괴산에서 청주로 나왔을 때 하고는 비교가 되지 않았다. 도시의 규모도 몇 배나 커서 차원이 달랐지만, 지방에서 볼 수 없는 어마어마한 시설들과 다양한 문화가 있어서 이를 보기만 해도 많이 배우게 되었다. 이런 것들은 무척 흥미로워 나의 관심을 고조시켰다. 거리는 수많은 상가와 행인들로 가득 차 활기가 넘쳤고, 진열된 상품들과 사람들의 옷차림도 다양해서, 내 눈과 귀가 잠시도 쉴 새 없이 이를 관찰하느라 정신이 없었다. 한마디로 시골에서 온 촌놈이 복잡한 서울의 모습에 눈이 휘둥그레지고, 이를 이해하느라 바쁘게 머리가 회전하는 것이었다. 내가 꼭 와야만 할 곳에 온 것 같은 느낌이었다. 앞으로 시간이 가며 하나씩 배우고 친숙해질 서울에 대한 기대감에 내 가슴은 한없이 부풀어 올랐다. 지방 대학을 가지 않고 서울로 올라온 것이 천만다행이고 아주 현명한 결정이었다는 자평을 하였다.

팔도하숙집

홍릉 하숙집은 전문하숙집으로, 안채는 기와집이고 별채는 빨간 벽돌로 지은 2층 슬래브 건물이었다. 주인은 함경도에서 내려온 부부였는데, 함경도 사투리를 거칠게 쓰셔서 충청도에서 자란 나에게는 굉장히 인상적이었다. 두 내외는 슬하에 7남매를 두셨는데, 내 나이 또래가 되는 맏이부터 여섯째까지가 모두 연년생에 가까운 딸들이고, 7번째 막내로 아들이 있었다. 누가 봐도 아들을 낳기 위하여 계속 출산한 것을 쉽게 알 수 있었다.

여기에는 하숙생 23명이 기거하고 있었다. 보통 작은 방에 비용을 절약하기 위하여 2명씩 사용하였다. 나는 고교동기생으로 경희대 지리과에 입학한 홍민철 군과 같이 방을 썼다. 식사할 때는 20명 이상이 동시에 해야 하니 밥상을 몇 개를 펴야 하고, 한꺼번에 다 앉을 수 없어서 순번을 기다려 식사해야 했다. 일손이 달리는 식사 시간에는 어린 딸들이 음식을 나르는 등 부모를 열심히 도왔다. 그러나 딸들의 인상이 서로 비슷비슷하고 연년생으로 나이 차이가 별로 없다 보니 그들의 이름을 다 외울 수가 없었다. 그래서 하숙생들은 맏딸부터 이름 대신 숫자를 1번, 2번 하는 식으로 붙여 그들을 불러서 웃음을 자아내기도 하였다.

홍릉은 지리적으로 종암동에 있는 서울대 상과대학과 안암동에 있는 고려대, 그리고 회기동에 있는 경희대가 있는 중간쯤에 위치하여 하숙생의 대부분은 이 학교 학생들이었다. 모두가 지방에서 올라왔는데, 부산, 대구, 진주 등 경상도와 전라도 광주, 나처럼 충청도 등 그 지역이 다양했다. 나는 이런 환경에 처음 노출되는 거지만 너무 흥미롭고 재미있었다. 한자리에서 다양한 지역 출신들을 만나서 그 지역의 사투리도 듣게 되고, 그들의 사고방식이 충청도와 어떻게 다른지 비교도 해보게 되었다. 매일같이 식사도 같이하고, 여유가 있을 때는 바둑도 두었으며, 각기 다른 그들의 전공에 관하여도 얘기를 나누고 교제하는 등, 우물 안 개구리 같았던 시골뜨기들이 피차 생각의 지평을 넓혀나가는 좋은 기회가 되었다. 그들은 우수한 명문대학에 다니기도 했지만, 고등학교도 경남고, 부산고, 경북고, 진주고, 광주일고 등 최우수 지방 명문 출신들이었다. 이런 인재들과 따로 시간을 내서 만나기도 어려운데, 같은 지붕 아래 만나서 서로를 배우며 교제할 수 있었던 것은 피차 커다란 행운이었다고 생각된다.

일 년이 지난 후 나는 하숙집을 이문동에 있는 박청수 형네 집으로 바꾸었다. 청수 형은 같은 대학 한 해 선배로 상과 대학에 다니고 있었고 홀어머니와 살고 있어서 집이 아주 조용하였다. 청수 형 어머니는 울산에서 아들 대학을 뒷바라지하기 위하여 서울에 올라오셔서 소일거리로 소규모 하숙을 하고 계셨다. 청수 형도 아주머니도 너무나 심성이 너무 착하시고, 전문하숙집처럼 계산적이지 않으셨다. 우리 하숙생을 자녀같이 여기시고, 우리도 내집처럼 편하게 지낼 수 있었다.

나는 음대에 다니는 한 해 후배 박효규 군을 이곳으로 불러들여 무려 2년 8개월 동안이나 동고동락하며 지냈다. 효규 군은 트롬본 연주를 전공했지만 한편 노래도 탁월하게 잘해서 TV에도 출연하는 등 연주 활동을 활발히 하였다. 음악을 좋아하는 나는 효규 군과 호흡이 아주 잘 맞았다. 둘은 함께 통기타를 치며 화음을 맞춰 노래를 부르기도 하고 같이 소속되었던 'Alpine Rose Yodel Club'이란 음악클럽에 나가 Yodel 곡을 합창하기도 하였다. 효규 군은 한때 국내의 유명한 듀엣 가수의 파트너로 선정되어 프로 가수로 활동하기도 하였다.

비장한 결심

초기 서울 생활의 만족감에 나는 상당히 흥분하고 있었다. 어떻게 하든 대학 생활을 잘하고 졸업해서 서울에서 살고 싶은 마음도 생겨났다. 다시는 시골로 돌아가고 싶은 생각은 눈곱만치도 없었다. 한눈에 서울에 반해서인지 나를 키워준 고향에 대한 향수도 나는 전혀 느껴보지 못했던 것 같다. 가끔은 엉뚱하게도 나는 우리 부모도 진작 이런 곳에서 사셨더라면 얼마나 좋았을까 하는 생각도 하게 되었다. 서울에서 태어나고 자란 친구들이 무척 부럽게 느껴지기도 했다.

그러나 마음속으로 나는 이런 생각을 하지 않을 수 없었다. '서울이 너무 좋다. 하지만 자칫 잘못하면 이런 고조된 기분이 나의 서울 생활을 망칠 수 있기에 절대로 충동적인 행동을 해서는 안 된다.'하고 생각했다. 의식적으로 모든 것을 절제하고, 이성적이고 현실적인 판단하에, 내가 서울에 온 목적을 이루어야겠다고 생각하였다. 무엇보다도 학업에 충실해서 제때 졸업을 하는 것이고, 그럴 때 자연히 서울에서의 생활도 4년간은 보장되는 것이기에, 절대로 경거망동하는 일은 없어야겠다고 다짐했다. 실제로 지방에서 서울로 유학 온 학생들이 다이내믹한 서울에 취해버려서 하라는 학업을 뒤로한 채 유흥에 빠지거나 다른 길로 가서 실패한 사례가 적지 않았다. 나는 나의 본분을 잊지 않도록 노력했다.

그때 나는 몇 가지 비장한 결심을 하게 된다. 그래야만 어떤 유혹이 있더라고 중심을 잃지 않고 내 갈 길을 온전히 갈 수 있을 것 같았다. 그 다짐은 다음과 같았다.

첫째는 서울에 왔으니 충청도 시골티를 벗고 새 면모를 갖추자는 것이었다. 나는 제일 먼저 충청도 사투리를 버리고 서울 표준말을 사용하고 싶었다. 그건 우유부단해 보이는 충청도식 표현 대신 선명하고 뚜렷한 표현

방식으로 바꾸고 싶었기 때문이다. 이건 앞으로 사회에 나가서도 사람의 인성을 평가할 때 중요한 요소가 될 것 같았다.

둘째는 대학에 들어가면 모두가 해보고 싶어 하는 '미팅(단체 데이트)'을 하지 않겠다는 것이었다. 여학생을 만나 사귀면 이성에 대한 감정이 생겨서 공부에 방해가 될 수 있었다. 그리고 만날 때마다 남자인 내가 커피를 내든가 데이트 자금을 댈 그럴만한 경제적 여유가 없기 때문이었다.

셋째는 부모님의 재산을 팔아 서울로 유학 오게 되었으므로 나는 이미 유산 상속을 다 받은 것이나 다름없다고 생각했다. 따라서 나중에 부모님으로부터 어떤 상속도 받지 않겠다는 결심을 하였다. 열심히 배워서 혼자 힘으로 내 삶을 개척해나가 보고 싶었다.

넷째이자 마지막으로는 스스로 경제적 자립을 이룬 후에 결혼하겠다는 것이었다. 이 결심을 하면서는 마음에 부담이 조금 생기기도 했다. 만약 뜻대로 경제적 자립을 이루지 못한다면 '나이가 30살이 넘어도 장가를 갈 수 없을 텐데….' 하고 생각하니 가슴이 답답해 오기도 했다.

새 환경, 새 친구들

개강이 되며 모든 게 새로웠고 긴장된 분위기였다. 고등학교 때와 크게 달라진 건, 학생들이 매번 강의실을 찾아가서 강의를 듣는 방식이기에 때로는 다른 건물까지 이동해야 하는 것이었다. 강의 때마다 수강생도 달라서 불편한 듯 새로웠다. 우리 과에는 남학생보다 여학생이 더 많았다. 남학생 가운데는 재수를 했는지 나이가 들어 보이는 친구도 여러 명이 있었다. 처음 1년은 교양학부에서 배우다 보니 다른 과 친구들과 함께 공부하였다. 전국 각지에서 모인 학생들이다 보니 사투리를 쓰는 친구도 있고 생활 정서도 조금씩 달라 보였다. 이런 다양한 배경의 친구들과 사귀고 교제하는 것은 처음이라 호기심이 생기기도 하고 재미있었다.

같은과 신입생들과(왼쪽에서 첫번째가 저자)

모두가 처음으로 만나게 되어 서먹했지만, 시간이 가며 몇 명씩 가까운 친구 그룹이 형성되기 시작하였다. 나는 불어과에 들어온 박철과 가깝게 지내게 됐다. 지리과에 들어온 부산 출신 문용천과도 자주 만났다. 둘 다 나와는 비교할 수 없이 부유한 가정 출신이었다. 철이는 보성고를 나온 재원으로, 귀엽게 생기고 피아노를 치며 팝송을 잘 불렀다. 친구들에게 커피도 잘 사고 유머도 넘쳐서 많은 여학생으로부터 인기도 많았다. 나는 철이네 집도 놀러 가 부모님께 인사도 드리고 함께 먹고 자기도 했다. 철이 아버지는 군 출신으로 정부의 고위직에 계셨는데, 만나 뵈니 굉장히 인자하신 분이었다.

그러나 나는 경제 형편상 쓸 용돈이 부족하여 철이와 같이 노는 것이 상당히 부담되었다. 철이는 늘 고급 양복을 입고, 용돈을 부담 없이 쓰고 다녔고, 비싼 택시도 거침없이 타는 등 내가 같이 놀기에는 수준이 맞지 않았다. 그러나 철이와 다니면 새로운 것들을 경험하며 배우게 되어 너무나 즐거웠다. 철이는 나와 가까이 지내며 내가 시골 출신에 주머니 사정이 여의치 않다는 것을 누구보다도 잘 알게 되었다. 그런데도 철이는 계속 나와 같이 시간 보내기를 좋아했고 함께 있으면 모든 비용을 혼자서 감당하였다. 철이는 매번 비용을 같이 나누지 못하는 나의 자존심이 상하지 않도록 세심한 배려까지 해주었다. 너무 고마웠다. 나는 마음에 부담이 되어 철이를 멀리하고 싶어도 철이의 진심 어린 우정과 배려에 도저히 돌아설 수가 없었다. 그 덕분에 나는 젊은 대학생들이 가서 즐기는 서울 명동 등 시내 중심의 이름난 다방, 음악 감상실, 유흥업소 등 유명 명소들은 거의 빠짐없이 다녀본 것 같다. 일 년도 채 안 되는 짧은 시간에 캠퍼스 밖의 세상을 돌아보고 배우는 매우 현실적인 오리엔테이션이 된 것이다.

철이는 2학년이 되며 연세대로 편입하게 되었다. 문용천도 동시에 같은 대학으로 편입을 하였다. 철이는 편입을 준비하며 나도 함께 갈 것을 강력히 권유하였고 자세한 요령도 안내하였다. 하지만 내 형편상 새로 가는 대학에 낼 입학금과 등록금을 마련할 수 없기에 감히 엄두를 낼 수 없었다. 나는 현재 서울에 와 있다는 사실만으로 만족해야만 했다. 일 년 동안 가깝게 지내던 친구들이 떠난다고 하니 부럽기도 하고 서운한 마음이 들었다.

유명한 교수님들

일반 교양학과 공부는 특별히 재미가 있는 것은 아니어서 내 관심을 끌지는 못했다. 다만 학점을 따야 진급하게 되니 그저 시험에 통과하기 위하여 공부하였던 것 같다. 개인적으로 가장 관심이 높았던 커리큘럼은 실생활에 필요하고 알아두면 졸업 후에도 계속 이용할 수 있는 실용적 지식을 쌓는 과목들이었다. 특히 영어 선생으로 일한다고 생각하니 영문학, 영작문, 영어 회화, 영문 시, 시사영어, 음성학, 번역문학 등에 관심이 많았고, 교육학과 관련하여 심리학이나 발달심리, 교육사회학도 재미가 있었다. 이런 과목을 공부할 때는 나도 모르게 더 집중되었고 성적도 더 좋았던 듯싶다. 그때 미국 평화봉사단(Peace Corp)의 일원으로 파견된 Dennis Helpin(후일에 미 국무성 차관보가 됨)이라는 미국 선생님이 영어 회화를 가르쳤다. 대학을 갓 나온 젊은 분이 열정을 가지고 열심히 가르쳤다. 원어민으로부터 배우게 되는 더없는 좋은 기회이므로 한마디라도 더 배우려고 강의실뿐만 아니라 따로 학교 밖에서 만나기도 하였다. 그 외에 교육 분야와 관련이 없는 경영 분야에 호기심이 생겨서 경영학 개론을 택하여 맛보기로 수강하기도 했다.

강의실에서 제일 인상에 남았던 것은 유명한 교수님들과의 만남이었다.

소설이나 시를 써서 세상에 유명해지신 분들인데 책에서나 뵙다가 직접 만나게 되니 꿈속에서 뵙던 분을 마치 현실에서 만나는 것 같았다. 「소나기」, 그리고 「독 짓는 늙은이」 등을 쓰셔서 그 이름을 널리 알린 황순원 교수님이 한국문학을 가르셨고, 수많은 서정적 시를 쓰신 조병화 교수님에게도 배웠으며, 그리고 「사랑 손님과 어머니」를 쓰신 주요섭 교수님도 강의실에서 뵐 수 있었다. 그분들을 문학 세계가 아닌 현실에서 대면하게 되니 반가웠지만, 자꾸만 그들의 인상이 작품과 오버랩되기도 하였다. 많은 학생이 그분들의 작품세계에 대하여 이런저런 질문을 던지면 강의실에는 화기가 돌고 재미가 넘쳐났던 기억이 새롭다.

양병택 교수는 내가 다니는 사범대학 학장이셨는데 번역문학에 대가이시고 헤밍웨이 작품인 『노인과 바다』를 번역하셨다. 이 작품으로 한국번역 문학상을 수상하셨다고 한다. 우리에게는 영문 소설들을 한국어로 번역하는 기술을 강의하셨다. 윤영춘 교수는 초급대학 학장이셨는데, 우리에게 영시를 가르쳐주셨다. 윤 학장님은 일찍이 만주에서 태어나셔서 중국어에 능하시고, 미국에 유학하셔서 영어도 잘하셨으며, 그래서 한국어를 포함해 3개 국어에 능통하신 분이었다. 그의 아들은 그때 유명한 통기타 가수 중 한 명인 윤형주 씨로, 아버지보다 더 이름을 날리며 매스컴을 뜨겁게 달구고 있었다. 윤 학장님은 신실한 크리스천으로 학내 서클인 기독학생회의 고문 교수로도 계셨다. 그런 인연으로 기독학생회 소속인 나를 개인적으로 각별히 아껴주셨다. 수시로 나를 학장실로 불러 먹을 것도 주시고 여러 가지 현안들을 상의하기도 하셨다.

기독학생회(SCM)

입학하자 여러 서클들이 신입회원을 모집하며 요란하게 광고를 하고 있었다. 나는 이 클럽 저 클럽 생각해보다 아무래도 믿는 사람들이 모인 그룹이 성실히 대학 생활을 하는 데 도움이 될 것 같아 기독학생회를 선택하였다. 종교 서클이라, 다른 서클과 달리, 인기가 적었고 많은 학생들이 가입하지는 않았다. 그러나 선배들이 나와 열렬히 환영해주어 앞으로 서클 활동에 대한 기대감을 갖게 해주었다. 지도 교수로 계신 윤영춘 학장님과 이원설 박사님도 나오셔서 앞으로 그분들의 지도에 대한 기대감도 생기게 되었다. 두 분은 타 서클의 지도 교수에 비해 학교 내의 위치나 경험으로 볼 때 상당히 무게감이 있는 분들이었다.

얼마 후 기독학생회에서 운영하는 영어 성경 수업(English Bible Class)이 있다는 소식이 들어왔다. 영어가 전공인 나는 영어도 배우고 성경도 공부한다고 하니 일거양득이 될 것 같아 귀가 번쩍 뜨였다. 찾아가 보니 미국인 선교사가 인도하시는데, 5~6명 정도의 학생들이 모여 있었다. 미국인 선교사는 Rice 목사님이라는 분이셨는데, 잘생긴 얼굴에 콧수염과 턱수염을 멋있게 기르고 계셨다. 얼굴에는 늘 온화한 웃음을 띠시며 아주 인자한 모습이어서 굉장히 인상적이었고, 내 마음을 편안하게 해주었다. 즉시 가까이 접근하여 친해지고 싶고 영어 성경도 배우고 싶은 마음이 들어왔다. 그러나 목사님께서 하시는 영어를 단 한마디도 알아들을 수 없어서 한없이 답답하기만 했다.

기독학생회를 통하여 함께 예배도 드리고 캠퍼스 전도에 힘을 썼다. 학원 내에서 예배를 드리게 되니 다른 서클에 가입한 사람들이나 일부 교수들도 크리스천이면 함께 참석해 예배를 드리기도 하였다. 우리는 함께 등산도 가고 찬양도 부르며 교제의 시간을 가졌다.

나는 전국 대학 연합서클인 기독학생총연맹(KSCF)에도 학교를 대표해 참석해 타 대학의 기독 학생들과도 교류하며 학원 내 복음화 운동의 비전을 넓혀나가도록 노력했다. 기독학생총연맹은 주로 방학을 이용하여 만나 세미나도 하고 하였는데, 이때 연사로 나오신 분들은 너무도 유명하고 신문에도 그 이름이 자주 보도되는 교수님들이셨다. 그때 만나본 교수님 중 아직도 기억에 남는 이름은 문익환, 문동환, 함병춘, 김광선 교수님 같은 분들이다.

기독학생회 총연맹은 1969년 내가 처음 나가게 된 때에는 주로 '캠퍼스의 복음화'를 캠페인하고 주력하였다. 그러나 한두 해 시간이 지나며 '사회운동' 쪽으로 활동의 방향을 전환하며 정부나 정권과 대립이 되는 상황이 발생하기도 하였고, 그로 인해 정부의 심한 제재를 받기도 하였다. 이러한 사회운동에 나도 동참할 것을 여러 번 권유받았으나 나는 사회운동 자체에 대한 인식이 부족했고 내가 대학 생활에서 추구하는 목적과 너무나 거리가 있어서 그들의 활동을 먼발치에서 지켜보기만 하였다.

나는 연세대 기독학생회와도 친분을 맺고, 대학 축제 시 상호 찬조 출연을 하는 등 교류하며 그들의 수양회에도 참석하는 기회도 가졌다. 이런 교류가 가능했던 것은 연대 기독학생회(SCA)의 김계응 회장의 열린 마음과 나의 뜻이 맞아떨어져 가능했다.

2학년쯤이었던 것 같다. 나는 기독학생회 내에 음악클럽을 별도로 만들어 누구나 와서 함께 노래를 부르고 교제할 수 있도록 하였다. 그 당시는 젊은이들 사이에 통기타가 유행하고 있었고, 포크송이 널리 불리고 있어서 많은 학생이 관심을 가지고 몰려왔다. 특히 여학생들이 7~80%로 주를 이루었다.

클럽의 이름은 "Dolce"로 하였다. 그 뜻은 이탈리아어로 "부드럽게, 아름답게"를 의미한다고 한다. 클럽은 매주 한 번씩 모여서 함께 노래하고 교제를 하였다. 어여쁜 여학생들이 많이 모이는 클럽이다 보니 자연히 많은 남학생들도 제 발로 찾아오게 되었다. 내가 의도했던 것은 이런 음악을 통하여 많은 학생을 기독학생회실로 불러들여 그들을 전도할 기회를 모색해보자는 것이었다.

음악프로그램은 대성공이었고 매주 6~70명이 넘는 학생들이 몰려와 대성황을 이루었다. 이를 이끄는 리더로서 앞으로 어떻게 이들과 함께 이 클럽을 유지하고 발전시켜 나갈지 고심하게 되었고, 무엇보다도 그 가운데 그들을 전도하는 과제가 큰 숙제가 되기도 하였다.

The Trysting Place

이 제목은 내가 2학년 때 주인공이 되어 공연한 영어연극의 타이틀이다. 우리는 지도 교수의 제안으로 영어연극을 하게 되었다. 처음으로 해보는 연극이라 호기심이 많았다. 나를 비롯해 캐스팅된 친구들은 매일같이 모여 대사를 외우고 액션까지 연습하였다.

영어로 대사를 외우고 원어민처럼 부드럽게 말하는 건 무척 어려웠다. 처음에는 연극을 한다는 게 부끄럽기도 하고 어색하기도 했지만, 시간이 지나며 영어의 악센트도 익숙해지고 액션도 점점 자연스러워졌다.

무엇보다도 시간이 흐르며 작품의 분위기에 깊이 몰입할 수 있게 되었다. 자신을 접고 연극의 인물로 잠시 변신하는 것이었다.

몇 개월을 만나 연습을 하다 보니 출연하는 남녀 멤버들이 연극의 내용처럼 아주 가까워졌다. 어떤 멤버는 너무 가까워지다 못해 연인 사이가 된 것처럼 보이기도 하였다.

드디어 공연의 막이 올랐다. 몇백 명이 들어가는 강당을 관객들이 꽉 메웠다. 연습 때와는 달리 혹시 대사를 잊어버리는 건 아닌지 긴장되고 두려웠다. 그러나 무사히 공연을 마칠 수 있었고 관객들의 박수 소리는 공연장을 떠나갈 듯 울렸다.

The trysting place(연극의 주인공으로)

연극이 끝나고 긴장의 끈을 내려놓는 순간 가족 친지들이 무대 위로 올라와 출연자들을 축하한다고 야단법석이었다. 꽃다발이 난무하고 수십 대의 사진기의 셔터 소리와 함께 플래시가 터지며 무대 위가 마치 불꽃놀이장 같았다.

그러나 그 많은 사람 중 나를 찾아온 사람도 단 한 명도 보이지 않았다. 시골에 계신 내 가족은 아무도 참석하지 못하신 것이다. 나는 부모 형제가 없는 고아라도 된 것처럼 아주 허전하고 쓸쓸하기 짝이 없었다. 화려한 연극이 끝난 뒤라 그 외로움이 더 크게 느껴졌던 것 같다.

4학년 2학기가 되었을 때에는 희곡을 가르치시는 김정옥 교수께서 졸업 작품으로 연극을 하자고 제안을 하셨다. 교수님의 제안이고 교과 과정의 일부니 우리는 모두 이에 따라야만 했다. 교수님은 이번 작품은 〈The fantastics(철부지들)〉로 한다고 발표하시고, 유명한 연출가까지 모시고 와 출연자를 뽑는 오디션까지 하였다. 나를 포함한 많은 학생이 연출가 앞에서 나름대로 재능과 끼를 발산하였다. 이런 오디션이 처음이라 나는 어리둥절했다. 그 결과, 나는 그 작품의 주인공인 '16살짜리 소년'으로 배역을 낙점받았다.

이윽고 대본을 받고 연습이 시작되어 태평로에 옛날 국회의사당 건물 옆에 있는 태성다방에 모여 서서히 몸풀기를 시작했다. 그러나 며칠 후, 1972년 10월의 어느 날, 정부에서 유신을 발표하며 모든 학교가 즉시 폐교되는 사태가 발생하였다. 그로 인해 우리는 더는 서로 연락도 못 하고 만날 수가 없어 이 계획은 아쉽게도 물거품이 되고 말았다. 대학을 졸업 후 2~3년은 지난 뒤였을까? 어느 날 신문을 보니 극단 가교라는 곳에서 이 작품을 공연한다고 대대적으로 선전을 하고 있었다. 전단지를 살펴보니 우리를 가르쳤던 김정옥 교수께서 이 극단의 대표로 이 작품을 총지휘하고 계셨다. 우리가 하려다 못한 작품이기에 눈길이 더 가고 자연히 관심을 가지게 되었다. 그때 우리가 그 공연을 하게 되어 성공했다면 지금쯤 어쩌면 내가 '연극배우(?)가 되어있는 건 아닌지' 하는 상상을 해보게 되었다.

English Bible Study Group

주기적으로 영어로 성경 공부를 하니 독해력도 회화도 조금씩 향상되는 것 같았다. 3학년이 되며 나는 English Bible Study Group의 리더로 책임을 맡게 되었다. 리더라고는 하지만 사실상 참석인원이 얼마 되지 않다 보니 나 밖에 이 일할 사람이 없었다. 나는 Rice 목사님 같은 훌륭한 목사님이 가르치는 성경 말씀을 몇 명 되지 않는 소수만 듣는다는 것이 몹시 안타까웠다.

우선 좀 더 많은 사람이 참석할 수 있도록 방안을 모색하였다. 일단 포스터와 전단지를 산뜻하고 눈에 들어오도록 바꾼 후 교내 홍보 활동을 세 배 정도 늘리며 첫 모임을 시작했다. 그러자 5~6명 정도밖에 나오지 않던 모임이 갑자기 15~6명 정도로 불어났다. 늘어난 학생 수에 신이 난 목사님도 전보다 더 많은 자료도 준비하셔서 강의를 알차고 재미있게 이끌었다. 미국식의 자유로운 강의 분위기가 생소하지만 새로웠고 영어가 다 귀에 들어오는 건 아니었지만 배우고자 하는 학생들의 관심을 고조시키기에 충분했다. 그러자 참석한 학생들을 통하여 입소문까지 나기 시작하니 참석인원은 점점 증가하여 60여 명에 육박하였다. 그야말로 대단한 발전이었다. 제일 기뻐한 분은 Rice 목사님이셨다. 아마도 목사님이 성경 공부를 시작한 이래 이렇게 많은 학생이 참석한 건 처음인 것 같았다.

가을 학기를 마치며 나는 고향에 내려갈 채비를 하고 있었다. 그러나 아무것도 할 게 없는 고향에 가기보다는 할 수만 있다면 서울에 남아 아르바이트를 하며 생활비를 벌고 영어 공부를 더 하기를 원했다. Bible Study Group을 종강하며 나는 목사님께 미국 가정에 들어가 House Keeper

같은 아르바이트를 할 자리가 있는지 알아봐달라고 부탁드렸다. 목사님은 웃으시며, House Keeper는 주인이 없을 때 집을 지키는 일인데 어떻게 영어를 배우겠냐고 하시며 일단 그런 자리가 있는지 알아봐 주겠노라고 하셨다.

그리고 두 주간이 지나서 목사님으로부터 전화가 왔다. House Keeper 자리는 구할 수가 없다. 그러나 자기 부인과 상의를 한 결과 나를 자기 집에 초대하여 2주 동안 함께 지내고 싶은데 올 수 있느냐는 것이었다. 너무 의외의 초대에 깜짝 놀라지 않을 수 없었다. 전혀 생각지도 못했던 초청에 나는 말할 수 없이 감사했다. 난 얼떨결에 가겠노라고 하며 초청을 수락하였다. 전화를 끊고 나서 생각해보니 영어로 소통하는 것도 부족하고 미국 가정의 풍속도 전혀 모르는 내가 과연 목사님 댁에 들어가 잘 지낼 수 있을까? 등등 여러 가지 걱정들이 머리에 떠올랐다. 긴장과 흥분 속에 생각해보니 그냥 단순한 일만은 아닌 것 같았다. 하지만 이런 기회를 주신 것에 감사하며, 미국 문화도 경험하고 영어다운 영어를 배운다고 하니 그 기대감에 밤잠을 이룰 수가 없었다.

Little America

목사님 댁에 들어가는 날이다. 연희동에 있는 목사님 댁 대문을 들어서니 널찍한 잔디밭이 펼쳐지고, 그 우측에는 2층으로 된 슬래브 양옥이 서 있었다. 내가 살던 초가집이나 주변에서 보았던 기와집과는 완연히 다른 서양식 집이었다. 정문을 열고 들어서니 거실, 안방, 식당, 부엌이 차례로 나오는데, 어느 것 하나 내 눈에 새롭지 않은 것이 없었다.

온 가족의 따뜻한 환영을 받으며 인사를 나누고 나는 2층에 있는 내가 기거할 방으로 안내되었다. 1층 안방은 목사님 내외가, 2층은 4자녀가 사용하고 있었고, 나는 서재로 이용하는 방을 사용하였다.

저녁 시간이 되며 온 가족과 식탁에 둘러앉아 식사를 나누며 목사님 자녀들과 만나는 첫 시간을 가졌다. 목사님 자녀들은 모두 서울 외국인학교에 다니고 있었는데 중학생인 맏아들 Rick, 그리고 그 밑으로 2~3살 터울로 Chris와 Mark가 있고, 막내로 인형처럼 예쁜 Liz가 있었다. 하나같이 인물이 아주 좋았다.

Rev. Randy and Sue Rice 가족 사진

내 눈에 보이는 모든 것 하나하나가 새로웠다. 잠자는 이부자리부터, 수세식 화장실도, 싱크대도, 샤워도, 중앙난방식 스팀도, 어느 것 하나 새롭지 않은 것이 없었다. 나는 그때까지 이런 시설을 본 적도, 이용한 적도 없었다. 정부의 최고위직에 계신 아버지를 둔 친구네 집에 갔을 때도 이런 시설들을 볼 수는 없었다. 이렇게 사는 게 미국식 기본인가보다 생각하면서, 혹시 사용하다가 고장을 내는 건 아닌지 조심스러웠다.

내가 쓰는 방에는 서재에 꽂혀있는 수많은 영문 서적 이외에도 처음으로 보는 녹음기와 설교나 복음송이 담겨있는 테이프도 있었다. 서재의 책들을 하나씩 꺼내서 펴보며 언젠가 이런 영문 서적들을 자유자재로 불편 없이 읽을 수 있는 날이 오기를 꿈꾸어 보았다.

한식만 먹고 지내던 식사도 하루아침에 갑자기 양식으로 바뀌었다. 모든 식구가 아침에는 애그프라이나 스크램블드 애그에 토스트 한두 쪽으로 간단히 했다. 어른들은 거기에 커피를 한 잔씩 하셨다. 처음 먹는 거지만 아주 맛이 있었다. 자동 토스트 기계도, 토스트 빵도 처음 보게 되었다. 그러나 나에겐 어려운 고민이 생겼다. 아침에는 언제나 국과 밥 한 그릇을 비우던 나는 아침으로 토스트 두 쪽만 가지고는 양이 차지 않아 먹고 돌아서면 배가 고팠다. 바로 적응이 되겠지 생각하고 며칠을 참고 참았지만 그리 쉽게 바뀌지 않았다. 그래서 어떤 날은 체면 불고하고 토스트 빵을 무려 7~8쪽을 구워 먹은 적도 있었다. 점심은 주로 샌드위치 같은 가벼운 음식이나 전날 저녁에 먹고 남은 것도 먹기도 했다. 때로는 라면을 먹기도 했는데, 거기에 당근이나 채소를 썰어 넣고 끓여서 그 맛이 훨씬 부드럽고 맛이 있었다.

매일 저녁은 6시로 지정하여 그 시간에는 모든 식구가 식탁에 앉아 함께 즐겁게 식사하였다. 저녁 시간은 각기 하루의 일과를 마치고 돌아온 가족들이 둘러앉아 얼굴을 마주하고 대화를 나누는 유일한 시간이었다. 단순히 저녁만 먹는 것이 아니고 아이들의 학교생활을 점검해보는 시간이기도 했다. 그래서 저녁 시간을 무척 중요하게 생각하는 것 같았다. 저녁 시간을 지키는 것은 이 가정의 규율로, 누구든지 사전 양해가 없는 한 이 시간에 식탁으로 와야 했다. 아이들은 이를 지키지 못하면 꾸지람을 들었다. 나도 임시이긴 하지만 목사님 가정의 일원으로 이 시간을 지켜야 했다.

아이들은 식사 중에 식탁의 예절도 엄격히 지켜야만 하였다. 반듯하게 의자에 앉아서 자기에게 나누어주는 음식만을 먹어야 하고, 누구와도 다투지 말아야 하며, 식사가 먼저 끝나더라도 자리를 떠서는 안 되는 등등. 만약 예절에 어긋나는 행동을 하면 여지없이 벌이 뒤따랐다. 벌은 식사를 중단시키고 자기 방으로 보내서 5~10분 정도 있다 나오게 하는 것이었다. 아이들은 벌을 주면 불만스러운 표정이었지만 아무런 불평 없이 순종하였다. 이런 가정에서의 교육 현장을 바라보며 자녀교육을 제대로 하고 있구나 싶은 생각이 들었다. 한국식 교육과 비교가 되고 차이가 컸다. 이것 외에도 자녀들에게 지침을 주고 그 안에서 자율적으로 행동하게 하되 준수 여부를 눈동자와 같이 지켜보았다. 그러나 절대로 큰소리로 야단을 치거나 매를 대는 일은 없었다. 화가 나면 부모님의 목소리는 더 신중하고 낮아졌다. 아이들을 대화로 논리적으로 이해를 시키고 그들 스스로 지켜나가도록 하는 것이었다. 한없이 자유분방할 것 같았던 미국식 자녀교육이 생각했던 것과는 아주 큰 차이가 있었다. 이를 보며 어떻게 하면 나중에 나의 자식들도 저런 식으로 훈육할 수 있을까 생각도 해보게 되었다.

매일 저녁 새로운 메뉴가 나왔다. 전혀 이름도 모르는 음식이 식탁에 올라왔다. 한 번도 구경도 못 해보고 먹어본 적이 없는 서양 음식들을 맛보게 된 것이다. 소고기 스테이크, 스파게티, 피자, 라자냐, 햄버거,

마카로니, 터키, 각종 치킨 요리 등 너무도 다양했다. 그리고 함께 먹는 빵 종류와 후식용 케이크도 너무 종류가 많았고, 하나하나 그림같이 예쁘게 만들어져서 식탁에 올라왔다. 보기만 해도 군침이 돌았다. 미국이 풍요로운 나라라는 것은 이미 알고 있었지만, 이런 음식을 통하여 그 사실을 직접 확인할 수 있었다. 내 입맛에 안 맞는 음식은 하나도 없었다. 비록 포크와 나이프를 사용하는 것이 어설펐지만 너무 맛이 있어서 나도 모르게 자꾸만 과식하게 되었다. 내가 식탐을 하는 것 같아 민망하기도 하였다.

어느 날 부엌엘 들어갔다가 우연히 한쪽 벽에 붙어있는 식단표를 보게 되었다. 거기에 내가 입주한 날로부터 먹은 음식들이 날짜별로 기록되어 있었다. 직접 여쭤보지는 못하였지만, 내가 온다고 2주간의 식단을 특별히 준비하여 극진하게 대접을 하신 것 같았다.

시간이 나는 대로 나는 사모님과 다양한 주제를 가지고 대화를 나누고, 목사님과는 주로 성경 말씀에 관해 토론하며, 목사님이 잘 모르시는 한국말을 가르쳐드렸다. 그러는 사이에 약속한 2주간이 후딱 지나가고 돌아갈 시간이 가까워졌다. 그런데 목사님 내외가 갑자기 나를 부르셔서 새로운 제안을 하셨다. 그건 내가 돌아가지 말고 계속 남아서 목사님께 한글도 가르쳐드리며 방학이 끝나는 2월 말까지 함께 지내자는 것이었다. 나는 내 귀를 의심하며 놀라지 않을 수 없었다. 그러나 그 제안은 두 내외분의 진심이 담겨있음을 직감으로 느낄 수 있었다. 나에게는 이보다 더 좋은 계획이 있을 수 없었다. 나는 감사한 마음으로 그러겠노라고 답을 하였다. 그런 제안을 하신 배경은 오직 한 가지, 나를 사랑하시므로 그리스도 안에서 나를 가르치고 교제하기 위한 것이라는 생각이 들었다. 두 분의 이런 극진한 사랑을 받을 자격이 있는지 스스로 자문해보며, 조건 없는 순수한 사랑을 오롯이 느꼈다.

목사님과 사모님은 두 분이 활동하시는 모든 분야에 나를 데리고 다니셨다. 미국 선교사들 모이는 가족 파티에도 가고, 자녀들의 학교 발표회에도 갔으며, 목사님이 일하시는 장로교 선교부 본부에도 가봤다. 또 사모님이 하시는 사회사업장도 둘러보았다. 또 목사님 친구인 문동환 목사님이 운영하시던 수유리 새벽의 집, 그리고 용산 미 8군 안에 있는 도서관과 마켓도 가는 등 한국 사람보다는 주로 미국 사람들이 이용하는 그런 곳에 다녔다. 심지어는 운동하러 체육관에 가실 때도 함께 가 남산 중턱에 있는 남송실내체육관에서 수영을 즐기기도 하였다. 그러니까 한국 속에 있는 미국 사회를 두루 돌아보게 된 것이다. 그 당시 이런 시설들은 한국 시중에는 거의 없다시피 했고 아주 희귀했다. 가는 곳마다, 보는 것마다, 미국 사람과 미국 문화들이니 모든 게 새롭고 무척 흥미로웠다. 두 내외분은 어디를 가든지 나를 가족의 일원으로 소개를 하시고 방문처에 대하여도 자상하게 설명해 주셨다. 매일 매일 새로운 것을 배우는 즐거움에 흥분되어 기분도 좋았고 시간 가는 줄 몰랐다. 때로는 한국에 살고 있지 않고 미국에 와있는 듯 착각을 일으킬 정도였다.

목사님은 경희대에서 가르치는 것 외에 영락교회에 있는 젊은 대학생그룹인 Ecumenical Christian Fellowship(ECF)에 나가서 말씀을 가르치고 복음 사역을 감당하셨다. ECF는 교회에서도 모였지만 때로는 목사님 댁에서 모여 찬양과 예배를 드렸다. 덕분에 나는 자동적으로 ECF에 조인하여 멤버들과 교제하게 되었다. ECF에는 우수한 학력을 가진 명석한 두뇌들이 많았고, 모일 적마다 영적 분위기가 고조되어 그 가운데 새롭게 배우고 깨닫는 게 많았다. 나는 이 모임을 통해 자신의 연약한 신앙을 돌아보는 계기가 되어 스스로 부끄럽게 느끼기도 하였고, 이는 부족한 말씀 공부에 더 매진하는 채찍질도 되었다.

Chucky가 되다

나는 목사님 자녀들과 같이 놀기도 하고 아주 친숙해졌다. 정원 잔디밭에 나가 게이트볼 게임도 하고, 미식 축구공을 던지기도 하며, 집안에서는 장난용 하키 게임도 하고, 같이 텔레비전을 통해 스포츠 게임도 보는 등 점점 가족의 일원으로 자리를 잡아갔다. 그러나 가족 사이에 나의 이름을 부르는 것은 발음도 쉽지 않고 거리감도 있었던 것 같다. 목사님 내외분은 한동안 나의 영어 이름을 구상하시었는지 어느 날 갑자기 나에게 Nick Name으로 Chucky란 이름을 어떻게 생각하느냐고 물으신다. 나는 나의 영어 이름이 어떤 게 나에게 어울리는지 전혀 감이 없어 답을 할 수 없었다. 그러나 두 분이 좋은 이름을 지어 주시면 그대로 받겠노라고 하였다. 목사님이 Chucky란 이름을 제안한 이유를 말씀하셨다.

첫째로 내 한국 이름과 발음이 비슷하고, 두 번째는 나의 웃는 스타일이 낄낄대는 데가 있는데, 이 단어가 그런 뜻을 지녔다고 하셨다. 들어보니 괜찮은 것 같고 나쁠 것이 하나도 없어서 그대로 수락을 하였다. 그래서 그날부터 나는 Chucky란 이름으로 가족들 사이에 불리기 시작했다. "Chucky"하고 나를 부를 때마다 처음에는 듣기가 매우 어색했지만, 불과 몇 주 사이에 미국 이름까지 얻고 미국 문화에 한 걸음 성큼 다가간 것 같아 기뻤다. 그러면서 나는 미국이란 나라를 점점 더 동경하게 되었고 언젠가는 꼭 가봐야겠다는 야심 찬 목표도 가지게 되었다.

존경하는 목사님과 사모님

3월이 오고 봄학기가 시작되며 목사님 댁을 떠나 하숙집으로 돌아갈 때가 되었다. 목사님 내외분은 떠나기 전 나를 앉혀놓고 "잘 가라."란 인사 대신 이런 말씀하셨다. "너는 이제 우리 가족의 일원이 되었다. 돌아가더라도 언제든지 시간이 나면 부담을 느끼지 말고 우리 집에 와서 같이 지내도록 하라."라는 말씀이었다. 나는 돌아가면 그것으로 끝이라고 생각했는데, 두 분의 생각은 전혀 그렇지 않았다. 나는 내 맘속에 솟구치는 감사한 마음을 어떻게 표현해야 할지 몸 둘 바를 몰랐다. 또다시 두 분의 호의에 감사하며 그 말씀의 의미를 잘 이해하려고 노력하였다. 그래서 그 이후에도 난 시간이 날 때마다 내 부모님을 방문하는 것처럼 목사님 댁을 방문하곤 하였다. 그리고 여름방학이 되어서는 목사님의 여름 별장이 있는 대천 외국인 해수욕장에도 내려가 함께 지내는 등 두 분의 지속적인 사랑을 받게 되었다. 대천 외국인 해수욕장은 한국 내에 있는 완벽한 미국식 휴양시설과 운영 시스템을 갖춘 보기 드문 휴양지였다. 그 지역 안에 있으면 미국과 조금도 다름이 없었다. 이런 휴양지가 한국에 존재한다는 사실에 놀람을 금할 길 없었다.

그동안 미국인 등 외국인을 많이 접할 기회는 없었지만, 지난 2개월간 가까이서 지켜본 목사님과 사모님은 아주 특별한 분이었다. 내 눈에 비친 목사님은 한 여자의 남편으로서 그보다 더 완벽할 수 없고, 4자녀의 아버지로서도 너무도 모범적이시며, 선교사로서 또는 목회자로서도 하나님의 말씀에 있는 그대로 순종하는 진실된 종이셨다. 성격이 예수님처럼 온화하시고, 절대 화내는 법이 없으시며, 이웃을 내 몸과 같이 사랑하시는 그런 분이셨다.

나는 일찍이 남자 어른 중 목사님처럼 반듯한 분을 한 번도 본 적이 없었다. 목사님을 만나본 사람마다 목사님을 존경하지 않는 이를 찾아볼 수 없었다. 목사님은 어려운 상황에 놓인 사람들의 얘기를 누구보다도 잘 경청하고, 그 어려움을 함께 나누려고 부단히 애쓰셨다. 이런 목사님을 가까이서 뵈니 두말할 나위 없이 존경할 수밖에 없었다. 더 나아가 목사님은 이미 나의 롤 모델이 되셔서 나도 나중에 목사님 같은 크리스천, 남편, 아버지가 되겠다는 내 인생의 목표도 세우게 되었다.

사모님은 성격이 매사에 긍정적이시고 적극적이셨다. 가정을 사랑하시고 최우선으로 여기시는 믿음직한 안주인이셨다. 주방부터 청소, 세탁에 이르기까지 전체를 빈틈없이 관장하시어 집안 살림이 물 흐르듯 매끈하게 돌아가는 것이 눈에 보였다. 아내로서 선교사인 남편을 극진히 존중하시고 자녀들에게는 친구같이 다정다감한 엄마가 되셔서 자녀들이 그 품 안을 벗어나지 않고 잘 자라나고 있었다. 사모님이 주도하는 가정은 늘 화평했고 잔잔한 대화와 웃음소리로 가득했다. 그야말로 'Sweet Home'이었다. 이런 모습은 내가 자란 한국 가정과 비교가 되었고, 문화적으로 많은 차이를 느낄 수 있었다. 이런 모습을 보며 무척 부럽게 느껴졌다. 나도 나중에 결혼하면 이런 가정을 만들어보고 싶은 욕망이 생겨났다.

사모님은 가정주부가 아닌 사회인으로서도 사회사업에 열정을 가지고 온 힘을 쏟으셨다. 사모님은 박애 정신과 평등개념이 남달리 철저하셨던 것 같다. 불우한 이웃을 가엽고 불쌍하게 보시는 아름다운 천성의 소유자로,

그들을 돕는 일에 발 벗고 나서서 사명처럼 감당하셨다. 가정주부로 사회인으로 두 가지 일을 동시에 감당하기에 넉넉한 마음과 능력을 겸비한 큰 그릇이셨다.

목사님 내외는 1972년 늦가을 우리 부모님의 초청을 받아 나의 고향 괴산도 방문하시었다. 우리 부모님, 형제들과 일일이 인사를 나누시고 우리 집 사랑방에서 며칠을 기거하시며 농촌의 생활상을 구석구석 돌아보시었다. 초가지붕, 온돌바닥, 앉아서 상을 펴고 먹는 시골 밥상, 장독대, 아궁이, 화로, 지게, 재래식 화장실 등……. 내가 목사님 댁에 처음 들어가서 모든 게 서양의 문화로 현대적이고 새로운 것이었다면 반대로 두 분은 서양 문화에 물들지 않은 순수한 한국의 농촌 문화를 처음으로 보시며 직접 경험하게 되셨다. 극명한 문화 차이로 이런 경험이 서양인에게는 무척 불편했을 법도 한데, 하루 세끼 한식도 잘 드시고 언제나 기쁘고 즐거운 표정이 얼굴에서 떠나지 않으셨다. 새로운 것을 볼 때마다 사모님은 쉴 새 없이 카메라 셔터를 눌러 기록을 남겼고, 돌아가신 후에 목사님은 이를 미국에 있는 장로회 선교본부에 사진과 함께 보고하기도 하셨다.

대학문을 나서다

어느덧 4년의 세월이 흘러가 졸업을 하게 되었다. 나는 3학년 때부터 군 복무를 대신할 ROTC 훈련을 받아 졸업과 동시에 육군 소위로 임명되었다. 사범대학을 졸업하는 나는 학교에서 주는 졸업장 외에 정부에서 주는 2급 중등 정교사 자격증도 받게 되었다. 그리고 학교 발령은 경상남도의 끝자락 남해군에 있는 남해고등학교 영어 교사로 가게 되었다. 서울에서 지내다가 한반도 남쪽 끝에 있는 섬으로 가서 교사 생활을 해야 한다고 하니 서운한 마음도 들었지만, 한편 대부분 젊은이가 꺼리는 이런 오지에 나라도 가서 사명감을 가지고 봉사해야겠다는 마음도 들었다. 그러나 일단은 소위 임관 후 바로 의무적인 군 복무를 해야 했기에 교사로 부임하는 것은 군 복무 후로 연기하였다.

대학 졸업식에 모인 가족들(1973년)

땅을 팔아 어렵게 대학에 들어와 무사히 졸업하게 된다고 하니 졸업식을 보기 위해 많은 분들이 괴산에서 오시고 심지어는 멀리 부산에 사시는 첫째 매형도 축하해주러 오셨다. Rice 목사님 내외도 오셨다. 중도에 다른 길로 빠지지 않고 성공적으로 졸업하게 됨에 감사하였다. 돌이켜보니 입학 초에 혼자서 마음속으로 다짐했던 대로 대학 4년 동안 나는 여학생과 데이트하는 '미팅'에도 한 번도 나가지 않았고, 여학생과 단둘이 앉아 커피를 한 잔 마신 적도 없었다. 아쉬운 생각도 들었지만 그래도 철저히 자기관리를 실현하여 '입학 초기의 다짐'을 지키게 된 것에 대하여 나만이 아는 작은 기쁨과 자부심을 느꼈다.

ROTC 장교 임관식이 용산에 있는 육군본부 연병장에서 열렸다. 우리 부모님과 형제들은 고향에 계셔서 아무도 참석을 할 수 없어 나 홀로 가게 되었다. 마음이 좀 허전했다. 그런데 Rice 목사님 사모님이 임관을 축하해주시기 위하여 오셨다. 대개 소위 계급장은 부모가 달아주든가 아니면 애인이 달아주는 게 통상적인데 나의 경우에는 사모님이 곁에 계셔서 내 어깨에 소위 계급장을 달아주시게 되었다.

ROTC 장교 임관식- 소위 계급장을 달아주는 Rice 사모님

너무도 감사했다. 그렇지 않았으면 스스로 계급장을 달아야 했을 것이다. 서양 여자가 계급장을 달아주는 모습이 궁금하고 신기했던지 현장에서 취재하던 기자들이 내 주변으로 몰려와 "어떤 관계냐?" 등 질문 공세를 해서 한바탕 작은 소동이 일어나기도 하였다.

목사님과 사모님은 내가 광주에 있는 육군보병학교에 입교하기 위해 출발할 때도 용산역까지 나오셔서 격려해주시고 축복하며 손을 흔들어 주셨다. 우리 부모가 오시지 못한다는 것을 알고 쓸쓸하게 생각할 나를 배려하여 일부러 시간을 내서 나오신 것이다. 나는 전라도 광주에 있는 훈련소로 향하는 기차에 앉아 가만히 생각해보니 두 분은 하나님이 나에게 보내신 천사이거나 아니면 또 다른 부모님으로밖에 달리 생각할 수 없었다. 두 분을 향한 내 마음에 감사가 넘쳐났다.

제4장

실전과 같은 군복무

중동부 전선을 사수하다

육군 보병 소대장

소위로 임관하자마자 전라도 광주에 있는 육군보병학교에 입교하여 16주간의 집중 훈련을 받았다. 힘들고 고되다는 유격 훈련도 받고 지상으로 낙하하는 공수훈련도 거쳤다. 훈련이 끝나며 1973년 7월 1일부로 나는 강원도 화천 동북부 전선 최전방에 있는 최정예 7사단에 배치되었다. 사단에 도착하니 다시 8연대 2대대 7중대로 보내졌고, 중대 내에서는 제2 소대장직에 보임되었다. 중대장인 배태철 대위와 40여 명의 소대원이 나를 반갑게 맞이하였다.

우리 부대는 화천 북방 풍산리를 지나 민간인 통제선 너머에 있어서 주변에 민간인이라고는 하나도 구경할 수 없었다. 이 고립된 곳에서 앞으로 2년간을 지내야 한다고 생각하니 그 시간이 무척 길어 보였다. 도착하자마자 전 부대가 야간 적응훈련을 한다고 낮에 자고 밤에 일어나 활동을 하고 있었다. 그게 끝나자 연속적으로 소대, 중대, 대대 전투 훈련이 이어졌고 마지막으로 연대 쌍방 전투 훈련까지 마쳤다.

병영에서의 일과는 매일같이 사병들에게 전투 훈련을 시키며 동시에 체력을 기르는 체력훈련도 병행하였다. 그 덕분에 우리 소대는 연대에서 주최하는 10킬로 완전군장 구보대회에 나가 우승하기도 하였다. 겨울이 오며 흰 눈이 수북이 쌓인 야전에 나가 추위와 싸우며 전투 훈련을 하는 혹한기 훈련도 하였다. 오자마자 각종 훈련에 훈련을 거듭하며 어떤 전투 상황에서도 이를 잘 극복할 수 있는 전투력을 갖춘 것 같아 마음이 든든했다.

일과시간이 끝난 후 저녁 시간에는 제대 이후를 생각해 공부하는 시간을 가지도록 노력했다. 피곤함에도 불구하고 부대에 같이 배치된 동기생 소대장들과 만나 호롱불을 켜고 영어 소설을 읽고 번역하며 함께 앞날을 준비하기도 하였다. 그 당시는 전깃불이 들어오지 않아서 전 부대가 석유등불로 밤을 밝혔다.

이 부대로 온 지 몇 달이 지났을 때 반가운 손님이 면회를 오셨다. Rice 목사님이 사모님과 두 자녀를 데리고 나를 위로하러 전방까지 찾아오신 것이다. 너무 감사하고 반가웠다. 미국 목사님이 최전선 부대를 방문하는 것이 흔한 일이 아니기에 나는 대대장인 이재헌 중령에게 인사를 시키고 이 기회에 목사님이 전 부대원들에게 특별 정훈교육을 하도록 건의를 드렸다. 대대장은 흔쾌히 승낙하셨다. 그래서 목사님은 연병장 지휘대에서서 유창한 한국어로 설교하시며 장병들을 재미있게 웃기기도 하며 위로하시며 귀한 시간을 가졌다. 목사님 가족은 내무반 막사 등 보안에 지장이 없는 부대시설을 돌아보시기도 하고 서울로 돌아가셨다. 그 이후 나는 대대장이나 연대장에게 좀 더 주목을 받는 인물이 된 것 같았다.

백암산 정상에서

모든 훈련이 끝나자 이제는 연대 전체가 비무장지대 남방한계선인 철책선으로 이동하는 부대 임무 교대를 하게 되었다. 우리 소대는 우리 사단 지역에서 가장 높은 고지인 백암산 정상에 있는 경비소대로 가게 되었다. 숨을 헐떡대며 올라간 정상은 사방이 막힌 곳 없이 확 트여 경치가 기막히게 좋았다. 북쪽으로는 멀리 북한지역까지 보이고 좌측에는 적근산이 우측에는 백석산이 어깨를 나란히 하고 있었다. 해발 2,000m가 되는 곳이 우리 소대의 새로운 단독 근무지가 된 것이다. 그러나 정상까지는 차도가 연결되어 있지 않았다. 가파른 비탈길을 오로지 걸어서 40분 이상 올라가야만 했다. 쌀과 부식도 모두 멀리 산 중턱 차도에서 등짐으로 날라야 했다. 80㎏이나 되는 쌀 포대를 등에 지고 경사로를 올라가는 일은 한겨울에도 땀이 나는 고된 노역이었다.

산 정상은 고도가 높다 보니 겨울이 되면 기온이 뚝 떨어져 몹시 추웠다. 매일 눈까지 와서 병사들은 아침에 눈만 뜨면 눈 치우는 일이 일과 중의 하나였다. 눈 덮인 산꼭대기에는 사용할 물도 충분치 않았다. 겨우 식수용 물만 구할 수 있는 정도였고 세면용 물은 구할 수가 없었다. 궁여지책으로 눈을 퍼다 24시간 난롯불에 녹여 그 물로 40여 명이 겨우 얼굴을 씻고 양치만 할 수 있었다. 목욕 같은 것은 상상할 수 없었다. 겨울을 날 동안 몇 개월간 몸을 한번 씻지 못한다고 생각하니 사병들이 동상도 걸릴 것 같았고 걱정이 되었다. 그래서 나는 눈밭에라도 목욕 시설을 만들기로 작정을 하였다.

먼저 산속 작은 우물가에 싸리발을 만들어 울타리를 세워 바람을 막고 그 안에 반으로 잘린 드럼통에 화덕을 걸었다. 그리고는 드럼통에 물을 조금씩 모아 담아 채운 뒤 불을 피워서 끓였다. 사병들은 야외에서 목욕하는 것이니만큼 옷을 벗기 전에 충분히 사전 운동을 시켜서 몸에 열이 나도록 하였다. 시설이 작아서 소대원 전체가 한꺼번에 목욕할 수 없으므로 9명씩 돌아가며 사용하도록 하였다. 물의 양도 부족하고 결코 만족할 수준은 아니었다. 그러나 그런대로 몸에 물을 묻히게 되니 모든 병사들이 매우 좋아하였다. 그렇게라도 씻고 나니 새까맣기만 하던 사병들의 얼굴이 조금은 뽀얗게 빛이 났다. 이를 보는 내 마음이 조금 편안해졌다. 후일 대대장이 올라와 이 '야외 목욕탕' 시설을 돌아보시고는 고개를 끄덕이며 아주 만족하셨다.

화제가 된 면담 기록

40여 명의 병사를 거느리는 소대장은 이들을 매일 관찰하고 주기적으로 면담하여 그 기록을 남겨야 한다. 그러나 훈련으로 지친 몸에 그것까지 하기는 너무 피곤하였다. 하지만 대대장 등 상관이 방문 시 이를 보고해야 했기에 이 일을 하지 않을 수 없었다. 그래서 머리를 써서 시간을 절약하는 색다른 방법을 쓰기로 하였다. 군대 말로 하면 '요령'을 피운 것이다.

교육사회학에서 배운 학급 내 교우 간 친밀도를 조사하는 기법을 이용하여 소대 내의 병사 간에 상호 친밀도를 조사하였다. 그리고 이를 한눈에 볼 수 있도록 포도알 도표로 만들었다. 그러면 친밀도가 낮아 친구가 없는 외로운 병사를 쉽게 알아볼 수 있다. 보통 이런 외톨이 병사들이 군 생활에 적응을 못 하고 사고를 일으키게 되는 것이다. 그런 후 이런 병사들만 불러서 면담하고 적절한 관심을 가지면 사고를 미연에 방지할 수 있는 것이다. 따라서 나는 대대장 방문을 대비하여 전체 병사의 면담 기록을 남기는 대신 도표에 나타나는 문제 사병만 철저히 면담하여 기록을 유지하였다. 많은 시간이 절약되었다. 그렇지만 과연 우리 대대장은 이를 보시면 어떻게 생각하실지 궁금했다.

얼마 후 대대장이 중대장과 함께 우리 소대를 방문하셨다. 나는 준비한 새 도표를 제시하고 브리핑을 하였다. 군대 생활을 오래 하신 두 분의 눈이 갑자기 휘둥그레지며 대단한 관심을 나타냈다. 처음 보는 신기한 방법인데 너무나 효율적인 면담 방법이라고 보신 것이다. 나의 면담 보고서를 받아든 대대장은 새로운 개발품을 받아든 듯 몹시 상기되어 있었다. 그길로 대대장은 연대장에게 달려가 이를 보고하고 연대장은 다시 사단장에게 연이어 보고하게 되었다. 그 결과 사단장은 사단 내 전 부대는 이런 방식으로 병사 면담 기록을 남기라는 새 지침을 하달하게 되었다. 이로 인해 연대장은 사단장에게 높은 점수를 따고, 나는 연대장에게 신임을 얻는 계기가 되었다.

DMZ를 지키다

전방 철책선에서 우리 부대의 임무가 바꾸었다. 우리 중대는 수색중대가 맡았던 임무를 넘겨받아 GP 2개소와 GP로 들어가는 통문을 관리하게 되었다. 어느 날 갑자기 선임하사가 나를 찾아왔다. 갑자기 인사 명령이 내려와 내가 다른 곳으로 전출을 가야 한다는 것이다. 본부로 돌아와 중대장을 만나니, "네가 지금부터 GP를 맡게 되었으니 당장 짐을 꾸려라."라고 한다. 갑자기 밑도 끝도 없이 철책선 안의 GP로 들어가라고 하니 두렵기도 하고 머리가 아팠다. 군대니 내 의사와는 상관없이 명령이 내려온 것이다. 어쩔 수 없이 즉시 이동하기 위하여 주섬주섬 보따리를 쌌다. 지금까지는 ROTC 장교 같은 단기 복무 장교를 DMZ 안에 보내는 일이 없었는데 어찌 된 영문인지 궁금했다. 나중에 알고 보니 연대장께서 내가 믿음직하니 보내라고 나를 콕 집어 명령했다고 한다.

철책선의 통문을 열고 DMZ로 들어가니 GP에서 나온 병력 9명이 M16 소총을 장전하여 나를 엄호하기 위하여 기다리고 있었다. 여기부터는 언제 어디서 북한군이 나타날지도 모르는 위험한 지역이라는 것을 금방 감지할 수 있었다. 머리가 쭈뼛했다. 이제 들어가면 다시 이문을 통과하여 나올 때까지는 안전을 담보할 수 없다는 생각이 들었다. 엄호병들의 좌우 호위를 받으며 한참을 걸어 GP에 도착하니 들어가는 입구가 3중 철조망으로 겹겹이 방어하고 있음이 눈에 들어왔다. 그만큼 적으로부터 위험도가 높다는 것을 직감하며 더욱 긴장하게 되었다.

GP는 요새로 모든 시설이 지하벙커에 있었다. 이 GP는 우리 사단의 한가운데 위치했고, 적진을 잘 관측할 수 있는 산봉우리에 있어서 높은 분들이 자주 들르는 VIP COURSE 중 하나였다. 나는 높은 분이 방문하면 상황판을 앞에 놓고 일장 브리핑을 해야 했다. 그러나 GP를 관장하는 책임자로서 제일 어려웠던 일은 야간 순찰이었다. 교통호의 길이가 길어 몇 킬로미터나 연결되는데 그 사이사이에 초소가 있고 거기에서 병사들이 밤새 교대로 근무를 한다. 나는 이들이 근무시간에 졸지 않도록 순찰을 돌며 그들을 감독하고 격려해야 했다. 칠흑같이 캄캄한 밤에 플래시 불도 켜지 못하고 혼자서 이 초소들을 방문할 때는 발이 걸려 넘어지기도 하고 깜짝 놀란 적이 한두 번이 아니었다.

어느 날 밤, 장대 같은 여름 장맛비가 억수로 내리고 있었다. 천둥 번개를 동반하고 있어서 초소에 나가 있는 병사들의 안전이 마음속으로 걱정되었다. 그러는 순간 갑자기 꽝 하는 폭발음과 함께 GP가 떠나갈 듯

땅이 심하게 요동쳤다. 뭔지 모르는 큰일이 터진 것 같았다. 깜짝 놀란 나는 무의식적으로 지하 벙커를 뛰쳐나갔다. 비는 억수로 퍼붓는데 온 GP가 진한 화약 냄새로 덮여있었다. 순간적으로 '적의 포탄이 우리 GP에 떨어졌나? 이럴 때 어떻게 대응해야 하나?' 머릿속으로 이 상황을 파악하려고 하는데 뒤따라 뛰쳐나온 선임하사가 "소대장님, 저쪽입니다."하고 나를 향해 외치고 달려갔다. 나도 무심코 그를 쫓아갔다. 경험이 많은 선임하사가 직감으로 무언가 파악하고 있는 것 같았다. 멀리 있는 초소까지 달려가 먼저 초소 안을 플래시로 비춰보았다. 그런데 있어야 할 보초가 눈에 보이질 않았다. 가슴이 덜컹 내려앉았다. 이 병사들이 폭격에 사망한 건 아닌지 불길한 예감이 들었다. 그러자 선임하사가 초소의 땅바닥을 다시 한번 플래시 불을 비춰며 차분히 살펴보았다. 거기에는 폭음에 놀란 두 병사가 진흙탕에 머리를 파묻고 혼비백산하여 납작 엎드려 있었다. 사람인지 흙탕물인지 육안으로는 잘 구분되지 않았다. 우리는 그들을 불러서 일으켜 세워 안심시키고 어디서 폭음이 발생하였는지 다시 원인을 찾기 시작했다. 몇 분이 지나지 않아 초소 앞쪽을 살피던 선임하사는 그 원인을 찾아내어 나에게 보고했다. "소대장님, 클레이모어가 벼락을 맞아 폭발했습니다." 나도 초소 앞에 나가보니 700개의 파편이 들어있는 클레이모어가 터져 그 앞으로 설치해놓은 몇 겹의 철조망을 싹 쓸어버린 것이었다. 그 이튿날 날이 밝은 후 다시 확인해보니 클레이모어가 1개만 터진 게 아니라 다른 지역에 2개, 그래서 총 3개나 동시에 벼락을 맞고 폭발한 것이었다. 그야말로 월남전에서 요긴하게 사용되며 위용을 떨쳤다는 클레이모어란 폭탄의 엄청난 화력을 내 눈으로 직접 실감하게 되었다.

중위로 진급하여

사단 통역장교

우리 부대는 철책선 근무를 마치고 다시 후방으로 이동하여 화천 북방에 있는 사방거리라는 지역에 있었다. 그런데 갑자기 사단 정보처에서 들어오라는 연락이 왔다. 무슨 일인가 해서 갔더니 유엔군사령부 소속 미군 병력이 우리 사단에 파견을 나오는데 통역장교가 필요하다는 것이다. 중대장 보직을 마치고 사단 정보처로 전근해 간 배태철 대위가 Rice 목사님 방문 시 나의 통역 능력을 기억하고 나를 불러드린 것이었다.

유엔군사령부에서 대위인 단장을 포함하여 3명이 부대에 도착하였다. 그들이 온 목적은 북한에서 파 내려오는 거로 추정되는 땅굴을 탐지하기 위해서였다. 그들은 미국에서 개발된 새로운 기계를 가져와 철책선 안쪽 DMZ에 설치하고 땅속에서 굴 파는 작업 소리를 감지해 녹음했다. 미국 군인 3명은 커다란 텐트를 치고 기거하며 매일같이 땅굴 탐지 작업을 하였다. 나의 역할은 인근 사단장이나 부대장이 방문하면 미군과의 대화를 통역하고 전달하는 연락 장교였다. 나에게는 군 복무를 하며 영어를 사용하는 좋은 기회가 되었다. 그들은 장기 체류를 위해 전시용 C-ration 등 미국식 비상식량을 트럭으로 한가득 가지고 왔다. 미군들과 같이 몇 주간을 함께 생활하며 미국식 군 생활도 맛보고 오랫동안 먹어보지 못한 양식도 매일같이 즐길 수 있었다. 이는 나의 군 복무 중 아주 특별한 경험이 되었다.

목표를 수정하다

제대를 몇 개월 앞두고 동료 장교들이 취업 시험을 보기 위하여 서울에 자주 오가는 모습이 들어왔다. 그들의 대부분은 주요 대기업에 입사하기 위하여 노력하고 있었다. 나는 이미 교사로 발령을 받아 취직 걱정은 없었지만, 교사란 직업이 패기가 넘치는 사나이가 하기에는 조금은 답답해 보였다. 대우 면에서도 일반회사의 대우가 교사의 월급보다 더 낫고, 내가 목표하는 경제적 자립도 더 빨리 이룰 수 있을 것 같았다. 내 마음이 조금씩 흔들리기 시작하였다. 아무래도 돈을 더 많이 벌려면 교사보다는 비즈니스를 하는 일반 기업으로 진출하는 편이 유리할 듯싶었다. 그러나 한편 생각해보니 나는 비즈니스 전공도 아니고 일반회사에 들어갈 자격이 안 되는데 과연 이게 가능할까 하는 의문이 들었다. 그런데도 '떨어지면 선생이나 하지' 하는 생각으로 일단 일반 기업 입사에 도전장을 내게 되었다.

그 당시는 증가하는 수출로 한국경제가 날로 성장하고 있었고 일자리도 눈에 띄게 늘고 있었다. ROTC 장교 출신들은 인기가 점점 올라가서 많은 기업이 먼저 채용하려고 노력하였다. 나는 그때 마침 신입사원을 모집하는 ㈜고려해운의 입사 시험에 응시하였다. 그 이유는 비즈니스 세계를 모르는 나는 이 분야로 진출하면 화물선을 타고 해외를 들락거리며 무역을 한다고 잘못 생각하였기 때문이었다. 그리고 내가 배운 영어 회화도 맘껏 사용할 수 있을 거라고 오산하고 있었다.

입시 과목은 필기시험으로 영어와 일반상식이었다. 영어시험은 그런대로 답을 달았는데, 일반상식 문제는 솔직히 아는 답이 거의 없었다. 시험을 치르며 나는 낙방을 확신했다. 그러나 일찍 일어나 시험장을 빠져나가기가 창피했다. 그래서 일반상식 문제에 답을 다는 대신 영어로 간단하게 나를 소개하는 글을 써서 제출하고 시험장을 나왔다. 공연히 무모한 도전을 했다고 후회하고 그냥 교사나 해야겠다고 생각했다.

며칠 후 1차 합격자가 발표되었다. 그런데 합격자 명단에 내 이름이 포함되어있는 것이었다. 합격의 기쁨보다는 '이게 뭐지?' 하며 내 눈을 의심하고, 너무도 뜻밖이라 헛웃음이 다 나왔다. 합격을 시킨 이유는 알 수 없지만 일단 합격이 되었으니 1차 면접시험에도 나가고, 최종 면접에도 나가게 되었다. 그 결과, 6명을 뽑는 최종합격자 명단에 내가 들게 되었다. 어쨌거나 합격 소식은 기뻤다. 그러나 나의 의문은 계속되었다. '어떻게 해서 나 같이 자격이 부족한 사람을 뽑았을까?' 아무리 생각해도 내가 합격했다는 사실이 뭐가 잘못된 건지 이해가 되지 않았다.

잊을 수 없는 전우들

중동부 전선에서 2년 4개월의 군 복무를 무사히 마치게 되었다. 드디어 고대하던 예비역 육군 중위가 되었다. 집으로 돌아갈 짐을 챙기다 보니 군 생활 동안 받은 표창장이 튀어나왔다. 연대장 표창 2개와 사단장 표창장 1개. 이게 앞으로 나의 사회생활에 전혀 필요할 것 같지는 않았지만, 그래도 나의 살아온 발자취이니 가방에 챙겨 넣었다.

홀가분한 마음으로 부대를 뒤로하고 서울을 향해 출발하는데, 화천을 끼고 도는 북한강의 수려함이 새롭게 눈에 다가왔다. 고되고 힘든 훈련 가운데 만난 산과 강은 힘들게 넘어야 할 장애물로만 보였는데, 이제야 그 아름다움이 조금이나마 눈에 들어오는 것 같았다.

제대한 지 어언 반세기가 지났다. 아직도 그때 들었던 군기가 남아있는 건지 그 옛날 직속상관의 관등성명이 머릿속에 지워지지 않고 선명히 남아있다. 중대장: 대위 배태철(학군 7기), 대대장: 중령 이재헌(육사 15기), 연대장: 대령 유상종(육사 12기), 사단장: 소장 김용금, 그리고 그 후임으로 준장 하소곤. 그리고 같은 대대에서 유난히 똘똘 뭉쳐 친하게 지냈던 ROTC 11기 동기생 소대장들도 잊히지 않는다. 중위 박종연(고려대), 중위 김영찬(외국어대), 중위 조경환(서울대), 중위 조봉구(전북대). 그리고 육사 29기를 나온 대전 출신 중위 김용관도 빼놓을 수 없다. 선배 장교 중에는 우리 후배들을 잘 보살펴준 ROTC 10기 신진섭 중위(건국대)와 마원군 중위(중앙대), 그리고 연대 군목이신 유종길 중위(서울 신학대)가 기억에 남는다. 그러나 내가 만난 수많은 사병 중에 아직까지도 그 이름이 내 머릿속에 기억되는 사람은 오직 한 명뿐이다. 나를 제일 가까이서 분신과도 같이 보좌해 준 나의 전령 전동남 일병(전북 남원 출신)이다.

제5장

사회에 첫발을 내딛다

고려해운㈜

신입사원

1975년 7월 1일 고려해운에 처음 출근하는 날이다. 나는 바로 전날 제대 후 상경하여 쉴 새도 없이 직장생활을 시작하게 되었다. 일단 영어 선생으로 남해도에 내려가는 건 유보하였다. 앞길이 창창한 젊은이가 경상도의 끝 섬마을로 간다고 생각을 하니 도저히 마음 문이 열리지 않았다. 서울에서 일하며 더 큰 꿈을 안고 도전해 보기로 하였다. 그러나 나의 진로 변경에 대하여 아버지를 비롯한 가족들은 상당히 실망하시고 나에게 역정을 내시기도 하였다.

그 당시 한국 해운업계는 영세하여 컨테이너선은 하나도 없이 소형 벌크선이 전부였다. 영업반경도 일본과 동남아를 오가는 정도였지 대양을 오가는 화물선은 한 척도 없었다. 고려해운㈜은 해운업계에서 2번째로 큰 회사였다. 회사는 서울 중심의 소공동 조선호텔 건너편 삼원빌딩 3층에 있었다. 일주일간의 신입사원 오리엔테이션을 거쳐 나는 경리부에 배치되었다. 부장으로 계시는 권영대 이사(서울대 상대)와 직속상관 이웅섭 과장(연세대 상대)이 나를 반갑게 맞이해 주셨다. 그러나 회계학을 공부해본 적이 없는 나는 걱정이 태산 같았다. 나에게 제일 먼저 지급된 건 5알짜리 주판이었다. 국민학교 때 만져보고는 구경도 못 한 주판을 받으며, 이것으로 숫자를 다룬다고 생각하니 기가 막혔다.

시간이 가며 경리부가 회사 내에서 아주 중요한 역할을 담당하는 부서라는 것을 깨닫게 되었다. 매일 만들어지는 일계표를 통하여 전날 발생한 각부서의 수입과 지출내역을 상세히 파악할 수 있었고 회사의 모든 활동을 손바닥을 보는 것과 같았다. 걱정했던 주판 사용 문제는 같은 부서에 있는 상고를 나온 여직원들이 경쟁적으로 챙겨줘서 문제가 되지 않았다. 미혼 여직원들이 신입 총각 사원에게 점수를 따려고 충성을 한 것이다. 회사에 들어와 배운 것 중 가장 소중한 건 선하증권(Bill of Lading)과 해상운송에 관련 전문 용어들이었다. 이들은 국제무역과 은행거래를 하는 데 있어서 꼭 알아야 할 기본 상식이었다.

직장생활을 시작하며 대학 시절에는 한 번도 못 해본 미팅에도 나가게 되었다. 과연 어떤 여자를 만날지 가슴이 설레고 궁금했다. 미팅에 나온 상대 여자들은 대졸 직장인으로 대부분 결혼을 의중에 두고 나온 것 같았다. 나는 여자와 사귀어 본 경험이 없어서 대화의 소재도 부족하고 말재주마저 없어 시간을 보내는 데 몹시 어려움을 겪었다. 그나마 몇 마디 나눈 대화 가운데 '나는 지방 출신에 서울에 집도 없는 하숙생'이라고 하면 여자들은 더는 관심을 보이지 않았다. 더욱이 집안이 괜찮고 돈도 있어 보이는 듯한 여자들은 그런 현상이 더 심했다. 미팅에서 만난 여자들은 한 번 더 만나볼 기회도 없이 그날로 모두 끝장이 났다. 나도 그들에게 큰 관심이 있었던 건 아니지만 그래도 실망스러웠다. 앞으로 어떻게 여자들에게 나를 어필하고 궁극적으로 그들의 마음을 살 수 있을지 연구해 보지 않을 수 없었다.

입사 후 3개월이 지나 수습 기간을 마치니 나의 업무가 어느 정도 파악되는 것 같았다. 그런데 내 눈에는 우리 회사의 전망이 그렇게 밝게 보이지 않았다. 주는 월급(월 72,000원)도 너무 적어 제대할 때 인출한 적금 150,000원을 다 쓰고 나니 주머니에 남아있는 돈이 하나도 없었다. 앞으로

이 회사에 계속 있는 한 돈을 벌기는 어렵겠다는 판단이 들었다. 거기에 더하여 경리부는 온종일 앉아서 숫자만 다루는 것도 답답해 보였다. 그러자 다른 회사를 알아보고 싶은 마음이 생겼다. 나는 무역회사에 들어가면 대우도 좋고 해외 출장도 갈 것 같아 그쪽을 알아보기로 하였다.

계속되는 도전

그때 유명한 대기업에서 무역 요원을 공채한다고 해서 시험을 보러 갔다. 단 3명을 뽑는데 무려 300명이 넘는 응시자가 몰려왔다. 시험은 역시 어려웠다. 그런데 운 좋게 필기시험에 합격하여 면접까지 보게 되었고, 그 자리에서 직접 영어 회화 테스트도 받게 되었다. 그랬더니 면접관 모두 나를 좋아한다고 하시며 즉석에서 이례적으로 나를 합격시켜주셨다.

합격의 기쁨을 안고 이 회사에 대한 전망 등 더 자세한 정보를 알아보기 위하여 이 회사의 주거래 은행인 상업은행을 찾아갔다. 거기에는 대학 기독학생회 선배인 신재인 대리가 일하고 계셨다. 그런데 선배는 나에게 새로운 제안을 하셨다. 네가 영어를 좀 할 줄 아니 이런 국내기업보다는 대우가 좋은 외국은행에 가볼 생각이 없냐는 것이다. 그러면서 불란서에서 온 엥도수에즈 은행을 소개하였다. 나는 상경계 출신이 아니기에 국내은행도 못 가는데, 하물며 어떻게 외국계 은행을 들어갈 수 있느냐고 반문하였다. 이건 불가능한 일이고 무모한 짓이라고 생각했다. 그래도 신 선배는 밑져야 본전이니 한번 시도해보라고 하시며 나를 강력히 밀어붙였다. 그리고 영문 이력서까지 대필해 주셨다. 나는 그때까지도 영문

이력서를 한 번도 써 본 적이 없었다.

큰 기대는 안 했지만, 이력서를 들고 서소문에 있는 불란서 은행을 찾아갔다. 문을 열고 은행 안으로 한걸음 발을 들여놓으니 국내은행에서는 볼 수 없는 고급 양탄자에 유럽식 내부 장식과 가구들이 한눈에 들어왔다. 이런 고급 사무실은 처음으로 와보게 되어 나도 모르게 그 분위기에 잔뜩 위축되었다. 나는 인사 담당자에게 이력서만 제출하고 바로 돌아올 생각이었는데, 기왕에 왔으니 고급 책임자인 불란서 사람을 만나고 가라고 한다. 아무런 마음의 준비 없이 갔지만 어쩔 수 없이 두 명의 불란서 책임자가 있는 테이블로 안내되었고, 그들과 인사를 나눈 후 마주 앉게 되었다. 긴장이 많이 되었다. 그러나 딱딱한 한국식 면접과 달리 불란서 책임자의 부드럽고 여유 있는 서양 분위기에 마음이 약간 풀렸다.

두 책임자는 영어로 이런저런 질문을 하고 나도 답변을 하였다. 대화를 나눌수록 분위기가 점점 편안해졌다. 그래서 때로는 서로 소리 내어 웃기도 하고 면접이라기보다는 그냥 부담 없이 대화를 나누는 것 같았다. 그리곤 이어서 한국인 책임자에게 인도되었다. 이분은 한국어로 경제와 무역 용어 같은 것을 물어보셨다. 그런데 내가 아는 것이 없어 하나도 답을 하지 못하였다. 난 부끄러워 그분을 뵙기가 정말 민망하였다. 쥐구멍이라도 있으면 들어가고 싶었다. '그 정도 실력으로 이 자리를 넘보다니.'라고 하시는 것 같았다. 눈치를 보니 그동안 비어있는 이 한자리를 노리고 이미 수십 명이 다녀간 것 같았다. 그 중 오직 1등 한 명만이 들어갈 수 있다고 생각하니 나는 합격 가능성이 전혀 없어 보였다. 은행 문을 나서며 그냥 좋은 경험을 했다고 생각했다.

바로 다음 날 은행에서 전화가 왔다. 나는 당연히 '불합격 통보겠지.'라고 생각하며 전화를 받았다. 그런데 상대방이 대뜸 "당장 내일부터 출근해서 일할 수 있나?"라고 물어왔다. 그 순간 누군가 내 머리를 '띵'하고 한 대 때리는 듯 묘한 기분이 들었다. 합격 통보였다. 전혀 기대하지 않았는데, 그 자리가 결국 내 품에 안기게 되었다. 말할 수 없이 기뻤다. 그러나 한편 내가 뽑혔다는 게 도저히 믿기지 않았다.

회사로 돌아와 권 이사님께 사직을 보고드렸다. 입사한 지 7개월 만이다. 권 이사님은 내가 떠나는 것을 못내 서운해하시면서도 아낌없이 축하하고 격려하며 따듯한 송별회까지 열어주셨다.

불란서 은행

안성맞춤

그 당시 한국에 들어와 영업하는 외국은행은 미국계가 3개, 일본계가 3개 영국계가 1개, 불란서계가 1개였다. 모두 들어온 지 얼마 되지 않아 영업 규모가 작았고 종업원 수도 그다지 많지 않았다. 내가 들어간 불란서 은행은 전체 종업원 수가 23명에 불과했고, 조금 일찍 한국에 진출한 미국 은행도 종업원 수가 40~50명 수준에 불과했다.

1976년 2월 2일, 은행으로 첫 출근을 하였다. 첫 보직은 신용장을 다루는 국제부의 수입과였다. 나는 선적서류가 해외에서 들어오면 수입업자에게 대금을 받고 서류를 인도하는 업무를 맡게 되었다. 선적서류 중에서 제일 중요한 서류는 선하증권인데, 그 이유는 이게 바로 유가증권이기 때문이다. 이 서류가 있어야 항구로 보내온 물건을 찾을 수 있기 때문이다. 나는 이런 서류를 전문적으로 다루는 고려해운에서 이미 교육을 받고 온 터라 이 업무를 담당하기에 안성맞춤이었다. 공교롭게도 고려해운에서 보낸 지난 7개월이 마치 이 직장으로 오기 위한 준비 과정이 된 것 같았다. 첫 출발이 부드럽고 순탄하였다. 월급도 만족스러웠다. 삼성물산과 같은 국내 최고기업의 월급보다 넉넉히 20%는 더 받아 월 93,000원에 연 400% 보너스를 받게 되었다. 월수입이 좋아지고 자금의 여유가 생기니 당장 적금도 하나 들어 저축하게 되었다. 초과 근무시간에 대한 오버타임도 알뜰하게 지급했고, 휴가나 기타 직원들에 대한 후생 복지가 서양과 비슷하여 국내기업보다 훨씬 좋았다. 직장 분위기도 서양식으로 유연하고 경직되지 않아서 국내 직장문화와는 완전히 대조를 이루었다. 나는 더없이 만족했다.

국제영업부는 진옥현 지배인이 전체를 관장했고, 그 밑으로 수출업무를 채광웅 과장(외국어대)이, 수입 업무를 강용득(고려대 상대) 과장이, 그리고 유형식 과장(외국어대)은 수입인증 업무를 각기 담당하고 있었다. 나는 강용득 과장 밑에서 일하게 되었다. 강 과장은 리더십이 있고, 박식하며, 인정이 많은 분이었다. 신입 행원인 내가 상경계 출신도 아니고 은행 업무에 대하여 아는 게 없다는 사실을 파악하시고는 매일 일과 후 은행 업무에 관하여 일대일 개인 교습을 해주셨다. 나도 궁금한 게 있으면 언제든지 강 과장에게 달려갔다. 이렇게 현장에서 일하며 배우게 되니 이해가 훨씬 더 쉬웠고, 은행이라는 기관의 주요 기능과 역할에 대하여 빠른 기간 내에 그 윤곽을 잡아가기 시작하였다.

그것만으로는 부족하여 나는 은행 업무에 관한 서적들을 사서 열심히 독학하며 실력을 늘려나갔다. 그때 때맞춰 은행에서는 직원들이 공부하는 것을 적극적으로 권장하여 일과 후 대학원에 나가 공부하는 경우 학비를 무상으로 조건 없이 제공하였다. 나는 그 기회를 놓치지 않고 저녁 시간에는 연세대학교 경영대학원에 입학해 경제학 석사과정을 공부하였다. 주경야독, 일하랴, 공부하랴, 하루 24시간도 부족하고 잠시도 쉴 틈 없이 정신없이 바쁜 시절을 보냈다. 일과 학업을 병행하느라 지치기도 하고, 이때가 젊은 시절 중 가장 힘든 시간이었던 것 같다. 과로로 인해 체중이 빠지고 얼굴에는 사춘기에도 없었던 여드름 같은 것이 성성해 나를 괴롭혔다. 그러나 오로지 젊은 패기와 강한 정신력으로 이를 극복하고 그 시기를 잘 지나갔다. 아무런 사전대책 없이 불쑥 인생의 진로를 바꾸는 바람에 스스로 고생을 자초하게 된 것이었다.

첫 번째 나의 집

군무를 마치고 서울에 올라온 후 나는 머무를 곳이 마땅치 않아 대학 때 하숙하던 청수 형네 집을 찾아가 지내기도 하고, Rice 목사님 댁에서 기거하기도 하는 등 안정된 숙소가 없어서 이곳저곳을 옮겨 다녀야 했다. 내 마음이 심히 편치 않았다. 시골에서 지켜보시던 어머니도 안쓰러우셨는지 노년에도 불구하고 아버지를 홀로 남겨두신 채 서울로 올라오셔서 나의 뒷바라지를 자청하셨다.

나와 어머니는 김포공항 나가는 길 중간에 있는 등촌동에 작은 전세방을 얻었다. 2층 양옥집에 정원도 넓어 앞뜰에 양어장까지 있는 근사한 주택이었다. 그러나 우리가 얻은 방은 가옥 뒤편 주방 옆에 붙은 가정부 방으로, 아주 작고 그 옆으로 손바닥만 한 부엌이 붙어있었다. 초라하기 짝이 없었다. 형편이 안되니 어쩔 수 없이 이곳으로 왔지만 너무나 속상하고 자존심이 상했다. 잠시나마 최고의 시설을 갖춘 미국 가정에서 살아본 나는 마치 하늘에서 땅으로 내려온 기분이었다. 나는 어떻게 하든 내 집을 장만해서 이 상황을 벗어나야겠다고 마음먹고 매일 밤낮없이 고민하고 연구하기 시작하였다. 어머니께는 행여 걱정하실까 봐 한마디도 말씀을 안 드렸다. 그러나 수시로 밤잠을 설치고 뒤척이며 뭔가를 고민하는 나를 보시며 어머니도 눈치를 채신 듯했다. 어머니의 기도 소리가 전보다 더 커지시고 애끓는 듯 간절하게 들려왔다.

일반주택은 너무 비싸서 엄두를 못 내고 가격이 저렴한 소규모아파트를 알아보았다. 아파트 건물이 도입되는 초기여서 소규모아파트는 잠실에 있는 시범단지와 그전에 지어진 연희동 산꼭대기에 있는 시민아파트밖에 없었다. 그 당시 아파트는 주민들 사이에 선호도도 높지 않아 경제 사정이 어려운 서민들이나 젊은 신혼부부가 주로 살았다. 시가를 알아보니 잠실 12평 아파트는 시가가 2백 20~30만 원, 그리고 연희동 아파트 12평짜리는 1백 80~90만 원 정도였다. 그러나 내 수중에 있는 돈으로 아파트를 사기에는 한참 부족하였다.

그러던 어느 날, 은행에서 직원들에게 저리의 금리로 빌려주는 대출이 있다는 반가운 정보를 접하게 되었다. 입사한 지 6개월이 지나 2년 미만인 직원에게 1백만 원까지 빌려주고 매월 분할 상환하는 제도였다. 눈이 번쩍 뜨였다. 열심히 동원할 수 있는 자금을 계산하여 봤더니 직원대출을 포함하여 가까스로 1백 80만 원을 동원할 수 있었다. 그러나 그것 외에도 등록세와 소개료 등을 내야 하기에 추가로 자금이 더 필요했다. 나는 시골에서 약국을 운영하고 계시는 매형에게 전화를 걸어 사정을 말씀드렸더니 10만 원을 아무런 조건 없이 보내 주셨다. 이렇게 해서 집을 사는데 필요한 1백 90만 원이 마련되었고, 그 돈으로 연희동 시범아파트 4층 12평짜리를 사서 이사하게 되었다. 등촌동 전셋집으로 이사 온 지 6개월 만에, 그리고 은행에 들어온 지 9개월 만의 일이다.

나보다도 어머니가 더 좋아하셨다. 비록 연탄을 때는 방 2칸짜리 작은 서민 아파트였지만, 서울에 내 집을 가지게 되었다고 생각하니 날아갈 듯 기뻤다. 가파른 언덕길을 올라다니는 불편함도, 4층 계단을 걸어서 오르내리는 불편함도 아무런 문제가 되지 않았다. 이사 후 깨끗이 청소를 마친 후 안방 방바닥에 두 팔을 벌리고 벌러덩 누우니 온 천지가 모두 다 내 것만 같았다.

이사 온 지 얼마 후 나는 처음으로 '냉장고'라는 새로운 가전제품을 사서 어머니의 부엌살림을 편리하게 해 드렸다.

넷째 누이의 미국 이민

1976년 7월, 간호사로 일하는 넷째 누이가 미국으로 가족 이민을 간다고 했다. 그 당시 간호사는 미국에서 쉽게 노동허가를 받을 수 있어서 이민이 수월했다. 미국을 늘 동경하던 나는 누이가 부러웠다. 나도 가고 싶은 마음은 있지만, 미국 영주권을 받을 자격이 안 되었다. 그리고 설사 간다고 해도 지금 은행에서 일하는 것처럼 사무직이 아니라 십중팔구 막노동이나 해야 할지도 모르는데, 도저히 자신이 생기지 않았다. 누이는 내가 은행에서 환전해 준 500불을 들고 언제 다시 돌아올지도 모르는 이민의 길을 떠났다. 김포공항으로 환송을 나온 잠시 이별의 눈물로 환송 나온 우리 가족의 가슴을 적셨다. 나는 미국에 가서 살 수 있는 길은 없는 건지 자꾸만 생각해보게 되었다.

심사부로 보직 변경

입행한 지 2년이 되면서 은행에서는 신입 행원들을 교차훈련 목적으로 보직 변경을 하게 되었다. 나보다 몇 개월 빨리 입행한 이재웅 씨(서울대 상대), 박재석 씨(고려대 상대), 그리고 나를 서로 다른 부서로 로테이션시키는 것이다. 정해웅 씨(서울대 상대)라는 신입 행원이 한 분 더 계셨는데, 이분은 정부에서 실시하는 외무고시에 합격하여 외교관의 꿈을 안고 은행을 떠나셨다. 나는 국제영업부에서 대출 심사부로 가게 되었다. 이 부서는 고객을 심사해서 돈을 빌려주는 업무를 취급하는 가장 핵심부서이다. 은행에서 책임자로 성장하려면 반드시 알아야 하고 거쳐야 하는 업무이기에 누구나 한번은 거치고 싶어 하는 자리였다.

이 분야에 필요한 기본 지식이 부족한 나는 이번 보직 변경이 반가우면서도 고민이 되지 않을 수 없었다. 이제 은행에 들어와 겨우 안정을 찾아가는데, 이 분야에 새롭게 도전해야 했기 때문이다. 다시 시작하는 마음으로 내가 모르는 회계학, 재무 분석 등 업무에 필요한 공부를 집중적으로 파고들었다. 이 자리에서 인정을 받지 못하면 모든 게 끝장이기에 매우 절박한 심정으로 공부하며 업무에 임하였다.

우리 부서는 80여 개 기업에 여신을 제공하며 거래를 하고 있었다. 그 가운데는 삼성그룹, 현대그룹, LG그룹 등 국내 굴지의 기업들도 포함되었다. 따라서 수많은 기업인을 만나 상담과 교제를 해야 했다. 자연히 기업체를 방문하기도 하고 접대 차원에서 그들과 만나 식사도 하게 되었다. 우리의 핵심 업무는 우수한 고객을 유치하여 돈을 빌려주되 사전에 그들이 제출하는 회사 회계자료를 검토하여 자금을 빌려줄지 여부를 결정하는 것이다. 돈을 빌려주는 부서이다 보니 때로는 사기꾼 같은 사람들이 접촉해 오는 때도 있어서 무척 조심해야만 했다.

다행히 대출 업무는 관리가 잘 되었고 손실이 발생하지 않아서 은행은 엄청난 수익을 거두게 되었다. 대출이 계속 증가하고, 은행 업무가 늘어가며 직원도 더 필요했다. 그에 따라서 새로운 신입 행원으로 오승호 씨(연세대 상대)와 조인철 씨(외국어대 무역과)를 충원하게 되었고, 나는 그 덕분에 한 단계 진급하게 되었다.

최초 강남 고층 아파트

운이 좋았던지 첫 번째 연희동 아파트를 구입한 후 아파트에 대한 인기가 올라가 가격이 많이 상승했다. 아파트 수요가 증가하니 건축업자들도 새롭게 고급 아파트를 지어 분양하기 시작하였다. 신축아파트는 예전 아파트와 달리 12층에 중앙난방식이었고, 실내 장식도 멋지게 만들어 많은 사람의 관심을 끌었다. 이런 고급 아파트는 한국에 처음으로 소개가 되는 것이었다. 나도 이런 신축아파트에 살고 싶은 욕망이 들었다. 그래서 신규 분양하는 압구정동 한양아파트 20평짜리에 분양신청을 하였다. 그러나 신청자가 쇄도해 분양 경쟁률이 말도 못 하게 올라가 나는 떨어지고 말았다. 두 번째로 분양 모집을 하는 신반포 지역 22평짜리 아파트에도 신청했다. 마찬가지로 경쟁률이 높다 보니 또 떨어졌다. 높은 경쟁률 때문에 정상적인 분양으로 아파트를 산다는 것은 도저히 불가능해 보였다. 하는 수 없이 분양이 끝난 신반포 아파트 22평짜리 분양권을 시장에서 웃돈을 주고 구입하기로 하였다. 분양가격이 약 9백만 원인데 웃돈을 1백 60만 원 더 주고 사기로 한 것이다. 한번 아파트를 사본 경험이 있으니 거래하는 데 자신감이 있었다.

불과 얼마 전에 1백 80만 원도 없어 쩔쩔매던 내가 불과 2년도 안 돼 이런 비싼 고급 아파트를 살 수 있었던 것은, 첫째로 1백 80만 원에 구입한 아파트가 가격이 3배나 뛰어 5백 40만 원에 팔게 되었고, 둘째로 은행 근무 경력이 2년을 넘으며 은행에서 제공하는 장기 저리 주택융자를 7백만 원까지 받을 수 있었기에 때문이었다. 둘을 합하면 합계가 1천 2백 40만 원이 되니 아파트값 1천 60만 원을 지불하고도 1백 80만 원이 수중에 남게 되었다.

그래서 1978년 7월 어머니를 모시고 새 아파트로 이사를 들어갔다. 새 아파트를 들어서는 어머니의 눈이 갑자기 둥그레지고 너무 기쁜 나머지 입을 다무시지 못할 정도였다. 이제 비로소 아파트다운 아파트에서 살게 된 것이다. 엘리베이터가 있으니 계단을 걸어 다니지 않아도 되고 시간 맞춰 연탄불을 가는 수고를 할 필요가 없었다. 그렇게 해서 우리는 새로 개발되는 강남지역에 이사를 오게 된 최초의 주민이 되었다.

우리 아파트는 강변도로를 끼고 12층에 있었다. 복도에서 바라보면 남산과 한강이 한눈에 들어와 그 경관이 일품이었다. 입주자의 대부분은 젊은 신혼부부가 주를 이루었던 것 같았다. 그런데 그때 유난히 외제 차를 비롯하여 서울 시내 고급 차들이 이 아파트 단지에 출입이 잦아 유심히 관찰하게 되었다. 알고 보니 서울에 돈 있는 부잣집 자녀들이 이 아파트에 많이 살아서 그들의 부모가 이곳을 자주 방문하는 것이었다. 그 순간 나는 그들처럼 부자 부모를 갖지 못한 나 같은 사람도 여기 와서 살게 되었다고 생각하니, 이건 어머니의 간절한 기도의 응답이 아니고는 불가능한 일이라고 믿었다. 직장생활 3년 만에, 부모의 도움 없이 홀로, 이런 고급 아파트를 장만하는 것은 결코 쉬운 일이 아녔다. 내 마음에 감사가 넘쳤다.

새 가정을 이루다

홍도에서 생긴 일

새 아파트로 이사를 마친 후, 나는 하계휴가차 무역회사에 다니는 친구 임익순 군과(외국어대) 홍도로 여행을 떠났다. 우리는 동대문에서 출발하는 관광버스를 타고 목포까지 가서 하루를 잔 후, 그 이튿날 새벽에 출발하는 여객선을 타고 홍도를 가게 되었다. 관광객의 대부분은 연세가 드신 노부부들이고 우리 2명과 두 젊은 여자 그룹이 함께 가게 되었다.

홍도에 도착하여 모두 바닷가에 나가 물놀이를 즐기는 시간이 있었다. 우리는 그때 4명이 함께 온 젊은 여자 그룹과 자연스럽게 대화를 주고받기 시작했다. 숙소로 돌아와 저녁 시간이 돼서도 우리는 우연히 그 팀과 같은 방 테이블에서 식사하도록 배정되었다. 피차 초면이기에 마주 보고 앉아있기가 좀 편치 않았다. 그래서 식사 중에 어색함을 덜기 위하여 서로 농담도 하고 어설픈 대화를 주고받기 시작했다. 그리고 저녁 식사를 마친 후에는 카드놀이까지 함께 하게 되었다. 나는 본디 카드놀이를 배운 적이 없어서 홀로 뒤편에 앉아 구경만 하고 있는데, 저녁에 먹은 음식이 잘못되었는지 배가 살살 아프기 시작했다. 토사곽란이 난 것인지 몸이 점점 아프더니 화장실을 쉴 새 없이 들락거리게 되었다. 시간이 갈수록 몸이 척 휘져서 죽을 것만 같았고 앉아있을 수도 없어 배를 바닥에 깔고 엎드려 있었다. 너무 아프다 보니 머릿속에 별의별 생각이 다 들었다. 그 섬에는 약국도 병원도 없는 오지다. 할 수 있는 게 있다면 오직 헬리콥터로 후송하는 것밖에는 방법이 없어 보였다. 이러다가 큰 사고를 당하는 건 아닌지 걱정이 되었다. 그러자 여자 중 한 명이 가져온 소화제 한 봉을 주어서 뜯어 먹었다. 그래도 차도는 없고 고통은 계속되었다. 이제는 카드놀이를 하던 사람들도 걱정이 되어 놀이도 멈춘 채 모두 벽에 기대어 나만 주시하고 있었다. 병원도 갈 수 없고 아무런 대책이 없으니 답답하기만 했다.

그때 여자 중에 한 분이 앞으로 나오며 "제가 등을 한번 눌러 드릴까요?" 하며 물으며 가까이 온다. 속으로 초면인데 대단한 용기라고 생각이 들어 누구인지 얼굴을 한번 힐끔 쳐다보았다. 그분은 가까이 접근하여 내 등에 올라타듯 몸을 굽히고는 양손의 엄지손가락을 이용하여 척추뼈 마디마디를 목 뒤에서부터 하나씩 차근차근 힘 있게 눌러 내려갔다. '이게 무슨 효과가 있을까?'하고 의문이 드는데, 누르는 양손의 압력이 제법 아프게 느껴졌다. 그러는 사이 양손의 엄지가 내 등뼈의 5마디 정도 내려왔다. 그런데 그곳을 힘차게 누를 때마다 위가 있는 부분이 시원해지고 아랫배에 무언가 뭉쳐있는 것이 풀리며 움직이는 것이었다. 너무도 신통했다. 그렇게 위에서 아래로 반복해서 몇 번을 누르니 통증도 사라지고 몸이 다시 회복되는 것을 확연히 느낄 수 있었다. 나는 그제야 살아나 정신을 차린 후 잠자리에 들 수 있었다.

그 후 여행을 마칠 때까지 약손을 빌려준 그분에게 감사한 마음이 들어서 이를 어떻게 보답하나 곰곰이 궁리하게 되었다. 그러나 그 여자분들은 여행 중에 만난 우리를 별로 대수롭지 않게 생각하는 것 같았다. 이름을 물어봐도 답을 안 하고 외면해서 우리는 그냥 인사만 나눈 뒤 헤어질 수밖에 없었다.

광화문 덕수제과점

홍도에서 만난 나의 은인을 다시 만난 건 여행에서 돌아와 2주 정도가 지난 후다. 돌아와서 생각하니 한번은 만나 고맙다는 인사는 하는 게 인간적인 도리인 것 같아 그 여자분을 찾아보기로 했다. 내 머릿속에 남아있는 그들이 흘린 단서는 오직 하나 여의도에 있는 회사에서 일한다는 것밖에는 없었다. 그러나 그 당시 여의도는 개발이 막 시작되어 국회의사당 건물을 빼고는 유일하게 개발금융㈜ 건물밖에 없었기 때문에 이 회사에 다니는 거로 짐작되었다. 마침 고교동기생 구천서(후일에 국회의원이 됨) 군이 그 회사에서 일하고 있기에 전화를 걸었다. 사정을 얘기하고 그 여자의 인상착의와 최근 휴가 일정을 물었더니 바로 누군지 알게 되었다. 그래서 그 여자분에게 전화를 걸어 처음 만나게 된 곳이 광화문에 있는 덕수제과점이다.

홍도에서 만났던 덤덤한 분위기와는 사뭇 달랐다. 더 좋은 이미지를 가지고 있는 것 같았다. 서울 사람이라는 것도 내 마음에 들었다. 감사의 마음을 전달하는 자리로 만났지만, 대화를 나누다 보니 이를 계기로 어떤 여자분인가 좀 더 알고 싶은 호기심이 생겼다. 그러나 그것은 내 생각일 뿐 그 여자의 생각은 전혀 달랐던 것 같다. 만나봐도 나라는 사람에 관하여 도무지 관심이 없는 듯 보였다. 만나는 것도 내 의도대로 되지를 않았다. 행여 어렵게 만날 기회가 있어도 별로 재미가 없었다.

그러던 어느 토요일 오후 퇴계로의 약속한 장소에 나갔더니 나오질 않았다. 바람을 맞은 것이다. 우울한 마음으로 돌아서서 명동으로 걸어가는데 반대편에서 이 여자가 부모님 그리고 두 여동생과 함께 나를 향해 걸어오고 있는 것이었다. 난 그녀의 가족들을 본 적이 없으니 누군지도 모르고 그냥 지나쳤지만 뒤돌아서 보니 그녀의 가족인 걸 알 수 있었다.

우연한 기회에 나와 그녀의 가족이 서로 얼굴을 보게 된 것이었다. '뭔가 인연이 되려나?' 하는 생각이 머리를 스쳤다. 오늘 바람을 맞아 기분이 언짢았지만 그래도 몇 번은 더 만나 어떤 사람인지 알아보기로 했다.

국민은행으로 인사를 가다

이 여자를 만나고 있지만 이름 외에는 도대체 무슨 생각을 하는지 알 수도 없고 어떤 배경에서 자랐는지도 몰라 답답한 상황이 계속되었다. 어떻게 이 여자에 대하여 알아낼 방법이 없나 궁리를 하던 중, 어느 날 그녀의 아버지가 국민은행의 임원으로 일하고 계신다는 사실을 알게 되었다. 그러자 부모를 보면 그 자식도 어느 정도 알 수 있다는 어른들의 말씀이 머리에 떠올라 한번 찾아뵙고 싶은 생각이 들었다. 그렇지만 그걸 그 어른이 어떻게 받아드리실지 궁금했다. 결코 나쁘게 보시진 않을 것 같다는 확신이 들었다. 그래서 용기를 내서 비서실에 전화를 걸어 시간약속을 하고 사무실로 찾아갔다. 비서가 방문 목적을 묻기에 적당히 외국 은행원 신분을 대고 예방이라고 둘러댔다.

비서의 안내를 받아 아버지의 방으로 들어갔다. 아버지는 널찍한 사무실 끝에 있는 테이블에서 일어나 나를 향해 걸어 나오시는데, 훤칠한 키에, 하얗게 센 머리에, 이마가 약간 벗어지신 분이 인물도 훤하시고 아주 온화하면서 중후한 인상이었다. 마치 성직자를 보는 것 같았다. 그 인자한 모습에 긴장했던 내 마음이 조금 누그러들었다. 아버지께서 먼저 손을 내밀어 악수를 청하시기에 고개 숙여 손을 잡은 후 소파에 자리를 같이하였다. 나는 내 직장과 이름을 소개하고는 얼마 전에 홍도에 여행을 가서 둘째 따님을 만나 신세를 진 이야기를 먼저 꺼내 들었다. 그리고 일하는 은행이 다르기는 하지만 같은 금융업계에 종사하니 인사를 한번 드리려고 찾아왔다고 말씀을 드린 후, 앞으로 대선배님으로서 많은 지도와 편달을 부탁드린다고 하였다. 그제야 내가 누군지 파악하신 아버지는 흠칫 당황하는 기색이 역력했다. 나라는 사람에 대하여 듣기는 들으신 것 같았다. 그러나 예고도 없이 찾아올 것은 예상치 못했기에 무슨 말씀을 하셔야 할지 마음의 준비가 안 되신 것 같았다.

아버지는 이런저런 말씀을 하시며 노련하게 그 상황을 넘기시고 나서 나에게 몇 가지 질문을 던지시기도 하고 어떤 사람인지 알아보시는 것 같았다. 잔잔한 미소를 띠시며 나지막한 목소리로 말씀을 하시는데, 아버지의 인격과 성품이 그대로 드러나는 것 같았다. 초면이지만 너무도 인상적이었다. 이런 부모 밑에서 자랐으면 틀림없이 훌륭한 가정교육을 받고 자랐을 것 같았다. 자동적으로 그 여자에게 좋은 점수를 주지 않을 수 없었다.

그러나 그 여자는 나에게 별로 호감을 느끼지 않으니 기분이 상했다. 그리고 자존심도 상했다. 그런 여자에게 더 이상 시간을 낭비할 필요는 없을 것 같았다. 아무리 부모가 훌륭해도 본인이 아무런 감정이 없으면 다 소용이 없는 것이었다. 그래서 나는 다시 만나 "앞으로 좋은 사람을 만나 행복하기를 바란다."라고 이별을 고하며 진심 어린 행운을 빌었다. 그리고 일어나 자리를 뜨려는데 갑자기 그녀가 당황하며 눈가에 이슬이 맺히며 소리 없이 울기 시작하였다. 나는 '이게 무슨 눈물이지?' 의문을 던지며 무슨 영문인지 몰라 순간 당황하지 않을 수 없었다. 그런 그녀를 두고 자리를 뜰 수가 없어서 눈물을 그칠 때까지 잠시 기다리고 있었다. 그러자 그녀가 서서히 입을 열기 시작했다. 그동안 별 관심 없이 나를 봐왔으나 사실은 오늘부터 본격적으로 만나 대화를 나누려고 나왔는데, 반대로 나는 이제 더는 안 만나고 떠난다고 하니 실망이 되었다는 것이다. '그동안 내가 너무 조급했나?'라는 생각이 들며 마치 뒤통수를 한 방 얻어맞은 것 같았다. 이별을 고하러 간 바로 그날이 아이러니하게도 정식으로 데이트 첫날이 되었다. 만약 이별을 통보하는 날이 하루만 빨랐더라도 그냥 헤어져 다시는 못 봤을 거라고 생각하니 바로 이런 게 인연인 것 같았다. 그래서 그날로부터 본격적으로 데이트를 시작하며 서로를 알아가기 시작했다.

후일에 그녀는 내가 아버지께 다녀간 후 아버지에게서 들은 얘기를 전해 주었다. 그날 저녁 그녀가 늦게 집에 들어갔는데, 거실에 있는 피아노 위를 보니 내 명함이 놓여있어서 '이게 어찌 된 일인가?' 하고 의아해했다고 한다. 그때 아버지가 부르셔서 내려갔더니 "그 청년이 오늘 낮에 내 사무실로 찾아왔더라." 하셔서 깜짝 놀랐는데, 나를 보신 인물평을 괜찮게 하셨다고 한다. 그러시면서 "네 밥은 안 굶기겠더라."라고 한마디 더 하시더라는 것이다. 그 말을 들은 그녀는 그때부터 나에 대한 이미지를 다시 평가하는 계기가 되었고, 나를 향한 마음의 문이 열리기 시작했다는 것이다.

드디어 결혼하다

피차 마음의 문이 열리니 매일같이 만나게 되고 재미가 있었다. 짧은 시간이지만 서로 급속도로 가까워지게 되었고, 자연스럽게 결혼 얘기도 주고받게 되었다. 이제는 같은 방향을 향해 걸어가며 두 사람만의 원대한 꿈을 꾸기 시작하였다. 나는 총각으로는 드물게 집까지 장만해 놓은 상태로 결혼할 수 있는 준비가 완벽하게 되어있었다. 그렇지만 양쪽 집안을 비교해보면 우리 집이 여러 면에서 부족한 게 많아 과연 이 결혼이 가능할까 의문이 들기도 하였다.

어느 날 결혼 승낙을 받기 위하여 그녀의 집으로 부모님을 찾아갔다. 부모님이 뭐라고 하실지 궁금했다. 두 부모님은 따듯하게 맞아주시면서도 "짧은 직장생활에 어떻게 그런 고급 아파트를 장만할 수 있었는지?", "받는 월급으로 결혼생활은 가능한 건지?", "집을 장만하기 위해 남몰래 많은 빚을 지고 있는 거는 아닌지?" 등 의문을 가지고 나에게 따지듯이 캐물으셨다. 나는 속으로 시골에서 올라온 없는 집 자식이기에 얕보고 이러시나 하는 생각이 들어 언짢았지만, 한편 '나 같은 시골 총각이 젊은 나이에 서울에서 나 홀로 집을 장만한 예가 드물기에 충분히 의문을 가지실 만하다.'라고 이해를 하였다. 그녀의 토끼 같은 두 여동생이 옆에 앉아서 이런 딱딱한 질문으로 대화가 경직되지 않도록 틈틈이 재잘거리며 분위기를 띄우고 있었다.

그 후 양쪽 어머니의 상견례가 있었다. 우리 쪽에서는 어머니와 제일 큰 누이가 나오셨고 상대방에서는 그녀의 어머니가 혼자 나오셨다. 우리 어머니는 69세이시고 그녀의 어머니는 52세로 나이 차이가 컸다. 그녀의 어머니는 나의 큰 누이보다 겨우 3살 더 많았다. 그녀의 어머니는 나의 어머니에게 마치 자기 시어머니를 뵙는 것 같다고 하시며 아주 어려워하셨다. 이 자리에서 나는 그녀의 어머니에게 "결혼을 하는 데

한 가지 조건이 있다."라고 말씀드렸다. 우리 가정은 부모님을 비롯한 온 식구가 기독교인이므로 그녀가 시집을 오면 반드시 예수를 믿어야 한다는 것이었다. 우리 어머니가 꼭 하시고 싶은 말씀을 내가 대신 한 것이다. 독실한 불교도인 그녀 어머니의 답이 궁금했다. 그녀의 어머니는 본인만 좋다면 시집가서 시댁의 종교를 따르는 것은 전혀 문제가 없다고 말씀하셨다. 다만 부탁은 자기가 세상을 떠났을 때 사찰에 위패를 모실 예정인데 기일이 되면 그때만큼은 자식으로서 와달라는 것이었다.

그녀와 나는 약혼식을 거쳐 1978년 11월 13일, 만난 지 100일 만에 결혼하게 되었다.

결혼식 사진

신랑 장창기, 신부 나혜균이 부부가 되어 신혼 가정을 이루게 된 것이다. 나 자신도 이렇게 짧은 시일 내에 결혼하게 될 줄 몰랐다. 내가 매사에 비교적 신중한 편인데, 과연 잘하고 있는 건지 스스로 자문하기도 하였다. 원래 이듬해 봄쯤 식을 올리려 했으나 처가 일정이 맞지 않았고, 우리 집에서는 부모님이 연로하셔서 한시라도 서둘러 식을 올리기 원하셨다.

결혼식은 명동 한복판에 있는 YWCA 회관 대강당에서 성대하게 올렸다. 예식을 모두 마친 후 양가 어른들께 인사를 드리고 신혼여행을 떠나려는데 장인어른이 나를 불러 하얀 봉투를 하나 양복 안주머니에서 꺼내 주시며 여행 경비에 쓰라고 주신다. 그리고 본인의 승용차와 기사를 내주시며 김포공항까지 가도록 준비해 주셨다. 주신 돈은 결코 적은 액수가 아니었다. 나는 장인어른의 자상한 배려에 감동했고, 그분의 넓은 아량을 다시 한번 더 엿보는 기회가 되었다.

기분 좋게 승용차 뒷좌석에 기대어 앉아 김포공항을 향하여 달려갔다. 그리고 제주행 비행기에 몸을 실었다. 그 당시 제주는 많은 젊은이들이 선호하는 최고의 신혼여행지였다. 머리털 나고 처음으로 타보는 비행기여서 가슴이 무척 설레었다. 비행기가 굉음을 내고 하늘로 솟구쳐 올라갈 때는 아주 긴장되고 스릴이 넘쳤다. 이륙 후 신부와 함께 발아래 보이는 광활한 산과 들을 바라보니 모든 것이 신비롭고 온 천지가 다 내 것만 같았다.

신혼여행에서 돌아와 그동안 쓴 결혼 비용을 결산해 보았다. 모든 비용은 모자란 것이 없이 내가 준비한 자금으로 지출되었다. 알뜰하게 쓰도록 노력했지만, 신부나 처가 쪽에서 서운하지 않도록 결혼반지로 0.5캐럿짜리 다이아몬드 반지를 하는 등 필요한 것은 다 한 것 같았다. 다만 결산해 본 결과 수중에 남은 돈이 거의 없었다. 그래도 내가 번 돈으로 큰일을 무사히 마쳤다고 생각하니 한없이 기쁘고 뿌듯했다. 대학을 입학하며 서울에 처음 올라와 다짐했던 결단이 머릿속에 떠올랐다. '내가 경제적으로 자립한 후 내 힘으로 결혼을 하겠다는….' 그때로부터 10여 년이 지난 지금 나는 그때의 다짐을 성공적으로 실현하고 있는 것이었다.

시골에 계신 부모님께 첫인사를 하러 내려갔다. 아버지는 내 앞에 봉투를 하나 내미시며 "이건 순전히 네 앞으로 들어온 축의금이다."라고 말씀하신다. 금액을 세어보니 약 1백 3십만 원 정도 되는 것 같았다. 그때 기준으로 아주 큰 돈이었다. 아버지는 "네가 그동안 객지에 나가 혼자 벌어서 집도 장만하고 장가가느라 수고했다. 참 장하다." 하시며, "이 돈은 네 돈이니 내가 가져야 할 이유가 없다. 너의 새살림에 보태거라." 하신다. "안 주셔도 되는데요."라고 거절해도 아버지는 손을 뿌리치시며 거두지를 않으셨다. 나는 그 봉투를 받으며 앞으로 '이 자금을 어떻게 잘 운용하나?' 하는 생각을 하며 미래를 구상하였다.

첫딸을 낳다

결혼한 다음 해 10월 건강한 첫딸을 낳았다. 출산하는 아내 곁을 지키고 싶었으나, 직장 일로 매인 나를 대신하여 장모님이 계시는 사이 출산하게 되었다. 곁에 있어 주지 못해 아내에게도 아기에게도 미안했다. 다행히 직장에서 의료보험을 제공해줘 국내에서 산부인과로 제일 이름난 제일병원에서 안전하게 출산하게 되어 감사했다. 그때는 의료보험이 보편화되기 전이라 보험이 없는 사람이 태반이었고, 출산도 산부인과 병원이 아니고 산파가 집으로 와 아이를 받는 경우가 많았다. 다들 첫딸은 살림 밑천이라고 해서 기뻤다. 우리가 다니는 서울영동교회의 김성순 전도사님과 차은희 권사님이 소식을 듣고 달려와 산모와 아기를 축하하며 축복해 주셔서 더없이 감사했다.

딸 유진이가 하루하루 부쩍부쩍 커가는 모습은 우리 가정에 매일 웃음과 기쁨을 가져다주었다. 양가 할아버지 할머니도 유진이의 재롱에 온 정신을 잃고 너무 예뻐하셨다. 특히 외가 쪽으로 외손녀는 처음이라 식구들로부터 특별한 사랑을 받았다. 그러나 나는 아빠로서 앞으로 "이 아이를 어떻게 잘 키우나."를 생각하니 어깨가 한층 더 무거워지는 것만 같았다.

이 무렵, 우리 집에 처음으로 가정용 전화를 설치하게 되었다. 그 당시에는 가정용 전화를 가진 집이 그다지 많지 않았다. 이제 더는 전화를 걸기 위하여 아파트 건물 밖에 있는 공중전화에 나갈 필요가 없어졌다.

마지막 술잔을 올리다

첫딸이 태어나던 해 겨울 부모님은 우리 집에 오셔서 함께 크리스마스를 보냈다. 늘 그랬듯이 부모님께서는 우리 논밭에서 수확한 쌀과 무공해 농산물을 가지고 오시는 것을 잊지 않으셨다. 저녁 식사 시간이 되어 음식을 나누며 나는 아버지께서 생전 잡수어보신 적이 없는 서양 술인 위스키를 꺼내어 권했다. 그러시자 아버지는 "내가 원래 술을 좋아했단다. 그러나 지금까지는 기독교 집안으로 너희 자식들에게 모범을 보이려고 금주를 했는데, 오늘 저녁만큼은 기분이 좋아 한잔하마." 하시며 내가 따르는 작은 양주잔을 받으신다. 처음으로 드셔보시는 스카치위스키이고 알코올 도수도 제법 높았다. 누구도 이런 양주 한 잔을 단숨에 비우는 것은 쉬운 일이 아니다. 그런데 아버지는 단숨에 술잔을 비우시며 "야, 이 세상에 이렇게 맛

좋은 술이 있구나." 하셔서 나는 깜짝 놀라지 않을 수 없었다. 그러고 2잔을 더 기분 좋게 드셨다. 마신 후에도 취하시거나 조금도 흔들림이 없었다. 맛있게 잘 드시니 나도 기분이 좋았다. 이렇게 좋아하시는 약주를 지금까지 일부러 참고 지내오시다니, 나도 자녀를 키우며 저런 정도의 의지와 절제 정신을 지녀야겠다고 생각하게 되었다.

부모님이 다녀가신 지 몇 개월이 되지 않아 시골집에서 급하게 전화가 왔다. 평소에 건강하셨던 아버지가 건강 검진 결과 위암으로 판명되어 앞으로 6개월 밖에 못 사신다는 것이었다. 이 소식을 접하며 나는 하늘이 내려앉는 것 같았다. 때가 늦어 백약이 무효고 아무런 손을 쓸 수 없다고 한다. 돌아가시기 전에 할 수 있는 일은 오직 입원실에 누워계시는 침상을 지키며 아버지를 위로하고 기도하는 것뿐이었다. 그나마 다행스러운 것은, 늦게 얻은 막내아들이 아버지 생전에 결혼하고 손녀까지 보신 게 아닌가 싶었다. 조금이나마 아들로서 자식 노릇을 한 것 같아 스스로 위로로 삼았다. 얼마 후 아버지는 병원을 나와 유진이 첫 돌을 보셨다. 아이를 품안에 안고 기쁘게 웃으시며 흐뭇해하시던 아버지는 그 후 3주가 지나서 홀연히 우리 곁을 떠나 천국으로 가셨다. 그때 연세가 75세였다.

첫아들도 낳다

아버지를 잃은 슬픔 가운데 한 해를 보내고, 이듬해 아내는 두 번째 아기를 임신하게 되었다. 하늘로 가신 아버지 대신 누군가를 우리 집안에 보내시는구나 하는 생각이 들었다. 출산을 기다리며 나는 이번에는 꼭 아들이기를 바랐다. 기대한 대로, 그리고 어머니를 비롯한 온 집안 식구가 염원한 대로, 1981년 10월, 건강한 아들이 태어났다. 첫아이보다 쉽게 순산하였다. 유진이가 태어난 지 2년 만이다. 정말 감사했다. 나는 지난 2년 사이 경제 사정이 좋아진 덕에 아내를 아주 비싼 백병원 특실에 입원시키고 내가 직접 그 옆을 지켰다. 아들을 낳게 되니 장모님은 아예 오실 생각도 없으신 것 같았다. 딸이 시집가서 아들을 낳으니 이제 할 도리를 다했다고 생각하시는 것 같았다. 나도 아들을 낳은 기분은 좀 달랐다. 믿음직하고 나의 후계자가 된다는 생각에 든든한 마음이 들었다. 특별히 나의 어머니가 손자를 봤다고 얼마나 좋아하셨는지 모른다. 어머니는 이 손자를 끔찍하게 사랑하셨다. 나는 이제 딸과 아들을 가지게 되니 더는 바랄 것이 없었다. 오로지 한가지 이 자식들을 건강하게 잘 키워보겠다는 생각뿐이었다.

은호가 태어나며 두 아이를 키워야 하고 거기에 내 뒷바라지까지 해야 하는 아내의 손이 갑자기 감당이 안 될 만큼 바빠졌다. 특별히 딸아이가 유난히 활동적이어서 전담 마크맨이 필요하였다. 나는 하는 수 없이 가정부를 들여 아내를 도와 아이들을 보살피도록 하였다. 전체적으로 살림살이가 여유로워졌지만, 그래도 아직 30대 초반 젊은 나이에 가정부까지 두는 것은 너무 사치이고 낭비가 아닌지 은근히 마음속에 걱정이 되기도 하였다.

더 푸른 목장을 향하여

불편했던 불란서 문화

불란서 은행에 들어온 지 5년 정도가 지나니 은행 업무도 어느 정도 파악되었고 안정을 찾아가고 있었다. 그사이 지난 몇 년간 수많은 외국은행이 경쟁적으로 한국에 진출하고 있었다. 나날이 발전하는 한국의 수출경제로 국제교역이 늘어나고 이걸 중재할 은행의 역할이 더 많이 요구되었기 때문이었다. 특히 미국 은행들이 많이 몰려오며 더 좋은 대우를 제공하는 등 공격적으로 직원을 채용하였다.

그동안 불란서 은행에 들어와 적응한다고 혼쭐이 났던 나는 이제 주변을 돌아볼 여유가 조금 생겼다. 나는 다른 나라 은행보다도 미국 은행에 관심이 많아 그쪽에서 일하는 친구들과 자주 대화하며 정보를 수집하였다. 미국 은행의 시스템이 유럽 은행과 많은 차이가 있다는 것을 알게 되었다. 그리고 미국 은행은 대우도 좋지만, 그보다 더 중요한 사실은 유망한 젊은 직원들에게 막대한 투자를 하여 교육과 훈련을 시키는 것이었다. 우수한 인력을 키워 은행의 고귀한 자산으로 성장시키는 선견지명이었다. 이런 교육의 기회는 주로 신용분석이나 대출을 담당하는 핵심 직원들에게 주어졌다. 미국 은행들은 하나같이 로컬 직원들을 미국에 있는 본점이나 지역 훈련기관에 보내 체계적으로 교육하고 있었다. 나는 귀가 번쩍 뜨였다. 불란서 은행에 들어와 그런 훈련을 한 번도 받아보지 못한 나는 그 제도가 무척이나 부러웠다. 이런 훈련이 나에게 꼭 필요하다고 느꼈고,

은행업계에서 성장하려면 이런 교육을 통하여 업무 지식을 쌓는 것은 반드시 필요해 보였다. 그러나 불란서 은행에는 이런 교육 제도가 없으니 이를 어찌하나 고민하기 시작했다.

시간이 지나며 하나 더 새롭게 깨닫게 된 것은 불란서 문화였다. 미국 사람이나 불란서 사람이나 외양은 똑같은 서양 사람으로 보이지만, 사고방식이나 문화가 완연히 다르다는 사실을 뒤늦게 알게 되었다. 은행에 들어오기 전에는 오로지 미국 문화에 익숙해서 잘 몰랐는데, 은행에 들어와 불란서 책임자들을 접촉하다 보니 비로소 그 차이점을 깨닫게 되었다. 미국 은행은 현지인을 차별하지 않지만, 유럽 은행의 경우에는 중요한 보직은 오직 본국 직원이 독점하고 현지인은 그 밑에서 보조나 하도록 하였다. 이런 점이 불공평하고 불만스러웠다. 이런 은행에 나의 미래를 맡기기가 불안했다. 장기간 근무해도 책임자 자리에 오르지 못하고 불란서 책임자들 밑에서 머슴 노릇만 할 것 같았다. 그러나 이제 겨우 자리를 잡은 불란서 은행을 떠나 미국 은행에 새롭게 도전한다고 생각을 해보니 두렵고 무섭기만 하였다.

전직을 염두에 두고 그동안 나의 은행 경력을 살펴보니 딱 한 가지 부족한 게 있었다. 그건 은행에서 제공하는 연수를 한 번도 받은 적이 없다는 것이었다. 그래서 나는 은행에서 보내주는 짧은 해외 연수라도 다녀와 스펙을 쌓고 미국 은행 쪽에 자리를 알아보기로 하였다. 그러던 1982년 1월, 드디어 은행에서 나를 불러 싱가포르로 보내 1주일간 연수를 받도록 해주었다. 연수라기보다 그동안 근무 평가를 인정받은 덕에 주어진 특별

보상이었던 것 같다. 그 덕분에 이 세상에 태어나 처음으로 해외여행을 하게 되었다. 처음으로 나가는 해외여행이기에 한 나라라도 더 보고 싶은 욕심에 출국 길에는 홍콩을 거쳐 갔다가 돌아오는 길에는 대만을 거쳐 돌아왔다. 싱가포르에서는 대출 관리 시스템을 집중적으로 살펴보았다. 홍콩, 싱가포르, 타이페이의 도시풍경과 문화를 접하며 많은 것을 보고, 느끼고, 배우는 귀중한 시간이 되었다.

미국 은행을 넘보다

싱가포르 연수를 다녀온 후 두세 달이 지난 어느 날, 신문에 난 구인광고가 나의 눈길을 사로잡았다. 미국계 마린미들랜드 은행 서울지점에서 대출담당 책임자를 한 명 찾는 것이었다. 광고를 살펴보니 요구하는 경력이나 자격이 나의 경력과 잘 맞아떨어졌다. 나는 우선적으로 직원 훈련을 잘 시킨다는 미국 은행이란 점이 맘에 들었고, 두 번째는 미국 은행 중에서도 World Money Center라고 부르는 뉴욕에 본점이 있다는 점에서 국제은행의 면모를 갖춘 것 같았다. 떨리는 가슴으로 이력서를 제출하고 응모하였다.

인터뷰가 시작되었다. 일차로 사무실로 찾아가 미국인 책임자를 만나 영어로 면담을 하였다. 그런데 합격 여부에 대하여 아무런 즉답이 없이 또다시 면담하자고 몇 차례 연락이 와서 나갔다. 면담은 사무실이나 호텔 식당에서 했다. 그러나 면접은 뉴욕 본점에서 책임자가 나왔다고 한두 차례 더 만나는 등 끝이 없이 계속되었다. 자꾸 만나자고 하니 아직은 합격에 대한 희망이 있었지만, 마음속으로는 피로감이 쌓여만 갔다. 이렇게 시간을 오래 끄는 이유는 나 말고도 다른 지원자들을 계속 면접하고 있기 때문인 것 같았다. 그러니까 반드시 1등을 해야지 나머지에는 기회가 돌아가지 않는 것이었다. 무려 두 달 가까이 인터뷰가 길어지다 보니 지쳐 피곤하기도 했지만, 이제는 면담 책임자와 안면이 익어 만나면 반갑게 인사를 하는 등 어느새 그들과 가까워지고 있었다. 그 결과, 나는 치열한 경쟁을 뚫고 최종 합격자로 낙점되었다. 내가 의도한 대로 미국 은행으로 직장을 옮기는 데 성공하였다. 너무 기뻤다. 그러나 한편 새로운 환경에 적응하고 도전해야 하는 한다는 사실이 마음에 큰 부담이 되어 마냥 좋아할 수만은 없었다. 나는 구두끈을 고쳐 매며 새로운 도전에 대한 결의를 다시 한번 더 다졌다.

제6장

세계의 중심에 서다

Marine Midland Bank, n.a.

가족 같은 서울지점

먼저 새로 옮겨간 미국 은행이 어떤 은행인지 간단한 소개를 하고 나의 이야기를 계속해 나가는 게 좋을 것 같다.

마린미들랜드 은행은 뉴욕주에 설립된 은행으로 미국 전체에서 10번째 안에 드는 큰 은행이었다. 이 은행의 본점은 뉴욕주 북쪽에 있는 버펄로시에 있고, 국제본부는 뉴욕시의 다운타운에 있었다. 뉴욕주에 있는 가구의 반 이상이 이 은행에 계좌를 가지고 거래할 정도로 인기가 있었고, 세계의 모든 자금이 집결된다고 해서 World Money Center라고 불리는 뉴욕시의 Money Center Bank 중 하나였다. 국제업무도 활발하여 해외영업망도 유럽과 아시아 국가 등 세계 곳곳에 보유하고 있으며, 서울지점도 그중에 하나였다. 자본금을 살펴보면 홍콩에 있는 거대한 영국계 은행인 HSBC가 51% 지분을 보유하고 있었다. 그러나 경영에는 직접 관여하지 않고, 별개의 은행처럼 독립적으로, 미국의 전문 경영인들에 의해 운영되고 있었다. 그 당시 행장은 John Perry로 미국 재무성의 차관보를 지낸 고위 관료 출신이었다. 그야말로 세계에서 최고가는 일류은행 중의 하나였고, 직장으로서도 이보다 더 좋은 곳이 있을 수 없었다.

1982년 6월, 새로운 각오로 서울지점에 첫 출근을 하였다. 지난 6년 반 동안 함께 했던 시청 앞 불란서 은행을 떠나 거리적으로 불과 1㎞도 안 떨어진 광화문에 있는 교보빌딩(16층) 내 마린미들랜드 은행으로 온 것이다. 직속상관인 Ken Skuse, VP(Phoenix Univ.)와 그 위로 지점장인 James Spackman, VP(Harvard Univ.)에게 먼저 신고를 하고 같이 일할 동료 직원들과도 인사를 나누었다. 우리 부서에는 안영섭 씨(연세대)와 안영찬 씨(중앙대)가 대출 책임자로 계셨고, 그 밑으로 신용분석을 하는 후배 직원들과 비서들이 몇 명 있었다.

나는 모든 게 새로워 긴장했지만, 옆에서 모두 친절하게 도와줘 자리를 잘 잡을 수 있었다. 특별히 우리 부서의 직속상관인 미국인 Ken Skuse는 뉴욕 본점에서 나온 책임자로 내가 신속하게 업무를 파악할 수 있도록 세심한 배려를 해주어 내 마음이 아주 편안하였다. 그동안 불란서 사람들과 문화적으로 코드가 잘 안 맞았는데 이곳에 와서 미국인 상관과 일을 해보니 마치 고향에 돌아온 듯한 편안한 느낌이었다. 나에게 낯익은 미국 문화와 은행의 분위기를 접하며 앞날이 자못 기대되었다. 위험 부담을 안고 자리를 옮기기를 너무나 잘하였다고 자평하였다.

지점장인 James Spackman을 만난 것도 큰 행운이었다. 이분은 한국계 미국인으로 6 · 25 동난 때 가족을 잃고 미국 가정에 입양되었는데, 미국에 가자마자 3년 만에 영어를 마스터하고 세계 최고의 대학인 하버드 대학에 입학해서 화제가 된 인물이시다. 대학 졸업 후 콜롬비아 대학에서 MBA 과정을 공부하고 은행계에 입문하여 승승장구, 젊은 나이인 40대 초반에 한국의 지점장으로 오게 되었다. 전형적인 외유내강의 경영자로, 매사를 보는 눈이 치밀하고, 전체를 아우르는 통합의 리더십은 직원들로부터 존경심을 자아내게 하였다. 이런 최고의 경영자 밑에서 일하게 된 것이 참 다행이고, 앞으로 그로부터 많은 것을 배울 수 있겠다는 기대를 하게 되었다.

나에게 주어진 업무는 크게 두 가지였다. 첫째는 한국에 있는 상업은행들을 상대로 우리 은행의 여러 가지 비금융 서비스를 소개하고 거래를 증진하는 일이고, 둘째는 한국기업에 영업자금이나 무역금융 등을 제공하는 것이다. 자연히 고객들과 만남은 필수이고, 그중 우수고객에게 신용을 제공하며, 이를 주기적으로 점검하는 것이 주 업무였다.

그 당시 한국 정부는 국가의 경제개발정책을 재정적으로 지원하기 위하여 해외에서 차관이나 장기대출을 엄청나게 들여오고 있었다. 주로 국책은행인 산업은행과 외환은행이 한국 정부를 대신하여 매년 몇억 불씩 돈을 빌려서 들여왔다. 우리 은행은 가장 적극적으로 한국에 돈을 빌려주는 은행 중에 하나로, 이미 상당한 금액의 돈을 이 은행들에 빌려주고 있었다. 그 외에, 한국 상업은행을 대상으로 거액의 무역금융을 제공하여 한국에서 들여오는 원유나 철강같이 수입금액이 큰 원자재의 도입을 원활하게 하였다. 따라서 나는 한국에 있는 모든 은행들, 그리고 재벌그룹에 속한 대기업들과 긴밀한 관계를 유지하며 은행의 영업활동을 수행하였다. 그 당시 마린미들랜드 은행은 무려 약 10억 불가량의 신용을 한국에 공여하고 있었다.

My Car 'Pony'

이 은행으로 오며 월급도, 직급도 올라서 생활에 좀 더 여유가 생겼다. 그러자 제일 먼저 해보고 싶은 것이 있었다. 많은 사람이 꿈꾸는 'My car'를 가져보는 것이다. 어린 자식도 둘이나 있으니 자동차가 있으면 여러모로 아내를 도와 이동하기에 편할 것 같았다. 그러나 그 시대에 자가용 차는 부자들이나 타는 전유물이지 대부분은 대중교통을 이용하고 있었다. 내가 너무 오버하는 것은 아닌지 조심스러웠다.

그때 시장에서는 현대자동차가 자사가 만든 첫 승용차 Pony를 출고해 대중에게 'My car' 바람을 불어넣고 있었다. 마침 괜찮은 현대 포니도 중고시장에 팔려고 나왔다. 차의 상태도 좋고 빨간색에 2년 정도 된 차인데 1백6십만 원을 달라고 한다. 정열적인 빨간색이 나를 유혹하는 건지 나는 이 차를 보는 순간 갖고 싶은 욕망을 억제할 수가 없었다. 옆에 있는 아내가 걱정스러운 얼굴로 나를 자제시키려고 노력했다. 그러나 내 귀에는 하나도 들리지 않았다. 그래서 결국 이 차를 사서 'My car의' 꿈을 이루었다. 내 차를 가졌다는 기쁨에 내 가슴은 어린아이처럼 부풀어 올랐다.

이 차는 배기량이 1,200CC이고 모든 것이 수동식이었다. 지금은 찾고 싶어도 찾아볼 수 없는 아주 기본 모델이었고, 오늘날의 진화한 자동차에 비교할 수 없는 열악하기 그지없는 차다. 그렇지만 그 당시에는 이보다 더 좋은 차가 이 세상에 없는 것 같았다. 그 옛날 이 빨간색 승용차를 몰고 서울 시내를 휘젓고 다니면 많은 사람의 시선을 끌고 부러움을 사기도 했던 것 같다. 나는 운전하는 내 모습을 머릿속에 그려보며 마치 영화 속에 나오는 주인공 같다는 착각을 하기도 하였다. 그때는 자동차가 많지 않아 어디를 가든지 주차 문제도 없었고 교통체증도 없어서 거침없이 다닐 수 있었다. 그러나 '근검절약'이라는 내 생활신조를 넘어선 것 같아 늘 자신에게 미안했고, 집안 어른들 뵙기에도 눈치가 보였다. 지금까지도 이상하리만큼 잊히지 않는 그 자동차의 번호판 번호는 '서울3가 8357'이었다.

첫 미국 방문

미국 은행으로 온 지 일 년이 채 지나기도 전에 뉴욕에 있는 본점을 방문할 기회가 주어졌다. 방문 목적은 국제부 회의에도 참석하고, 특별히 갓 들어온 책임자에게 부여하는 일종의 오리엔테이션 같은 것이었다. 본점에 있는 각 부서를 돌며 직원들을 만나 업무를 파악하고, 회의 참석차 다른 나라에서 온 책임자들과도 만나 필요한 업무협의를 하는 것이다. 이 소식이 너무 반가웠다. 이런 교육과 훈련을 받고 싶어서 이 은행으로 왔는데, 마침내 그 기회가 온 것이다. 더욱이 나는 오래전부터 미국이란 나라를 동경하며 가보고 싶었는데, 이제 방문하게 된다니 가슴이 설레고 기대가 되었다.

내가 탄 비행기는 알래스카의 앵커리지를 거쳐 장시간의 비행 끝에 뉴욕 케네디 공항에 도착하였다. 제일 먼저 눈에 들어온 건 끝없이 광활한 활주로와 그 위를 오가는 수많은 비행기였다. 어마어마한 공항의 규모와 셀 수 없이 오가는 비행기 숫자에 놀라지 않을 수 없었다. 시차로 인해 피곤하고 정신도 몽롱했지만, 나도 모르게 눈이 번쩍 뜨였다. 옐로 택시를 타고 도심으로 향하는 번잡한 길의 상가 건물과 행인들의 모습도 모두 신기해 잠시도 눈을 뗄 수가 없었다. 멀리에는 East River 넘어 세계 제일의 마천루가 있는 맨해튼의 모습이 그림처럼 조금씩 다가오고 있었다. 과연 저 고층 빌딩숲 속은 어떻게 생겼을까 상상하며 나는 맨해튼에 있는 호텔로 향하였다.

우리 은행 본점은 맨해튼의 남쪽 다운타운 '140 Broad Way'에 있었다. 주변을 돌아보니 모든 빌딩이 모두 50층을 넘는 고층 건물들이어서 꼭대기까지 보려면 고개를 뒤로 90도는 젖혀야 했다. 건물 사이로 난 길들이 높은 건물로 인해 아주 비좁게 보였다. 우리 은행 본점 동편에는 Chase 은행의 본점이 있고, 서쪽으로는 증권회사인 메릴린치 빌딩, 그다음에는 세계에서 가장 높은 빌딩 중의 하나이고 뉴욕시를 상징하는 102층짜리 World Trade Center 건물이 있었다. 건물들이 하나같이 웅장하고 그 규모가 커서 기가 질리고 숨이 막힐 것 같았다. 나는 한편 그림에서만 보던 이런 맨해튼의 장관을 현장에서 직접 내 두 눈으로 보고 있다는 사실에 스스로 감동하고 있었다.

뉴욕시의 전경1

나는 연수 중 틈을 내어 뉴욕 시내를 두루두루 다니며 주요 명소를 돌아봤다. 먼저 미드타운에 있는 100층이 넘는 유서 깊은 엠파이어

스테이트 빌딩 전망대에 올라가서 맨해튼과 이를 둘러싼 강과 바다의 전경을 감상하고, 발아래로 펼쳐진 마치 수백 개의 성냥갑을 세워놓은 듯한, 고층 건물들을 내려다보았다. 그리고 메트로폴리탄 박물관, 유엔본부 건물, 타임스퀘어, 파크 애비뉴, 록펠러센터 등 명소를 돌아보며 가는 곳마다 감동에 감동을 거듭하게 되었다.

뉴욕시의 전경2

거미줄처럼 얽힌 지하철도 타봤다. 지하철에서는 하도 날치기 등 범죄가 자주 발생한다고 해서 긴장을 늦추지 않고 주변을 열심히 살피기도 했다. 대충 봐도 뉴욕이란 도시는 내가 생각했던 것보다 수십 배나 크고 다이내믹하며, 며칠 사이에 이를 다 속속들이 돌아볼 수 없음을 알게 되었다. 보면 볼수록 뉴욕이 가지고 있는 위대함과 그 매력에 흠뻑 빠지게 되었고, 이 도시에 대하여 전보다 더 많은 흥미와 관심을 가지게 되었다. 그동안 막연하게만 생각했던 뉴욕, 그리고 이런 도시를 수십 개 품고 있는 미국이란 나라가 문자 그대로 'Great America!', 참 크고 대단하다는 사실을 실감하게 되었다.

은행에서 열린 회의는 은행장 이하 국제부를 대표하는 모든 최고 책임자들이 참석한 가운데 열렸다. 회의의 핵심은 나라별 영업실적들을 평가하여 분석하고 비교하는 영업을 독려하는 자리였다. 각 나라를 대표하여 참석한 책임자들은 자기가 속한 나라의 영업 현황을 소개할 때는 긴장하는 모습이 역력했다. 나는 인사 겸 교육 겸 참석했기에 고위 간부들이 별로 나에게는 관심이 없으리라고 생각하였다.

그러나 기대와는 달리 은행장부터 내가 참석한다는 사실을 미리 확인하고 오셨는지 내 이름을 부르며 다가와 인사를 해서 깜짝 놀라지 않을 수 없었다. 국제부 최고 간부들도 마찬가지였다. 그분들이 나같이 미약한 존재를 알고 있다는 사실에 감사하기도 했지만, 앞으로 정말 일을 잘해야겠다는 책임감도 강하게 느꼈다. 그분들은 한결같이 친절하고 고상한 인격을 지닌 성인 같은 모습이어서 한층 더 인상적이었다. 무서움을 느끼게 하는 감독자가 아니고, 내가 필요할 때 언제든지 발 벗고 나서서 밀어주는 강력한 후원자의 모습이었다. 그들과 대면하며 한분 한분 더욱 존경하게 되었고, 나도 이제 이 팀의 일원이 되었다는 강한 자긍심을 가지게 되었다.

그때 만난 직속상관 책임자들은 위에서부터 John Perry, President, Jim Tozer, SEVP, Leed Hacket, EVP, Gil Schumit, SVP, Dave Rosborough, VP 등이었다. 모두 내로라하는 미국 명문대학에서 공부하여 높은 학위를 가지고 있는 최고의 경영자들이었다.

회의가 끝나는 날에는 쫑파티를 가졌다. 해가 넘어가는 저녁 시간에 맞춰 맨해튼 동쪽을 흐르는 East River에 요트를 띄우고 선상 파티를 하게 되었다. 요트는 커다란 돛을 올리고 물 위를 미끄러지듯 나아갔다.

우리는 붉은 석양빛에 더욱 선명해져 가는 맨해튼의 아름다운 스카이라인을 감상하며 식사를 나누고, 초청해 온 전문 연예인의 live 기타 소리와 노래를 들으며 자유롭게 어울려 교제하게 되었다. 너무도 로맨틱한 분위기가 좋았다. '이렇게 멋지게 사는 세상도 있구나.'하고 감탄하지 않을 수 없었다. 해가 서산 밑으로 서서히 내려가고 어두움이 깔리면 맨해튼은 온통 불빛으로 장식되며 또 다른 아름다움을 연출하기 시작하였다. 그야말로 전설에서 나올 법한 '불야성'을 여기에서 만날 수 있었다. 시원한 강바람이 불어와 볼을 스친다. 눈 앞에 펼쳐지는 어둠 속의 낭만과 아름다움은 말로 표현하기조차 어려웠다. 내가 여기에 있다는 사실이 믿어지지 않았다. 국제부 회의는 이렇게 특별한 파티로 우리 가슴에 깊은 인상을 남기고 끝을 맺었다. 지금도 그때를 생각해보면 잔잔한 감동과 추억이 내 마음에 출렁거린다.

연수를 마치고 서울로 돌아오는 길에 나는 넷째 누이가 사는 로스앤젤레스에 잠시 들렀다. 말로만 듣던 태양과 낭만이 넘치는 캘리포니아에 온 것이다. 구름 한 점 없는 청명한 사막의 날씨가 뉴욕과는 아주 대조적이었다. 누이는 풀사이즈 승용차인 Monte Carlo라는 차를 몰고 와 나를 공항에서 픽업하였다. 처음 보는 큼지막한 미국 차였다. 문짝이 얼마나 크고 무거운지 여닫기가 쉽지 않았다. 차를 타고 확 트인 고속도로

위를 달려갈 때는 자동차를 타고 가는 것이 아니라 마치 커다란 배를 타고 가는 듯한 느낌이 들었다.

나는 누이가 사는 아파트에서 함께 지내며 바쁘고 고달프게 사는 이민 생활의 모습도 엿볼 수 있었다. 한국에서 온 이민자들이 고생하는 모습을 보며 안타까운 생각이 들었다. 그러나 그건 내 생각일 뿐, 놀랍게도, 여기 사는 이민자들은 대부분 한국에서 사는 것보다 더 행복을 느끼며 만족하고 살아가고 있었다. 나도 이런 곳에서 살고 싶다는 생각이 들었다. 대부분 이민자는 대학을 나온 고학력자들인데, 짧은 영어로는 괜찮은 직장을 구하기 어려워서 소규모 자영업을 하는 분이 많았다. 이를 보며 미국에 이민 와서 좋은 직장을 가지려면 철저한 언어훈련과 사전 준비가 필수라고 생각하게 되었다.

관광차 그리피스 천문대도 가고 조카들과 디즈니랜드와 유니버설 스튜디오도 가보았다. 말로만 듣던 디즈니랜드는 그야말로 환상적이었고 꿈의 동산이었다. 이런 시설을 만들어 놨다는 사실이 믿기지 않았고, 미국 사람들의 창의력에 감탄하지 않을 수 없었다. 디즈니랜드의 놀이시설을 돌아보는 내내 나는 집에 있는 아내와 두 아이가 머리에 밟혀 마음이 불편하였다. 우리 자식들도 이런 곳에 데려와 놀리며 꿈을 키워주고 싶다는 생각이 나를 지배하였다. 그러나 지금 만족하고 있는 직장을 버리고 무턱대고 이민을 올 수 없으니 앞으로 어떻게 준비해야 이곳에 와서 고생하지 않고 편안한 삶을 살 수 있는지 자꾸만 고심하게 되었다.

조카들이 다니는 학교도 가보게 되었다. 교육시스템이 우수하고 아주 자유로워 보였다. 꾸밈없이 뛰어노는 아이들이 마치 숲속을 노니는 사슴과도 같아 보였다. 한국과 같지 않게 학생들 사이에 엄격한 규율이 서 있어 선생님 말씀을 잘 듣는 것도 신기해 보였다. 학교나 집에서 매를 대는 일이 절대로 없다고 하니 그런 교육 방법이 경이롭게만 들렸다. 우리 아이들도 이런 우수한 교육환경에서 가르치고 싶다는 생각이 솟구쳤다. 아직은 아이들이 어리니 앞으로 어떻게 하든지 기회를 만들어봐야겠다고 생각했다.

약 1개월 동안 뉴욕과 로스앤젤레스 방문을 마치고 귀국했다. 짧은 기간 동안 너무 많은 것을 보고, 듣고, 느낀 것들이 나의 좁은 식견을 넓히는 계기가 되었다. 업무를 바라보는 시야가 넓어지고, 업무에 임하는 자세도 달라지고, 한층 더 성숙해진 것 같았다. 그리고 그동안 얼굴도 모르고 업무협의를 했던 뉴욕의 직원들과도 이제는 누군지 알게 되니 업무를 떠나서도 개인적으로 서로 스스럼없이 교신하는 관계로 발전하게 되었다.

그다음 해인 1984년에도 1985년에도 나는 뉴욕에서 열린 연수에 참석하게 되었다. 기대 이상의 잦은 연수에 감사하며 나는 미국 은행의 종업원에 대한 과감한 투자를 다시 한번 더 눈여겨보게 되었다. 미국 은행의 연수 목적은 투자를 통하여 젊고 유망한 종업원을 은행의 귀한 자산으로 만드는 사업이었다. 일선의 영업 요원들에게 지식을 불어넣고 그들의 영업 역량을 끌어올리면 그게 직접 은행의 영업 성과로 돌아와 더 많은 수익을 내게 되는 것이다. 그야말로 누이 좋고 매부 좋은 일석이조였다.

그러나 모든 직원에게 이런 교육의 기회가 돌아가는 건 아니었다. 소수의 유망한 직원에게만 선별적으로 부여되었다. 내가 이런 선발의 대상이 됨에 감사했다. 매년 연수를 거듭할수록, 그리고 뉴욕을 다녀올수록 나의 업무에 대한 지식과 책임자로서의 성숙도가 상당히 향상됨을 느낄 수 있었다. 무엇보다도 본점 책임자들과 가까워지며 단단한 팀워크를 다지게 되었고, 우리 은행의 상품과 이를 제공할 시장, 그리고 이를 공략할 영업 전략에 대하여 잘 이해하게 되었다.

그 당시 뉴욕에는 고교 동창 이범탁 군이 한양주택㈜ 뉴욕 현지법인에 파견되어 일하고 있었고, 그로부터 한두 해 후에는 고교 반 친구 홍득표 군이 뉴욕의 한 대학에서 정치학석사를 공부하고 있었다. 고교 친구들을 멀리 뉴욕에서 만나게 되니 무척 반가웠다. 친구들은 그들이 살아본 미국 생활에 대하여 다양한 체험담을 들려줘 재미있고 유익한 시간이었다.

Seoul Representative Office

사무소장이 되다

그동안 독립 경영을 해오던 마린미들랜드 은행에 변화가 생겼다. 대주주인 HSBC가 그동안의 정책을 바꿔서 이 자회사의 경영에 서서히 간섭을 시작했기 때문이었다. 우선 HSBC가 제일 먼저 꺼내든 카드는 업무가 중첩되는 자회사의 해외 지점을 HSBC에 넘겨주고 자회사의 지점은 문을 닫는 것이었다. 우리 서울지점도 예외가 될 수 없었다. 그리하여 1985년 12월 말일부로 마린미들랜드 은행 서울지점은 자산과 부채를 모두 HSBC 서울지점에 넘기고 문을 닫게 되었다. 그러나 한가지 문제가 생겼다. 합병 이후에도 모은행인 HSBC가 대신해 줄 수 없는 마린미들랜드 은행의 국제업무가 남아있었기 때문이었다. 그건 뉴욕에 있는 마린미들랜드 은행 본점에서 한국의 상업은행에 제공하는 신용과 비금융 상품들이었다. 그리고 뉴욕에서 한국의 재벌기업에 제공하는 기업 여신도 있었다. 따라서 모은행인 HSBC와 자은행인 마린미들랜드 은행이 협의하여 마린미들랜드 은행 서울지점은 문을 닫는 대신 새롭게 대표 사무소를 설립하여 영업을 계속하도록 결정하였다. 그 결과, 마린미들랜드 은행 서울지점의 전 직원들은 모두 HSBC 서울지점으로 들어가게 되었으나, 나만 예외적으로 마린미들랜드 은행에 남아 서울 대표 사무소를 설립하여 운영할 책임자로 일하게 되었다.

예정된 대로 1986년 1월 1일부터 나는 마린미들랜드를 대표하는 사무소장이 되었다. 직원은 나를 포함하여 5명[강중명(고려대 상대), 이현경(이화여대 영문과), 현종연, Miss 임(?)]이었다. 지점처럼 규모는 크지 않아도 별도의 사무실을 꾸미고 운영하는 독립기관이 된 것이었다. 따라서 나는 이 사무소의 사업계획과 예산 등 모든 책임을 지게 되었다. 나의 보고처는 아시아 지역본부가 있는 홍콩이고, 궁극적으로는 뉴욕 본점이었다.

은행 경력도 10여 년밖에 안 되고 나이도 젊은 내가 독립기관을 맡게 되니 과분한 자리같이 같았다. 주변을 돌아봐도 내 나이에 이런 자리에서 일하는 분을 거의 찾아볼 수 없었다. 특히 한국 금융기관에서는 그런 사례가 없었다. 그러나 미국의 경우, 30대 초중반에도 고위직에 오르는 경우가 종종 있었다. 난 그런 사례들을 살펴보며 직장에서 요구하는 것은 나이가 아니고 그 사람의 인격과 능력, 그리고 성실함이라는 생각을 하였다. 나는 업무를 시작하며 이를 기준 삼고 일하면 틀림없이 성공한다고 확신하였다. 그리고 성경 말씀에 나오는 '선한 청지기'가 되어야겠다고 다짐하였다. 재능이 뛰어나지 않더라도 '진인사대천명'의 정신으로 정직하게 최선을 다하면 모든 게 만사형통이고 윗사람들에게도 인정받을 수 있을 거로 생각했다. 기대치 않았던 중요 보직을 받게 되어 이를 감사하며 업무를 시작하였다.

사무소를 시작하며 하루아침에 갑자기 신분이 격상되었다. 서울 시내에서 최고급 오피스빌딩으로 알려진 광화문 교보빌딩에 독립 사무실을 차리고, 전문 비서가 연결해주는 전화를 받았다. 은행에서 제공하는 기사 딸린 자동차를 타고 출퇴근을 하는가 하면, 은행에서 제공하는 골프 멤버십을 가지고 골프를 즐기며 고객을 접대하는 등등……. 이것 외에도 달라진 것들이 많이 있었다. 고객 접대차 호텔 식사가 잦아졌고, 국내 및 해외 출장도 빈번해졌다. 만나는 고객도 고위직 책임자들로 달라졌다.

우리 은행과 거래하는 고객들이 있는 동경과 오사카를 주기적으로 방문하였고, 유럽도 다녀왔다. 업무협의차 뉴욕 본점과 홍콩의 아시아 지역본부도 매년 한 차례씩 다녀와야 했다. 자연히 고급호텔에 머물고, 고급식당을 다니며 다양한 양식을 맛볼 기회가 많아졌다. 해외로 활동반경의 폭이 넓어지고 다양해지니 조금씩 국제 금융인이 되어가고 있는 것 같았다. 일은 바쁘고 몸은 고달팠지만 이런 변화와 발전에 아주 만족했고 그럴수록 더 일에 집중하게 되었다.

그러나 한편, 나의 아내와 자녀들의 가정생활은 빠르게 변화를 거듭하며 국제화하고 있는 나의 직장 활동에 비하면 한국식 그대로 변하지 않고 남아있어서 어떻게 하면 나의 가족도 국제화시킬 수 있나 점점 고민이 되었다.

아내와 첫 해외 나들이

1986년에는 뉴욕 본점에서 열리는 국제부 연차 업무 회의에 특별히 배우자까지 초대되었다. 덕분에 나는 결혼 후 처음으로 아내와 함께 해외여행을 떠나게 되었다. 그동안 혼자만 외국으로 출장을 다녀서 아쉽고 미안했는데, 아내에게도 미국 구경을 시켜줄 기회가 생겨 무척 기뻤다. 그 당시에는 일반인의 해외여행이 자유롭지 않은 시절이라 여권과 미국 비자를 받는 게 걱정이 되었다. 나는 미국에 사는 누이에게 초청장을 부탁하여 아내의 여권과 미국 비자를 받도록 하였다. 그럼에도 불구하고 공항 출국장을 나갈 때는 혹시라도 어떤 제재를 받을까 두려워 아내와 따로 떨어져 이민국을 나와 비행기에 올랐다.

이번에는 뉴욕에서 1차로 회의를 하고 2차로는 플로리다주 올랜도로 자리를 옮겨 1주일간 회의를 하게 되었다. 처음으로 플로리다까지 가보게 되었다.

하와이 민속촌에서

돌아오는 길에는 로스앤젤레스가 있는 남캘리포니아와 지상천국이라고 불리는 하와이까지 돌아보았다. 호놀룰루 공항에 도착하니 친구 홍득표 군이 나와 우리를 영접해 주었다. 그때 친구 득표는 뉴욕에서 석사과정을 마치고 하와이 주립대학에서 박사과정을 밟고 있었다. 득표 군은 우리 부부를 오하우섬 이곳저곳으로 안내하며 보여주었고, 가족과는 와이키키 해변에서 석양을 바라보며 저녁으로 바비큐를 먹는 등 꿈같이 즐거운 시간을 보냈다. 한 달간에 걸친 여행은 나의 아내에게 좋은 경험이 되었고 국제적인 감각을 갖게 되는 계기가 되었다. 한편 나는 남편으로 체면을 세운 것 같아 기분이 좋았다. 그리고 장인 장모 등 처가 식구들에게도 어깨를 한번 크게 펼 수 있었다.

플로리다 디즈니월드에서

Opening Reception at Josun Hotel

한국에서 외국은행 사무소의 설립인가를 받는 절차는 복잡하고 그리 쉽지 않았다. 국가 간의 상호관계를 고려하고 국가의 이익을 따지게 되니 더욱 복잡하고, 인가를 받는다는 장담을 할 수가 없었다. 그러나 부지런히 승인기관인 은행감독원을 방문하여 사무소 설립의 목적을 설명하고 설득한 결과 짧은 시간 안에 무난히 인가를 득할 수 있었다. 그 당시 한국은행 고위직에 계셨던 처삼촌도 직 · 간접으로 자문해주시는 등 많은 도움을 주셨다. 그러자 바로 뉴욕 본점과 협의하여 사무소 설립을 알리는 리셉션을 추진하게 되었다. 한국에 있는 모든 고객을 모시고 우리 사무소를 널리 알리고자 하는 목적이었다. 홍보를 넘어 일종의 적극적인 영업활동의 방편이었다.

1987년 10월, 드디어 서울 시내 중심의 조선호텔 그랜드볼룸을 빌려 오프닝 리셉션을 가졌다. 국내에 있는 모든 금융기관에서 많은 축하객이 참석하셨고, 우리 은행에서는 뉴욕 본점에서 특별히 이 행사를 위해 수석부행장 Dennis Buchert, SEVP를 비롯해 Yon Woo Sung, VP, Jim Barrow, VP, Christine Harrick, VP가 참석하였다. 또 홍콩 지역본부에서 본부장인 Joe Dipiazza, VP가 참석하였다. 그리고 HSBC에서는 한국 대표이신 James Spackman도 참석을 하셨다. 우리 가족 중에서는 국민은행의 고위직 임원으로 퇴임하신 장인어른께서 혼자서 참석하셨다.

리셉션에서 인사말을 하는 저자

나는 이날 리셉션의 주인으로 손님을 맞이하는 라인의 제일 앞에 서서 오시는 손님들을 일일이 맞이하고 뉴욕 본점에서 오신 수석부행장 등 책임자를 소개하였다. 그리고 리셉션의 분위기가 최고조에 달한 시점에 준비한 연단 앞에 나아가 참석하신 하객들을 향해 감사의 인사와 함께 새롭게 여는 사무소를 소개하는 시간을 가졌다. 그리고 이어서 수석부행장을 연단으로 모셔 은행을 대표하여 인사말을 하도록 하였다. 사실상 이 인사말이 리셉션의 하이라이트가 되었고 행사는 막을 내렸다. 공들여 준비한 리셉션인데 무난히 잘 끝나서 다행이었다.

리셉션에 참석한 은행내 주요인사들(오른쪽에서 첫째가 저자)

본점에서 오신 수석부행장도 매우 만족해하시는 것 같아 마음속으로 안도하였다. 리셉션이 끝난 바로 다음 날, 한국의 일간 신문들과 대중

매체는 일제히 미국 뉴욕에서 온 마린미들랜드 은행의 서울사무소 설립을 내 이름과 함께 보도하였다.

한국 금융단 대표 중국방문

1988년 11월의 일이다. 이때는 아직 한국과 중국이 공식적인 외교 관계가 없을 때였다. 그러나 머지않은 장래에 한중간 외교 관계가 성립될 거로 예견되어 일반 업계에서는 은밀하게 중국을 방문하여 이런저런 사업의 가능성을 조심스럽게 타진하고 있었다. 그러나 한국 금융계는 중국과 접촉할 적절한 창구가 마땅하지 않아 전전긍긍하고 있었다. 이를 간파한 나는 이미 중국과 긴밀한 관계에 있는 HSBC의 홍콩 본점을 접촉하여 중국과 연결할 수 있는 길이 있는지 문의하였다. HSBC는 그때 이미 오랜 기간 북경에 사무소를 설립하여 운영하고 있었고, 중국 정부나 금융계와 다양한 접촉 채널을 유지하고 있었다. 그 결과, HSBC 본점은 중국의 대형은행 중 하나인 공상은행에 접촉하여 한국은행들을 중국에 초청하는 형식으로 방문길을 마련하였다. 이 방문은 그때 한중 간 공식 외교 관계가 없었기에 아주 은밀히 진행되었다.

한국에 있는 은행들을 접촉하여 중국을 방문을 타진하였다. 이런 필요를 갈급해왔던 여러 은행들이 즉각 호의적으로 반응하였다. 무려 9개 은행이나 참여를 통보해 왔다. 각 은행을 대표하는 방문자는 중소기업의 안승철 은행장, 수출입은행 성기욱 전무, 외환은행 허준 이사를 포함하여 모두 고위 임원급 인사였다. HSBC 한국 본부장 James Spackman도 방문단에 합류하셨다. 그래서 HSBC와 내가 속한 우리은행을 합쳐 모두 11개 은행으로 방문단이 구성되었고, 참여자 중 직급이 제일 높으신 분인 안승철 은행장이 자연스럽게 방문단장이 되셨다. 나는 출발에 앞서 보안 규정상 외교 관계가 없는 나라의 방문을 안전기획부에 보고하기도 하였다.

방문단원들은 공산국가를 비밀리에 방문하게 되어 모두 긴장하며 상기되어 있었다. 방문단은 먼저 홍콩으로 날아가 중국 입국에 필요한 비자를 받았다. 비자는 사전에 준비된 대로 문제없이 발급되었는데, 여권에 스탬프를 찍는 대신 별지로 발급되었다. 여권에 방문기록을 남기지 않기 위한 편법이었다. 우리 방문단은 정해진 일정에 따라 제일 먼저 상해로 날아갔다.

도착하여 받은 첫인상은 기대 이하로 무척 실망스러웠다. 비행기 밖으로 나가니 편리한 보딩브리지 대신 트랩이 기문 아래로 연결되어 있었다. 공항청사는 얼마나 오래되었는지 누추하고 자그마한 건물은 인구 천만이 넘는 대도시의 관문으로는 너무 초라했다. 마치 한국 지방 도시의 버스 터미널을 보는 것 같았다. 공항청사로 들어가며 제일 먼저 마주친 이민국과 세관 직원들은 모두 군복 같은 국방색 유니폼을 입고 있었다. 우리는 인민군이 나와 있는 거로 순간 오해하고 잠시 긴장하기도 하였다. 그러나 세관과 이민국은 친절하였고 사전에 지시를 받았는지 우리의 수하물도 점검하지도 않고 일사불란하게 통과시켜 줬다. 터미널 대기실로 들어서니 좌우에 술 취한 취객이 바닥에 누워도 있기도 하고, 어느 한구석 깨끗한 모습이라고는 찾아볼 수 없었다. 공항 주차장에도 십여 대의 자동차가 주차되어 있고, 전체적으로 볼 때 국제공항으로 면모를 전혀 갖추지 못하고 있었다.

한국금융단 대표 중국 방문 기념사진(오른쪽에서 두 번째가 저자)

중국 측에서 준비한 차량에 올라 호텔로 향하는 길은 좁고 구불구불한데, 길 좌우에는 오래되고 퇴색한 옛 건물들만 즐비하게 서 있었다. 한마디로 눈에 들어오는 모든 것이 낡고 오래된 것뿐이었다. 중국이 얼마나 경제적으로 낙후된 나라인지 금방 알아볼 수 있었다. 그러나 우리 일행이 들어간 호텔만큼은 그즈음 갓 지어진 최신 힐튼 호텔로 산뜻하고 국제 수준의 시설과 서비스를 갖추고 있었다. 역시 미국 자본의 힘과 기술 수준은 차원이 다름을 직감할 수 있었다.

중국은 그때 경제개발에 전력을 다하며 이를 추진할 자금을 해외에서 유치하려고 국가적인 노력을 집중하고 있을 때였다. 우리는 상해시 부시장이 초청하는 오찬에 나가기도 하고, 상해시가 막 개발을 시작한

푸둥 항을 비롯한 대담한 도시 개발계획을 소개받기도 하였다. 푸둥 지구를 돌아보니 단지 조성을 위해 막 땅파기 공사를 시작하였으나, 지상으로 건축 중인 건물은 한 동도 없었다.

방문단은 이어서 산둥반도에 있는 칭다오와 랴오닝성에 있는 다렌을 방문하였다. 두 지역 모두 외국인 투자 유치를 목표로 하여 거대한 경제특별구역을 조성 중이었는데, 넓은 단지 안에 아직 도로포장도 안 되어있었고 입주한 회사도 전혀 없었다. 다렌이란 도시는 밝고 화려한 색깔이라고는 전혀 찾아볼 수 없는 잿빛 건물들만 가득했다. 그 어두운 색깔이 이 나라가 철저히 통제된 사회주의 국가임을 잘 보여주고 있는 것 같았다. 길에 다니는 차량도 뜸했고 대중교통수단도 제대로 없어 보였다. 대중들이 이용하는 식당도 마켓도 구경할 수 없었다. 때문에, 우리 일행은 아침에 호텔을 나설 때마다 미리 준비한 점심을 차에 싣고 다녀야만 했다.

칭다오는 오래전 독일 사람들이 만든 도시로, 도시 전체가 붉은색 지붕으로 단장되어 마치 유럽의 지중해에 와있는 듯 아름다웠다. 칙칙한 다렌과는 사뭇 달랐다. 우리가 묵은 호텔은 해수욕장을 끼고 경관이 수려한 곳에 있어 며칠 쉬었다 가고 싶은 맘이 들 정도였다. 우리는 독일 사람들이 만들었다는 칭다오 맥주 공장을 방문하여 사장의 안내로 생산 시설을 견학하고 갓 빚어 거품이 가득한 맥주도 시음하였다. 공장 건물은 너무 오래되고 낡아 벽에 작은 구멍들이 나 있고 노출된 파이프들은 누렇게 녹슬어 흉물스러웠다.

다렌에 갔을 때는 배를 만드는 조선소를 견학하였다. 거기도 역시 도크의 모든 장비와 시설이 형편없이 녹슬고 낡아서 과연 사용할 수 있는 장비들인지 의심이 갈 정도였다.

그들은 우리에게 최대의 친절을 베풀고 안내하며 한결같이 거액의 투자를 해주기를 간절히 바라고 있었다. 공사가 한창 진행 중인 다롄 경제특구를 방문 중에는 우리가 타고 가는 자동차 라디오에 우연히 한국 라디오 방송이 잡혀서 우리 일행이 깜짝 놀라기도 하였다. 중국 땅에서 듣는 한국방송이 무척 반갑기도 하였지만, 어떻게 이게 가능한지 일제히 의문을 가지지 않을 수 없었다. 그건 서울에서 쏘는 라디오 전파가 바다 위로 방해를 받지 않고 여기까지 날아오기에 가능했다. 방송 소리가 너무나 깨끗해서 서울에서 듣는 거나 조금도 차이가 없었다. 이는 중국이 거리상 한국에서 얼마나 가까이 있나를 잘 말해주고 있었다.

마지막 방문지인 중국의 수도 북경으로 이동하였다. 지방 도시보다는 깨끗하고 잘 정돈되어 있었고 도시의 규모도 커 보였다. 중국의 모든 은행이 집중된 수도이기에 각 은행의 대표자들은 은밀히 중국은행들을 접촉하며 새로운 관계를 준비하느라 바쁜 듯했다. 비밀이기에 공개는 안 했지만, 관계 개척에 제법 성과가 있었다고 한다. 우리는 최상의 대접을 받으며 공상은행 행장이 초청하는 만찬에 나가기도 하고, 중국 정부의 외자유치처 차관이 나와 설명하는 세미나에 나가 중국의 경제 개발 계획과 현지 외국인 투자에 따른 특별 혜택에 대해 소개받았다. 중앙정부나 지방정부나 경제개발계획의 기치를 높이 들고 전방위적으로 외자 유치에 혼신을 다하는 중국의 모습을 여실히 볼 수 있었다. 중국이 문호를 개방하고 일부나마 자유 경제 시스템을 도입하여 국가 경제를 일으키려는 정책을 직접 목도했다. 앞날의 중국 경제발전이 기대되었다.

우리 일행은 마지막 일정으로 중국에서 가장 유명한 고궁인 자금성과 몇몇 문화유적을 관광하였다. 우리는 중국 문화유적의 대단한 규모와 역사에 감탄을 금할 길 없었다. 특히 우리 한국의 고궁에 비하여 자금성의 규모가 어마어마하게 커 나도 모르게 심리적으로 위축되는 기분이 들기도 하였다. 짧은 10박 11일의 방문이었지만 베일에 싸였던 중국을 경제적으로나 문화적으로 좀 더 들여다본 알찬 방문이었다. 무엇보다도 중국의 문호가 개방되면 저렴한 노동력을 바탕으로 급속한 경제발전이 예견되었고, 이와 맞물려 국제 투자 및 교역 시장에 커다란 충격이 있을 것으로 예상되었다.

우리는 북경을 떠나며 방문 기간 현지 통역원으로 수고한 조선족 동포에게 감사를 표하기로 했다. 얼마 되지 않는 돈(미화 100불)을 모아 팁으로 전달하였다. 우리에게는 그다지 부담 없는 금액이었지만, 그 동포에게는 무려 6개월 월급에 상당하는 큰 금액이어서 이를 받고 무척 기뻐하였다. 그 당시 중국에서 대졸 초임은 한국 돈으로 월 15,000원 정도밖에 되지 않았다.

방문을 마치고 서울로 돌아오자 국내 신문들은 이를 알아채고 한국 금융단 대표의 방중을 방문자의 이름과 함께 큼지막하게 보도하였다.

마음에 걸렸던 논 2마지기

1980년대 말경 약간의 여유자금이 생겼다. 나는 이 돈으로 무엇을 할까 고민하다가 고향에 땅을 사기로 하였다. 그 이유는 내가 서울로 대학을 진학할 때 입학금을 마련하기 위하여 팔아야만 했던 논 2마지기(300평)가 늘 마음에 걸렸기 때문이다. 나는 언젠가 돈을 벌면 그만한 땅을 다시 사서 부모님께 돌려드려야겠다고 생각하고 있었다. 그런데 마침 돈도 생겼고 살만한 땅도 새 주인을 기다리고 있었다. 다른 데 투자하면 돈을 더 많이 벌 수도 있겠지만 나는 꼭 땅을 사서 원상복구를 하고 싶었다. 그래서 고향에 논 800평과 주택지 100평을 샀다. 아버지는 이미 세상을 떠나시고 어머니만 계셨지만, 어머니는 그 누구보다도 가장 기뻐하셨다. 나도 부모님께 진 빚을 갚은 것 같아 홀가분한 기분이었다.

집안에 농사짓는 사람이 없으니 그 땅은 임대하고 임대료로 매년 수확한 쌀을 몇 가마 받게 되었다. 임차인은 늦가을이 되면 소달구지에 쌀을 싣고 와 어머니를 찾아뵙고 쌀가마니를 전달하고 갔다. 어머니는 매우 흡족해하셨고 받은 쌀은 자녀들에게 일정하게 나누어 주셨다. 나도 한몫을 받았다. 내 땅에서 수확한 쌀이라고 하니 유난히 밥맛도 좋았고 기분이 좋았다. 매년 늦가을 추수가 끝나면 아들 대신 주인 노릇 하시는 어머니는 마치 대지주라도 되신 듯 마음에 여유가 넘쳐났다. 이런 어머니의 모습을 바라보며 나는 흐뭇하기 그지없었다.

World Money Center, New York City

뉴욕 본점으로

서울 사무소장으로 재직한 3년간 영업실적이 아주 좋았다. 국제부의 여러 나라 중에서 언제나 제일 많은 수익을 내고 있었다. 한국에서 영업이 잘 되었지만, 뉴욕에서도 한국 관련 영업실적이 좋았다. 한국에서 어떤 상품은 시장점유율을 90% 이상으로 끌어 올리기도 했다. 이 모두가 지난 3년간 이룩한 성과였다. 자연히 윗분들이 깊은 관심을 보이게 되고, 한국을 담당하는 책임자들을 눈여겨보게 되었다.

그러던 중 1988년 9월경 뉴욕에서 일하던 한국 담당 책임자가 갑자기 사직한다는 소식이 들려왔다. 좋은 조건에 다른 은행으로 자리를 옮겨가는 것이었다. 그때 뉴욕 국제부의 분위기는 대주주인 HSBC가 점점 간섭을 시작하니 직원들이 사기도 저하되고, 미래의 전망이 불확실하다고 판단하여 이 은행을 떠나려는 분위기가 일고 있었다.

나는 지난 3년간 이 자리에서 성과도 있었고 보람도 있었지만, 더는 배울 업무도 없고 앞으로는 현상 유지만 할 것으로 전망되어 이를 어쩌나 고민하게 되었다. 아직 30대 후반의 젊은 나이인데 새롭게 변화를 추구하고 배워야만 장기적으로 쓸모 있는 직원으로 남을 것 같았다. 그러나 서울에서는 더 이상 옮겨 갈 자리도 없고, HSBC에도 가고 싶은 자리가 눈에 띄지 않았다. 그렇다고 곧 자리가 비게 될 본점 국제부의 한국부 책임자 자리를 넘보기는 너무나 어려워 보였다. 내가 영어를 원어민처럼 원숙하게 잘하는 것도 아니고, 그렇다고 뉴욕으로 가면 주거비 등 추가로 제공하는 비용이 두 배 이상 들기에 은행에서 이를 승인하기 어려울 거로 봤다.

그때 마침 국제부 최고 책임자인 Donald Parcells, SVP가 한국에 나오게 되었다. 나는 Parcells가 오시면, 밑져야 본전이라는 생각으로, 그 자리에 도전해 보기로 했다. 나는 Parcells와 단둘이 조용히 만나 내가 그 빈자리에 관심이 있다는 말씀을 드렸다. 이 말을 들은 Parcells는 약간 놀라는 듯하더니 의외로 긍정적인 모습을 보여주셨다. 희망이 조금 있어 보였다. 그는 내가 뉴욕에 간다면 모든 업무도, 고객도 이미 잘 알고 있어 든든하고, 더 나아가 그동안 자기 팀의 핵심 멤버로 호흡을 맞춰왔으니 전체 팀워크에도 전혀 문제 될 것이 없어서 좋을 것 같다고 하셨다. 그러나 문제는 해외에서 직원을 불러들이는 것은 자기의 권한 밖이고 윗분의 승인을 얻어야 하므로 돌아가면 상의를 해보겠다고 하신다. 기대 이상의 좋은 반응에 나는 마음속으로 매우 놀라게 되었다.

이런 Parcells의 긍정적 반응은 지난 몇 년간 그분의 수하에서 일하며 쌓아온 인간적인 신뢰가 작동했던 것 같았다. 나는 그분을 직장의 상사로서만 아니라 개인적으로, 인간적으로 존경하고 좋아해 왔다. 그분은 카리스마가 넘치는 강력한 리더십의 소유자이지만 업무를 떠나서 개인적으로는 매우 소탈하고 따듯하며 격의가 없는 그런 분이었다. 나와 이따금 골프도 치며 어울릴 때는 상관의 모습은 찾아볼 수 없었고, 마치 가까운 친구같이 허물없이 편안하게 대하셨다. 그분은 미 육군사관학교인 West Point 출신으로 몸과 마음이 반듯하고 철두철미한 군인정신이 몸에 배어서 그런지 팀워크를 제일 중시하였다. 한번 사람을 믿으면 끝까지 밀어주는 의리의 사나이기도 하였다. 우리는 비록 소속 국가는 다르지만 퇴역한 육군 장교라는 점에서도 일면 통하는 데가 있었다. 아무리 그렇다고 쳐도 해외에서 미국 본점으로 전근한다는 건 전례가 없는 일이라 나는 반신반의하며 Parcaells로부터 승인 여부를 기다리고 있었다.

Parcells가 방문을 마치고 돌아가신 지 몇 주가 지나 12월 초쯤, 뉴욕에서 연락이 왔다. 내용은 너무도 간단했다. "축하한다. 윗분이 너의 뉴욕 전근을 승인하셨다. 우선 빠른 시일 내에 뉴욕에 들어와 살 집부터 구하도록 하라." 이 소식을 접한 나는 뛸 것처럼 기뻤다. 너무 기뻐서 숨이 다 막힐 지경이었다. 어떻게 이게 가능한지, 현실이 아니고 마치 꿈만 같았다. 도저히 불가능해 보이는 일이 가능하게 된 것이었다. 오래전부터 미국에 가서 살며 아이들을 좋은 환경에서 교육하는 게 꿈이었는데, 이 모든 것이 이번 승인으로 한꺼번에 해결된 것이었다. 그것도 어디에도 비할 데 없는 최고의 조건으로. 그 이유는 은행에서 월급뿐만 아니라 이사비, 주거비, 교육비, 휴가비 등 비용 일체를 제공해 주기 때문이었다.

갑작스러운 전근에 나는 부지런히 이삿짐을 꾸려서 1989년 3월 초 가족을 데리고 뉴욕으로 가게 되었다. 시골에 계신 노모에게 작별 인사를 고하러 가니 어머니는 아들이 잘돼서 가는 것을 기뻐하시기보다는 사랑하는 아들이 멀리 떠나간다는 사실을 너무 슬퍼하셨다. "내가 앞으로 얼마나 더 살지도 모르는데…. 네가 그 먼 곳으로 가면 이제 내 생전에는 못 보겠구나." 하시며 나와 손자들을 끌어안고 통곡하셔서 떠나는 내 가슴을 아프게 하였다. 나는 어머니가 주야로 우리 자식들을 위하여 열심히 기도하시는 것을 누구보다 잘 안다. 나와 우리 가족에게 이런 행운이 찾아온 것도 결코 우연이 아니고 어머니의 간절한 기도가 있었기에 가능했다고 믿었다.

우리 가족은 자녀들까지도 모두 호화롭게 은행에서 제공해 준비즈니스석에 앉아 편안하게 뉴욕까지 가게 되었다. 아내도 아이들도 얼굴에 웃음이 가득하고 행복해 보였으며, 새로운 미국 생활에 대한 기대와 꿈으로 잔뜩 부풀어 있었다. 그러나 한편, 처음으로 살아보는 미국 땅에서 새롭게 일하며 우리 가족이 적응하고 헤쳐나갈 생각을 하니 일면 걱정이 되기도 하였다. 나는 뉴욕으로 향하는 기내에서 앞으로 도착 후 정착 등 모든 일이 순조롭게 진행되기만을 간절히 기도했다. 이때 나의 나이는 만 38세를 바라보고 있었다.

뉴요커(New Yorker)가 되다

뉴욕에 도착하여 은행에서 마련해 준 맨해튼 호텔에 임시로 들어갔다. 호텔은 주방 시설이 딸려 있어서 간단한 조리도 가능했다. 여기에 약 1개월간 머물며 집을 구하러 다녔다. 그러나 미국에서 미국 집을 구해본 적이 없는 나에게는 집을 구하는 일은 보통 어려운 과제가 아니었다. 학군 등 지역 정보를 모르니 혼자 힘으로는 도저히 해결할 수가 없어 동료 직원의 도움을 받고서야 겨우 집을 구할 수 있었다. 교통도 편리하고 한인들도 많이 사는 New Jersey주 Fort Lee 지역에 집을 구했다. 이 도시는 맨해튼 서쪽 허드슨강의 북쪽을 가로지르는 조지 워싱턴 다리를 건너면 첫 번째 나오는 도시이다.

한편 맨해튼 임시 숙소에 머무는 동안 아내와 아이들은 근처에 있는 유명한 명소들을 구경하고, 아름답기로 유명한 센트럴 공원도 거니는 등 처음으로 보는 맨해튼의 중심부를 매일같이 샅샅이 돌아볼 수 있었다.

가족들은 모든 것이 새롭고 신기하여 이를 소화하기에 너무 바빴다.

집을 구해 이사를 들어갔지만, 이번에는 집안의 가구가 하나도 없다 보니 이를 사들이는 문제도 간단치가 않았다. 미국의 문화가 한국과 달라 가구를 주문해도 즉시 배달해주는 당일 배달 서비스가 없고 적어도 2~3주나 걸리기 때문이었다. 한국의 재빠른 당일 배달 시스템이 그리웠다. 간신히 침대와 기본적인 주방용품 등 우선 당장 없어서는 안 될 꼭 필요한 몇 가지만 구입해 입주하였다. 그러다 보니 식탁도 없고 밥을 지으면 종이상자를 엎어놓고 그 위에서 식사해야 했다. 그뿐만 아니라 자동차도 사야 하고 이것저것 살림살이를 장만하는 데 한두 달 이상 시간이 걸려 초기 정착에 상당히 어려움을 겪었다. 은행에서 모든 비용을 다 대주어 돈 걱정이 없었음에도 불구하고 문화도 다르고 지역 정보가 없으니 우리 가족은 엄청나게 고생을 하게 되였다.

자녀 둘은 그 지역 국민학교에 1학년과 3학년으로 입학을 시켰다. 학급은 한 반이 15~6명 정도 되었는데, 백인 아이가 대부분이었고 한국인 등 유색인종이 2~3명 정도 있었다. 백인 담임선생님이 환한 미소로 아이들을 반기며 따듯하게 맞아주어서 우리 부부의 긴장했던 마음을 훈훈하게 해주었다. 우리 아이들의 영어실력이라곤 한국에서 외워 온 영어단어 100개 정도가 전부이고, 한마디 말도 영어로는 못하는데 어떻게 적응할지 걱정이 되었다. 다행히 학교에서는 영어를 못하는 아이들을 위하여 ESL을 운영하고 있었다. 그럼에도 아이들이 학교에 안 간다고 떼를 쓸까 우려했는데, 아침이면 학교에 가는 걸 아주 즐거워하고 밝은 발걸음으로 집을 나서서 우리 내외의 마음을 편하게 해주었다.

내가 근무할 국제부는 맨해튼 아래쪽 다운타운에 있는 뉴욕의 상징인

World Trade Center의 쌍둥이 빌딩 2번째 건물 25층에 있었다. 사무실까지 가는 뉴욕의 출퇴근길은 말도 못하게 복잡하여 그야말로 전쟁터 같았다. 나는 아내가 자동차로 집에서부터 가까운 조지 워싱턴 다리 입구에 있는 버스정류장까지 실어다 주면, 거기서 기다렸다가 버스를 타고 다리를 건너가 내렸다. 그러면 버스정류장 지하가 바로 지하철역이기에 계단을 걸어 내려가 급행열차를 탔다. 지하철을 타고 40여 분을 달려가면 다운타운 무역센터 건물의 지하 역에서 내리게 된다. 그러고는 막바로 역에서 연결된 지하 통로를 따라 사무실이 있는 빌딩 엘리베이터까지 15분 정도 걸어가고, 거기서 엘리베이터로 25층까지 올라가면 나의 사무실이다. 집에서 사무실까지 오는 데 걸리는 시간은 약 1시간 15분 내지는 20분 정도가 소요되었다. 그러나 만약 버스나 지하철이 제시간에 안 오거나 혹은 만원이어서 제때 타질 못하면 시간은 더 걸리게 되었다.

이런 복잡한 출근은 비단 나만의 특별한 경우가 아니고 맨해튼에서 일하는 대부분의 뉴요커들이 매일같이 겪는 일상이었다. 일부는 멀리 필라델피아에서 편도 2시간 이상 걸려 출퇴근하는 사람들도 있었다. 일하는 것은 대우가 좋은 맨해튼에서 하고, 가족과 살기는 교육환경과 자연환경이 좋은 교외를 선호하기 때문이다. 아침이면 허드슨 강을 건너 뉴저지에서, 맨해튼의 동부 롱아일랜드에서, 북쪽에서는 브롱크스와 코네티컷주에서 수많은 사람이 지하철로, 기차로, 버스로, 자가용으로, 심지어는 배편으로 맨해튼으로 몰려온다. 아주 돈 많은 부자들은 교통혼잡을 피하여 헬기를 이용해 하늘길로 출퇴근한다고 한다. 정말 이런 모습은 상상조차 하기 힘들었다. 그야말로 뉴욕의 출근 시간은 대단한 대이동이고 장관이다. 모두들 상기된 얼굴로 출근하며 일과를 시작하는 모습은 정말 역동적이고 세계 최고의 도시다웠다. 이제 나도 이런 위대한 도시에서 일하며 출퇴근하는 뉴요커 중 하나가 되었다고 생각하니 자부심이 들기도 하고 가슴이 뿌듯했다. 뉴욕주를 Empire State라고 부르고, 뉴저지를 Garden State라고 부르는데, 이제야 그 뜻을 조금 이해할 것 같았다.

뉴욕 무역센터 광장에서

출근 시간이 오래 걸리다 보니 아침을 먹지 못하고 나오는 사람들이 태반이었다. 그러다 보니 맨해튼은 새벽부터 아침을 파는 식당인 델리숍이 성황을 이루었다. 길거리 모든 델리숍 앞은 아침 먹거리를 사려는 사람들로 장사진을 이뤘다. 아침 메뉴로 가장 인기 있는 건 역시 유대인의 빵인 베이글과 모닝커피였다. 나도 크림치즈를 속에 바른 베이글과 따끈한 커피 한 잔을 봉투에 담아 들고 가 매일 아침에 내 데스크에서 먹었다. 정말 맛이 있었다. 씹을수록 쫀득쫀득한 베이글과 신선하게 갈아 내린 원두커피의 조합은 환상적이고 매일같이 먹어도 입에 당기며 질리지 않는 아주 특별한 음식이었다. 맨해튼에서 일하는 대부분의 뉴요커의 하루는 이렇게 시작되었다.

Vice President and Country Manager-Korea

미국에서 일해본 적이 없는 나는 사무실에 첫발을 들여놓으며 모든 것이 새로웠다. 만나는 사람들도, 사무실 환경도 모두 낯설어 잔뜩 긴장하지 않을 수 없었다. 이제부터 모든 대화는 오로지 영어로만 소통해야 했기에 나는 더 부담되었다. 사무실 문화를 하나씩 배우며 이를 활용하고 동료들과 교제하며 적응해 나가는 과정은 그리 쉽지만은 않았다. 그러나 주변의 동료들이 기대 이상으로 호의적이었고, 그들의 친절한 도움으로 비교적 빠른 시간에 자리를 잡고 안정을 찾게 되었다. 이런 우호적 분위기 속에서 나는 한 부서를 전담하는 책임자로 여기에 왔다는 사실을 한시도 잊지 않고 어떻게든 리더로서의 면모를 보여주려고 부단히 애를 썼다.

내가 맡은 부서는 한국 업무를 총괄하는 독립부서이다. 주요 업무는 내가 떠나온 서울사무소의 영업을 모니터하고 후원하며, 직접적으로는 뉴욕에 진출해 있는 한국기업에 무역금융 등 기업 여신을 제공하고, 동시에 북미주와 유럽에 진출해 있는 한국계 은행들과의 거래를 활성화하는 것이었다. 서울에서보다 영업활동 범위가 훨씬 넓어졌고, 직접 관리하는 여신의 규모도 무려 5~6억 불가량 되었다. 이 부서는 자체 사업계획과 경비지출 권한을 보유하고 있어서 기승인된 예산안에서는 나의 책임하에 자율적으로 운영을 하였다. 그러다 보니 독립부서의 수장으로 자연히 많은 사람이 오고 싶어 하는 탐나는 자리 중 하나였다. 위로 나보다 더 높은 책임자가 있긴 하지만 업무를 간섭하는 일은 없었다. 그들은 각부서의 영업을 지원하고, 영업실적을 모니터하고, 나중에 평가하는 일을 했다. 따라서 부서의 영업실적이 사업계획대로 잘 진행되면 걱정할 일이 하나도 없었다.

아침에 출근하면 언제든지 영업실적을 보여주는 실적표가 내 테이블 위에 놓여있다. 이 표에는 매일 매일의 영업기록이 나와 있고, 이것을 다시 합산하고 연산해 그날 현재 연간 사업계획과 비교하여 어디쯤 가고 있는지를 보여준다. 나뿐만 아니라 위의 책임자들도 날마다 이 실적표를 모니터한다. 무슨 말을 안 해도 이 표만 보면 각 부서가 무슨 일을 해야 할지 정확히 말해주고 있었다. 우리 한국 부서는 언제나 영업실적이 우수해서 국제부 안에서 1등을 놓치지 않았다. 나도 열심히 했지만, 전임자가 터를 잘 닦아놓고 떠난 덕이 컸다. 한국의 빠른 경제성장에 따른 금융 수요 증가도 영업실적을 돕는 데 한몫하였다. 그러다 보니 운 좋게도 실적 때문에 고민하거나 스트레스를 받는 일은 한 번도 없었다. 윗사람들은 자연스럽게 한국부를 좋아했고, 그 덕분에 나는 언제나 그들과 좋은 관계를 갖게 되었다. 그리고 나와 우리 부서는 우수한 영업실적으로 연봉 이외에 두둑한 상여금을 받기도 하였다. 그러다 보니 젊은 백인 직원들이 돈 잘 버는 한국부에 와서 일하고 싶어서 내 주변을 서성대기도 하기도 하였다.

그때 함께 일했던 우리 부서의 직원은 In Chaey, AVP와 흑인 비서 Vicky 있었고, 바로 옆자리에는 우리 부서를 지원했던 인도계 여직원 Padma와 이탈리아계통의 남자 직원 Larry Damiani 등이 있었다. 내 바로 옆 사무실에는 필리핀과 인도네시아를 담당하는 동료 직원인 John Dahill,

VP이 있었고, 나의 직속상관은 Michael Cannon, Admin VP가 있었다.

국제 마케팅과 다양한 교제

뉴욕 이외에 캐나다와 유럽 지역에도 고객들이 있으니 해외로 나가는 출장이 잦아졌다.

오사카 중심가에서

가까이는 캐나다의 토론토를 비롯하여 유럽에는 런던, 파리, 프랑크푸르트, 암스테르담, 룩셈부르크 등을 방문하여 그곳에 있는 고객들과 주기적으로 상담을 해야 했다. 장거리 전화로 상담을 할 수 있었지만, 대면 상담만큼 효과적이지 못해 직접 그들을 찾아가 업무를 논의하였다. 상담 자체도 재미있었지만 한 번도 가보지 못한 유럽의 도시들을 방문하는 것에 아주 관심이 많았고, 다양한 것들을 배울 기회를 제공받을 수 있었다. 출장 중 틈나는 대로 고궁, 박물관 등 명소를 돌아보며 풍부한 유럽의 역사를 공부하는 시간을 가졌다. 책으로, 사진으로만 보아왔던 명소들을 눈으로 직접 내 눈으로 보게 되니 감동하지 않을 수 없었다. 감회가 새롭고 좁았던 시야가 확 넓어지는 것 같았다. 이 도시에서 저 도시로 국경을 넘어 비행기로 이동하며 호텔에서 호텔로 들락날락할 때는 '비로소 세계를 발로 뛰는 국제금융인이 되었구나.'하는 자부심도 느끼게 되었다. 언제나 5성급 고급호텔에 묵고, 고급 레스토랑을 두루 방문하며, 예술품같이 장식한 맛깔나는 서양 음식들을 먹을 때는 마치 신선이 되어 하늘 위를 걷는 듯했다. 내 인생에 이런 기회가 주어진 것에 대하여 무한 감사했다. 직장생활에 더는 바랄 것이 없었다.

그러나 한가지 마음속으로 늘 아쉬웠던 건, 가족을 두고 나 홀로 즐기며 다니는 점이었다. 직장 일로 다니는 것이니 어쩔 수 없는 일이지만 혼자만 여행하며 맛있는 음식을 대하니 집을 지키고 있는 아내와 자식들에게 항상 미안한 마음이 들었다.

언젠가 런던을 방문했을 때의 일이다. 마침 고교 4년 선배 되시는 38회 윤홍길 선배가 거래 은행에서 고위 책임자로 계셨다. 선배님을 만나니 고향 후배가 왔다고 펄쩍 뛰며 반가워하시고 극진히 대접해주셨다. 댁에도 초청해주시고, 주말에는 직접 차를 몰고 런던교외로 나가 Winsor Castle, Stratford, Oxford University 등을 보여주셨다. 해외 출장에서 만난 유일한 고교 선배님이었는데 환대를 해주셔서 정말로 감사했다. 해외 출장을 다니며 이렇게 고향 선배님을 만나 후한 대접을 받기는 처음이자 마지막이었던 것 같다. 존경하는 선배님과 잊을 수 없는 추억을 만들게 되어 무척 행복했다.

영업활동을 하다 보면 고객과의 교제는 업무시간 이외에도 계속되었다. 사무실 공간에서는 바쁜 시간 속에 비즈니스를 논의하려면 충분히 집중할 수도 없고 공연히 시간만 낭비하는 경우가 많이 있었다. 따라서 필요에 따라 주말을 이용해 고객들을 초대하여 골프도 치고 여유 있게 식사도 하며 비즈니스를 논의하였다. 이런 식의 교제는 고객과의 관계를 증진하고 영업에 많은 도움이 되었다. 은행에서도 이를 충분히 인식하여 비싼 프라이빗 골프 멤버십을 제공해 주는 등 언제든지 고객을 만날 수 있도록 배려해 주었다. 바쁜 한 주일을 보내며 골프장에 나가서 푸른 초원 위로 백구를 시원하게 날릴 때는 그동안 쌓인 스트레스까지 모두 다 날려 보내는 것 같아 나도, 고객도, 기분이 좋아질 수밖에 없었다.

그 당시 대부분의 한국 고객들은 골프를 안 치는 분이 하나도 없을 정도로 골프를 좋아하였다. 우리 부서는 일 년에 한 차례 고급 골프장을 통째로 빌려 그날만큼은 한국회사 고객만을 초대하여 골프대회를 열기도 했다. 수많은 고객이 참석하여 성황을 이루었고, 이를 통하여 고객들과 가까운 친분을 쌓을 수 있었다. 나는 멀리 런던이나 홍콩에 출장을 가서도 현지에서 고객과 골프를 쳐야 했다. 여행 중에 피곤하기도 하고 피하고도 싶었지만, 나는 고객이 원하는 것을 최우선으로 고려하였다. 그만큼 한국 고객들의 골프사랑은 유별났다. 그 당시 운동으로서 골프 비용은 비싸기도 했지만, 한국 사람들 사이에서는 이것이 일종의 사회적 신분을 과시하는 방편이 되기도 하였다.

고객을 접대하는 것은 야구장에서도 이루어졌다. 한국과 달리 미국의 야구장에는 일반석 위쪽에 로얄박스가 있는데 이를 기업들에

연간회원권으로 판매하여 연중 내내 홈경기를 관전하도록 하였다. 우리 은행도 뉴욕의 양대 프로야구팀 중 하나인 메츠 구장의 로얄박스 멤버십을 구입하여 각 부서에서 고객 접대 시 이용할 수 있도록 배정을 하였다. 우리 한국부에도 매년 2~3차례 기회가 돌아왔다. 우리 은행의 로얄박스는 1루 바로 위에 있어서 야구장 전체가 한눈에 내려다보여 관전이 쉽고 방안에 TV 모니터도 여러 대 설치되어 있어서 어떤 순간도 놓치지 않고 볼 수 있었다. 16명이 들어가는 이 방에는 냉방시설이 잘되어 한여름에도 시원하고, 음식까지 준비를 해줘서 환상적이었다. 그뿐만 아니라 주차도 특별구역이 지정되어 혼잡을 피해 드나들었고, 초대받은 분들은 구장에 도착하면 정말로 귀빈 대접을 받는 느낌이 들게 해주었다. 나도 몇 차례 고객들과 그들의 가족들을 초대하여 함께 식사하며 야구를 관전하였다. 모두들 이런 경험이 처음인데다 VIP가 된 기분이니 무척 좋아하셨다. 초청된 고객 가운데는 나중에 한국에서 정부의 장관이나 기업의 대표직에 오른 분도 계셨다. 그만큼 영업활동을 지원하기 위한 고객과의 교제는 다양한 형태로 이루어졌다. 우리는 야구나 골프 이외에 브로드웨이 쇼도 가고, 링컨센터에 뮤지컬도 보러 가는 등 문화행사에도 참석했다.

그때 마침 한국의 인기 여가수 패티 김이 카네기 홀에서 가진 역사적인 공연이 있었다. 나는 패티 김의 노래를 즐겨듣고 좋아하던 터라 어렵게 열리는 한국 가수의 뉴욕공연이 대성공을 거두기를 바라는 마음이 간절했다. 그래서 가까운 고객들을 초청하여 함께 참관하였다. 한국 가수가 뉴욕까지 진출하여 공연한다고 하니 한국의 위상이 그만큼 달라진 것 같아 자랑스러웠고 기분이 좋았다. 고객 접대는 주로 일과시간 이외에 해야 하기에 피곤할 수도 있지만, 나에게는 뉴욕에서 열리는 다양한 밤 문화를 맛볼 수 있는 절호의 기회였기에 피곤한 줄도 모르고 즐거웠다. 일도 하고 동시에 가족, 고객들과 다양한 문화생활을 즐기기도 하며, 나는 뉴욕에서 직장생활이 매우 행복하고 만족스러웠다.

우리 은행은 해외에 있는 거래 은행의 직원들을 상대로 교육용 연수프로그램을 운영하기도 하였다. 우리는 거래 은행에서 선발된 우수한 인력을 뉴욕으로 초청해 일정 기간 교육해서 돌려보내곤 했다. 한국에서 온 연수생은 우리 부서에서 그들의 일정을 전담하여 관리하였다. 연수생들은 대부분 거래 은행에서 엄선된 톱 클래스 직원들로 장래가 촉망되는 중간 간부들이었다. 이들은 대부분 해외여행이 처음인 데다 영어 회화가 자유롭지 않아 우리 부서가 그들의 애로사항을 도와야 했다. 그들에게는 이런 해외 연수가 일생일대의 잊을 수 없는 추억이 되었으며, 동시에, 좋은 국제 경험으로 인정되어 진급도 빠르고 하나같이 국제부에서 주요 업무를 담당하였다. 후일에 우리가 그들을 방문하게 되면 반갑게 맞아줄 뿐만 아니라 업무협조에도 적극적이어서 우리 영업에 많은 도움이 되었다. 그 당시 이렇게 우리 은행에서 연수를 받고 돌아간 사람의 숫자가 수십 명이 되었다. 우리는 그들을 '우리 은행의 특별대사'라고 불렀고, 그들의 명단을 만들어 주기적으로 접촉을 유지하며 영업에 활용하였다.

행복한 뉴저지 가정생활

Fort Lee에 있는 우리 집은 1563 Ann Street에 있었다. 집은 듀플렉스로 뒷마당이 있는 미니 3층 건물에 방 4개, 화장실 4개가 있었다. 근처에 공원도 있고, 학교도 있고, 마켓도 있어서 아주 편리한 위치였다. 처음으로 뒷마당이 딸린 집에 살게 되니 아이들과 공도 주고받고 뛰어노는 것이 무척 즐거웠다. 두 아이와 아내는 시간이 지날수록 빠르게 적응하여 이제는 주변의 도움 없이도 생활할 수 있게 되었다.

제일 어려운 것이 언어였다. 다행히 두 아이가 영어를 못해도 즐겁게 학교에 다녀줘서 안도하였다. 우리 부부는 자녀들의 빠른 영어습득을 위하여 학교의 담임선생님을 집으로 불러 영어 과외를 시켰다. 가진 돈이 여유가 있어서가 아니고 은행에서 이런 과외비까지도 다 제공해 주었다. 가르치는 선생님들은 절대 야단치는 법이 없었다. 아이들과 커다란 웃음소리까지 내가며 재미있게 가르치는 건지 노는 건지, 뒤에서 지켜보는 우리 부부는 이게 너무 신기하고 이해가 잘 되지 않았다. 아이들도 선생님을 따르고 좋아했고, 분명히 학습효과도 눈에 띄게 좋아졌다. 우리 부부는 아이들이 이렇게 신나게 공부하는 모습이 너무 기뻐서 미국에 온 보람이 여기에 있는 것 같았다.

아이들은 과외 덕분인지 말도 빨리 배우고 학교에서도 잘 적응하였다. 그리고 약 2년 가까이 지나니 학교에서 영어성적도 정상적 수준으로 올라갔다. 그런데 2년이 지나며 이제는 거꾸로 아이들이 한국말은 거의 안 하고 영어로만 말하게 되는 상황으로 반전되었다. 그리고 백인들이 대부분인 학교에서 아이들은 자연스럽게 미국 문화를 깊이 배우게 되었다. 학교에서는 미국 역사와 전통을 가르치며 아이들을 데리고 현장 방문을 자주 다녔다. 자유의 여신상, 맨해튼 안에 있는 역사적인 박물관, 필라델피아에 있는 자유의 종 등 여러 문화 유적들을 방문하였다.

아이들이 점점 미국 생활에 익숙해지며 다양한 분야에 관심을 갖고 궁금한 것도 많아져 식탁에서의 대화도 자연히 그런 쪽으로 집중되었다. 그러나 나와 아내는 아이들이 좀 더 알고 싶어 하는 미국 역사 등 질문에 답을 할 수 없었다. 그러다 보니 자연히 아이들과 거리감이 느껴지며, 대화의 벽이 생기는 것 같았고, 이걸 해결할 뾰족한 방법이 마땅치 않았다. 따로 과외 공부라도 해서 지식을 쌓아야 하는데 그럴만한 시간도 없었다. 생각해보니 이건 이민 1세라면 누구나 반드시 겪어야 하는 공통의 고민인 것 같았다.

록펠러센터 크리스마스 트리 앞에서

우리가 사는 지역은 뉴욕, 뉴저지, 코네티컷주, 이렇게 3개 주가 맞닿은 곳으로 산과 육지, 섬과 바다가 어우러져 아주 아름다운 풍광을 지녔다.

한국과 같이 뚜렷한 사계절이 있지만, 봄과 가을은 짧고 여름과 겨울이 좀 더 긴 것 같다. 이 지역에는 어디를 가든지 푸르른 숲이 무성하다. 사람들은 그 숲속에 집을 짓고 사는데 하늘에서 보면 울창한 녹음에 파묻혀 집들은 하나도 보이지 않고 오로지 푸른 나무들만 보여 전혀 사람이 사는 것 같지 않다. 가을이 오면 이 지역은 전체가 모두 단풍으로 바뀌어 장관을 이룬다. 멀리 가지 않아도 집주변과 온 동네가 울긋불긋 아름다운 옷을 입는다. 난 태어나서 이런 아름다운 경치를 처음으로 본다.

특별히 우리가 사는 Fort Lee에서 9W 고속도로를 타고 북쪽으로 운전하여 올라가면 우측으로는 허드슨 강이 흐르고 좌측으로는 끊임없는 숲이 연결되는데, 단풍에 물든 가을 정취가 대단하다. 그 길은 미국 육군사관학교가 있는 West Point로 연결되는데, 중간 곳곳에 호수와 공원도 있어서 지상 최고의 낭만적인 가을을 만끽할 수 있다. 내 평생에 이보다 더 아름다운 곳은 아직까지 찾아보지 못한 것 같다. 가을이 오면 이를 보내지 않고 꼭 붙들고 싶은 심정이었다.

겨울은 비교적 길고 추우며 지루하기도 하였다. 그러나 어딜 가든 건물 안에는 난방시스템이 잘 되어있어 따듯하게 지내는 데 별문제가 없었다. 겨울에는 눈도 많이 왔다. 눈으로 하얗게 변해버린 도시의 모습이 깨끗하고 아름답기 그지없었다. 그러나 폭설이 내리면 도로망이 끊기고 도시의 기능이 마비되어 불편하기도 하였다. 눈이 오면 나는 아이들과 함께 집 앞마당에 나가 눈을 쓸어내야 했다. 땀을 뻘뻘 흘리며 눈을 치우는 것은 힘들었지만 재미도 있었다. 그러나 그것도 폭설이 내리는 날에는 속수무책이고 그냥 앉아서 바라만 봐야 했다.

우리 가족은 주말을 이용하여 아름다운 길을 따라 드라이브도 가고,

대서양이 보이는 광활한 비치에 나가 모래사장을 걷기도 하며 즐겁게 지냈다. 아이들은 한없이 밝은 모습으로 잘 먹고 잘 놀고 건강하게 자라줘서 특별한 걱정거리가 없었다.

자유의 여신상이 있는 섬에서

겨울에는 가까운 스키장에 가서 스키를 즐기기도 하였다. 아이들은 스키장에만 가면 저희들끼리 어디론가 사라져 찾아보기 힘들 정도로 슬로프를 반복해서 오르내렸다. 한 번은 스키로는 미국에서 가장 유명한 버몬트주까지 올라가 Killington이란 동부 제일의 스키장을 다녀오기도 하였다. 자동차 지붕 위에 우리 네 식구의 스키를 나란히 얹고 눈이 수북이 쌓인 도로를 헤치며 스키장을 향해 달려갈 때 그 기분은 아주 상큼하고, 지금도 다시 한번 더 해보고 싶은 충동을 느낀다.

뉴저지에서도 내가 은혜를 많이 입은 Rice 목사님 가족과는 끊임없이 연락을 유지하며 지내왔다. 목사님 가족이 한국에서 철수해서 오클라호마에 사실 때 방문을 드렸고, 그 이후에도 주기적으로 서신으로 소식을 주고받았다. 우리가 뉴욕으로 이사를 올 무렵, 목사님은 은퇴하시고 Vermont주 북쪽에 Lincoln이란 작은 도시로 집을 사서 이사가셨다. 거기까지 거리는 제법 되었지만, 그다지 멀지 않은 곳에 계신다는 사실이 반가웠고, 다시 만날 수 있다는 기대를 하게 되었다.

어느 날, 목사님으로부터 연락이 왔다. 사시는 곳에 있는 작은 교회에 협동 목사로 일하게 되셔서 추대식을 한다고 초청장을 보내신 것이다. 초청장을 받아들며 나는 꼭 참석해서 축하드리고 싶은 마음이 들었다. 그리고 가족과 함께 무려 5시간 이상 떨어진 버몬트를 향해 운전하여 달려갔다. 목사님 댁은 도시를 벗어나 깊은 계곡 사이의 구불구불한 길을 따라 한참 달려간 후 나타난 산골짜기 동네에 있었다. 그 동네에는 목사님 집 외에 두세 채 정도밖에 보이지 않았다. 목사님 집 바로 뒤로는 산이 있고, 앞으로도 산이 있는데, 그 산 밑으로 작은 계곡의 물이 청량한 물소리를 내며 흘러가고 있었다. 마치 한국의 화양동 계곡을 연상케 하였다. '미국에도 이런 시골 깡촌이 있나.' 하고 의아할 정도였다.

추대식에는 한국에서 오랫동안 일하신 마펫 선교사님(프린스턴 대학 교수)도 오셔서 오랜만에 만날 뵐 수 있었다. 추대식에 참석한 사람은 우리 가족을 제외하고는 전원 백인들이었다. 이를 보며 나는 속으로 이번에 참석하기를 참 잘했다고 생각했다. 목사님께서 한국에서 16년간이나 선교사로 일하셨는데, 우리 가족이 유일한 한국인으로 참석하여 이를 증명해 주는 것 같았기 때문이다. 추대식을 마무리하며 우리 가족과 목사님 가족은 교인들 앞에 나가 한국어로 특별 찬양을 부르기도 하였다.

목사님은 우리 어린 자식들을 특별히 사랑하시고 예뻐해 주셨다. 우리 아이들도 이제는 영어가 능통하니 그 사랑을 더 잘 받아들일 수 있었다. 아이들도 목사님 내외를 따르고 좋아하였다. 우리는 오랜만에 목사님 가족과 즐거운 시간을 보냈다. 그때 나는 문뜩 이런 생각이 떠올랐다. '내가 만약 뉴욕에 없었다면 이렇게 여기를 찾아올 수 없었을 텐데….'라고 생각하니, 그리고 더 옛날로 올라가 '내가 만약 대학 시절에 목사님을 만날 수 없었다면, 그리고 그때 목사님의 사랑을 받지 못하였다면 내가 오늘날 이렇게 세계의 중심인 뉴욕에서 일할 수 있었을까?' 하는 의문을 가지게 되었다. 그 옛날 젊은 시절 나에게 베풀어 준 큰 은혜를 머리에 떠올리며 다시 한번 더 목사님 내외분의 사랑에 감사하지 않을 수 없었다. 돌아오는 차 속에서도 나는 아내에게 내가 목사님 내외에게 마음에 빚을 지고 사는 것을 고백하기도 하였다. 우리 가족은 그 이후에도 한 차례 더 버몬트주에 올라가 사랑하는 목사님 가족과 스키도 타며 함께 즐겁게 시간을 보내고 내려왔다. 그 후 목사님 내외는 뉴저지의 우리 집을 방문하여 며칠간 함께 지내시다가 돌아가시기도 하였다.

뉴욕으로 온 지 2년쯤 되어 장인 장모님이 우리 집을 방문하시었다. 장인께서 은행을 은퇴하시고 집안에만 계시다 처음으로 장거리 여행을 오신 것이었다. 미국에 방문은 처음이시라 기대와 설렘에 무척 상기되어 있으셨다. 외조부모님을 맞이하는 아이들은 너무 좋아 펄쩍 뛰며 어쩔 줄을 몰랐다. 계시는 동안 나와 아내는 정성을 다해 모시도록 애를 썼다. 두 분의 연세를 고려할 때 우리는 이번이 마지막으로 효도할 수 있는 기회라고 생각했다.

그때 마침 막내 처제가 오하이오 주립대학에서 박사과정을 마치고 학위를 받게 되었다. 우리는 두 분을 모시고 편도 10시간을 운전하여 학위수여식에 다녀왔다. 뉴저지를 출발하여 펜실베이니아를 거쳐 오하이오주 콜럼버스까지 오가는 길은 미국에서 장거리 자동차여행의 묘미를 맛보게 해주었다. 그리고 미국이 얼마나 거대한 나라인지 절감하게 되었다.

뉴욕을 방문하신 장인 장모님

하루는 장인어른을 모시고 골프를 치러 갔다. 우리는 골프장에서 붙여준 미국인 두 명과 짝을 이루어 골프를 치게 되었다. 그런데 이날따라 나는 평소와 달리 공이 신들린 듯 잘 맞았다. 굴곡도 많고 결코 쉬운 골프장이 아닌데 마음에 부담 없이 툭툭 치니 공이 너무 잘 맞았다. 장인어른도 스포츠를 좋아하셔서 열심히 재미있게 치셨다. 그래도 나는 혼자만 공이 잘 맞으니 장인에게도 다른 사람들에게도 괜히 미안했다. 결국은 18홀을 끝내며 스코어카드를 보니 6오버파를 쳐 합계 78타를 기록하였다. 나도 모르게 골프 인생 최초로 싱글 핸디캡을 치게 된 것이었다. 그것도 장인이 지켜보는 가운데…. 기쁘기도 했지만, 그동안 일은 열심히 안 하고 골프만 친 것 같아 장인어른 뵙기가 민망했다. 몇 년 전 내가 골프를 처음 시작할 때 골프공도 주시고 모자도 사주시며 골프의 원리를 가르치던 장인이신데, 그때 해주신 말씀이 하나 떠올랐다. "골프를 잘 치려면 시간을 너무 많이 뺏겨 일이 소홀해질 수밖에 없다." 오늘 나를 보며 장인어른께서 어떻게 생각하셨을지 은근히 신경이 쓰였다.

두 분이 두 달여를 계시는 동안 우리는 시간 나는 대로 뉴욕의 여러 명소를 모시고 다녔고, 두 차례에 걸쳐 장거리 여행을 다녀왔다. 한 번은 북쪽으로 나이아가라 폭포를 거쳐 캐나다의 토론토와 천섬을 다녀왔고, 또 한번은 남쪽으로 워싱턴 DC, 루레이 동굴, 쉐난도 밸리, 웨스트 버지니아를 돌아 델라웨어의 체사피크 다리를 거쳐 돌아왔다. 장거리 여행에도 불구하고 전혀 피곤하게 생각하시지 않고 즐겁고 재미있게 다니셔서 우리도 기분이 좋았다. 두 분의 표정이 너무 밝아서 어두운 구석이라곤 하나도 찾아볼 수 없었다.

다녀온 일정 중 특별히 인상 깊었던 날이 있었다. 그건 나이아가라 폭포를 갔을 때인데, 우리는 캐나다 쪽 폭포가 있는 마을에 투숙하였다. 마침 그날 저녁이 보름날이어서 커다란 둥근달이 밤하늘에 떠 올랐다. 휘영청 밝은 달빛 아래 물안개를 일으키며 떨어지는 거대한 나이아가라 폭포는 그 경관이 정말 일품이었고 잊을 수 없는 장관이었다. 물안개를 일으키며 쉴새 없이 떨어지는 거대한 폭포는 마치 사람을 홀리는 듯 그 속으로 빨려들게 하였다. 장모님은 한국에 돌아가신 후에도 이따금 이날을 추억하며 '나이아가라의 달 밝은 밤'을 회상하시곤 하였다. 짧은 기간 방문을 마치고 돌아가시는 두 분을 환송하며 꼭 다시 한번 더 모셔야겠다는 마음을 먹었다. 그러나 아쉽게도 우리 인생에 그런 행운은 다시 돌아오지 않았다.

뉴욕으로 오며 마음속으로 별렀던 것이 있었다. 그건 시간을 내 미국 경영대학원에 진학하여 MBA를 취득하는 것이었다. 도착 초기에는 정신이 없었는데 일 년여가 지나고 나니 어느 정도 안정이 되어 이를 관심있게 들여다보게 되었다. 대학원은 내 사무실에서 걸어서 5분 거리 안에 유명한 New York University Bisiness School과 Pace University Bisiness School, 두 개나 있었다. 나는 두 차례나 학교를 찾아가 입학에 관한 정보를 알아보니 등록금이 보통 비싼 게 아녔다. 그리고 공부하려면 시간도 많이 요구되었다. 직장생활과 가정생활에 더하여 공부까지 하려면 시간적으로나 재정적으로 도저히 감당하기가 어려워 보여 이를 추진할 수가 없었다. 그런데도 내심으로는 포기가 되지 않아 계속 기회를 살펴봤다. 아직은 젊은 나이이니 이런 학위를 취득하면 진급도 유리하고 오랫동안 직장생활을 할 수 있을 것만 같았다. 그러나 아무리 머리를 쥐어짜고 연구해도 내게 공부할 시간까지 허용되지 않았다. 하는 수 없이 마음을 접어야만 했다. 아쉬움을 금할 길 없었다. 그때 어려운 여건에서도 MBA 학위를 취득하고 한국으로 돌아간 몇몇 지인은 그 덕분에 한국 상장기업 최고경영자의 자리에 오르는 등 대성공을 거두기도 하였다.

인생의 중장기 로드맵

뉴욕에 자리를 잡고 꿈같은 시절을 보내다 보니 어느덧 내 나이도 40을 넘게 되었다. 하지만 나는 이렇게 좋은 시절에 안주하고 있을 수만은 없었다. 최고의 대우를 받는 것도 잠시 한때라고 생각하고 이 시점에 중장기적인 관점에서 나의 인생 계획을 고민해야만 했다. 지금까지는 진급도 잘하고 무리 없이 잘 지내왔지만, 기업의 피라미드 구조 속에서 살아남아 계속 위로 치고 올라간다는 것은 몇 배 더 어렵기 때문이었다. 누구라도 미국 은행을 포함한 외국은행에서 50~60세, 혹은 은퇴까지 일할 수 있는 가능성은 거의 제로에 가깝다. 더욱이 외국은행은 한국의 은행 문화와 달리 언제든지 즉시 해고가 가능하기 때문이다. 설사 운 좋게 늦게까지 일한다 해도 그다음에 재취업 전망이 불투명하고, 다른 분야의 취업도 경험이 없는 상태에서는 불가능하다고 보았다. 지금 이 시기가 나의 가치를 최고로 인정받을 수 있는 기간이고, 이 시점에 적절한 중장기적인 대책을 준비하지 않으면 나의 미래는 존재하지 않을 것 같았다.

그때 은행 내에서는 HSBC가 점차 주인으로서 경영권을 강력히 행사하며 조직에 변화가 생기기 시작했다. 앞으로 어떤 변화가 일어날지 아무도 예측을 할 수 없었다. 이런 걸 예상해 우리 부서의 대표인 Mr. Parcells을 비롯한 한두 명의 책임자는 이미 사임하고 다른 은행으로 자리를 옮겼다. 우리 부서는 돈을 잘 벌고 있지만, 그래도 안심할 수 없었다. 그때 국제부에서는 나에게 영주권도 내준다고 하고 소속도 서울에서 뉴욕 본점으로 옮기라고 제안하는 등 나를 붙잡는 노력을 하였다. 그 제안은 무척 달콤하고 그 당시 누리는 최고의 대우를 당분간은 지속시킬 수는 있지만, 내가 생각하는 바람직한 중장기적인 대책은 될 수 없었다. 그 이유는 미국에서는 노동법상 언제든지 합법적인 해고가 가능하기 때문이었다. 해고되면 나는 미국에서 재취업할 자신도 없었고, 개인적으로 사업할 만한 돈도 없었다.

내가 구상하는 중장기적 목표는 미국에서 안정적으로 자영업을 하여 가족을 부양하고 자녀들을 교육하는 것이었다. 그러기 위해서는 나는 우선 돈을 좀 더 모을 수 있는 곳으로 가서 일하는 게 좋겠다고 생각했다. 월급쟁이로 살아온 나에게 그것 외에 별다른 수가 없었다. 그때의 계산으로는 지금의 황홀한 뉴욕 생활을 희생시키고 서울로 돌아가는 게 최상의 답으로 보였다. 그 이유는 한국에서는 미국과 달리 두둑한 퇴직금을 받을 수 있고, 그 당시 투자 여건이 미국보다 훨씬 좋아 월급 이외에도 투자해서 돈을 벌 수 있는 기회가 더 많이 있다고 보았기 때문이었다.

한편, 우리 두 자녀는 미국에 온 지 3년이 되니 한국말은 거의 잊어버리고 오직 영어만 사용하게 되었다. 아이들을 한국말도, 영어도, 둘 다 완벽하게 할 수 있는 이중 언어자로 만들고 싶었는데, 이게 맘대로 되지 않았다. 아이들은 미국의 가치는 스펀지처럼 받아들이면서 한국의 역사 등 문화는 알던 것까지도 다 까먹게 되었다. 아직 어리기는 하지만 점점 미국화만 되어가며 사라져가는 한국인의 정체성도 문제로 대두되었다. 나는 우리 아이들이 나중에 미국에 살더라도 한국인의 정체성을 가지고 살았으면 하는 마음이 간절했다. 이런 문제도 우리 가족이 다시 한국에 나가 잠시 살다 돌아온다면 쉽게 회복하고 자연스럽게 해결될 것만 같았다.

결국은 오랜 고민 끝에 서둘러 서울로 돌아가기로 마음을 먹었다. 누가 돌아가라고 등을 떠미는 것도 아닌데 자발적으로…. 그 목적은 분명했다. 3~4년 안에 퇴직하고, 서울에 있는 아파트를 정리하여, 그 돈을 들고 다시 미국에 오기 위해서였다. 그리고 한국에 있는 기간 동안 아이들에게는 한국말을 정상으로 회복시키고 정체성을 심어주고 싶었다. 결과를 장담할 수 없는 일종의 도박 같은 계획이지만, 일단 목표를 세웠으니 과감히 밀고 나갔다. 나로서도 뉴욕을 떠난다는 사실이 너무 아쉽고 돌아가고 싶지 않았다. 가까운 이웃들도 돌아가지 말라고 말리기도 하였다. 가장 가슴이 아팠던 일은 우리 아이들이 나를 잡고 울며 자기들만이라도 남겨놓고 가라고 애원하는 것이었다. 아이들이 너무 안쓰러워 그렇게 할까 생각도 해봤지만, 도저히 그럴 경제 능력이 되지를 못했다. 그때 나는 아이들이 너무 어리다고 생각해서 나의 계획을 자세히 설명하지 못했다. 대신 다른 말로 둘러대고 아이들의 귀국을 설득했다. 나는 '2보 전진을 위한 1보 후퇴'를 한다고 생각하며 반드시 가족과 함께 돌아온다는 의지를 다졌다. 그리고는 즐겁고 행복했던 뉴욕 생활을 뒤로하고 가족과 함께 한국으로 돌아갔다.

HSBC-Korea

다시 서울로

1992년 3월, 한국으로 돌아오며 나는 마린미들랜드 은행이 아닌 HSBC로 돌아왔다. 한국을 떠난 지 3년 만이다. 옛날의 상관인 James Spackman이 여전히 한국본부장으로 계셔서 마음에 의지가 되었고 편안하였다. 그러나 얼마 되지 않아 Spackman 본부장도 은행을 떠나 다른 회사로 가시게 되었고, 영국인 책임자가 후임으로 오셨다.

HSBC는 영국인이 홍콩 식민지에 세운 은행으로, 은행 시스템이 유럽 스타일에 가까웠다. 모든 책임과 권한이 지역 총책임자에게 집중되어 있고 그 아래 나머지 책임자는 자기 분야에서 총책임자를 돕는 형식이다. 이는 내가 처음에 일했던 불란서 은행 시스템과 비슷하였다. 이런 유럽식 시스템은 내가 일했던 미국 시스템과 큰 차이가 있었다. 미국 은행에서는 내 부서의 일은 내가 책임지고 하면 되는데, HSBC에서는 모든 책임이 지역 책임자에게만 주어지기에 각자의 일만 하면 되지 그 외에는 책임질 일이 별로 없었다. 미국 은행 시스템에 익숙한 나는 이런 유럽식 스타일이 별로 재미가 없었다. 마치 현지 직원들을 못 미더워하는 것 같아 언짢기까지 했다. 그나마 다행인 것은 내가 처음으로 일했던 불란서 은행보다는 분위기가 훨씬 더 나았다는 점이다.

지난 6년간 미국 은행에서 사무소장으로, 그리고 뉴욕의 한국부를 이끌며 독립적으로 자율권을 가지고 일해오던 나는 큰 조직으로 들어오며 한 부서를 맡게 되니 답답하고 어디엔가 꽉 갇힌 기분이 들었다. 그리고 일하는 것도 전같이 신바람 나는 재미가 없었다.

HSBC는 역사가 오래되고 아주 큰 은행으로 세계 방방곡곡에 어마어마한 영업망을 가지고 있었다. 그러다 보니 수십 개국에 걸쳐있는 지점들과 계열사를 관리하는 규정들이 놀랍도록 잘 되어있고, 책임자들에 대한 교육 훈련 시스템이 잘 구축되어 있었다. 직원 교육은 여러 분야를 단계적으로 시키다 보니 주요 책임자는 거의 일 년에 한 번은 홍콩에 있는 연수원에 다녀와야 했다. 연수원은 홍콩섬의 꼭대기에 경치가 수려한 곳에 있었는데 일명 “Cloud Land”라고 불리었다. 그 이유는 연수원이 있는 산꼭대기의 고도가 높아 언제나 구름 속에 싸여있기 때문이었다. 그러나 구름만 걷히면 홍콩 센트럴 지역의 고층 빌딩숲과 항만 그리고 침사추이 지역을 한눈에 내려다 볼 수 있고, 그 경치는 마치 달력의 그림과도 같았다. 교육은 매우 유익했으며 수많은 나라에서 참가한 책임자들과 만나 교제하는 것도 재미있었다. 여기에서 피부색과 문화가 다른 별의별 나라 사람들을 다 만나본 것 같다.

교육이 끝날 때면 한 차례 종강 파티를 했다. 그런데 이 파티가 특이하게 선상에서 열렸다. 우리는 저녁 시간에 맞추어 홍콩만에 띄운 광둥 스타일의 전통 배에 오른 후 홍콩섬을 돌아 뒤편으로 항해하며, 뱃전에서 맥주도 마시고 자유롭게 섞여서 환담하였다. 그러는 사이 배는 육지에서 멀찍이 떨어진 바다 한가운데 도착해 닻을 내리고, 거기에서 불빛으로 반짝이는 홍콩섬을 바라보며 준비한 저녁을 나누었다. 아주 황홀하고 낭만적인 광경이었다. 모두들 공부하느라 받은 스트레스를 다 날리고 즐거운 시간을 보내게 되었다. 돌아오는 길에는 배에서 선상생활을 하는 정크족들이 사는 해상 마을을 가로질러 구경하며 출발지로 돌아왔다. 너무도 독특하고 인상적인 선상 파티여서 지금도 그 추억이 선명하다.

홍콩 중심가에서

이것 말고도 홍콩은행은 해외에서 연수차 찾아오는 책임자들을 공항에서부터 극진히 대접해서 깜짝 놀라게 하기도 하였다. 공항에 도착하면 벤츠 S500 승용차를 미리 대기시켜 연수원까지 모시고 가 책임자들의 사기를 한없이 올려주었다. 평소에 구경하기도 힘든 벤츠 승용차의 뒷자리에 기대어 달려갈 때는 마치 대기업의 회장이나 된 것처럼 우쭐한 기분이 들었고, '내가 무엇인데 이런 극진한 대접을 하나?' 하는 의아한 생각도 들었지만 한편, '아직도 내 몸값이 제법 나가는구나.' 하는 자평을 하며 흐뭇한 미소를 짓기도 하였다.

그때 우리 부서는 홍콩은행에서 전 세계적으로 한국기업이나 금융기관에 제공하는 전체 여신을 관리하고 있었다. 그때 총여신 규모는 무려 몇십억 불이나 되었다. 이 여신을 기업별, 지역별, 성격별로 분배하고 관리하는 것이 우리의 주 임무였다. 그러나 나는 뉴욕에서보다 오히려 해외에 출장 나갈 기회가 줄어들었다. 몇 차례 홍콩에 나가 그곳에 진출한 한국은행들을 만나보았다. 오래전부터 홍콩을 다니다 보니 지리도 익숙하고 홍콩만을 가로질러 운항하는 Star Ferry 배편도 현지인처럼 익숙하게 이용할 수 있었다. 주말에는 현지인처럼 고객들과 골프도 치러 갔다. 홍콩에서는 제일 유명한 골프장인 Royal Hong Kong Country Club에서도 쳤지만, 주로 Discovery Bay Golf Club이라는 골프장을 갔다. 이 코스는 Discovery Bay라는 작은 섬에 있는데 산 정상을 평평하게 깎아 골프장을 만들어 사방으로 확 트인 바다 경관이 아주 볼만하다. 그러나 언제나 강한 바닷바람이 어느 방향에서 불어올지 몰라 공을 잃어버리기 십상이고, 좋은 스코어를 내기는 어려운 코스였다. 한 가지 재미있는 사실은 골프장이 바다 한가운데 외딴 섬에 있다 보니 여기에 가려면 홍콩섬 선착장에서 쾌속정을 타고 40여 분 정도 바다 위를 신나게 달려가야 했다. 배를 타고 바다 건너 골프를 치러 간 유일한 경험이어서 재미가 있었고 지금까지도 잘 잊히지 않는다.

한 번은 우리 은행의 영국 본부가 요청하여 런던으로 출장을 가게 되었다. 영국에 진출한 한국기업들을 초청해 골프대회를 하는데, 주최 측인 런던 홍콩은행을 대표하는 한국인 책임자가 없어서 그 역할을 대신하기 위해서였다. 순수하게 골프를 치며 고객들을 접대하려고 서울에서 런던까지 날아간 것이다. 영국에 진출한 재벌기업을 포함한 대다수 한국기업의 인사들이 참석했고, 이들을 한자리에서 만날 수 있어서 반가웠다. 그 당시는 어딜 가든지 골프란 운동이 비즈니스를 하는 데 매우 인기 있는 교제의 수단으로 이용되었다. 그리고 나중에는 교제의 수단을 넘어 시간도 많이 투자해야 했고 중요한 업무의 하나가 된 것 같았다. 그때 골프를 치며 새롭게 경험한 영국 골프장은 페어웨이 중간 여러 곳에 항아리같이 푹 들어간 샌드벙커가 특징으로, 한 번 빠졌다 하면 단번에 탈출할 수 없었던 고충이 기억에 남는다.

그 외에 필리핀의 마닐라에도 다녀온 적이 있다. 필리핀에 진출한 한국기업들이 현지 홍콩은행과 활발한 거래 관계에 있었기 때문이다. 그 기업들을 일일이 방문하여 우리 은행과의 거래를 독려하고, 그들의 애로사항을 청취하기도 하였다. 필리핀은 경제적으로 많이 낙후되어 보였고, 그러다 보니 그곳에 진출한 한국기업들의 위상이 상대적으로 아주 고상하게 보여 한국인으로 큰 자부심을 느끼게 되었다.

행운의 아파트 당첨

미국에서 돌아오니 목동에 살던 아파트 가격이 지난 3년 사이에 무려 4배 이상 뛰어 3억 원가량 되었다. 갑자기 벼락부자가 된 기분이었다. 그 무렵에 마침 강남지역 요지인 수서지구에 새롭게 분양하는 아파트가 있었다. 신문을 보니 강남지역 개발이 거의 마무리 단계이기에 이 분양이 강남지역에 나오는 마지막 신축아파트라서 경쟁률이 무척 셀 것으로 예상되었다. 강남에 오랫동안 살았던 우리 가족은 이 분양을 통해 그곳으로 다시 돌아가고 싶었고, 투자로서도 매우 좋은 기회였다. 마침 오래전에 준비한 청약통장도 있기에 떨어질 각오를 하고 분양신청을 하였다. 그런데 이게 어찌 된 일인가? 우리가 몇십대 일의 경쟁률을 뚫고 덜컥 당첨된 것이었다. 우리 부부는 깜짝 놀랐다. 지금까지 이런 아파트 당첨에 걸린 적이 한 번도 없었는데, 이번에 운 좋게 걸린 것이었다. 그러나 기쁨도 잠시뿐, 계약하려고 보니 계약금과 중도금이 무려 억대가 넘는 돈이어서 이를 준비하는 데 애로가 생겼다. 가진 돈이 턱없이 모자라기 때문이었다. 그러나 이런 천운의 기회를 놓칠 수 없어서 내가 다니던 은행에 사정 얘기를 하고 특별융자를 받아 간신히 계약하게 되었다. 처음이자 마지막으로 이렇게 긴요할 때 은행에 다니는 혜택을 톡톡히 누리게 되었다.

아파트 분양가격이 그 당시 최고가로 3억 3천만 원 정도 되었다. 목동 아파트를 판 돈에 부족한 나머지는 가진 돈을 일부 보태어 지불했다. 이렇게 해서 우리 식구는 새롭고도 더 넓은 신축 아파트(48평)로 이사하며 다시 강남에서 생활을 이어가게 되었다. 더 기뻤던 것은 입주 시점의 아파트 가격이 많이 올라 분양가격의 두 배는 되는 것 같았다. 이것이 내가 6번째 구입한 아파트가 되었다. 따라서 이 투자로 뉴욕에서 돌아오며 구상했던 재테크 계획 중 하나가 맞아떨어져 나의 중장기 목표에 한 걸음 다가섰다.

아파트는 대모산 아래 수서지구 한복판에 숲으로 둘러싸여 최고의 환경을 가지고 있었다. 지하철역이 바로 땅 밑에 있어서 편리했고, 대모산은 그냥 집에서 걸어 올라가면 되었다. 그리고 바로 단지 옆에는 최고의 의료기관인 삼성병원이 자리 잡고 있었다. 봄철에는 산에서 우는 뻐꾸기 소리가 집안까지도 들려 마치 내 고향 시골에 사는 듯 느끼기도 하였다. 이상적인 도심 속의 시골이었다. 아내는 이사 오며 이 집을 너무 좋아해 여기서 은퇴할 때까지 살았으면 하는 바람을 드러내기도 하였다.

가족과 이별

고국에 돌아와 한두 해 지나다 보니 제일 불만스러운 것은 아이들 교육 문제였다. 가르치는 과목이 너무 많은 것도 불만이지만 학교에서 주는 단체 기합이 특히 신경 쓰였다. 우리 아이들은 "왜 한 사람이 잘못했는데 학급 학생 전체가 기합받아야 하느냐."라고 불평하며 도저히 이해하질 못했다. 과외 수업을 가서도 강사 선생의 억압적인 분위기와 조금만 잘못해도 매를 드는 습성은 나를 매질하는 것 같아 가슴이 아팠다. 밝기만 하고 티 없던 아이들의 얼굴에 웃음기는 점점 사라져가고 싸늘한 표정에 눈치나 보는 이상한 아이들로 변해 가고 있었다. 시간이 가며 아이들이 이런 한국의 교육환경에 어쩔 수 없이 익숙해져 가는 모습을 볼 땐 부모로서 죄를 지은 것 같아 더는 참기가 어려웠다. 아이들에게 한국인의 정체성을 심어주고 싶었는데 '그딴 것 다 필요 없다.' 싶은 극단적인 생각까지도 들게 되었다. 그때는 오로지 하루빨리 이런 잘못된 교육 현장에서 아이들을 구출해내고 싶은 마음뿐이었다.

질투하고 시기하는 사회적 분위기도 상당히 부정적이었다. 아이들이 미국식 발음으로 영어를 말하면 이걸 곱게 받아주지 못하고 친구들 사이에 놀림감이 되었다. 어린아이들은 당장 위축될 수밖에 없었다. 그러다 보니 영어단어를 말할 때는 억지로 한국식 딱딱한 발음으로 표현해야만 했다. 놀림당하지 않기 위한 아이들의 처절한 노력이 가상했다. 그러나 이런 사회 분위기 속에서 우리가 할 수 있는 일은 하나도 없고, 유일한 최선의 길은 하루속히 아이들을 미국으로 다시 보내는 것이라고 생각되었다. 달리는 버스는 지나가면 끝인 것처럼 아이들도 자라고 공부하는 시기가 지나가면 더 이상 손쓸 방법이 없을 것 같았다. 우리 부부는 더 늦지 않게 적절한 조치를 취해야겠다고 마음을 먹었다.

돌아온 지 3년이 지나니 마음이 점점 불안해졌다. 미국에서 돌아오며 3년 안에는 다시 가족과 함께 미국으로 돌아가려고 계획을 했는데, 이게 지연되고 있기 때문이었다. 좋은 직장을 내 발로 걷어차고 나가기가 쉽지 않았다. 시간은 흐르고, 아이들은 계속 성장하고, 잘못하다가 미국에서 교육할 타이밍을 놓칠 것 같았다. 그러다 시간은 계속 흘러 돌아온 지 어언 만 4년이 되었다. 딸아이는 경기여고 1학년을, 그리고 아들은 대왕중학교 2학년을 마치고 다음 학년으로 올라가게 되었다.

나는 더 이상 미국으로 돌아가는 것을 지연시킬 수 없었다. 아이들과 아내만이라도 먼저 보내야겠다고 생각했다. 그래서 즉시 아내와 함께 LA로 달려갔다. 우리가 살던 뉴욕이 아니고 캘리포니아를 택한 데는 이유가 있었다. LA에 사는 나의 누이네 가족 곁으로 가고 싶었고, 두 번째는 캘리포니아가 한국과 제일 가까운 거리에 있기 때문이었다. 우리는 LA 교외에 당장 거주할 아파트를 하나 구해 놓고 돌아왔다. 그러고는 아이들을 불러 앉혀놓고 그동안 준비해왔던 나의 계획을 소상히 털어놓으며 당장 미국으로 돌아가야 한다고 말했다. 이런 계획을 전혀 몰랐던 아이들은 이를 듣고 무척 당황하였다. 그러나 이미 미국에서 학교를 다녀 본 경험이 있는 아이들은 나의 의도가 무엇인지 충분히 이해하는 것 같았다. 아이들은 “아빠가 가라고 하시면 그렇게 하겠습니다.”라고 순순히 따라줬다. 나는 그 자리에서 아내와 아이들에게 당장 짐을 싸서 앞으로 2주 안에 서울을 떠날 것을 주문하였다. 그리고는 1996년 3월 초, 필요한 옷가지 등 몇 개의 이민 가방만 챙겨 들고 LA를 향하는 아내와 두 아이를 김포공항에서 환송하였다.

아내와 아이들이 출국장으로 들어가며 시야에서 사라지자 나는 갑자기 온몸에 힘이 빠지기 시작하며 하늘이 내려앉는 것 같았다. 그리고 눈물이 사정없이 쏟아졌다. 가슴이 텅 빈 것 같고 어디 의지할 데가 없는 사람처럼 갑자기 외로움이 몰려오기 시작하였다. 나는 환송을 나왔던 처형 내외의 체면도 볼 것 없이 계속 눈물을 닦아내야 했다. 돌아가는 발걸음이 떨어지지 않고, 너무 외로운 나머지 말도 잘 나오지 않았다. 그동안 아내와 아이들 앞에서는, 행여 이런 대담한 이주 계획 앞에 나 자신이 약해질까 봐, 강한 척하며 표정 관리를 해왔는데, 이것이 한꺼번에 무너지고 있었다.

간신히 자신을 추스르고, 불 꺼진 텅 빈 집에 돌아왔다. 그러나 그때까지도 마음이 안정되지 않았다. 불과 몇 시간 전까지 같이 지내던 아내와 아이들의 숨결이 느껴지는 것 같아 그리움이 물밀듯 밀려왔다. 그러나 이제 일은 다 벌여 놓아 '엎지른 물'이고, 앞으로 이를 수습할 책임은 오로지 내 어깨에 달려있다고 생각하니 정신이 번쩍 들었다. 가족을 보낸 슬픔에만 빠져 있으면 안 되겠다는 생각이 들었다. 내가 무너지면 모든 게 끝장이니 앞으로 하루빨리 가족과 재결합할 수 있는 길을 모색하도록 해야겠다고 다짐을 하였다.

기러기 아빠

가족을 떠나보내고 하룻밤 사이에 외톨이가 되었다. 이제부터는 모든 것을 혼자 해결해야 하는 신세가 된 것이다. 식사도, 청소도, 빨래도, 다림질도…. 그러나 이런 가사는 그다지 어려운 것이 아니었다. 문제는 어디 의지할 곳도 없고 마음이 안정되지를 않으니 모든 일이 재미가 하나도 없다는 점이었다. 마음은 늘 LA에 있는 가족들에게 가 있었다. 처지가 딱한 나를 불쌍히 생각해 처가 식구들이 김치도 담가 주고 이것저것 도와줘서 고맙고도 고마웠다.

그러나 근본적인 나의 외로움을 달래지는 못하였다. LA 가족과는 수시로 연락을 취하며 소식을 주고받았다. 그러나 나의 약한 모습을 보여주기 싫고 아내와 아이들이 걱정할까 봐 나는 늘 "잘 지내고 있으니 걱정하지 말라." 하고 태연한 척하였다. 장인 장모님에게도 마찬가지로 별문제 없이 잘 지내는 척했다. 하지만 주변에서는 모두 나를 안쓰러운 눈으로 바라보고 있음을 감지할 수 있었다.

가족과 아무 상관없을 것 같은 사무실에서도 일이 손에 잘 잡히지 않았다. 마음이 불안정하니 집중해서 일하기가 어려웠다. 혹시나 직원들이 이런 내 심리를 눈치채지 못하도록 밝은 표정을 지으려고 애를 썼다. 퇴근하면 캄캄한 아파트에 불을 켜고 들어가는 것이 몹시 싫었다. 그러나 가장 견딜 수 없었던 건 가슴을 터놓고 진솔한 대화를 나눌 사람이 주변에 하나도 없는 것이었다. 외로움을 달래려고 시간만 나면 LA를 방문하였다. 무려 한 해 동안 4~5번은 다녀왔던 것 같다. 하지만 매번 가족을 뒤로하고 LA 공항을 떠날 때는 이내 외로움에 휩싸여 이와 같은 싸움을 계속해야 했다. 유일하게 외로움을 달래고 나를 즐겁게 해준 것은 아이들이 건강하고 학업에 잘 적응해가고 있다는 소식이었다. 나는 자녀들의 얼굴에서 사라진 해맑은 미소가 하루 속히 회복되어 옛 모습을 찾기만을 간절히 기도했다.

처음으로 가족과 떨어져 살며 뼛속 깊이 느끼는 점이 많았다. 이제야 가족의 소중함을 새삼스럽게 깨닫게 된 것이다. 아내도, 어린 자식들도, 모두 새롭게 재조명되어 내 눈에 들어왔다. 건강한 아내와 자식이 있음에 감사했고, 가족이 있음에 그 안에서 내가 얼마나 위로받고 행복하게 살아왔는지 절감하게 되었다. 자신도 모르게 앞으로는 가족을 최우선으로 돌보고 사랑하는 삶을 살아야겠다는 다짐을 하였다. 가족이란 하나님이 우리에게 허락하신 최고의 안식처요, 행복이 피어나는 근원임을 명심하는 계기가 되었다.

그러던 어느 날 미국에서 홍콩은행을 책임지고 있는 최고경영자가 한국을 방문하였다. 내가 미국에서 돌아온 것을 잘 아는 그분은 나에게 다가와 질문을 하였다. 뉴욕에 한국인 책임자가 필요한데 내가 와서 맡아줄 수 있느냐는 것이었다. 이번에는 일시 파견이 아닌, 소속까지도 아주 미국으로 옮기자는 것이었다. 혼자 지내는 것이 너무 외로워서 나는 순간적으로 이 제안이 달콤하게 들렸고, 잠시 마음이 흔들리기도 했다. 그러나 이미 미국의 사정을 훤히 알고 있는 나로서는 지향하는 목표가 따로 있기에 그 제안을 정중히 거절하였다.

은행을 사직하다

외로운 기러기 아빠가 되어 언제 퇴직을 하고 가족과 재결합할지 계속 기회만 엿보고 있었다. 그때 직장에서는 장기근속 직원들의 수가 늘어나며 상승한 인건비를 삭감하는 구조조정의 일환으로 특별 퇴직프로그램이 시행될 것 같은 분위기가 돌았다. 기왕에 퇴직할 거면 이런 혜택을 받고 나가는 것이 퇴직금도 많아지고 훨씬 유리하기에 은근히 이 프로그램이 나오기를 기대하였다. 그러나 언제 이 프로그램을 발표할지 몰라 마냥 기다려야만 했다.

그러던 중 1997년 1월 어느 날 예고 없이 특별 퇴직프로그램이 발표되었다. 이 프로그램은 강제 해고가 아니라 일정한 자격이 되는 직원에게 주어지는 선택적 명예퇴직이었다. 이를 기다려왔던 나는 조금도 망설임 없이 바로 퇴직을 신청하였다. 그 덕분에, 퇴직금을 세 배 이상이나 받게 되어 무척 기분이 좋았다. 운 좋게 타이밍이 잘 맞아떨어진 것이다. 이로써 나는 5년 전 미국에서 돌아오며 세웠던 가장 큰 목표를 달성하게 되었다.

퇴직금과 아파트를 합하여 가진 재산이 얼마나 되나 합산을 해보니 무려 12억 원(미화로 1백 2십만 달러)가량이 되었다. 내가 예상했던 금액보다 무려 세 배 이상이 되어 기쁘고 마음이 든든하였다. 이 정도면 미국에 돌아가 집도 장만하고 작은 사업을 할 만한 종잣돈이 될 것 같았다. 지난 21년간 나를 품어준 은행업계를 떠나며 아쉬움도 컸지만, 나의 후반전 인생을 향해 총총히 은행 문을 나서게 되었다. 시원하기도 하고 섭섭하기도 했다. 그날이 1997년 2월 28일이다. 내가 직장생활을 시작한 지 정확하게 21년 7개월이 되는 날이다. 돌아보니 국민학교에 입학한 이래 지금까지 단 하루도 공백 없이 진학하고, 군대에 다녀오며, 직장생활을 연속하고, 이제야 처음으로 집에 가서 쉬게 되었다.

여기까지 안진하게 나와 우리 가족을 인도하신 에벤에젤의 하나님께 감사하였다. 이런 축복이 주어진 것은 내가 그럴만한 자격과 능력이 있어서가 아니라 나의 등 뒤에서 주야로 기도해주시는 어머니의 간절한 기도가 있었기에 가능했다. 그 기도를 들으신 하나님이 나에게 큰 사랑을 베푸신 것이다. 이제 은행 문을 나서게 되니 지금까지 바쁜 사회생활로 소홀했던 신앙생활을 정상적으로 회복하고, 교회 봉사에도 적극 발 벗고 나서야겠다는 의지를 다졌다.

제7장

가나안 땅을 찾아서

복병을 만나다

느긋한 휴식

은행을 그만둔 지 닷새 만에 그리운 가족이 있는 LA로 달려갔다. 아내와 아이들이 펄쩍 뛰며 나를 반갑게 반겨주었다. 우선 퇴직금이 있으니 먹고살 걱정은 내려놓고 그동안 누적된 피로와 스트레스를 풀기로 하였다. 늦잠도 자고 게으름도 피우며, 답답하면 골프장에 나가 골프도 치고 모처럼 내일의 계획이 없는 나날을 보내게 되었다. 하지만 이런 느긋한 생활을 처음으로 경험하게 되니 놀며 쉬는 것도 익숙지 않았다. 아내와 날마다 집에서 같이 시간을 보내는 것도 낯설었지만, 어쨌든 마음은 편안하였다. 그러나 3개월 정도가 지나고 나니 그때부터는 아침에 일어나면 어딘가로 출근하고 싶은 생각에 답답증이 들기 시작했다.

제일 먼저 시작한 것은 앞으로 무엇을 해서 먹고살지 시장을 조사하고 연구하는 것이었다. 이것저것 들여다봐도 내가 잘 알고 자신 있는 사업이 하나도 없었다. 은행에서 늘 하던 일이니 거시적 경기의 흐름이나 산업별 경기 동향은 대충 파악이 되는데 막상 구체적으로 어떤 사업을 해야 할지 막연하였다. 더욱이 전에 살아본 적이 없는 캘리포니아로 오다 보니 뉴욕과는 시장의 구조와 영업환경이 사뭇 달랐다. 사업에 투자하려면 시간이 오래 걸리더라도 면밀한 시장조사가 필요해 보였다. 나는 서두르지 않고 구체적 사업의 아이디어가 내 머리에 생길 때까지 기다리기로 하였다.

한국의 외환위기(IMF)

은행을 나오던 해 가을, 한국에 있는 금융회사에 대표로 계시는 선배로부터 제의가 들어왔다. 자기가 다니는 회사의 임원으로 들어와 함께 일하자는 것이다. 나는 미국에 자리를 잡는 것이 목표였기에 한국의 일자리는 전혀 알아보지 않았는데 우연히 연결된 것이다. 나는 집에만 있는 게 하도 답답하여 그 제의를 수락하고 한 달 후부터 일하기로 약속을 하였다.

그러나 그 약속을 하고 난 뒤 얼마 되지 않은 1997년 11월경, 소위 IMF라고 하는 한국의 외환위기 상황이 발생했다. 그러자 한국에 있는 모든 금융회사들은 극도로 어려운 상황에 빠지게 되었고, 살아남기에 급급하였다. 그 결과, 이 일자리 약속도 실천하기 어려워졌고 자동으로 무산되고 말았다.

일자리가 없어진 것은 그다지 문제가 되지 않았다. 더 큰 문제는 원:달러 환율이었다. 환율이 갑자기 1달러당 1,000원에서 2,000원 가까이 두 배나 뛴 것이었다. 미국 이민을 준비하며 한국에 있는 모든 자산을 정리하여 전액을 은행에 저축하고 거기에서 나오는 이자로 미국 생활비를 충당했는데, 갑자기 뛴 환율로 인하여 예금 액수와 이자 금액이 달러로 환산하면 모두 반 토막이 난 것이었다. 아주 난감했다. 다행히 예금이자는 연 12%에서 20% 가까이 올라가는 바람에 상당히 보상되었다. 느긋했던 마음에 비상이 걸렸고, 이를 어떻게 하나 한없이 초조하기만 하였다. 그러나 이를 타개할 뾰족한 수가 없기에 어떻게 하든지 외환시장이 안정되기만을 기다렸다. 그렇다고 가만히 앉아만 있을 수 없었다. 자금의 일부라도 투자해 가격이 많이 내려간 국내 부동산을 구입하는 게 현명해 보였다. 먼저 개포동에 있는 작은 재건축 아파트를 샀다. 가지고 있던 아파트를 정리하고 나니 한국에 뿌리가 없어지는 것 같은 허전함이 있어서 이를 달래기도 하고, 혹시 나중에 마음이 바뀌어 한국에 돌아올 경우도 대비하고 싶었다. 정리한 현금을 미국으로 가져가서 집도 사고 사업 자금으로 사용하려 했는데, 이 사태로 인하여 큰 차질이 생기고 말았다. 이제부터는 좀 편안하게 사는가 싶었는데 전혀 예상할 수 없던 복병을 만나 큰 고민에 빠지게 되었다.

미국 대학을 맛보다

모든 자금이 한국에 있으니 미국에 투자할 수도 없고, 그렇다고 IMF로 쑥대밭이 된 한국에 나가고 싶지도 않아 아무것도 할 수 없는 상황이 계속되었다. 매일 시간이 넘치니 지루하기도 하고, 이럴 때 내가 꼭 해보고 싶었던 일이 하나 생각났다. 그건 미국 대학에 들어가 단 한 과목이라도 공부해보는 거였다. 그래서 집에서 가까운 곳에 있는 Pasadena City College를 찾아가 여름학기 회계학 원론을 수강 신청하였다. 이 과목은 예전에 독학으로 공부를 한 적이 있는데, 앞으로 미국에서 사업을 하려면 영어로 배워놓는 것이 도움이 될 것 같았다.

미국 대학의 강의실에 앉아보기는 처음이었다. 학생들은 모두 자식뻘 되는 젊은 학생들이었다. 가르치는 교수도 나보다 젊어 보였다. 나는 매일 수업에 들어가 수강하고 도서관에 나가 4~5시간씩 숙제를 해가며 열심히 공부하였다. 그 결과, A학점을 받고 수강을 마쳤다. 가장 인상적이었던 것은 가르치는 교수의 열정과 강의실의 완벽한 시설이었다. 강의실은 방음도,

냉방시설도 완벽하여 한여름인데도 조용하고 전혀 더위를 느낄 수 없었다. 공부하는 데 이것보다 더 좋은 환경이 있을 수 없었다. 역시 선진 부자나라는 확실히 다르다는 사실을 실감하게 되었다.

감사한 일자리 초청

한국 상장기업의 임원으로

그러던 어느 날 한 통의 전화가 서울에서 걸려왔다. 오래전부터 가까이 지내던 ROTC 동기인데 한국 상장기업의 최고경영자가 된 능력 있는 친구였다. 그는 전화에서 지금 특별히 할 일이 없으면 한국에 나와 자기의 사업을 도와달라는 것이었다. 너무 갑작스러운 제안에 당황하여 선뜻 답을 하질 못했다. 그러고 며칠을 생각해보니, 기회가 왔을 때 내가 한 번도 경험해보지 못한 대기업의 임원 자리에 한번 도전해 보고 싶었다. 그래서 즉시 한국으로 다시 돌아갔다.

한국의 기업 문화는 내가 다니던 미국 은행과는 극명하게 달랐다. 모든 게 수직적이고 최고경영자를 중심으로 중앙 집권적이어서 마치 군대조직 같은 느낌을 받았다. 아주 분위기가 경직됐다. 직원들이 업무에 임하는 자세와 태도도 사뭇 달랐다. 끌어주고 밀어주는, 그리고 서로 이해하고 하나가 되는, 그런 팀워크를 찾아볼 수 없었다. 기업의 수익 창출을 위하여 전력을 다하기보다는 오로지 자신의 생존을 위해서 수단과 방법을 가리지 않고 투쟁하는 전투 집단 같았다.

나는 회사에 입사하자마자 이런 기업 문화에 익숙하지 않아 무척 당황스러웠다. 도저히 이런 분위기가 수용되지 않고 일할 수 있는 여건이 되지 않는 것 같아 고민에 빠지게 되었다. 이대로 그냥 있고 싶은 생각은 조금도 없었다. 나는 '이런 직장의 문화도 있구나….'하고 느끼며, 내가 너무 미국의 기업 문화에만 길들어져 있어 편협하게 생각하는 게 아닌가 자문도 해보았다. 결국, 나는 회사에 입사한 지 5개월 만에 사직서를 제출했다. 이 회사에 적응하는 데 실패한 것이다. 나를 회사로 초청한 고마운 친구에게는 미안한 마음이 가득했다. 친구가 기대한 대로 도와주지 못하고 나오게 되어 너무나 미안했다.

한편, 회사 안팎의 사람들은 나의 사직에 의문을 가지고 바라보고 있었다. "되기 힘든 임원으로 들어갔으면 무슨 수를 쓰더라도 견뎌야지 왜 제 발로 나가는가?"라고 하는 것 같았다. 그러나 내 생각은 아주 달랐다. 일할 수 있는 여건이 되지 않는다면 그 일에서 빨리 돌아서는 것이 피차에게 더 유익하다고 라고 판단했다.

짧은 재직기간 동안 해외 영업을 담당하며 여러 나라들을 방문할 기회가 있었다. 그중에는 평소에 개인적으로 방문하기 어려운 국가들도 있었다. 다녀온 국가 중에는 인도, 파키스탄, 아랍에미레이트, 사우디아라비아, 스리랑카, 태국 등이 있다. 미국 은행에서는 주로 세계의 주요 금융센터가 있는 선진국의 대도시를 방문했는데, 여기에서는 대조적으로 산업개발이 뒤처진 서남아 국가들을 주로 방문하였다. 그 나라들을 방문하며 동시에 그들의 열악한 삶과 문화도 잠시 들여다보게 되었다. 그들에 비하면 한국의 경제발전이 얼마나 경이로운가 하는 점을 새삼 절감하게 되었다. 방문국 중, 인도와 사우디아라비아는 한국 정부의 공식 방문단의 일원으로 방문하여 양국 간에 공식회담에 참석하는 등 아주 귀한 경험을 하게 되었다. 한국의 정보통신부 장관을 단장으로 하는 대표단 일행은 인도와 사우디 주재 한국대사관 관저에서 대사가 주관하는 공식 리셉션에도 참석해 방문국 정부의 고위관료들과 만나 교세하는 시간도 가졌다.

Mirae Bank(미래은행), Los Angeles, California

2001년 늦은 가을, 하루는 오래전부터 잘 알고 지내던 금융계 선배 백은학 씨(연세대 상대)가 연락을 해왔다. LA 한인 타운에 새로운 은행을 설립하게 되는데 본인이 은행장으로 지명되었다는 것이다. 그리고는 대뜸 나보고 자기를 도와 은행에서 함께 일하자는 것이었다. 제안은 고마웠지만, 개인 사업을 준비하던 나는 조금 망설여졌다. 은행이 설립된다 해도 작은 규모에 월급을 많이 줄 리도 만무하고 뭔가 크게 기대할만한 것이 없어 보였다.

그러나 한편 생각해보니 은행 설립에 참여하는 건 아주 희소한 경험이고, 설립되면 소매금융 쪽의 경험을 쌓게 되어 앞으로 나의 투자 활동에 많은 도움이 될 것 같았다. 그리고 마음 한구석에 인품이 훌륭한 선배님의 부탁이라 잠시 도와드리고 싶기도 했다. 그래서 함께 일하기로 작정을 하였다.

아무도 없는 텅 빈 사무실에서 책상 하나를 놓고 선배님과 단둘이 앉아 은행 설립에 필요한 준비를 시작하였다. 그리고는 단계적으로 하나씩 주주를 모집하여 자본금을 모으고, 은행 사무실을 임대하여 실내 장식을 하며, 직원을 모집하고, 전산시스템을 연결하는 등 주야로 7개월을 준비하였다. 그리고 마지막으로 금융당국의 승인을 받고 본점 점포에 지점 하나를 포함해 두 개의 점포를 성공적으로 열게 되었다. 은행 이름은 미래은행, 자본금은 9백만 불의 초미니 은행이었다. 그리고 나의 직함은 수석부행장이었다. 몇 해 전까지 세계에서 제일가는 큰 은행에서 기세등등하게 일하다가 졸지에 세계에서 가장 작은 신생 은행에서 일하게 된 자신의 모습이 극명하게 대조되어 나도 모르게 실소를 금할 수 없었다.

이때 LA 한인 타운의 한인 인구는 그다지 많지 않아 이런 작은 커뮤니티 은행의 탄생도 아주 큰 뉴스거리가 되었다. 더불어 여기에서 일하는 책임자들도 그 이름이 타운에 널리 알려져 한인사회에서는 거의 공인의 수준이었다. 은행장 선배도 나도 갑자기 타운에 이름이 알려져 많은 사람들의 입에 회자되었고, 어떤 모임을 가도 사람들이 금방 알아보는 인사가 되었다. 한인 은행은 한인 커뮤니티에서는 가장 안정적이고 큰 직장이었다. 대부분의 이민 1세대는 언어 문제로 괜찮은 직장생활의 기회를 얻기가 어려워 자영업을 하는 경우가 태반이었다. 그러다 보니 이런 은행에서 직장생활을 하면 영어도 잘하고 능력이 있는 사람으로 인정되었다. 그 덕분에 우리는 짧은 시간 안에 수많은 한인 사업자들을 만날 수 있었다.

은행이 설립되어 한두 해가 지나며 영업이 서서히 자리를 잡아가게 되자 주주들 사이에 이사들을 중심으로 문제가 생기기 시작했다. 일부 이사들이 경영권을 과점하기 위하여 파당을 짓고 나머지 이사들과 대립하게 되었다. 심한 대치의 상태가 상당 기간 이어졌다. 은행장과 나는 주주들 사이에 분파를 지을 게 아니라 모든 주주가 경영진을 중심으로 하나가 되어 화합하여야 한다고 주장하고 모든 이사들을 설득하는 노력을 하였다. 그럼에도 불구하고 일부 이사들은 자기주장을 굽히지 않고 주주총회에서 표 대결까지 가는 무리수를 강행하였다. 그 결과, 그들은 자기들의 원대로 주총에서 과반을 득표하여 이사회에서 과반수를 차지했다. 거친 앞날이 예상되었다.

전쟁과도 같았던 주총이 끝난 바로 이튿날, 첫 번째 이사회가 열렸다. 그런데 과반수를 차지한 이사 그룹이 뜬금없이 조직변경이란 이름으로 나를 해고하는 의결을 하였다. 황당하기 그지없었다. 그래서 졸지에 나는 은행에서 쫓겨나게 되었다. 그렇지만 나는 해고 이유가 뭔지 물어보지도 않은 채 조용히 은행을 떠났다. 짐작건대, 나를 해고한 이유는 표 대결을 하는 주총

과정에서 이를 말리는 은행장이 한없이 미웠는데, 그를 내칠 수는 없었고 그 대신 뒤에서 은행장을 오른팔처럼 적극적으로 도운 나를 대타로 희생시킨 것 같았다. 나는 어차피 잠시 도와주러 왔다고 생각하니 별로 화도 나지 않았다. 다만 모두가 함께 단합해서 은행을 살려 나가도 모자랄 판에 극한 분열을 주도한 몇몇 분들의 속 좁은 소견이 유치해서 안타까울 뿐이었다. 이런 모습으로는 은행의 미래가 심히 걱정되지 않을 수 없었다. 그렇게 해서 2년 2개월 동안 각고의 노력으로 설립한 은행에서의 재직을 접게 되었다. 그러나 강제 해고 사유로 받을 수 있는 실업수당을 단 한 푼도 받고 싶지 않았다. 마치 능력이 없어서 정부에 구걸하는 느낌이 들어서 내 자존심이 허락하지 않았다.

다만 재직기간, 중 고등학교 동기며 고향 친구인 강명구 군이 농협은행의 국제부장(후일 상무로 승진) 자격으로 LA를 방문하여 함께 골프도 치고 식사도 하는 등 잠시 즐거운 재회를 한 것은 소중한 추억이었다.

한편 내가 은행을 나온 지 한두 해가 지나서 은행장 선배도 일찍 은행을 떠나게 되었다. 계속된 이사진의 분규가 원인인 것 같았다. 그 후 이 은행은 4년여가 지나 불현듯 찾아온 2008년 금융위기 때, 감독 당국으로부터 지적받은 경영 부실을 극복하지 못하여, 강제로 폐쇄당하는 불운을 겪게 되었다. '얼마나 공들여 만든 은행인데 폐쇄를 당하다니….' 하고 이를 바라보며 안타까운 심정을 금할 수 없었다. 내가 간여하여 설립한 은행이라고 기념 삼아 적지 않은 돈을 주식에까지 투자했는데, 이게 모두 하루아침에 휴짓조각이 되어 버리고 말았다.

활발한 투자와 연속된 실패

부동산 투자

2000년이 되며 부동산 시장을 돌아보니, 1990년도 이후 10여 년간 계속 하강세를 유지하던 부동산 가격이 바닥을 찍고 상승세로 전환되고 있었다. 향후 계속 부동산 가격의 상승이 강력히 예측되었다. 나는 이때가 투자의 적기라고 판단하고 무조건 집을 하나 장만해야겠다고 마음먹었다. 이때를 놓치면 나중에는 더 비싼 돈을 주고 집을 사야만 될 것 같았다. 그러나 한편 주택 매도자들도 시장의 상승 변화를 감지하고 매물을 내놓지 않으니 시장에 나오는 물건을 찾기가 만만치 않았다. 조급해진 마음에 어떻게 하든지 이번에 집을 사야겠다는 마음으로 시장을 샅샅이 뒤지다시피 하였다. 그렇다고 마음에 들지 않는 집을 살 수는 없으니 더 많이 발품을 팔며 집 구경을 다녔다. 그렇게 해서 몹시 어렵게 집을 샀다. 그게 지금까지 내가 사는 집이다. 이것이 미국에서의 첫 번째 투자였다. 지난 20년 이상 이 집에서 편안하게 살며 시세는 무려 3배 이상이나 올라 그때 열심히 땀 흘리며 발로 뛴 보람이 있었다.

이제는 집은 마련했으니 사업체를 알아볼 차례다. 여러 가지 사업을 검토해 보았다. 그러나 아무리 눈을 씻고 봐도 내가 잘 아는 사업이 하나도 없었다. 소규모 영세 사업을 하려고 하니 사업의 속성상 위험 부담이 크고, 이를 운영하려면 우리 부부가 전업으로 매달려 하는데, 그렇게 하면 내가 시간을 빼앗겨 전체 시장의 흐름을 놓칠 수 있어서 영 마땅치 않았다. 나는 좀 더 안정적인 사업을 하고 싶었다. 내가 원하는 사업은 큰돈을 벌기보다는 월급쟁이처럼 어느 정도 고정수입이 보장되고 내 시간을 충분히 활용할 수 있는 사업으로 압축되었다.

그때 같은 교회에 다니는 장로님 중에 아파트 임대업을 하시는 분이 계셨다. 규모가 그리 크지 않은 아파트 건물을 소유하고 계셨다. 아파트 하면 덩치가 크고 무조건 비쌀 것만 같아 쳐다보지도 않았는데, 반드시 그런 것만은 아니었다. 관심을 가지고 장로님이 운영하시는 건물에도 나가 보기도 하고 이 업종을 세심하게 검토해 본 결과, 내가 원하는 사업의 방향과 근사치에 있음을 알게 되었다. 아파트 투자는 첫째로 관리에 많은 시간이 소요되지 않고, 둘째로 다른 사업에 비하여 수익율은 낮지만 안정적이며, 셋째로 부동산 가격의 상승을 기대할 수 있고, 넷째로 시간적 여유가 있어 경제 동향을 살피는 등 경기 변화에 유연하게 대처할 수 있는 장점이 있는 것 같았다. 하지만 이런 건물을 직접 관리해 본 경험이 없기에 그 부분은 내가 새롭게 배워 나가야 할 과제였다.

일단 이 분야에 투자를 하기로 방향을 결정하였다. 그리고 시장에 매물로 나온 아파트를 수없이 검토하였다. 지역, 위치, 건물의 상태, 임대현황, 손익계산서 등등…. 이렇게 검토한 건물이 수십 개는 되는 것 같았다. 그래도 맘에 드는 물건을 여간해서 찾기가 쉽지 않았다. 그러던 어느 날, 같은 교회에 다니는 임윤택(서울대 약대) 장로님이 전화하셨다. 어느 지역에 괜찮은 아파트가 매물로 나왔으니 가서 보라는 것이었다. 즉시 그곳으로 달려갔다. 가서 보니 내가 봐도 한눈에 맘에 들어 사고 싶은 생각이 쏙 들었다. 그동안 열심히 연구하고 시장을 돌아보았기에 매물을 평가할 줄 아는 안목이 생긴 것 같았다. 나는 주저하지 않고 그 자리에서 매입 오퍼를

내도록 주문하였다. 그로부터는 에스크로가 끝날 때까지 경험이 많으신 임장로님이 전 과정을 꼼꼼하게 챙겨주신 덕분에 구입을 잘 마무리 하였다. 그제야 나는 첫 사업으로 소규모 아파트(10units)를 운영하는 임대업을 시작하게 되었다. 홍콩은행을 나와 자유의 몸이 된 이래 5년간의 연구 끝에 비로소 첫 투자를 하게 되었다.

이 과정을 통하여 가장 어려웠던 점은 역시 '의사결정(Decision Making)'이었다. 내가 몸담았던 은행에서는 수백만 불을 빌려줬다가 이게 잘못되어 나중에 돈을 떼이는 일이 있더라도 나의 월급에는 지장이 없었다. 하지만 개인 투자는 한 번 실수를 저지르면 그대로 본인의 손실로 떠안게 되니 신경을 곤두세우고 신중하게 의사결정을 하지 않을 수 없었다.

아파트 임대업은 예상한 대로 큰 수익은 아니었으나, 고정수입이 생기니 가정 경제가 많이 안정되었다. 이렇게 한두 해가 지나며 관리 경험까지 생기니 아파트 임대업에 점차 자신감이 생겼다. 이런 투자가 나에게 가장 적합한 투자 유형으로 보였고, 마음에 욕심이 생겼다. 그래서 2년 후에는 아파트 한 동(8units)을 추가로 구입했다. 비록 작은 건물이긴 하지만 아파트 건물을 2동이나 소유한 아파트 소유주가 되었다. 그 결과, 수입도 늘어나고 가정 경제가 단단해지게 되었다. 은행을 그만두고 미국에 온 지 7년이란 세월이 지나서야 비로소 안정적으로 자리를 잡게 되었다.

Innovative Bank, Ockland, California

미래은행을 통하여 한인사회에 이름이 알려지고 많은 사람들과 연결고리가 생겨난 덕분에 은행을 떠난 후에도 다양한 분들과 교제하게 되었다. 그때는 은행에 투자하는 것이 한인사회에서 인기가 많았다. 왜냐하면 오래전에 한인 커뮤니티 은행에 투자한 주식 가격이 수십 배 올라 엄청난 돈을 벌고 있기 때문이었다. 특히 은행 이사들이 주식 투자를 통해 재력을 많이 쌓게 되고 사회적 지위도 높아서 많은 사람들의 부러움을 샀다. 그러다 보니 돈이 있는 재력가들은 은행을 새로 설립하든지 아니면 은행 주식에 투자하고 싶어 하는 경향이 강했다. 일부 재력가는 나에게도 접근하여 돈을 댈 테니 은행을 하나 만들 것을 제안하기도 하였다.

2004년 가을 어느 날, 뉴욕에 있을 때 이웃 은행에 계시며 자주 어울린 적이 있는 홍승훈 선배의 초청으로 식사를 하게 되었다. 한인 커뮤니티에서 은행장을 거친 홍 선배는 내 앞에 두툼한 서류를 내밀며, 시장에 매물로 나온 미국계 커뮤니티 은행을 사려고 검토 중인데 혹시 같이 손잡고 해볼 용의가 없는지 물어왔다. 그러나 나는 전혀 관심이 없었다. 나는 내민 서류를 들춰보지도 않고 도리어 그런 어려운 길을 왜 가려고 하느냐고 반문하였다. 식사를 마치고 집에 와 며칠 후, 우연히 나는 이 서류를 들여다보게 되었다. 팔려고 나온 은행은 북가주 Ockland에 있는 미국계 커뮤니티 은행에 대한 자료인데, 이 은행은 2개의 영업점을 가지고 있었다. 재무제표 등 서류들을 하나씩 꺼내 들여다보니 이익도 나는 등 은행이 제법 괜찮아 보였다. 신규로 어렵게 제로에서 시작해 은행을 설립하는 것도 아니고, 이미 기존에 잘 운영되고 있는 은행을 매입하는 것이니 그렇게 골치 아플 일도 없어 보였다. 이를 보며, 내 생각이 조금씩 바뀌기 시작하였다. 때마침 내 머릿속에 투자 의향을 밝힌 몇 분도 떠오르고, 거기에 더하여 그 당시 뜨거운 투자 분위기를 감안하면 이를 추진해도 무난하게 성공할 것 같은 예감이 들었다. 그래서 그 선배를 다시 접촉하여 이 은행의 매입을 함께 추진하기로 합의하였다.

우선적으로 내게 투자 의향을 밝힌 몇 분 중 어느 분을 먼저 선택할지 고민하게 되었다. 그러나 그분들을 접촉하기 전에 같은 교회에 다니는 사업가가 재력도 있어 보이기에 이 투자 건을 소개하고 관심 여부를 타진하기로 하였다. 아무래도 내가 친분이 있고 하나님을 믿는 신자이기에 더 신뢰도 가고 나을 것 같았다. 그러자 이 사업가는 이 제안을 기다렸다는 듯이 지대한 관심을 보였다. 그래서 나는 즉시 홍 선배와 함께 3명이 만나 협의하여 이 은행 인수를 추진하기로 하였다. 그 사업가는 이 추진단에 같은 교회 친구 한 명을 더 합류시키자고 제안하여 공식적인 인수 추진 멤버가 4명으로 늘어났다. 모든 게 짧은 시간에 일사천리로 진행되었다.

인수 추진단은 전방위적 광고를 통하여 소액 투자자를 모집하고 한편으로는 한인 타운 내 재력가를 개인적으로 접촉하여 대형 투자를 권유하였다. 결과는 예상을 뛰어넘는 대성공이었다. 타운 내 이름이 알려진 사업가들이 앞다투어 큰돈을 투자하였고, 개미군단을 이룬 소액투자자도 무려 150여 명 이상이나 참여해 우리가 목표했던 자본모집액에 초과 달성하는 보기 드문 진기록을 이루었다.

이 은행을 인수하는 데 필요한 자금은 1,800만 불밖에 되지 않았다. 그러나 은행을 인수하는 동시에 자본금을 증자하여 신규 지점을 두 개 더 열고, 그 이후 자산의 증가에 대비하여 자본모집 규모를 3,300만 불로 높게 설정했다. 그런데도 투자자들 사이에 인기가 너무 좋고 시장 반응이 뜨거워 무려 4,400만 불까지 투자 신청이 접수되었다. 보기 드문 폭발적 인기였다. 그러나 우리는 신청액 전액을 수용할 필요가 없어서 초과 신청한 부분을 삭감한 나머지 3,300만 불만 자본금으로 받아들이고, 그 불입된 자금으로

2005년 7월 1일 정식으로 이 은행을 인수하게 되었다. 그리고 계획한 대로 신규 지점을 LA Downtown과 북가주 San Jose에 열게 되었다.

자본금을 모집하며 주변에 계신 여러분에게 주식을 소개하였다. 모두 하나같이 가까운 분들이고 그들에게 좋은 투자의 기회를 제공하고 싶었다. 나 자신도 과감히 투자하였다. 서울에 남겨둔 유일한 아파트를 팔아 그 자금을 전부 주식 매입에 사용하였다. 이 투자를 주도하는 인수 추진단의 일원으로 나도 자본모집에 최선을 다하고 싶었다. 다행히 한국의 아파트 가격이 구입가 대비 3배나 올라 투자금액을 마련할 수 있었다. 그러나 나의 투자금액은 주요 대형 투자자들의 투자액에 비하면 절반 정도밖에 되지 않아 겨우 체면을 유지하는 수준이었다.

이 은행을 성공적으로 인수하며 나는 너무 기쁜 나머지 흥분을 금할 수 없었다. 그리고 나는 어린아이같이 아주 순박한 꿈을 꾸고 있었다. 이제 은행 직원이 아니라 은행을 소유하고 경영하는 은행가가 되는, 이사회에 나가 동료 임원들과 호흡을 맞추며 이 은행을 아름답게 키워가는, 내 나이 70이 넘을 때까지 열심히 일하는, 그리고 장기적으로 모든 투자자에게 이익과 기쁨을 나누어 주는 그런 꿈이었다. 한마디로 이 은행의 성공에 나의 마지막 남은 열정을 쏟아부으며 오랫동안 좋은 사람들과 어울려 보람 있게 살고 싶었다. 그리고 여기서 명예로운 은퇴를 맞이하고 싶었다. 나는 이 은행이 하나님이 내게 허락하신 최종 종착지인 '나의 가나안 땅'이 되기를 바라는 마음이 간절했다.

은행을 인수하며 나는 은행의 지주 회사인 Innovative Bancorp와 자회사인 Innovative Bank 양쪽의 이사로 선임되었다. 이 제안서를 나에게 들고 온 홍 선배는 은행장으로 위촉되었다. 한인 타운의 명망이 있는 거액

투자자들은 이사로 모시고, 외부에서 미국인 은행 전문가를 모셔와 이사로 위촉하였다. 그렇게 골고루 구색을 갖춰 이사회를 구성하고, 이사회는 매월 북가주 Ockland에 있는 본점 건물에서 열렸다. 나를 비롯하여 남가주에 거주하는 이사들은 회의가 열리는 당일 비행기 편으로 회의에 다녀왔다. 모두들 꿈에 부풀어 열심히 영업을 도우며 은행이 잘되도록 힘을 합하였다. 그 결과, 첫 한두 해 동안은 은행이 제법 성장도 하고 이익을 내는 등 자리를 잘 잡아가고 있었다.

그러나 그 이후, 시간이 지날수록 경영상 이런저런 문제가 노출되었다. 이사들 사이에서도 서로 의견이 엇갈리는 등 은행이 순탄하게 돌아가지 않았다. 출발선상에서 일치되었던 한마음이 내부 문제와 영업환경의 변화에 따라 점점 균열을 보이기 시작했다. 경영진은 나름대로 자기의 이해관계를 고집하는가 하면 감독하는 이사진도 자꾸만 이상하게 변질되어만 갔다. 그러는 사이 은행의 영업 상태는 나빠지고 손익도 점점 악화되었다. 이를 바라보는 내 마음속에 걱정이 쓰나미처럼 몰려왔다. 그러나 상호 신뢰를 잃고 흩어진 마음을 다시 하나로 회복시킬 방법은 눈에 보이지 않았다. 이를 극복할 강력한 리더십도 존재하지 않았다. 이럴 때 내게 그만한 능력과 리더십이 없음이 무척 아쉬웠다.

그러던 중 2008년에 접어들어 누구도 예측을 불허한 금융위기까지 닥쳐왔다. 그러자 타는 불에 기름을 부은 듯, 은행의 부실이 눈덩이처럼 불어나기 시작하며 자본금을 삼키고 존립 자체까지 위협하게 되었다. 이제는 이를 극복하기 위해서는 금융당국의 명령을 준수하여 자본금을 증자하지 않으면 안 되는 지경까지 도달하게 되었다. 모두들 증자를 고심하며 은행을 살릴 자금원을 찾아 동분서주하기 시작하였다. 그러나 상호 신뢰가 사라진 은행에 돈을 댈 사람은 쉽게 나타나지 않았다.

나는 공교롭게도 이 시점까지만 이사회에서 일하게 되었다. 그 이유는 2009년 12월 열린 주주총회에서 이사로 선임되지 않았기 때문이다. 이사회에서 무슨 일이 있었는지, 왜 나보고 나가라는 건지, 누구도 일언반구 설명해 주는 사람이 없어서 그 이유를 전혀 알 길이 없었다. 그렇지만 그 이유는 너무도 뻔하고 모를 수 없는 일이었다. 나는 한마디 고별인사를 할 기회도 없이 이사회를 떠나게 되어 몹시 기분이 언짢았다. 마치 나 자신이 쓰고 버린 휴짓조각처럼 쓰레기통에 버려진 느낌이었다. 지금까지 살아오며 이런 비인간적이고 비도덕적인 경우는 처음으로 당하게 되어 무척 당황했고 실망스러웠다. 씁쓸하기 그지없었다.

그러나 결코 이런 일로 좌절하거나 세상을 비관하지는 않았다. 오히려 작은 이해관계에 목 놓아 갖은 수단과 방법을 가리지 않는 속 좁은 인간들의 우매함에 한 가닥 연민을 느끼지 않을 수 없었다. 어려울수록 함께 힘을 보태어 쓰러져가는 은행을 살리고 싶었지만 어쩔 수 없었다. 나는 비록 떠나더라도 풍전등화에 놓여있는 은행이나 죽이지나 말고 살려놓기를 간절히 바라는 마음뿐 이었다.

그 후 약 5개월이 지난 그 이듬해 5월, 결국, 은행 이사회와 경영진은 감독 당국의 증자 명령을 기한 내 이행하지 못하여 은행 문을 강제 폐쇄당하는 수모를 입게 되었다. 그뿐만 아니라 많은 투자자들에게 커다란 손실을 입히게 되어 한인사회에 큰 충격을 주었다. 그러나 누구 하나 나서서 내 잘못이요 하며 고개를 떨구는 사람은 찾아볼 수 없었다. 모두들 순식간에 어디론지 사라지고 보이지 않았다. 쓴웃음이 저절로 나왔다.

비록 이사회를 떠났지만 나는 은행을 믿고 투자한 수많은 주주에게 죄송한 생각이 들었다. 특히 내가 사적으로 권유하여 투자한 주변 지인들에게 면목이 없었다. 나 자신도 손실이 막대했지만, 그저 덤덤했다. 남들처럼 그렇게 애통해하거나 속을 끓이지 않았다. 나는 원래 가진 게 없던 사람이기에 잃은 게 하나도 없다고 생각하였다. 오히려 지난 5년간 다양한 사람들을 만나서 은행 인수와 경영에 한 축을 즐기는 기회를 가진 것을 감사하게 생각하였다.

은행을 시작하며 이 투자가 내가 앞으로 영원히 안주할 '나의 가나안 땅'이 되기를 간절히 소망했지만 결국은 거친 광야만 헤매다 가나안에 들어가지 못한 '모세' 같은 신세가 된 것 같았다. 그리고 은행이 망하기 전 나 홀로 이사직에서 아무 이유 없이 퇴출된 것은 마치 구약 성경에 나오는 '소돔과 고모라'의 구원의 스토리와 일면 비유가 되는 게 아닌가 하는 생각이 들어 위로를 받기도 하였다.

Pacific Investment Network Inc., Los Angeles, California

은행 이사직에 있으니 나를 돈푼깨나 있는 재력가로 보는 분들이 많았던 것 같다. 그런 연유로 여러 형태의 투자 제안이 답지하였다. 다양한 투자제안서를 검토하는 건 재미있고, 마치 내가 커다란 재력가라도 된 것 같아 기분이 나쁘지 않았다. 2006년쯤인 것 같다. 한국에서부터 20여 년 이상 알고 지내 온 금융계 선배인 박진곤 씨(서울대 상대)를 만나 함께 골프를 치게 되었다. 그 선배는 한국의 외환은행에서 이사직을 마치고 이어서 자회사인 가주외환은행에서 이사장을 지내신 분인데, 금융회사를 창업 준비 중이셨다. 들어보니 창업 멤버들이 모두 점잖고 인품이 있는 인사들로, 재력도 있고, 만난 적은 없어도 모두 존경할만한 분들이었다. 이들은 이 사업을 통해 돈도 벌지만, 노년에 서로 교제하며 재미있게 살아보자 하는 분위기가 묻어나는 것 같았다.

박 선배가 내게 물어왔다. 혹시 나도 이 창업에 같이 합류해 볼 생각이 없느냐고. 아무나 동업자로 제안하는 것 같지 않아 초청에 감사했다. 나는 사업에도 관심이 있었지만, 사회적 경륜에 품위를 갖춘 인사들과 어울리고 교제하는 게 더 마음이 끌렸다. 큰 욕심 없이 순수한 마음으로 뭉치면 사업은 더불어 더 잘 될 것 같았다. 그래서 선뜻 창업대열에 합류하기로 하였다.

투자에 참여한 분은 총 7명이었다. 우리는 공동으로 출자하여 자본금 140만 불의 금융회사를 설립하였다. 투자자 중에 나를 포함하여 4명을 이사로 선임하여 이사회를 구성하고 이사회 의장은 박진곤 선배를 선임하였다. 나머지 두 분의 이사는 공대용 씨(서울대 공대)와 이상영 씨(한양대 법대)였다. 이사회가 단출하니 마치 무슨 사교클럽 같다는 생각이 들었다.

멕시코 해변에서

이사회 멤버들은 월 1회 이사회로 만나 사업을 논의하기도 했지만, 그 외에도 같이 골프도 치고, 식사도 하고 부부 동반으로 여행도 가는 등 재미있는 시간을 가졌다. 여행은 주로 멕시코에 있는 이름난 리조트로 가서 한 주일간 느긋하게 쉬다 오는 것이었다. 그래서 주요 멕시코 휴양지는 안 가본 곳이 없는 것 같다. 뽀또 바야타, 아카폴로, 뽀또 뻬냐스코 등. 그러다 보니 서로 간에 잘 알게 되고, 부부간에 친분도 쌓이게 되며, 점점 더 가까워지게 되었다.

초기 사업은 의도한 대로 자리를 잘 잡아가며 성장하게 되었다. 이익도 눈에 보이게 늘어났다. 그래서 한두 해 지나자 회사를 더 키우기 위하여 추가로 자본금을 불입하기도 하였다. 그러던 어느 날, 회사 내에서 사고가 발생했다. 책임자로 고용한 종업원이 서류를 위조해 거액의 회삿돈을 빼돌린 것이었다. 큰 충격이 아닐 수 없었다. 그 직원은 우수한 학력에 우리가 모두 믿고 맡겼던 사람인데, 그런 배신을 하게 되어 더 큰 충격이 아닐 수 없었다. 이 여파로 규모가 작은 회사가 휘청거리게 되었다.

이 사고를 수습하느라 정신이 없었는데, 엎친 데 덮친 격으로 생각지도 못한 2008년 금융위기까지 발생했다. 그러자 시장 상황이 하루아침에 뒤집히다시피 바뀌게 되었고, 수백 군데 뿌려놓은 소액대출이 잘 회수되지 않고 부실이 발생하기 시작하였다. 부실은 걷잡을 수 없이 눈덩이처럼 불어나며 손실로 처리되었고 자연히 자본금도 잠식될 수밖에 없었다. 그나마 다행인 것은 외부 차입금이 없어서 내부적으로 손실을 떠안으면 되는 점이었다. 그러나 문제는 금융위기 이후 시장이 다시 살아나지를 않고 영업 전망이 전혀 보이질 않는 것이었다. 그리고 이를 만회 할 다른 대안도 마땅치 않았다. 하는 수 없이 이사회는 손해가 더 커지기 전에 회사를 헐값에 팔아

처분키로 하고 정리하였다. 사업을 한다는 게 참 쉽지 않음을 재삼 뼈저리게 깨닫는 순간이었다.

투자했던 자금을 잃게 되어 아쉬웠다. 그러나 더 아쉬운 건 이사회에서 같이 일했던 좋은 분들과 더는 만나지 못하게 된 것이었다. 회사는 비록 비운의 종말을 맞이했지만, 투자자들은 그 이후에도 서로 신뢰하고 존경하는 마음은 변함이 없었다. 그 배후에는 박 선배의 세밀하고 투명한 리더십이 있었다. 보통은 무너지는 회사에서 큰소리 한 번 날 법도 한데, 우리는 끝날 때까지 웃는 낯으로 유종의 미를 거둘 수 있었다. 여기에 참여했던 한 분 한 분의 성숙한 인격이 돋보이는 것 같았다. 회사는 오래전 사라지고 없지만, 우리 이사회 멤버들은 아직까지도 가끔 만나 식사도 하고 즐겁게 교제하며 지내고 있다.

외식사업: SanSai Japanese Grill

2007년에는 외식업에도 손대게 되었다. 투자를 시작할 무렵 나는 은행 이사로, 동시에 금융회사의 이사로 활동하며 부동산 임대업을 운영하고 있었다. 그러나 자금 여력이 있고 일할 수 있는 젊음이 있을 때 가능한 한 더 많이 투자하여 경제력을 키워가고 싶었고, 머지않아 다가올 노후에 대비하고 싶었다. 이게 내 인생에 마지막 투자가 될 것 같았다.

프랜차이즈 식당업을 택한 데는 몇 가지 이유가 있었다. 그건 첫째로 내가 잘 아는 비즈니스가 없었기 때문이다. 프랜차이즈 식당은 회사가 뒤에서 시키는 대로만 하면 된다고 하니 쉬워 보였다. 그리고 어느 정도 수준에서 규모의 경제를 갖춘 식당은 주인 없이도 매니저와 직원들이 운영하는 기업형 경영 체제가 될 것 같았다. 그러나 결정적 도화선이 된 것은 미래은행에서 인연이 된 백은학 선배가 유망한 신생 프랜차이즈 업체와 가까운 관계에 계셨기 때문이다.

나는 그때 식당업을 고려하고 있던 백 선배에게 제안하여 공동으로 규모 있는 식당 사업을 추진하기로 하였다. 각기 식당을 하나씩 투자하여 운영할 수도 있지만, 영업이 안 될 경우에 위험을 분산하는 차원에서 공동으로 투자하는 것이 바람직했다. 그러기 위해서는 적어도 3개 이상의 점포를 운영하는 게 적절하다고 판단하였다. 그래서 나와 같은 교회에 장로이시며 재력가인 유환(가주 주립대) 씨를 초빙하여 투자 파트너로 모시게 되었다. 유 장로는 일찍이 미국에 건너와 미국 대학에서 공부도 하시고 사업에 경험이 많은 유능한 분이셨다. 백 선배와 유 장로는 초면이지만 두 분 다 신실하시고 인품이 넘치는 교회 장로이기에 그리스도 이름으로 화합하면 아무 문제가 없을 것 같았다. 세 명의 기독교인이 모여 한국인들 사이에 가장 하기가 어렵다는 '동업'을 결성하며 남달리 멋진 모범을 한번 보여야겠다는 생각도 들었다.

버뱅크 공항 앞 영업점

싼사이 일식당은 일본 음식을 취급하는 식당 중 유일하게 셀프서비스를 하는 프랜차이즈 식당으로, 남가주에 30여 개, 미주리주 세인트루이스에 5개, 합하여 총 35개 정도의 점포가 있었고, 확대일로에 있었다. 메뉴는 정통 일식이 아닌 퓨전 일식으로 서양 사람들의 입맛에 알맞게 만든 메뉴를 제공했다. 주로 롤 계통과 데리야끼 치킨이나 비프 같은 메뉴였다. 이런 메뉴들은 날생선을 꺼리는 서양 사람들을 주요 마케팅 대상으로 삼아 준비된 것이었다.

그때까지만 해도 나이가 드신 미국 사람들은 일식을, 특히 안 익힌 생선을, 먹는 사람들이 드물었다. 그런 분들을 새롭게 고객으로 유인하는 것이 이 프랜차이즈의 전략이었다. 그 시점에 마끼 종류의 롤은 이제 막 미국 시장에 소개되기 시작하여 그 인기가 날로 올라가고 있었다. 우리가 판단컨대, 이런 퓨전 메뉴는 전에 시장에 소개된 적이 없는 소위 '블루 오션'이라고 봤고, 사업의 성공 가능성이 높을 거로 판단하였다.

우리는 프랜차이즈 회사가 확보한 수많은 점포 자리 중 영업 여건이 가장 우수한 지역을 3곳 선택하였다. 첫 번째는 글렌도라 시의 중심상가 지역 신축 식당 건물, 두 번째는 버뱅크 시의 공항청사 입구의 상가, 세 번째는 애너하임 시의 명소인 디즈니랜드 앞 매머드 상가 안의 식당가였다. 총투자금액은 무려 2백10만 불에 달하였다.

2007년 12월 23일, 크리스마스를 이틀 앞두고 글렌도라 점포를 최초로 오픈하였다. 이 지역은 주로 백인 중산층의 거주지이며, 따라서 이런 종류의 식당은 처음이었다. 고객들의 반응이 어떨지 상당히 궁금했다. '그런데 이게 어찌 된 영문인가?' 개점과 동시에 입소문이 나면서 고객들이 구름같이 몰려들기 시작하였다. 20여 명의 종업원만으로는 일손이 부족해 우리 파트너들까지 소매를 걷고 돕지 않으면 안 될 정도로 성황을 이루었다. 2,200sf의 매장이 고객들로 꽉 차니 뒤에 오는 고객은 줄을 서서 무려 2~30분은 대기해야 식당 안으로 들어올 수 있었다. 영업 첫날부터 대성공이었다. 하루에 방문 고객의 수가 무려 4백에서 4백5십 명 정도가 되었다. 그리고 이런 호황 추세는 계속 이어졌다.

그 이듬해 4월, 두 번째로 버뱅크 시 공항청사 입구에 점포를 열었다. 이 지역은 주변에 회사들이 많이 포진해 있고, 공항에서 일하는 직원들만 해도 상당수가 되어 오픈 전부터 영업이 잘될 거로 기대를 모았다. 예상했던 대로 개점과 동시에 영업이 폭발적으로 잘되었다. 첫 번째 점포보다도 오히려 매출이 더 좋았다. 종업원들도 신이 났고 우리 파트너들도 너무 감사했다. 무엇보다도 기뻤던 건, 우리가 검토한 사업의 타당성 조사가 그대로 맞아떨어진 것이었다. 더할 나위 없이 만족했다. 식당을 오픈하자마자 갑자기 돈이 굴러들어오기 시작하니 세 파트너가 모두 행복했고 입가에 미소가 떠나질 않았다.

세 번째 점포도 그해 11월에 열게 되었다. 이 점포는 남쪽 오렌지 카운티에 있는 디즈니랜드 앞에 신축된 매머드 상가 안에 있었다. 그 상가의 규모는 어마어마하게 컸고, 그 안에는 없는 것이 없을 정도로 각종 사업체들이 입점할 채비를 하고 있었다. 최고의 영업 여건이 조성될 것으로 기대되었다.

그러나 막상 점포를 오픈하고 들어가 보니 심각한 문제가 눈에 들어왔다. 그건 '2008년 금융위기'의 여파로 인해 들어와야 할 점포들이 입주를 미루거나 아예 취소하여 상가 전체가 거의 텅 빈 상태로 남아있다는 점이었다. 우리가 너무 빨리 점포를 오픈한 것이었다. 자연히 찾는 고객의 발길이 뜸할 수밖에 없었다. 점포들이 다 들어차고 상가 건물 위로 예정된 객실 1,000개짜리 대규모 호텔과 타임쉐어 500유니트까지 완공되면 더없이 장사가 잘될 요지인데, 아직 그 여건을 갖추고 있지 못한 것이다. 그리고 앞으로 언제나 그런 영업환경이 완성될지 전혀 가늠되지 않았다. 비싼 렌트비는 매월 꼬박꼬박 지급해야 하고, 가까운 시일에 영업 전망은 보이지 않고, 정말 난감하였다.

프랜차이즈 회사가 이런 문제점을 간파하여 점포 설립을 늦추었어야 했는데, 이를 무시하고 자기 잇속만 챙기기 위하여 점포 오픈을 강행해서 이런 사단이 발생했다. 잘못은 우리 측에도 있었다. 프랜차이즈 회사를 과신하여 우리가 직접 현장의 상황을 제때 체크하지 못한 것이다. 우리는 어쩔 수 없이 손해를 감수하며 일 년 동안 영업을 유지하며 향후 전망을 지켜보았다. 그러나 상가개발을 주도하는 회사도 자금난을 이기지 못하고 넘어가 버리고, 이미 입주했던 점포들마저도 하나둘 문을 닫고 떠나기 시작하였다. 그야말로 시계가 제로에 늘어만 가는 손해를 감수하며 더 이상 그 자리에 있을 수는 없었다. 그래서 결국 우리도 결단을 내리고 점포 문을 닫았다. 이로 인해 막대한 손실을 보게 되었다.

상대적으로 글렌도라와 버뱅크 점포는 수년간 꾸준히 영업이 잘되었다. 하지만 시간이 지남에 따라 재료비와 인건비가 올라가 순수익은 조금씩 줄어들게 되었다. 게다가 9년 이상 세월이 흐르니 글렌도라 점포 역시 주변 영업환경의 급격한 변화로 인하여 결국 매출이 점점 줄어들었다. 그 지역에 주민 수는 늘어나지 않는데 비해 새로운 식당들이 우후죽순처럼 생겨나니 경쟁이 과열된 것이 원인이었다. 그리고 인근에 식당 중심상가가 새로 들어서는 바람에 일부 고객들의 발길이 그쪽으로 옮겨가 버렸다.

이런 변화된 시장 구조 속에서 우리가 매출을 다시 끌어올릴 반전의 기회를 찾을 수 없었다. 심지어는 점포를 팔려고 내놓고 가격을 몇 번씩 내려도 이를 사려는 사람이 없었다. 우리가 방심하는 사이에 적절한 출구 시점을 놓쳐버린 것이다. 결국 우리는 글렌도라 점포를 하루라도 빨리 접는 것이 현명하다고 판단하여 그 문을 닫기로 하였다. 이미 지난 9년간 재미를 보았고, 한편 그사이 파트너들도 은퇴할 나이가 되어 더는 점포를 유지할 이유가 없었다.

하나 남은 버뱅크 점포는 여전히 장사가 잘되었다. 그러나 파트너들의 건강이 좋지 않고 더는 유지하기 어려워 이 점포도 2018년 4월 처분하였다. 식당 매매가격이 예전 같지 않아 기대한 만큼의 가격은 받지는 못하였다. 그러나 전체적으로는 재미를 본 투자였다.

이렇게 해서 우리는 외식사업 10년의 종지부를 찍으며 인생의 한 페이지를 넘기게 되었다. 세 명의 크리스천이 의기투합하여 이 사업을 끝까지 잘 마무리하게 됨에 감사했다. 때로는 파트너 간에 의견이 일치하지 않을 때도 있었고, 반드시 좋은 때만 있었던 것은 아니었다. 그렇지만 우리는 서로 이해하며 인내하는 남다른 노력이 있었고, 그에 힘입어 지난 10년을 동고동락하며 무난하게 지낼 수 있었다. 이 모든 것이 우리 가운데 겨자씨만 한 작은 믿음이 있어서 가능했다고 나는 믿는다. 이 사업을 통하여 우리에게 일용할 양식을 내리시고 아름다운 인연을 맺어주심을 감사한다.

교회와 신앙생활

나성 한미교회(LA Hanmi Church), 1996~2010

1997년 HSBC를 그만두며, 앞으로는 그동안 충실하지 못했던 신앙생활을 제대로 하겠다고 다짐한 바 있다. 바쁜 직장생활로 주일에만 교회에 나가 예배드리는 Sunday Christian에 불과했는데, 이제부터는 더 열심히 예배에 출석하고, 어머니가 늘 생전에 노래하시듯 말씀하신 '성실한 신앙생활'을 회복하고 싶었다.

LA로 오자마자 나는 가족이 다니고 있는 이 교회에 자동으로 등록하게 되었다. 나의 누이의 가족이 이 교회에 나가고 있었고, 나의 매부는 이 교회에 시무장로로 섬기고 계셨기에, 어느 교회를 다닐까 한 번 고민도 없이 무조건 이리로 오게 되었다. 와서 보니, 이 교회는 오래전에 제퍼슨 교회에서 분립해 나왔는데, 1981년도 어머니가 LA를 방문했을 때 함께 제퍼슨 교회에서 예배를 드리던 교인들이 이 교회에 여러분 계셔서 반가웠다. 교회의 원로이신 박근배 장로님과 박은신 권사님은 그 옛날 어머니의 모습을 선명하게 기억하고 계셔서 두 분을 뵈면 어머니의 얼굴이 떠오르곤 하였다.

교회의 첫인상은 굉장히 보수적인 색채를 띠고 있는 것 같았다. 한국에 있는 교회들보다 여러 면에서 바뀐 시대를 못 따라간 듯, 오래전 한국 교회 모습을 그대로 간직하고 있는 것 같았다. 마치 시곗바늘을 거꾸로 돌려 어렸을 적 다니던 교회로 돌아간 느낌이 들기도 하였다. 이러다가 시대에 뒤떨어지는 건 아닌지 일면 불안한 마음이 들기도 하였다.

담임 목사님인 김대평(서울대) 목사님을 비롯하여 많은 교인들이 친절하게 환영하며 나를 맞아주셨다. 덕분에 나는 쉽게 정착하게 되었고 다른 교인들과도 폭넓은 교제를 하며 만족한 교회 생활을 하게 되었다. 그동안 다녀본 적이 없는 금요기도회도 출석하고 새벽기도회도 나가는 등, 설교를 열심히 들으며 하나님의 말씀을 배우도록 노력했다. 한 주일에 한 번씩 만나는 구역 예배에도 출석하여 같은 지역에 사는 이웃의 형제들과 교제도 하였다. 그러나 처음에는 이런 신앙적 분위기에 익숙하지 않아 적응하는 데 시간이 걸렸다. 한 번은 구역 예배에 참석했는데, 구역장 되시는 장로님이 사전 귀띔도 없이 대표 기도를 시키셔서 무척 당황하기도 하였다.

그런가 하면 교회 봉사에도 참여했다. 돌아가며 하는 밥 당번을 통하여 음식도 준비해야 했고, 설거지, 주방 청소도 하게 되었다. 이런 일들은 오래된 교인들에게는 아주 익숙했지만, 나는 처음이라 좀 쑥스럽고 어색하였다. 직장생활을 통하여 굳어진 선비 의식 같은 고정관념이 하루아침에 쉽게 바뀌지 않았다. 이런 자신을 의식적으로 내려놓으며 애썼지만 그게 생각만큼 쉽지 않았다. 어쨌든지 머릿속에 강하게 뿌리박힌 고정관념을 깨려는 노력을 부단히 하였다. 그래야만 이민의 땅 미국에서 무슨 일이든지 거리낌 없이 할 수 있는 마음의 자세를 가지게 될 것 같았고, 교회 생활과 이민 생활에서 이웃들과 서로 잘 협력하며 지내는 데 문제가 없을 것 같았다.

어느 날 김대평 담임 목사님이 전화를 주셨다. 목사님은 사업이 어려운 교인들을 심방하는 데 함께 동행해 줄 수 있는지 문의를 하셨다. 심방이란 말이 마음에 부담이 됐지만, 부탁을 거절하기가 어려워 나는 목사님을 따라나섰다. 그래서 나는 목사님과 이런저런 사업체를 운영하는 교인들을 방문하여 그들의 어려움을 청취하고 위로하였다. 목사님은 가는 곳마다 그들의 사업을 축복하며 간절한 기도로 그들을 위로하셨다. 그 기도는 듣는 나에게도 은혜가 되어 많은 것을 느끼고 생각하게 해주었다.

이 심방은 의외로 나에게 다양한 스몰비즈니스를 직접 내 눈으로 돌아보고 공부하는 더없이 좋은 기회가 되었다. 이는 나중에 내가 어떤 사업을 할지 결정하는 데 중요한 기초 자료가 되었다. 미국에서 새로운 사업을 구상하는 나에게 하나님께서 이런 기회를 예비하신 것 같았다.

그 후에는 교회에서 연례행사로 하는 대 가정심방도 있었다. 이번에는 교역자와 장로들이 교인들의 가정을 방문하여 그 가정을 축복하고 기도를 해주는 행사였다. 나는 교회차를 모는 운전기사가 되어 교직자들과 함께 수많은 교인들의 집을 방문하게 되었다. 이 동네 저 동네, 커다란 저택 혹은 아파트나 콘도 등 안 다닌 곳이 없이 누비고 다닌 것 같다. LA로 온 지 얼마 안 되는 나는, 이 심방을 통하여, 그 지역 학군이 얼마나 좋은지 알게 되었고, 다양한 형태의 주택도 들어가 볼 수 있어서 후일에 내 집을 구입할 때 많은 참고가 되었다. 교회를 위하여 봉사하고, 이 기회에 삶에 필요한 유용한 지역 정보까지 습득하게 되니 감사했다.

교회에서 여러 가지 말씀에 대한 훈련도 받았다. 대표적으로, 김대평 목사님의 후임으로 오신 박성규(총신대) 목사님이 인도하는 제자훈련을 일 년간 수료하였고, 이상복(총신대) 부목사님이 가르친 일 년짜리 성경 개관도 수강하였다. 그 외에도 많은 재미있는 단기 프로그램들에 참여하여 성경 공부를 하였다. 그러다 보니 성경 지식이 조금씩 쌓여가는 것 같았다.

그렇지만 성경의 세계가 너무 방대하여 앞으로 공부해야 할 과제가 태산같이 많아 보였다.

몇 해 동안 교회를 열심히 출석하였다. 그러자 다른 교인들의 눈에 내가 좀 더 신앙적으로 신실해진 것으로 보인 것 같다. '딱딱하기만 했던 생고구마가 약간 익어가는 모습을 보였다고나 할까?' 나는 선교회 회장으로 선출되기도 하고, 이후에는 구역장으로 지명되어 소그룹 리더가 되기도 하였다. 구역장 직분은 나에게 거룩한 부담을 안겨준 계기가 되었고 값진 경험을 하게 해주었다. 소그룹 리더로서 하나님 말씀과 기도를 인도하는 것은 결코 만만한 일이 아니었다. 처음에는 성경 지식이 부족하여 도저히 자신이 없었다. 어쩔 수 없어서 교회에서 하는 구역장 교육 이외에 혼자서 말씀을 펴놓고 앞뒤 전후를 살피거나 참고문헌까지 뒤져가며 구역 공부를 열심히 준비하였다. 매번 4~5시간은 투자한 것 같다. 나 자신이 모르면서 하나님 말씀으로 함부로 인도할 수는 없는 노릇이었다. 나 홀로 준비하는 시간은 비밀의 문이 열리고 은혜가 넘치는 시간이 되었다. 하나도 피곤치 않았고 새 힘이 솟아나는 희열을 느낄 수 있었다. 이렇게 준비하여 구역 공부를 하면 구역원들의 반응이 아주 좋았다. 말씀을 나눈 후 가지는 나눔과 토론 시간은 모두가 참여하여 함께 나누는 간증의 시간이 되었다. 우리는 너무 나눔에 몰입한 나머지 시간 가는 줄도 모르고 자정을 넘겨 끝낸 적도 여러 번 있었다. 그럼에도 멤버들은 한 마디 불평조차 토로하지 않았고, 한 명도 빠짐없이 다음 주 모임에 출석하였다. 그럴수록 나는 신이 났다. 그리고 이 모멘텀을 유지하기 위하여 더 많은 시간을 투자해서 공부하고 연구하였다. 목회를 하는 성직자의 심정이 어떤지 조금 이해할 것 같았다.

그때 나의 중점은 '우리가 배우는 하나님 말씀이 우리 머리에만 머물지 않고 어떻게 하면 현실 속에서 우리 삶에 잘 적용할 수 있는가?' 하는데 있었다. 매주 이런 은혜의 시간들이 반복되자 어느 순간부터는 구역식구들의 마음 문이 활짝 열리게 되고, 서로 이해하며 사랑하는 성숙한 관계로 발전하게 되었다. 우리가 서서히 주님 안에서 하나 됨을 느낄 수 있었다. 그리고 교회에 나가서도 더 적극적으로 충성하고 봉사하는 계기가 되었다.

한편 교회의 공식회의인 제직회에도 참석하는 등 교회 운영에도 관심을 갖게 되었다. 그러나 일부 교회 운영에 투명하지 않고 비상식적인 관행이 요소요소 눈에 들어와 마음에 우려가 되었다. 더 큰 걱정은 이를 지적해도 들으려고 하는 교인들과 지도자가 눈에 보이지 않는 것이었다. 무언가 상식적인 제안을 하더라도 이를 듣고 심사숙고하기보다는 제안한 사람을 신앙이 부족한 사람으로 낙인찍거나 아니면 제안 자체가 '속된 세상의 것'이라고 단정짓는 지극히 비정상적인 분위기가 만연했다. 교회 발전을 위한 공개 토론 같은 것은 기대할 수도 없었다.

교인들 개개인은 너무도 인품이 좋아 보이고 교회 전체적으로는 가족 같은 화기애애한 분위기였으나, 공동체 운영에 관한 한 비밀스럽고 비민주적인 요소는 언젠가 교회에 큰 타격을 줄 시한폭탄처럼 비쳤다. 세상은 하루가 다르게 바뀌는데 교회는 어떤 개선도 거부하고 이상한 신비주의에 빠진 것 같아 걱정도 되고 답답하기만 하였다. 그런데도 표면상 교회는 평온해 보였다. 그러나 교회 지도부에서는 그 사정이 전혀 달라 심각한 대립과 반목이 계속되어왔다고 한다. 하나가 되어도 부족할 지도부가 사분오열되어 싸운다는 얘기를 들었을 땐 크게 실망하지 않을 수 없었다. 어떤 문제가 생겼을 때 이를 무조건 감추고 투명하게 공개하지 않는 교회의 신비주의적(?) 전통이 문제를 키워온 것 같았다. 그러나 가장 근본적 문제는 조직 운영의 경험이 부족한 목회자와 당 회원, 그리고 그들의 지도자로서 자질 부족에도 있는 것 같았다.

어느 날 교회에 새로 부임한 지 얼마 안 되는 젊은 목회자의 폭정으로 인하여 교인들이 양분되기 시작하였다. 당회가 조용히 수면 아래서 해결하려던 문제가 당회원 간의 대립으로 인해 표면으로 불거져 나온 것이다. 지도부가 두 패로 나뉘어 심각한 진통이 한동안 계속되었고, 이를 못마땅하게 생각하는 교인들이 일부 교회를 떠나기 시작하였다. 이런 분위기에서 드리는 예배가 '진정과 신령으로 드리는 예배'가 될 수는 없었다. 따라서 한동안 많은 교인이 근심하며 방황하게 되었다. 결국은 양 그룹이 첨예한 대치 끝에 문제의 중심에 서 있었던 젊은 목사가 그를 추종하는 일부 장로와 교인들을 데리고 교회를 나감으로 상황은 종지부를 찍었다. 그들은 나가 몇 마일 떨어지지 않은 곳에 새롭게 교회를 만들었다고 한다.

그러나 이로 인해 교회가 입은 상처는 지극히 컸다. 나도 무척 실망하였다. 특별히 오래전부터 교회를 향해 깊게 우려했던 점들이 눈앞의 현실로 나타나 아주 느끼는 바가 많았다. 그러나 평교인인 내가 할 수 있는 일은 아무것도 없었다. 오로지 기도하는 일뿐이었다.

분규가 수습되고 이어서 새 목회자가 세워졌다. 이 과정도 격한 논란 속에 결정되었다. 그래도 뭔가 교회에 새로운 변화가 있을까 하여 기대를 가지고 지켜보았다. 그러나 낡은 제도하에서 교회 운영은 전혀 개선되지 않고 옛 모습을 그대로 답습하고 있었다. 그냥 눈에 보이는 간판만 바꾼 것이었다. 우려했던 문제들이 반복되기 시작하였고, 앞으로도 더 나아질 개선의 여지는 전혀 보이지 않았다.

이때쯤부터 나는 교회를 향한 피로도가 극에 달하여 더는 인내할 힘이 없었다. 특히 교회에서 드리는 예배에 집중할 수가 없었다. 나는 더 이상 예배가 되지 않으면 여기에 남아있을 이유가 없다고 생각했다. 내 마음이 이미 교회를 떠나고 있음을 스스로 확인할 수 있었다. 그래서 용단을 내려 지난 15년 동안이나 나름대로 열과 성을 다하여 다니던 교회를 나오게 되었다. 마음이 아주 씁쓸했다. 가까이 교제하던 형제들을 뒤로하고 나오는 게 가장 마음이 아팠다. 이때 나의 나이 60을 바라보고 있었다.

교회를 떠날 때 나의 직분은 서리집사였다. 그때까지 이 교회를 15년간이나 열심히 다녔음에도 그 흔한 안수집사의 대열에도 끼지 못하였다. 모태 신앙인으로 평생 예수를 믿는다고 하기에는 얼굴을 들 수 없게 부끄러웠다. 한마디로 나는 이 교회 지도자들과 교인들에게 지도자 재목으로 인정받지 못했던 것이다. 그래도 한때는 세상에서 직장생활을 하며 늘 앞서갔는데, 이 교회는 이 세상과 아주 다른 차원에 있는 별세계인 것 같았다. 말할 나위 없이 부끄러웠고 자존심이 상했다. 그 이유를 따지자면 여러 가지 원인이 있겠지만 그걸 구태여 따지고 싶지 않았다. 교회도, 목회자도, 당회원도, 그 누구도 원망하고 싶지 않았다. 다만, 이 과정을 통해 하나님이 나에게 하시고자 하는 말씀을 새겨들으려고 노력하였고, 자신의 신앙을 다시 한번 더 점검하는 계기로 삼고 싶었다. 비록 정든 교회를 떠나지만, 있는 동안 나의 권익을 위해 어떤 정치를 한 적도 없고, 오로지 매사에 순수하고 정직하며 진실했음을 돌아보게 되었다. 그랬기에 하나님과 사람 앞에 떳떳하고, 아무런 거리낄 것이 없었으며, 교회를 떠나는 내 영혼도 매우 자유롭고 평안하였다.

갑자기 다니던 교회를 나오게 되니 당장 어느 교회로 나가 예배를 드려야 할지 막연하였다. 마치 길을 잃고 광야의 한복판에 서 있는 듯하였다. 그리고 자녀들에게는 이를 어떻게 설명해야 할지 마음에 큰 짐이 되었다.

새소망 장로교회, 2010~2016

당분간 영락교회에 나가 등록하지 않고 예배만 드렸다. 아는 지인들이 많기도 하고, 내가 아는 한 한인교회 중 가장 모범적인 교회인 것 같았다. 그러나 머지않아 영락교회도 분규를 겪게 되었고, 그로 인해 교회의 분위기가 어수선해져 다니고 싶은 마음이 사라졌다. 그래서 결국은 집에서 제일 가까운 동네교회를 나가기로 마음을 먹었다. 그 교회가 새소망장로교회이다. 어떤 교회인지도 모르고 아는 분도 한 명이 없는데, 어쩜 차라리 이런 교회가 더 편할 것 같았다. 앞으로는 교회를 나가되 등록은 하지 않고 예배에만 참석하고 교회 사역이나 교제 모임에도 절대로 참석하지 않겠다고 결심하였다.

한동안 결심한 대로 등록하지 않고 교회를 잘 다녔다. 그러나 시간이 지나며 조금씩 친분이 쌓이게 되어 교역자나 장로님들의 끈질긴 등록 권유를 거절하기 어려웠다. 사역이나 교제를 멀리하겠다는 마음도 시간이 지나며 조금씩 흔들리기 시작하였다. 교인 수가 작은 교회이다 보니 누가 누군지 훤히 알게 되고, 그냥 예배만 드리고 집에 가게 되지를 않았다. 그래서 결국은 등록도 하고, 구역 예배도 나가게 되고, 교회 사역에도 참여하게 되었다.

한 발을 깊게 들여놓으니 자연히 교회 내부 사정을 들여다보게 되고 교회의 역사도 알게 되었다. 긍정적인 내용보다는 부정적인 과거 사실들이 더 많아 보였다. 이를 보며 안타까운 생각이 들었다. 무엇보다도 수많은 교인들이 찾아왔다 실망을 하고 떠났다는 사실에 맘 아팠다. 교회의 역사는 30여 년 정도 되었고, 교회 위치나 시설도 훌륭한데, 교인 수는 100여 명에 불과했고, 이전에 시무 장로를 거치신 평신도 지도자들이 다 떠나고 거의 남아있지 않았다.

2년이 지나며 안수집사로 추대되었다. 내 나이 환갑이 넘었지만, 교회 일꾼이 부족하니 늙은이도 세우려고 하는 것 같았다. 어떤 직분도 갖지 않으려고 했으나, 막상 이를 거부를 하려고 하니 하나님의 부름을 거역하는 것 같아 망설여졌다. 그리고 그 직분을 거절하는 건 교인들 앞에 너무 교만한 건 아닌가 하는 생각도 들었다. 결국은 고민 끝에 안수집사 직분을 수락하기로 하고 교회 일에 한 걸음 더 다가갔다. 그동안의 경험을 바탕으로 교회의 분위기를 바꾸는 데 일조해야겠다는 다짐을 하였다. 하지만 갈 길은 요원해 보이기만 했다.

시간이 흘러가 이번에는 시무장로로 피택되었다. 마음에 큰 부담이 되어 며칠을 두고 이를 수락해야 하는지 여부를 주야로 기도하며 고민에 고민을 거듭하였다. 기도 가운데 어머니가 늘 교회에서 봉사하기를 강조하시던 말씀이 떠올라 내 마음이 편하지 않았다. 그런 반면 어머니의 말씀은 이를 수락할 용기도 생겨나게 했다. 아내와도 이 직분을 받아야 하는지 깊이 있게 논의하였다. 나는 마음의 결정을 놓고 기도하고 또 기도 했다. 그래서 결국은 오로지 순수한 마음으로 이를 수락하고 시무장로가 되기로 하였다.

이때부터 당회에 들어가 본격적으로 교회 운영상황 등 내부를 깊숙이 들여다보게 되었다. 그동안 평교인들에게는 공개되지 않는 교회의 모든 일들을 하나씩 알게 되었다. 이미 사회적으로 회의에 경험이 많은 나는 교회의 행정과 당회의 운영이 실질적으로 어떻게 운영되는지 파악하는 데 그다지 많은 시간이 필요하지 않았다. 여러 가지 몰랐던 사실들을 새롭게 알게 되어 놀라지 않을 수 없었다. 하나님의 이름으로 모이는 교회인데 소위 속된 세상의 모임보다도 더 나을 것이 하나도 없어 보였다.

내가 보기에 제일 중요한 것은 교회가 하나님 말씀을 중심으로 서 있지 않는 것이었다. 교회로서 외양으로 형식과 모양은 갖췄으나, 교회가 가는 길이 따로 있는 듯했다. 이 교회 가운데 어디에도 살아 계시는 하나님 모습을 찾아보기 어려웠다. 지난 수년간 이 같은 문제로 수많은 교인들이, 그리고 평신도 리더인 장로들이, 왜 교회를 떠났는지 누가 설명하지 않아도 쉽게 알 것 같았다. 그런데도 이를 전혀 아랑곳하지 않고 계속되는 목회에 대해서 의심의 눈초리를 거둘 수 없었다. 이 교회는 과연 누구를 위한 교회인가 하는 근본적 질문이 생기지 않을 수 없었다. 교회 안에는 이런 질문에 답할 자도, 답을 하려는 의지가 있는 사람도, 내 눈엔 하나도 보이지 않았다. 오로지 잘못된 것을 쉽게 고칠 수 없도록 만들어 놓은 오래되고 복잡한 제단의 법과 규정만 넘을 수 없는 벽으로 눈에 들어왔다. 내가 여기에 시무장로로 남아있는 건 교회란 외양을 만들기 위해 허울 좋게 달아놓은 장식품에 불과해 보였다.

결국은 오랜 고민 끝에 이런 교회의 당회에 내가 남아있을 필요도 없고 이런 교회에 출석해야 할 이유가 없다는 판단이 들었다. 지금까지 교회를 떠난 수많은 교인들과 장로들을 충분히 이해하고도 남을 것 같았다. 그리고 나도 앞서 나간 선배들의 길을 따르는 것이, 여기에 남아 아무런 소용이 없고 소모적인 노력을 하기보다는, 나의 개인적인 신앙생활에 더 유익할 거로 생각되었다.

사실상, 사직을 결정하는 건 수락보다 더 고민스러웠다. 그러나 내가 교회를 떠나는 거지 결코 하나님을 떠나는 것이 아니라고 생각하니 용기가 솟아나 어느 날 사직서를 제출하고 교회 문을 나섰다. 그리고 뒤도 돌아보지 않았다. 그렇지만 마음만은 편하지 않았다. 그냥 처음 의도대로 예배만 드리고 다녔으면 아무 문제가 없었을 텐데 하는 생각도 하게 되었다. 시무장로 직을 수락한 것이 후회스러웠다.

이런 일련의 과정을 거치며 나는 끊임없이 기도하고 고민하면서 하나님 앞에 나아갔다. 그리고 하나님의 교회를 사랑하는 몇몇 지도자들과 머리를 맞대고 해결을 위한 지혜를 구하기도 하였다. 우리는 인간의 관점이 아닌 어디까지나 하나님의 관점에서 문제에 접근하고 해결해 보려는 시도를 하였다. 그러나 법과 제도상, 평신도 선에서 이를 해결할 근본적인 방법은 존재하지 않았다. 나는 비록 교회를 떠났지만, 이 교회가 하나님 앞에 사랑을 회복하는 교회가 되길 아직도 기도하고 있다.

하지만 내가 나온 이후에도 전 · 현직 장로들과 교인들이 마음에 깊은 상처를 입고 교회를 떠났다는 소식이 들려와 내 가슴을 아프게 하였다. 그건 아직도 같은 문제가 해결되지 않고 계속되고 있다는 명백한 증거인 것 같다. 과연 이 교회를 향한 하나님의 뜻이 어디에 있는지 아직도 그 오묘하신 섭리는 헤아려지지 않는다. 그래서 오늘도 나는 기도하고 있다.

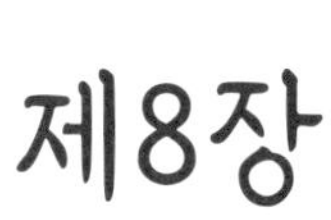

제8장

사랑의 동아리, 나의 가족

사랑하는 딸과 아들

미국에 돌아와서

나의 아내는 평생 전업주부로 살아왔다. 결혼 전에 잠시 금융기관에서 일한 적이 있지만, 일찍이 전업주부가 되기를 원하여 결혼 후에는 평생 안방마님으로 가정을 지켜왔다. 그 덕분에 우리 아들딸은 엄마의 품 안에서 잠시도 떨어질 새 없이 사랑을 듬뿍 받고 자랐다. 그러나 아빠인 나는 대부분의 한국 아빠들과 마찬가지로 바쁜 직장생활과 늦은 퇴근으로 인하여 아이들과 많은 시간을 보내지 못하여 이따금 아내로부터 원성을 사곤 하였다.

우리 가족은 아이들이 어려서부터 이사를 많이 다녀야 했다. 서울에 살 때는 아이들이 커감에 따라 더 넓은 공간이 필요해 조금씩 큰집으로 갔고, 그다음은 내가 뉴욕으로 전근하는 바람에 뉴욕까지 갔다 오며 이사를 했다가, 다시 LA로 살러 가게 되어 이사하게 되었다. 결혼 후 지금까지 이사한 횟수가 무려 8회에 달한다. 결과적으로 아이들의 학업에 지장을 주게 되었다. 딸 유진이는 국민학교를 세 군데, 중학교를 두 군데, 고등학교 세 군데를 거쳤고, 아들 은호는 국민학교 세 군데, 중학교 두 군데, 고등학교는 한 군데를 다니게 되었다. 자라는 어린아이들에게는 엄청난 충격이었고 시련이었다. 아이들을 잘 가르치려는 의도는 좋았으나 결과적으로는 아이들을 긴장하고 힘들게 하였다. 학교가 바뀔 때마다 교과 과정의 진도도 다르고 친구도 새롭게 사귀어야 하는데, 아이들이 그런대로 잘 인내하고 적응해주어 감사할 뿐이다. 그래서 최종적으로 LA로 이사를 왔을 때 아이들의 소원은 더는 이사하지 않고 한 군데에서 사는 것이었다. 더 나은 삶과 자녀교육의 과제, 둘을 동시에 조화롭게 해결하는 과정에서 생기는 마찰과 어려움을 피할 수 없어서 생긴 일들이었다.

자녀교육에 관한 한 나의 궁극적 목표는 아이들을 미국에서 교육해서 미국 사회로 진출시키는 것이었다. 그리고 한국어와 영어를 완벽하게 구사하는 이중 언어 구사자로 만들고 싶었다. 1996년 아내와 아이들이 LA로 먼저 들어왔을 때 우리 유진이는 LA 근교 Arcadia High School 11학년으로 편입하였다. 그때에 우리는 대학입학까지 2년이 남았으니 시간적으로 입시를 준비할 여유가 좀 있을 거로 생각했다.

그러나 그건 완전 우리의 오산이었고 현실은 전혀 달랐다. 사실상 대학 입학원서를 내기까지 1년 정도밖에 남지 않았고, 입학 자격을 얻으려면 미국에서 필수적으로 이수해야 할 과목들을 모두 보충해야 했다. 우리 부부가 미국에서 대학입학에 필요한 절차를 잘 몰랐기에 생긴 일이다. 따라서 유진이는 정상적으로는 4년제 대학에 진학하기가 몹시 어려운 형국이었다. 유진이는 대학입시 준비를 하는 동시에 대학입학 자격을 획득하기 위한 학점을 따야만 했다. 학교 수업이 끝난 방과 후 인근 대학에 나가 수강하기도 하고, 섬머스쿨에 나가 필요한 학점을 채우는 등 천신만고 끝에 입학에 필요한 모든 과목을 이수하였다. 유진이는 편입 후 2년간 잠시도 쉬는 시간이 없이 정신없이 공부해야 했다. 정말 피나는 노력이었고 한국인의 근성이 있어서 이를 극복한 게 아닌가 생각한다. 계속 이사를 다니는 바람에 아이들에게 이런 시련을 주게 되어 미안하고 안타까운 심정이었다.

그 결과, 유진이는 University of California(UC) 계열의 4년제 대학에 입학원서를 내게 되었다. 단 1년 동안 준비하여 4년제 대학을 진학한다는 것이 쉬운 일이 아니지만, 그래도 자격을 갖추었으니 도전해 보기로 했다. 그리고 시간이 흘러 합격통지서가 날아 올 시점이 되었다. 큰 사각봉투가 오면 합격이고 불합격 통지서는 작은 편지 봉투로 통보된다고 한다. 우리 부부는 매일 우편함을 열어보고 어떤 봉투가 날아오는지 가슴을 졸이며 기다렸다. 그러던 어느 날, 우편함을 열어보니 University of California, Santa Babara에서 보낸 큼지막한 사각봉투가 나왔다. 큰 선물을 받은 것처럼 너무 기뻤다. 보나 마나 합격통지서인 것을 금방 알 수 있었다. 우리 부부는 그 순간 봉투도 열어보기 전에 어린아이처럼 펄펄 뛰며 기쁨을 금할 길이 없었다. 유진이도 날아갈 듯 좋아하였다. 미국에서 4년 동안 고등학교에 다녔어도 UC계 주립대학 입학에 실패하는 학생들이 많은데, 우리 유진이는 그 짧은 시간에 입학에 성공을 거둔 것이었다.

유진이는 대학에서 생물학을 전공하였고 무난히 졸업하였다. 그리고 잠시 사회 경험을 하며 대학원 진학 준비를 하여 간호학 석사과정에 입학하였다. 집에서 제일 가까운 학교에서 학비를 전액 지원해주는 특별 석사 프로그램에 지원하여 합격하였다. 그 학교는 California State University, Los Angeles이다. 학교가 집에서 15분 떨어진 거리에 있다. 유진이는 대학원에서 열심히 공부하여 비로소 자기의 실력을 유감없이 발휘하였다. 학업성적이 우수하여 최우수 학생으로 선발되어 많은 학생과 교수들이 모인 대강당에서 표창을 받기도 하고, 최고의 성적으로 졸업을 하였다. 그 성적으로 박사과정을 가는 데도, 의과대학원을 가는 데도 전혀 문제가 없다고 교수들이 칭찬하였다. 부모로서 너무 자랑스럽고 기뻤다.

유진이는 졸업으로 석사학위를 받는 동시에 간호사(Registered Nurse)와 임상간호사(Nurse Practitioner) 자격을 획득하였다. 그 후, 유진이는 의료계통으로 진출하여 최근에는 이 지역에서 유명한 UCLA Harbour Hospital에서 가정주치 담당 임상 간호사로 일하였다.

아들 은호는 유진이 보다는 어려서 학교 이동을 적게 하였다. 1996년 미국으로 다시 돌아왔을 때 고등학교 9학년으로 입학하여 정상적인 고교생활을 하는 데 문제가 없었다. 대학입시를 준비하는 데도 시간적 여유가 있었다. 그래서 특별히 걱정할 게 없었다. 무난히 고교도 졸업하고 대학도 몇 군데 합격하였다. 그중 은호도 유진이와 같이 University of California, Santa Babara를 택하여 대학에 진학하였다. 은호는 고등학교 시절부터 교회를 열심히 나가며 신앙에 관심이 많았고, 특별히 선교에 지대한 관심이 있었다. 그래서 대학에서 종교학과를 지원하게 되었다.

대학을 졸업한 후에는 선교사의 꿈을 안고 신학대학원에 바로 진학하였다. 가장 보수적인 신학교 중 하나라고 하는 Master's Seminary에 진학하였다. 그러나 입학 후, 그의 인생관에 중대한 변화가 오기 시작하며 인생의 진로를 한 번 더 깊이 고민하는 계기가 되었다. 은호는 대학원을 중퇴하고 사회봉사를 하는 공직에 새로운 꿈을 품게 되어 Los Angeles Police Academy에 지원하게 되었다. 미국에서는 보안 공무원이 되기 위하여 실시하는 엄격한 사전 절차를 거쳐야 하는데, 은호는 아무런 결격 사유 없이 이 과정을 무사히 모두 통과하였다. 그리고 높은 경쟁률을 뚫고 합격하였다. 우리 부부는 은호의 갑작스러운 진로 변경에 대하여 당황스럽기도 했지만, 그가 자신의 앞날을 위하여 심사숙고해서 내린 소중한 선택과 결정이기에 이를 존중하였다. 은호는 어렵기로 소문난 각종 경찰훈련과 교육과정을 우수한 성적으로 마치고 2009년 LA시의 경찰관으로 임명되었다. 그 후 여러 부서를 거쳐 일하다 현재는 전문 수사관으로 진급하여 충실히 근무하고 있다.

다시 찾은 미소

자녀들이 다 성장한 지금 잠시 눈을 돌려 그들이 자랄 때의 모습을 회상해 보고자 한다.

1992년 한국으로 돌아가 몇 년을 지내는 동안 미국에서 자라며 티 없이 밝기만 했던 아이들의 표정이 얼굴에서 완전히 사라졌다. 우리 부부는 그때 그 모습을 보며 얼마나 실망했는지 모른다. 그리고 한국으로 다시 돌아간 것을 얼마나 후회했는지 모른다. 1996년 미국으로 다시 돌아왔을 때 내가 제일 먼저 보길 원했던 것은 아이들이 하루속히 다시 밝은 얼굴로 돌아오는 것이었다. 다행히 영어에 크게 불편함이 없었던 덕에 아이들이 밝은 표정을 다시 회복하는 데는 그다지 오랜 시간이 걸리지 않았다. 자녀들의 얼굴에 환한 미소가 돌아왔을 때 우리 부부도 마음의 여유를 되찾게 되었고, 다시 웃을 수 있었다. 미국으로 다시 돌아온 것에 대한 보람이 거기에 있는 것 같았다.

반면에 아이들이 한국을 다녀오며, 한 가지 확실하게 얻은 것도 있었다. 그건 한국말을 다시 완벽하게 회복할 수 있었고, 어느 정도 한국인의 정체성을 확립한 것이다.

지금까지 두 자녀를 키우며 그들이 나름대로 열심히 공부하여 대학에도 진학하고, 졸업 후에는 각기 자기 인생을 개척하며 스스로 독립해 살아가는 모습을 지켜본다. 그동안 자라는 과정에 이사도 많이 다니고 학교도 수없이 옮겨 다녀 힘들었을 텐데 부모를 믿고 잘 따라와 준 아이들이 그저 기특하기만 하다. 비뚤어진 데로 나가지 않고 반듯하게 잘 자라줘서 감사하고 기쁘다. 부모로서 전심으로 공들인 자녀교육이 아름다운 열매를 맺은 것 같아 보람을 느낀다. 교육과정에 여러 가지 시행착오도 있었지만, 그건 그 나름대로 또 다른 교육의 기회가 되었던 것 같다. 오래전 자녀를 향한 나의 꿈과 목표가 지금 현실이 된 이 시점에 이제는 어른이 되어 반듯한 사회인으로 살아가는 사랑하는 두 자녀가 볼수록 자랑스럽고 무한한 자부심을 느낀다.

유진(딸)이 석사 학위수여식에서

자녀의 결혼

Andy

2009년 1월, 두 자녀 중 결혼은 동생인 은호가 먼저 하게 되었다. 대학에서 만난 친구, Clara와 오랜 연애 끝에 사랑의 결실을 보아 부부의 연을 맺게 되었다. Clara를 우리 가정에 새 식구로 보내주심에 감사했다. 할리우드에 있는 고색 찬연한 교회에서 가진 성대한 예식에는 많은 하객들이 오셨다. 버몬트주에 사시는 연로하신 Rice 목사님 부부는 먼 길을 오셔서 축복기도를 해주셨다. 결혼식 날에 공교롭게도 Clara가 간호사 시험에 합격 통보를 받게 되어 더욱 기뻤다.

이어진 피로연은 길 건너 호텔 내 대연회장에서 열렸다. 연회장을 가득 메운 300명이 넘는 하객과 함께한 피로연은 멋지고 재미있게 진행되어 시간 가는 줄 몰랐다. 밤늦게까지 요란한 댄스와 웃음소리가 연회장에 울려 퍼졌다. 우리 가정에 새로운 장을 여는 감사하고도 의미 있는 순간이었다. 나와 아내는 하나님의 축복과 보호가 부부로 맺어지는 두 자녀의 가정에 늘 임재하시길 간절히 기도하였다.

2016년 2월, 은호가 결혼한 지 7년이 되어서 첫 손자를 보게 되었다. 그의 이름은 'Julian', 한국 이름은 '규원(圭元)'이다. 새 생명의 축복을 우리 가정에 허락하심이 얼마나 감사하고 기쁘던지 이루 말로 다 표현할 수가 없을 정도다. 마치 이 세상을 다 얻은 것 같은 넉넉한 부자의 심정을 가지게 되었다. 나는 자신도 모르게 흔히들 일컫는 '손자 바보'가 되었다. 손자

바보가 되는 것도 기쁘고 행복하고, 나는 손자가 그렇게 예쁠 수 없었다.

그리고 이듬해 4월, 둘째 손자까지 보게 되는 영광을 가지게 되었다. 그의 이름은 'Jaden', 한국 이름은 '규만(圭滿)'이라고 지었다. 나의 기쁨이 두 배, 아니 세 배가 되었다.

사랑하는 손자 Julian 과 Jaden

불과 한 해 사이에 손자가 둘이 생기니 마음이 한없이 든든하였다. 나는 두 아이의 영어 이름 외에 한글과 한자 이름을 지어 주었다. 우리 집안 족보에 나오는 돌림자인 '규(圭)' 자를 넣어 지었다. 이렇게 하면 이 아이들이 자라서도 한국인의 정체성과 뿌리를 잃지 않고 미국 땅에서 살아갈 것 같은 생각이 들었다. 두 손자를 가슴에 안고 그들의 숨결을 느끼는 것은 우리 가정에 예비하신 하나님의 무한한 축복을 받고 누리는 것 같아 내 마음에 기쁨과 감사가 넘쳐났다. 나는 이 어린 천사들이 건강하게 잘 자라기를 바라고 간절히 기도하였다.

Eugenia

유진이는 열심히 일하는 과정에 하나님이 예비하신 짝이 빨리 나타나지 않아서 결혼이 늦어졌다. 그 과정에 잠시 방황하였지만, 끝내는 기도 가운데 하나님이 점찍어 놓은 훌륭한 백기사를 보내주셔서 새 가정을 이루게 되었다. 유진이의 반려자, Rolando를 우리 가정에 보내주심에 얼마나 감사했는지 모른다. Rolando는 필리핀계 미국인 2세로 유진이와 같은 해에 태어난 동갑내기다. 북가주에서 어린 시절을 보낸 Rolando는 University of California, San Diego에 진학해 Computer Science를 공부하고 사회에 진출하여, 현재는 세계적으로 유명한 일본계 다국적 회사 Sony의 미국 현지법인에서 Senior Engineer로 다년간 일하고 있다.

하지만 유진이는 현재까지도 진행되고 있는 팬데믹 상황으로 인하여 성대하게 준비하던 결혼식 계획을 취소해야만 했다. 불행 중 다행으로 Rolando가 자란 북가주 고향 인근 Stockton에 있는 작은 교회에서 양가 부모와 소수의 친척들만 모인 가운데 2020년 4월 성스러운 결혼식을 올리게 되었다. 이 예식을 위하여 Rolando 어머니와 교회 식구들이 예식에 필요한 모든 장식과 꽃단장을 손수 정성스럽게 준비하셨다. 그 교회를 담임하는 미국인 목사님의 집례로 소수의 가족만 참석한 결혼식은 마치 영화에서나 나올 법한 너무도 고상한 분위기였다. 생각 이상으로 훨씬 좋았고 시끌벅적한 대형 결혼식보다 훨씬 더 의미 있고 격식 있는 예식이 되었다. 무엇보다도 처음으로 만나는 사돈네 식구들과 교제하며 더 많은 시간 동안 대화할 수 있었던 점이 좋았다.

결혼식이 끝난 후 Rolando와 유진이는 팬데믹 상황으로 허니문도 미룬 채 신랑의 직장이 있는 샌디에이고에 살림을 차렸다. 기독교 가정에서 자라서 신앙심이 좋은 Rolando는 유진이와 늘 함께 손잡고 기도하며 그들의 삶과 미래를 열어가고 있어서 매우 믿음직했다. 우리 내외는 기독교 가정에서 자란 믿음의 사위를 우리 가정에 보내심이 또 하나의 축복이라는 생각을 하였다.

집안의 어른들

연속된 사별

나의 부친은 일찍이 내 나이 30에 세상을 뜨셨고, 나머지 양가의 부모님은 우리가 미국에 사는 동안 모두 세상을 떠나게 되시었다. 나의 어머니는 젊어서부터 몸이 약하여 오래 사시기 힘들다고 하셨는데, 예상외로 다행히 장수하셔서 2000년에 92세를 일기로 세상을 떠나셨다. 늘 기도와 찬양으로 일관된 신앙생활의 덕으로 장수의 복을 누리신 것 같다. 돌아가실 때까지 그 영혼이 너무도 깨끗하고 맑아 성경을 읽고 찬송을 부르는 데 전혀 문제가 없었고, 귀도 잘 들려서 지극히 정상적인 생활을 유지하셨다. 다만, 넘어지면서 대퇴부가 골절되어서 마지막 10여 년간은 걷지를 못하고 앉아서만 세월을 보내셨다. 아무 데도 바깥 거동을 할 수 없으셔서 그게 제일 마음이 아팠다. 우리의 등 뒤에서 불철주야 기도해주시는 어머니가 계셔서 든든했는데, 하늘나라로 가시게 되니 가슴이 허전하기 그지없었다.

어머니가 세상을 뜨시기 한 해 전인 1999년에는 장인어른이 먼저 세상을 떠나셨다. 비교적 건강하게 지내셨는데, 갑자기 폐암이 발견된 후 치료가 되지 않아 결국은 운명을 하셨다. 내가 일찍이 젊어서 아버지를 잃어서 장인어른에게 마음으로 의지하며 지내왔는데, 그분마저 세상을 뜨시니 더는 기댈 기둥이 없어졌다. 장인어른은 나와 같이 금융계에 한평생 일하셔서 사고방식이나 여러 면에서 공통점이 많았고, 대화가 잘 통하는 어른이셨다. 서울의 명문고인 경복고와 고려대의 전신인 보성전문대학 출신으로, 두뇌가

명석하시고 인품이 넘쳐 주변의 많은 분들로 부터 존경을 받아왔는데, 불과 75세에 일찍 세상을 마감하시게 되어 너무 아쉽고 슬펐다.

혼자되신 장모님은 장인어른이 떠나신 후 너무 외로운 나머지 여러 가지 신체적 이상에 시달리게 되셨다. 건강이 너무 연약해진 나머지 홀로 지낼 수 없어서 여러 해 동안 양로원 신세를 지셔야 했다. 그리고 그곳에서 2010년 9월, 세상을 떠나시게 되었다. 장모님은 생전에 우리 내외가 인사를 갈 때마다 뉴욕에서 여행하며 즐겼던 '나이아가라 폭포의 달 밝은 밤'을 잊지 않고 회상하시곤 했다. 그때 우리는 거기에 모시고 가기를 잘했다고 생각하면서도 한편 살아계실 때 더 좋은 곳으로 여행을 모시고 갔더라면 좋았을 텐데 하는 강한 아쉬움이 들었다. 그 옛날 장모님은 음식 솜씨가 특별히 좋으셔서 직접 음식을 하시면 그 맛이 아주 꿀맛 같았다. 장인어른과 두 분은 정말 금실이 좋아 잉꼬부부로 소문이 났는데, 마지막에는 외로이 홀로 계시다가 가셔서 우리 가슴이 무척 시렸다.

우리가 미국에 와서 사는 동안 이렇게 양가 집안의 어른들이 모두 세상을 떠나게 되었다. 그래서 우리는 양가 부모님께 죄송한 마음뿐이다. 가까이 있어야 효도도 하는 건데 양가 부모님에게 신세만 지고 제대로 한번 효도다운 효도를 못 한 것 같아 가슴이 너무 아프다. 살아계실 때 용돈도 한번 시원하게 드리지 못해서 마음이 찡하다. 어른들이 좀 더 오래 사시기를 바랐지만, 시간은 우리를 기다려주지 않았다. 이제 우리는 아이들 교육도 끝나고 먹고살 만한 경제적 여유가 생기니 부모님은 우리 곁을 떠나고 더 이상 계시질 않는 것이다. 이제는 부모를 위해 할 수 있는 일이 아무것도 존재하지 않는다. 우리 부부는 불효자가 되어 양가 부모를 생각할 때마다 가슴이 먹먹하고 눈물만 흘릴 뿐이다. 오직 살아 계실 때 우리가 희생하고 좀 더 잘할 걸 뉘우치게 된다. 이 세상 모든 일이 때가 있는 법이고, 뒤늦게 한탄한들, 그 시간이 다시 돌아오지 않는다는 것은 단순한 진리인데, 이를 한 번 더 깨닫고 실감하게 된다.

구원의 확신

우리 부부에게는 장인 장모님에 대해 신앙 간증이 하나 있다. 우리가 결혼할 당시 장모는 철저한 불교인이셨고, 장인어른은 무종교인이셨다. 그래서 나는 그때부터 두 분이 예수를 영접하고 구원받기를 기도하기 시작했다. 내 아내도 나와 같이 자기의 친정 부모를 위하여 같은 제목으로 기도하기 시작했다. 하지만 하루아침에 어떤 종교를 개종하는 것은 그리 간단한 문제가 아니었다. 너무도 벽이 높아 보였다. 그런데도 우리는 달걀로 바위를 깨는 심정으로 두 분의 구원을 위하여 끊임없이 기도하였다.

그러던 1998년 초 어느 날 아내가 이상한 꿈을 꾸었다며 나에게 다가왔다. 꿈속에서 장인어른이 유난히 광채가 나는 흰옷에 흰 모자를 쓰시고 환하게 웃으시며 자기 앞으로 다가오셔서 깜짝 놀라 잠을 깼다는 것이다. 꿈에서 깨어난 아내는 아버지의 고고하고 성스러운 모습을 보며 '이제는 예수를 믿으시겠구나.'라는 확신을 하게 되었다고 한다. 그런데 그 후 한 주일 뒤 장모님도 우연히 꿈을 꾸셨다고 한다. 꿈속에서 신문을 읽으려고 펼쳤는데 거기에 자기 이름 석 자만 대문짝만큼 크게 나오며 장모님을 찾는 광고가 실려 이를 보고 깜짝 놀라 잠을 깼다고 한다. 장모님은 이 꿈이 하도 이상하고 '자기를 부르시는 하나님의 음성'으로 들려 이를 장인어른께 말씀드리며 동시에 아내의 꿈 소식도 전하였다고 한다. 그리고 평생 무종교인으로 살아오신 장인어른께 이제는 교회든 성당이든 더 이상 미루지 말고 나가자고 재촉을 하셨다고 한다. 그러자 그동안 조금도 종교에 관심을 보이지 않던 장인어른이 선뜻 "그럼 이번 주부터 성당엘 나가도록 합시다."라고 화답을 하셨다고 한다.

이 소식을 전해들은 아내가 장모님께 축하 전화를 드리니, 장모님은 기쁘게 웃으시며 "얘야. 이제 우리 예수를 믿기로 결심했다."라고 하시며 이미 성당에 나가기 시작하였다고 하신다. 정말로 놀라운 일이 일어난 것이다. 너무나도 의외의 희소식에 우리 부부는 뛸 듯이 기뻤다. 우리가 기도를 시작한 지 22년 만에 드디어 우리의 간절함이 하나님께 닿은 것이다. 전혀 변하지 않으실 것 같았던 두 분이 개심하고 개종하셨다. 하나님이 우리의 기도를 외면치 않고 들어주신 것이었다. 그때가 장인어른이 돌아가시기 2년 전의 일이다. 그 이후로 두 분은 매주 열심히 성당에 나가서 예배를 드리고, 교회 봉사에도 적극적으로 참여하시는 충성된 교인으로 살아가셨다. 그리고 무엇보다도 제일 중요한 구원의 확신을 가지고 이 세상을 뜨셨다. 그래서 우리 부부는 두 분이 지금 세상에 계시지 않지만, 나중에 천국에서 재회할 것을 기대하며 살아가고 있다. 나의 부모님에 더하여 장인 장모까지 모두 천국에서 다시 뵐 수 있다고 생각하니 한없이 기뻤다.

Rice 목사님 부부의 타계

나를 젊어서부터 일깨우고 키워준 Rice 목사 사모님도 2018년 6월, 80대 중반을 일기로 세상을 떠나셨다. 몇 년간 뵙질 못해 찾아뵈려고 비행기 표까지 준비하였는데, 우리가 방문하기 전에 운명하셔서 너무 안타까웠다. 내가 받은 사랑의 빚을 갚을 시간도 주시지 않고 떠나셔서 너무 슬프고 허망하였다. 우리 부부는 멀리 목사님이 사시는 버몬트 주에 그분들이 다니시던 교회에서 가진 추도식에 참석하였다. 고인을 추모하며 목사님, 그리고 나에게는 친형제 같은 그분의 네 자녀들을 위로하였다. 나는 추도식에서 한국 사람을 대표하여 추도사를 하게 되었다. 그리고 한국말로 기도도 하였다. 너무도 슬펐다.

사모님을 먼저 보낸 목사님은 금방이라도 쓰러질 듯 기력이 하나도 없어 보였다. 앞으로 홀로 남아 외롭게 살아가실 목사님을 생각하니 너무 불쌍한 생각이 들어 가슴이 메어왔다. 이 세상에 어떤 말로도 목사님을 위로할 수가 없었다. 목사님은 추도식을 마치고 떠나는 나에게 다가오셔서 머리에 손을 얹으시고 속삭이듯 낮은 목소리로 축복기도를 하시며 작별 인사를 건네셨다. "처키, 언제 다시 또 만날 수 있을까?" 그 순간 나는 어쩜 이게 마지막이 될지도 모른다는 예감이 들어 목사님의 얼굴을 한 번 더 보게 되었다.

그 후 내가 목사님을 다시 뵌 건 2020년 12월 3일, 둘째 아들 크리스가 걸어 온 비디오폰을 통해서이다. 하루 전 막내딸 리지가 급하게 나에게 알려왔다. 아버지가 위중하셔서 병원에 누워계시는데 하루 이틀을 못 넘길 것 같으니 마지막으로 뵙고 싶으면 병상을 지키고 있는 크리스에게 전화를 걸라는 것이었다. 그래서 연결되었다. 비디오에 비친 목사님은 눈을 감고 평안하게 누워계시면서 호흡을 유지하고 계셨다. 그 모습을 보는 순간 나와 아내는 '이게 마지막이구나.'라는 직감에 슬픔이 몰려와 울음이 터지고 말았다. 나와 아내는 "목사님, 목사님, 처키입니다. 들리세요?" 하고 반복하여 외치며 소리 내어 울었다. 그리고 "목사님, 사랑합니다."라고 목사님이 들을 수 있도록 여러 번 크게 외쳤다. 그러나 목사님은 미동도 하지 않으셨다. 우리는 바로 냉정을 되찾고 떠나시는 목사님을 위하여 한국어로 찬송을 부르기로 하였다. 그리고는 4~5곡의 찬송가를 연속해서 불러드렸다. 그러자 미동도 없던 목사님의 입술이 아주 조금이나마 꿈틀거리며 움직이는 모습을 우리는 볼 수 있었다. 목사님이 알아들으신 게 분명해 보였다.

우리는 이렇게 목사님을 뵙고 이 세상에서 작별을 고하게 되었다. 그리고 목사님은 이튿날 세상을 뜨셨다는 연락을 받았다. 그동안 나를 지탱해준 커다란 버팀목이 사라졌다. 그리고 허무한 심정이 나를 오랫동안 괴롭혔다. 그러나 나와 나의 가족을 향한 그의 사랑과 기도는 천국에 가신 후에도 계속되리라는 믿음이 내게 조금이나마 위안이 되었다.

미국에 진출한 가족들

본가 쪽

1976년, 나의 넷째 누이가 미국에 이민 온 후 1989년엔 우리 가족이 오게 되었고, 그 외에도 본가 쪽이나 처가 쪽에 여러 가족이 유학을 오는 등 미국과 인연을 맺게 되었다. 이 장에서는 그동안 미국에 살거나 다녀간 친인척들을 하나씩 열거해서 소개하고자 한다.

제일 먼저는 넷째 누이네 가족이다. 1976년 미국에 건너온 누이는 간호사로 병원에서 평생 일하였고, 매부는 이런저런 사업을 하며 재미대한체육회에서 일하기도 하였다. 매부는 체육인으로 한국 경희대에서 체육학 석사학위를 취득하고 고등학교 체육 교사로 일하며 한때 국가대표 단거리 달리기 코치를 맡아 선수를 양성하기도 했다. 슬하에 한국에서 출생하여 데리고 온 딸 Nancy와 아들 David가 있다. Nancy는 University of California, Irvine 대학을 나와 교육계에 발을 들여놓은 후 계속 공부하여 두 개의 석사학위를 가지고 있고, 최종적으로는 University of Southern California에서 교육학 박사를 취득했다. 일찍이 나이 41살에 초등학교 교장으로 발탁되어 일하다가 지금은 LA 교외의 Glendale 시 교육청에서 고위직인 Director로 일하고 있다. 남편 Christian은 University of California, Santa Barbara 출신으로 같은 교육구의 고등학교 교사로 장기간 재직 중이며, 둘 사이에 아들 Matthew와 Tylor가 있다.

아들 David는 University of California, Los Angeles에서 영문학을

전공하고, 이어서 남가주 명문 사립 University of Southern California에서 MBA 석사학위를 획득하였다. 졸업 후 Fox 21이라는 유명한 대기업에 다니다 몇 년 전에 독일 베를린에 있는 게임회사에 스카우트되어, 지금은 독일 기업에서 중견 경영자로 일하고 있다. David는 대학 과 동기인 Mindy와 결혼하여 슬하에 아들 Dean을 두고 있다.

첫째 누이의 둘째 사위인 진익송은 1980년대 말 뉴욕에 있는 New York University에 유학 와 미술 계통의 학위를 취득하고 돌아가 충북대학교의 교수로 채용되어 일하고 있다. 그의 아들 Brian은 뉴욕 유학 중 출생하였는데 한국과 미국을 오가며 중 · 고등학교에 다녀 완벽한 이중 언어 구사자이다. Brian은 자기 아버지의 재능을 타고나 남가주에서 제일가는 Pasadena Art School에 수학하였고, 지금은 미국 동부 Boston에 있는 그래픽 회사에서 직장생활 중이다.

첫째 누이의 셋째 사위 박진석은 일찍이 서울대를 졸업 후, 하나님의 부르심을 받아 장로교(통합 측) 신학대학원에 진학하여 개신교 목사가 되었다. 그 후 1990년대 말, 남가주 Pasadena에 있는 신학교인 Fuller Theological Seminary에 유학 와 목회학 석사를 취득하고, 이어서 철학박사까지 취득하였다. LA에 있는 동안에는 남가주 사랑의 교회 부목사로 일하다가, 박사학위 취득 후에 한국 포항에 있는 북부교회(현 기쁨의 교회) 담임 목사로 초빙되어 그곳에서 장기간 시무하고 있다.

그의 두 자녀는 아주 어려서 부모를 따라 미국에 와 교육을 받고 Fullerton에 있는 영재학교인 Troy High School을 졸업하였다. 그 후, 아들 Daniel은 4년간 전액 장학금 혜택을 받고 동부의 명문 Duke University에 진학하여 졸업하였고, 지금은 Michigan University Law School에 진학하여 법률가를 준비하고 있다. 딸 Michelle은 Troy고등학교를 수석으로 졸업하는 영예를 안고 세계 제일의 명문 대학 Stanford University에 들어가 화학을 전공하였다. Michelle은 현재 의사의 꿈을 품고 미국에서 제일가는 의대인 Johns Hopkins Medical School에 진학하여 수학 중이다.

셋째 누이의 아들 이훈재는 한국에서 치과대학을 나와 치과의사가 되었고, 그의 처 주리도 같은 대학에서 치의학을 공부한 부부 치과의사다. 두 내외는 1990년대 후반에 University of California Los Angeles로 유학와 치의학 특별 프로그램을 수학하고 귀국하여, 서울 강남에서 부부가 경영하는 치과 병원을 개업하여 운영하고 있다. 그 후 훈재는 한국에서 치의학 박사학위를 취득하고 병원을 운영하는 한편 대학에 나가 후학을 지도하기도 한다.

처가 쪽

막내 처제 나명균은 머리가 좋은 장인어른의 피를 물려받았는지 어려서부터 재능이 있고 남달리 공부를 잘했다고 한다. 처제는 우리가 1989년 뉴욕으로 오기 전에 이미 미국에 유학 와 Ohio State University에서 박사과정을 공부하고 있었다. 처제는 미국에서 가정 경제학으로 박사학위를 받았고, 유학 중 만난 남편 유중돈은 서울대를 나온 재원으로, 같은 Ohio State University에서 금속공학 계통의 공학박사를 취득하였다. 유 박사는 한국에 돌아가 대전에 있는 명문 카이스트 대학에서 교수로 일하게 되었다. 그 후 처제도 같은 카이스트 대학에서 입학사정관으로 채용되어 여러 해

동안 일하였다.

처남의 둘째 아들 나진경도 어려서부터 특출나게 공부를 잘하였다. 진경이는 서울대를 나온 후 삼성그룹에서 주는 박사 장학금을 받고 Michigan University에 들어가 심리학 박사학위를 취득하였다. 그 후 Texas주에 있는 University of Texas, Dallas에서 교수로 채용되어 일하다가 한국에 있는 서강대학교에 스카우트 되어 교수로 재직하고 있다. 미시간 대학 유학 중 만난 그의 아내 김보경은 같은 서울대를 나와 Michigan대학에서 경영학을 공부하여 박사학위를 취득했다. 그 후 Texas주에 있는 Southern Methodist University에서 교수로 일하다가 지금은 한국의 연세대학교 경영대학에서 교수로 초빙되어 근무하고 있다.

처형의 둘째 아들 유승석은 어려서 공부를 잘하여 서울대 공대에 진학하였다. 그 후 Boston에 있는 명문 MIT에 진학하여 MBA 석사학위를 취득하고 한동안 미국계 유명회사에서 일했다. 그러다가 스위스 계통의 유명한 공구회사 Hilti로 옮겨가 홍콩에서 몇 년 일하다가, 지금은 본사가 있는 스위스에 가서 일하고 있다. 그의 처 심유진은 의사로 서울에 있는 중앙병원 정신과 전문의로 근무하였다.

나의 아내의 바로 아래 여동생 나옥균의 아들 박홍근은 어려서부터 비행기 조종사가 되는 것이 꿈이었다. 홍근이는 한국에서 일반 대학을 마치고 북부 캘리포니아에 있는 Stockton이란 도시에 와서 머물며 장기간 조종 연수 훈련을 받았다. 그리고 한국에 돌아가 아시아나 항공회사에 조종사로 취업하여 하늘을 날아다니는 그의 꿈을 성취했다.

그 외에도 미국이 아닌 유럽에 진출하여 유학하고 돌아간 가족들도 있다. 그들도 이 장에 함께 소개하고자 한다.

셋째 누이의 장녀 이민수는 경희대 피아노과를 나온 후 피아니스트의 꿈을 안고 오스트리아의 수도 비엔나에 있는 Wein Stadt Konservatorium에 진학하여, 유명한 교수 밑에서 사사하여 Diplom을 받았다. 유럽에 머무는 8년 동안 피나는 노력 끝에 이탈리아에서 열린 콩쿠르에 나가 입상도 하는 등 좋은 연주 성과를 거두었다. 민수는 오래전 귀국하여 주기적으로 연주 활동을 계속하며 후학을 지도하고 있다.

민수의 남편, 김형찬은 연세대 성악과를 나온 후 영국으로 유학 가 런던에 있는 Guildhall School Music and Drama에서 예술가곡 석사학위를, 그리고 Royal Scottish Academy of Music and Drama에서는 오페라 석사학위를 취득하고 귀국하였다. 형찬이는 한국에서 학교에 나가 후학을 가르치며 전문 성악가로 지금도 활발하게 무대에 서고 있다.

처남의 큰아들 나민형은 한국에서 성균관 대학을 졸업 후 CPA시험에 합격하여 대형 회계법인인 삼일회계법인에서 근무하였다. 그는 도중에 CPA일을 그만두고, 어릴 적부터 품은 유학의 꿈을 실현하기 위하여 영국으로 건너가, 런던에 있는 London Business School에서 MBA 석사학위를 취득하였다. 그 이후, 스위스 제네바의 UN 산하 국제기관에 들어가 일하는 등 동남아 여러 나라에서 국제적으로 다양한 분야에서 활약하다가 지금은 한국에 들어가 Fund Management 관련 일에 종사하고 하고 있다.

이들이 각기 이룬 성취는 정말 놀랍고도 대단하다. 경제적으로 먹고살기도 어려운 시절에 용기를 내서 낯선 해외로 이민이나 유학 갈 생각을 했다는 그 자체가 매우 존경스럽다. 이 모든 것이 불과 지난 35년 안에 일어난 기적과도 같은 일들이다. 그들의 도전 정신에 찬사를 보내지 않을 수 없다. 물론, 발전하는 한국의 경제가 이들의 성공을 뒷받침하기도 했지만, 모든 사람들이 이런 국제적 경험을 가지게 된 건 아니다.

이 순간 나의 어렸을 적 시골에서 풀밭을 뛰어놀며 자라던 원시적인 삶을 회상해 본다. 그때는 모든 것이 우리의 생각밖에 머물러 상상조차 할 수 없던 것을 기억한다. 어릴 적 나는 오늘의 나를 털끝만큼도 그려보지 못했다. 그래서 나는 이 모든 것이, 원시적인 과거에서부터 오늘에 이르기까지, 우리 부부와 형제들과 그 권속들에게 베푸신 하나님의 섬세하고 원대한 계획과 사랑이 있었기에 가능했다고 믿는다. "내가 나 된 것은 오직 하나님의 은혜이다."라는 성경 말씀에 고개를 끄덕일 수밖에 없다.

이들의 성취에 감사드리며, 앞으로도 계속 하나님을 경외하고, 그의 울타리 안에 살면서 하나님이 주시는 큰 복을 누리며, 그 복을 이웃과 나누며 살아가는 우리 대가족이 되기를 간절히 기원한다.

우리 부부 은퇴하다

내 나이 60이 넘어서

자녀들이 학업 중에 있을 때는 이사도 많았고 전학도 많았으며, 학업에 전념하다 보니 시간적으로 바쁜 삶을 살았다. 그러다 보니 아이들이 중학교에 진학한 이후로는 자녀들과 함께 제대로 가족 여행을 다녀온 적이 거의 없었다. 아이들이 학업을 마치고 사회에 진출하니 우리 부부의 나이가 60을 넘기게 되고, 그때는 공교롭게도 투자했던 사업들이 자의 반 타의 반으로 상당히 정리되어, 시간상으로 여유가 생기기 시작했다. 이제 더는 사업을 벌일 이유도 없었고, 앞으로는 그동안 소홀했던 우리 가족과 시간을 보내기로 하였다.

그동안 말없이 뒤에서 뒷받침해준 아내에게도 감사했다. 특별히 내가 좀 예민한 데가 있어서 같이 살며 상당히 부담스러울 수도 있었을 텐데, 이를 잘 소화해주고 자녀들과 함께 화목한 가정을 만들어 준 것에 대하여 감사했다. 이제부터는 내가 아내를 위하여 좀 더 세밀한 신경을 써야겠다는 마음을 먹게 되었다. 그동안 혼자만 출장을 가서 아쉬웠던 유럽의 여러 나라들도 아내에게 보여주고 싶고, 우리 부부가 함께 해보고 싶었던 버킷리스트도 하나씩 실행하고자 했다.

2010년, 아들 은호가 결혼한 후, 우리 부부는 새내기 아들 부부를 데리고 한국을 방문하였다. 결혼식에 참석하지 못한 양가 식구와 상면도 하고, 며느리 쪽으로는 외가가 한국에 계시므로 그쪽에도 인사를 하려는 목적이었다. 아들 부부와 함께 가는 첫 여행이라 무척 기뻤다. 오랜만에 헤어졌던 형제들과 한자리에 모였을 때는 너무 반가웠다. 모처럼 형제들과 못 나눴던 대화를 하며 푸근한 시간을 가졌다. 멀리 떨어져 살아서 일가 형제들을 자주 대할 수 없는 현실을 생각하니 이것이 이민 생활의 가장 큰 단점인 것 같았다.

유럽 여행

2012년에는 우리 부부와 딸 유진이가 불란서와 스위스를 함께 여행하였다. 오래전부터 아내와 함께 가고 싶었는데 이제야 실천하게 되었다. 딸 유진이가 동행하여 이것저것 우리가 잘 모르는 것까지 알뜰하게 챙겨서 더욱 유익한 여행이 되었다. 첫 도착지 파리에서 들어간 우리 숙소는 바로 에펠탑 근처에 있었는데, 28층에 있는 우리 방에서 에펠탑의 전경이 그대로 한눈에 들어와 너무 아름다웠다. 저녁 시간에는 시간마다 바뀌는 조명 색깔로 인하여 그 모습이 환상적이었다. 우리는 파리의 유명한 명소인 개선문, 노트르담 사원, 루브르 박물관 등 모두 가이드 없이 다니며 여유 있게 관람하니 마치 여행객이 아니라 현지에 사는 것 같은 느낌이 들었다.

파리에는 옛날 대학 친구(이용일 씨와 주경희 씨)가 둘이나 오래전에 유학 와 자리를 잡고 있어서 그 친구와 가족들을 거의 30년 만에 만나보는 것도 큰 의미가 있었다. 시간은 비록 많이 흘렀어도, 그 옛날의 우정은 변함없어서 감회가 새로웠다. 친구들은 우리를 파리 교외로 안내하여 황제의 여름 별장인 퐁텐블로와 인상파 화가인 밀레의 생가가 있는 바르비종을 구경시켜 주는 등 아주 재미있는 시간을 가졌다.

우리는 파리에서 고속열차 떼제베를 타고 스위스로 이동하였다.

파리의 교외 유채꽃 평원에서

처음 타는 고속열차인데 내가 실수로 예약을 잘못하는 바람에 비싼 일등석에 앉아 가게 되었다. 일등석은 기차의 2층에 있었고 좌석 옆으로는 시야를 가리지 않는 시원한 유리창이 달려있었다. 기차가 달려가며 창밖으로 전개되는 넓고 푸른 들판은 너무도 평화롭고 아름다웠다. 기차는 시속 300km로 달려가며 답답한 우리 가슴을 시원하게 확 뚫어주는 듯하였다. 아주 통쾌한 기분이 들었다. 고속열차를 선택하기를 참 잘했다고 생각했다. 기차 안에서는 맛깔 나는 불란서 요리까지 식사로 나와 역시 일등석에 앉은 값어치가 있어 보였다.

우리는 스위스 Basel 역에서 하차하여 철도를 이용, Interlaken으로 이동하였다. 그리고 거기서 다시 산악 열차를 타고 알프스 산 중턱에 있는 Wenzen이란 도시에 도착하였다. 그때 웅장한 알프스의 장엄한 위용이 눈에 들어왔다. 그야말로 장관이었다. 지금껏 이런 거대한 장관을 보는 것은 처음이라 입이 다물어지지 않았다. 그 모습이 하도 위대하여 마치 나를 압도하는 것 같았다.

알프스의 정상 융프라우에서

저 멀리 겹겹이 쌓인 눈이 압력을 못 이겨 미끄러져 내려가는 눈사태도 목격할 수 있었다. 눈사태가 나는 자리는 눈이 쓸려 내려가며 마치 하얀 구름처럼 날려 하늘로 뿜어져 올라가고 있었다. 우리는 다음 날 아침 일찍 알프스의 정상인 융프라우에 올라가 유럽의 정상에 섰다. 정상을 향해 올라가는 산악 열차 안에는 여기저기 한국에서 온 젊은 신혼부부 등 관광객들이 많아서 경제적으로 발전된 한국의 단면을 보는 것 같아 기분이 좋았다.

알프스 정상은 고도가 너무 높아서 언제나 흐리고 맑은 날이 없다 한다. 우리가 도착했을 때도 눈이 사정없이 내려서 한겨울 같았고, 발아래 기대했던 알프스 경관은 전혀 볼 수 없었다. 정상에 있는 라운지에서는 한국에서 온 신라면을 팔기도 해서 우리를 깜짝 놀라게 했다. 한국의 경제력을 다시 한번 더 실감하게 되었다.

우리는 하산 길에 인근에 있는 Gridelwald 도시 등 평온하고 목가적인 알프스 전경을 감상했다. 그림에서만 보던 전경은 실제로 더 아름다웠고 어떤 공해 요소도 찾아볼 수 없었다. 죽기 전에 이런 자연에서 한번 살아봤으면 하는 충동이 들었다. 우리는 스위스의 수도 Bern도 들러 관광을 했다. 예전에 출장으로 홀로 유럽에 왔을 때보다 시간적으로 여유가 넘치고, 유럽인들의 생활상을 좀 더 가까이 관찰할 수 있어서 흥미진진했고, 더 큰 관심을 갖게 되었다.

이를 계기로 유럽에 마음이 꽂힌 우리 부부는 그 후 몇 차례 더 유럽 여행길에 나섰다. 동유럽에 방문하여 오스트리아, 헝가리, 체코, 남부 독일을 돌아봤고, 이탈리아와 영국 런던, 그리고 스페인과 포르투갈도 가보게 되었다. 여기에 그 방문기를 자세하게 기록할 수는 없지만, 가는 곳마다 그 지역의 풍부한 역사와 문화를 배우며 감탄하지 않을 수 없었다. 특히 아내가 즐거워하는 모습을 보며 나도 무척 기뻤다. 그러나 우리에게는 아직도 더 가보고 싶은 유럽의 여러 나라들이 있다. 앞으로 건강과 시간이 허락되는 한 열심히 더 다녀볼 계획이다.

유럽뿐만 아니라 동남아도 두 차례 다녀왔다. 베트남, 캄보디아, 타일랜드, 미얀마를 방문했다. 그곳은 물가가 무척 싸고 경제적 부담이 적어 마음이 아주 편했다. 동남아 지역을 돌아보며 가장 크게 느낀 바는 그 나라의 뒤떨어진 경제 수준이었다. 이에 비교해 상대적으로 눈부신 경제성장을 이룬 한국의 모습이 자랑스러웠다. 이런 사실을 이미 잘 알고 있었음에도 내 눈으로 직접 보게 되니 그 격차를 더 피부로 느끼게 되었다. 불과 3~40년 전만 해도 그 나라들과 경제력 차이가 별로 없었다고 한다. 그러나 오늘날 한국이 훨씬 더 발전하게 되어 한국인으로서 커다란 자부심을 느끼지 않을 수 없었다.

하와이 가족 여행

2018년, 우리 부부는 결혼 40주년을 맞이하였다. 자녀들은 이를 기념하여 우리가 어딘가 해외여행을 다녀오기를 권하였다. 그러나 우리는 이미 여러 나라로 여행을 다녀왔기에 별로 관심이 없었다. 대신 그동안 하지 못한 가족 여행을 떠나, 아들, 딸, 며느리, 손자들과 함께 야자수 늘어진 하와이 바닷가에서 시간을 보내고 싶었다. 그래서 우리 가족은 각자의 바쁜 스케줄을 힘들게 조정하여 모처럼 온 식구가 함께 하와이를 향해 출발했다.

오하우섬 와이키키 비치에서 반대편 조용한 바닷가 마을에 있는 큰 가정집을 1주일간 빌렸다. 우리는 이곳에서 함께 먹고 자며, 매일같이 해변에 나가 수영도 하고, 어린 손자들은 바닷가에서 모래성을 쌓기도 하는 등 즐거운 시간을 보내게 되었다. 이 시간이 나에게는 꿈만 같았다. 오래전 자식들이 성장하여 집을 나간 후 이렇게 한 지붕 아래 손자들까지 모인 것은 처음이었다. 모처럼 사는 맛이 나는 것 같았다. 어려서 대가족이 한집에 살아본 이후 처음인 것 같았다. 이른 아침이면 2~3살 손자들이 일어나 우리 방에 찾아와 할아버지, 할머니를 부르며 이불 위로 올라와 우리를 짓누르고 깨울 때는 그들의 모습이 얼마나 예뻤는지 모른다. 마치 천사가 우리를 깨우는 것 같았다. 자녀들이 다 떠난 빈 둥지를 지키던 두 노인에게 새로운 활력을 불어넣었다. 아들도 딸도 며느리도 모두 즐거워하고 좋아하였다. 꿈같은 한 주일을 보내고 돌아오는 길에는 모두가 약속이나 한 듯이 입을 모아 앞으로는 일 년에 한 번은 가족 여행을 떠나기로 합의하게 되었다. 온 식구가 함께 보낸 하와이의 한 주일이 우리 부부에게는 더없이 즐겁고 행복한 40주년 결혼기념이 되었다.

성지 순례

2019년 2월, 오랫동안 벼르던 성지 순례를 다녀오게 되었다. 크리스천이라면 꼭 한 번은 다녀와야 할 것 같았다. 이 여행도 우리 부부에게는 결혼 40주년 기념의 하나였다. 나의 넷째 누이도 동행했다. 우리가 다니는 사랑의 빛 선교교회에서 주관하여 담임 목사님을 포함한 33명의 그룹이 요르단과 이스라엘을 다녀오는 프로그램이었다. 성경 말씀의 순서를 따라 창세기부터 미리 교회에서 공부하고 출발하여 현지에서 말씀을 하나하나 대조하며 눈으로 확인하는 알찬 방문이었다. 이렇게 순례를 하고 나니 성경을 읽으며 머릿속으로만 상상했던 성지와 성경에 나오는 인물들을 구체적으로 이해하는 데 많은 도움이 되었다. 그러나 짧은 시간에 수많은 곳을 방문하고 거기에 얽힌 성경의 역사까지 다 기억하려 하니 머릿속에 혼란도 생기는 등 한계도 느껴졌다. 성경이란 앞으로도 꾸준히 공부해야 할 과제임을 절실히 느꼈다.

이번 순례에서 나에게 가장 기억에 남는 순간은 예수님이 십자가에 못 박히신 골고다 언덕에서였다. 십자가가 섰던 바로 그 자리에 무릎을 꿇고 잠시 머리 숙여 예수님을 묵상할 때, 나는 머리끝부터 발까지 전신을 관통하는 짜릿한 영적인 전율을 느낄 수 있었다. 무척 신비로웠고 내 몸이 깨끗하게 정화되는 것 같았다. 이는 내 머리에 안수하시고 기도해주시는 예수님을 직접 몸으로 체험하는 특별한 경험이 되었다.

은퇴의 세계로

그동안 일하며 노후를 대비하여 사회연금을 부어왔다. 그리고 이미 몇 년 전 66세가 되었을 때부터 이를 받을 자격이 생겼지만, 수령을 연기하여 왔다. 그러면 연금 액수가 매년 8퍼센트씩 커지는 효과가 있기 때문이다. 그러나 인생 70 나이에 더는 늦춰야 할 이유가 없어 연금 신청을 하기로 하였다. 아내도 이제 막 66세가 되어 함께 신청하기로 했다. 연금관리 사무소를 찾아갔다. 사무소 직원이 나와서 우리를 친절하게 사무실로 안내했다. 그리고 나와 아내에게 물어왔다. "은퇴하시려구요? 아버님, 어머님, 그동안 열심히 일하시느라 고생이 많으셨습니다. 축하합니다."

2020년 2월부터 우리는 미국 정부에서 주는 사회연금을 타기 시작했다. 이 생명 다할 때까지 주는 수입원이 생기니 기뻤다. 일하지 않아도 주는 돈이니 기분이 좋았지만, 내 마음 한가운데 묘한 감정이 출렁거렸다. 이제는 돌아올 수 없는 다리를 건너는 것 같았고 마음 한구석이 어딘가 쓸쓸했다. 그러나 지금까지 건강하게 두 부부가 이 영예로운 은퇴의 자리까지 온 것을 생각하니 우리는 분명히 성공적인 은퇴를 하는 것이 틀림없다. 한마디로 축복된 삶이었다. 지금까지 안전하게 우리를 보호하고 인도하신 하나님께 찬양과 감사를 돌리지 않을 수 없었다. 이렇게 우리는 한 시대를 마감하고, 은퇴를 통하여 인생의 새로운 장막을 열게 되었다.

에필로그

몇 달에 걸쳐 써오던 회고록의 초고가 완성되던 다음 날(2020년 11월 14일, 토요일) 아침, 나는 심박동 수가 140까지 갑자기 치솟은 위급한 상황이 찾아와 병원 응급실로 실려 가게 되었다. 70년간이나 잘 버텨준 나의 심장이 드디어 고장 난 것이다. 난 응급처치 후 심장을 보조하는 인공심장 박동기를 달고서야 비로소 병원 문을 나설 수 있었다. 날 살리시고 생명을 연장해 주신 하나님 은혜에 감사한다. 건강이 더 나빠지기 전에 내 인생 기록의 초고를 탈고할 수 있어서 다행으로 생각한다.

지난 70년을 차분히 되짚어 보며 방대한 과거를 하나씩 써 내려갈 때 나는 내 인생을 다시 살아보는 특별한 경험을 하게 되었다. 때로는 소리 내어 웃기도 하고, 눈물을 흘리며 울기도 하고, 가슴을 치며 후회를 하기도 하고…. 그 가운데 한 가지 초지일관 나의 삶을 관통하는 놀라운 진실이 있음을 발견하게 되었다. 그것은 내 인생길의 이 모든 것들이 바로 "하나님께서 예비하시고, 함께 하셨으며, 여기까지 인도하셨다."라는 것이다. 나의 삶 전체가 하나님의 따뜻한 보호와 사랑 속에 이루어진 살아있는 간증이라는 사실이다.

"사람이 자기의 아들을 안은 것 같이 너희 하나님 여호와께서
너희가 걸어온 길에서 너희를 안으사 이곳까지 이르게 하셨느니라.
(「신명기」 1:31)"

"내가 나 된 것은 하나님의 은혜로 된 것이니
내게 주신 그의 은혜가 헛되지 아니하여 〈…중략…〉
내가 한 것이 아니요 오직 나와 함께하신 하나님의 은혜라.
(「고전」 15:10)"

돌아보면, 보잘것없는 빈농의 초가삼간에서 태어나서 세계 제일의 나라 미국에서 내 인생을 꽃피울 수 있었던 것은 결코 나의 능력과 실력이 탁월해서가 아니었다. 아버지가 꿈꾸시고 어머니가 신실한 믿음으로 기도하시므로 전능하신 하나님 아버지 바로 그분께서 만드신 작품이었다. 충청도의 깊은 산골 괴산에서 청주로, 한국의 중심 서울로, 세계 경제의 중심인 뉴욕으로, 그리고 다시 살기 좋은 LA로 이동할 때, 하나님은 내 인생의 굽이굽이마다, 무수한 천사를 보내셔서 나의 길을 준비하시고 안전하게 인도하셨다. 나의 인생에 상상하기조차 어려운 기적들이 연속해서 나타남은 결코 우연히 발생한 일들이 아니다. 베푸시고자 하면 못하실 일이 하나도 없는 하나님의 자애로운 은혜로 된 것이다. 그 은혜를 누리게 됨은 나를 사랑하신 어머니와 형제들의 끝없는 기도의 결과물이요 힘이라고 나는 믿는다.

"너희가 기도할 때에 무엇이든지 믿고 구하는 것을
다 받으리라 하시니라.
(「마태복음」 21:22)"

"지금까지는 너희가 내 이름으로 아무것도 구하지 아니하였으나 구하라 그리하면 받으리니 너희 기쁨이 충만하리라.
(「요한복음」 16:24)"

지금까지 내가 만난 천사들을 기억해 본다. 그들은 하나같이 내 인생에 안내자요, 복을 전달해 준 사자이며, 축복의 통로로 쓰임 받은 귀한 하나님의 백성들이다. 그러나 생각해보면, 반대로 나는 주시는 복을 받기만 했지, 사랑하는 이웃과 이를 나누지 못하고 살아왔음을 고백한다. 이를 마음속 깊이 회개한다. 비록 늦은 감은 있지만, 이제부터라도 나도 누군가를 위한 천사가 되고, 축복의 통로가 되고 싶은 마음이 간절하다. 이것이 남은 여생 가운데 할 수 있는 가장 소중한 일이고 지금까지 받은 사랑을 다시 나누는 유일한 길이라고 본다. 예수님의 제자가 되어 잃어버린 영혼을 구원하는 데 쓰임 받는 도구가 되기를 원한다. 한 영혼도 귀하게 여기시는 하나님의 사랑이 내 가슴을 어루만지고 두드리신다.

"이같이 너희 빛이 사람 앞에 비치게 하여 그들로 너희 착한 행실을 보고
하늘에 계신 아버지께 영광을 돌리게 하라.
(「마태복음」 5:16)"

"우리가 알거니와 하나님을 사랑하는 자 곧 그의 뜻대로
부르심을 받은 자들에게는 모든 것이 합력하여 선을 이루리라.
(「로마서」 8:28)"

나의 세대는 일찍이 선대에서 예수님을 영접하여 믿음의 가정에서

자랄 수 있는 복을 받았다. 이 세상을 살며 나와 형제들이 받은 복은 너무 많아 이를 헤아릴 수 없다. 이 순간에도 나의 부모님 슬하에 허락하신 6남매가, 91세의 맏이로부터 막내인 나에게 이르기까지, 모두 건강하게 살아가고 있다. 아직도 제 발로 걷지를 못하거나, 귀가 들리지 않거나, 치매에 시달리는 형제가 하나도 없다. 축복은 그들의 자녀들에게로 이어져 그들의 곳간을 넉넉히 채워주셨다. 풍성한 생명의 복을 주셔서 수많은 자손들이 사회의 각계각층에서 맡은 사명을 모범적으로 잘 감당하고 있다. 무엇보다도 가장 큰 복은 한 명도 빠짐없이 예수를 영접하고 성령님의 인도하심을 따라 살아가는 믿음의 대가족이 되었다는 것이다.

"영접하는 자 곧 그 이름을 믿는 자들에게는
하나님의 자녀가 되는 권세를 주셨으니.
(「요한복음」 1:12)"

"그런즉 너희는 먼저 그의 나라와 그의 의를 구하라.
그리하면 이 모든 것을 너희에게 더하시리라.
(「마태복음」 6:33)"

후손에게 전하는 비망록과도 같은 이 글을 맺으며, 나의 사랑하는 아들, 며느리, 딸, 사위, 손자, 그리고 앞으로 태어날 자손들에게 고한다. 우리 집안은 오래전에 택함을 받아 수대를 내려오는 크리스천 가문임을 명심하기 바란다. 너희가 지금 모두 신앙생활을 잘하고 있으니 더없이 감사하고 기쁜 일이지만, 부모로서 너희들에게 물려주고 싶은 가장 큰 유산이 있다면 이는 재물이 아니라 '하나님을 믿는 것'이다. 어디에 살든지, 무슨 일을 하든지, 어떤 일이 있든지, 이 신앙의 전통을 잘 계승하여 예수를 잘 믿는 가정을 이루기를 바란다. 주일성수를 잘하며, 교회에서도 성실히 봉사하는 주님의 자녀가 되기를 바란다. 너희들이 살아가는 인생길에 결코 실족하는 일이 없기를 바라고, 그리스도의 향기가 아름답게 퍼지는 삶이 되기를 축복한다. 이로써 하나님께서 우리 가문을 위하여 내리시는 큰 복을 대대손손이 누리며 살아가기를 소원한다. 너희를 위한 나의 사랑의 기도는 이 세상에서뿐만 아니라 이 세상을 떠난 후에도 영원히 지속될 것이다. 얘들아, 사랑한다!

"항상 기뻐하라, 쉬지 말고 기도하라, 범사에 감사하라.
이것이 그리스도 예수 안에서 너희를 향하신 하나님의 뜻이니라.
(「데살로니가」 전서 5:16-18)"

"너는 마음을 다하여 여호와를 신뢰하고 네 명철을 의지하지 말라.
너는 범사에 그를 인정하라. 그리하면 네 길을 지도하시리라.
(「잠언」 3:5-6)"

지난 70년 동안 하나님께서 나를 건강하게 지켜주시고 아름다운 가정을 통하여 평안을 누리며 살아오게 하심에 감사한다. 쓸쓸하기 짝이 없는 나그네 같은 인생길을 주님의 은혜 가운데 즐겁고 행복하게 살게 하심에 기쁨과 감사가 넘친다. 무한한 사랑을 베풀어 주신 우리 주님의 위대하고 그 크신 이름을 소리 높여 찬양한다. 할렐루야!